INK

文學叢書

299

我不可告人的鄉愁

林俊頴◎著

目次

序

俊頴我輩

朱天心

今天我只想記下兩首歌，兩首相隔五十年，我想像自己在兩者間走鋼索，我譯成自己的文字，這樣我就好像腳底長出吸盤，有所黏附有所依恃。這一日我多麼愛這個世界，我忠誠地過完它，沒有二心。

此段文字引自俊頴新作《我不可告人的鄉愁》，但稍後再談。

引文中唯一出現丈量時光的數字「五十年」，噫，俊頴和我的結識，已早過半了。但真恍如昨日。那時我大學一年級，俊頴在台中念高二，看了我剛出版寫我輩生徒的《擊壤歌》，寫信來。俊頴信寫的極好，字又漂亮，兩樣都是我的弱項，我不敢回信，俊頴沒放棄，我在不情願上課的課堂上展讀（那信都寄到學校附設老郵局內以姓氏分類的木匣），屢屢撩動我少年心志，那樣一個在藍天下盛開如著火的鳳凰樹下單車飛過的少年身影，至今和永遠都是我想到俊頴時會浮出的畫面。

俊頴與我妹天衣同年，那時差兩歲，就差一世，我遲遲找不到宜當的方式（姊姊？）回應他。

那之後，俊穎北上念離我們家不遠的政大中文，我知道時竟無聊的小小喟歎，以後再讀不到俊穎的信了……，但我多慮了，那時的我們，卯力辦同仁雜誌「三三」，出版、書訊、讀書會、文藝營、全島高中大學演講座談……，俊穎在一時之間匯集的五湖三江好漢們中並不搶眼（比起林燿德、楊照），不多言，不耍帥，他總歛手歛腳睜雙大眼在一旁，卻什麼都看盡眼裡（他仍寫信，信中證明他看到的比誰都多），俊穎在真實人生裡的位置，應該是小說中最理想宜當的敘事者角度吧（他簡直就是當時我喜歡的井上靖《天平之甍》中第一人稱敘事的留學僧普照！），其後我寫《時移事往》，那個在漫漫時間大河中默默守候一個瘋野弄潮兒女子、守候好些個歷史季節的男子，我從沒告訴過俊穎我用的是他，最理想的觀察者記錄者，不使意念先行，不放任個人的愛憎，先看再說，存而不論……，果然多年下來，我以為俊穎（和天文）看到的比我多比我廣，太多時候，我自以為是手持注射針筒的醫生（魯迅嗎？），急著診斷針砭病灶，妄想介入甚至改變現下，或許也因此與當下現實有種緊張辯證的力量（王安憶語），但我不免漏失掉太多當時也很重要或不覺其重要的人、事、面貌。

其後二三年，三三隨我們眾人的陸續畢業、出國、當兵、就業而星散（包括愛情），我是留著收攤的三五人之一，只因不願那時覺得好長彷彿一生、現在看來好短的那一場是青春熱病發作，是遭人質疑訕笑的「政治不正確」。

我記得，出版社不能說關就關，我接下發行的工作和書訊雜誌的一部分，於是每週末，俊穎從政大來，我們兩人站在擁擠零亂的書庫兼辦公室，一起整理當期書訊稿件和沒有電腦時代的四五千筆讀者資料名條，我都不肯老實跟俊穎學四角號碼索引，仗著彼時驚人怪異的記憶力檢索過濾那山讀者資料也通（俊穎還記得我們的蟻曉玲嗎？）。我那時因情傷瘦到不足四十公斤，俊穎每拎一小包蜜餞與我分食（還真奇怪，那時我的幾個哥兒們友人都很娘的嗜食蜜餞），有次走前紅著臉匆匆對我說：「×××實在很沒出息！」第一次也唯一一次聽他說人重話。

恍如昨日。

俊穎當兵，去紐約念書，我們仍穩定但不頻繁的通信，我們信中各說各的瑣事，不談大事，幸福無聊的像《百年孤寂》中內戰打不下去的上校和老戰友百無聊賴的電報對話：馬康多下雨了嗎？

（如此的幸福無聊，只有和曉陽、後來的以軍才有，是我寫作生涯中的「紅利」。）

而後俊穎回國，我險認不出他，他好像那席德進的畫作「紅衣少年」，自然鬈的濃黑髮，瘦勁修長的身子，輪廓愈深，眉睫愈深濃，那日我們已被邀了去楊祖珺林正杰家吃晚飯，便拉俊穎一道。整晚，俊穎老樣子的從頭到尾笑笑不說話，告別時，俊穎禮貌開口，把祖珺嚇一大跳，說一直以為他是拉丁裔外籍友人。

這之後十年，俊穎忙於職場（包括中間外派香港一年），我們偶爾電話中並不聊這些，聊的都是一個個死亡故事。世紀末，人們對愛滋仍疑懼恐慌，俊穎的友人們遂在孤單寂寞、家人伴侶不敢陪伴，連醫護人員也戒慎冷漠下一個個默默草草離去，怕病怕死清氣的俊穎成了「收屍人」，探望陪伴目送他們離開。

好多夜晚，我一千零一夜似的聽俊頴講他們精采慘烈焰火一樣美絕而短剎的故事，覺得這個弟弟陌生極了。

〇四年三月，好些年沒見的我們意外在一家百貨公司樓層廁所前遇到，立即找最近的咖啡座把這幾年間的事兒說完。隨後的「族群平等行動聯盟」、「民主學校」和該年底博洲、麗文的參選立委，我們倆南來北往的瞎跑忙亂，有一回坐往高雄的長程火車（高鐵尚未營運），我開心的吃台鐵懷舊排骨便當，俊頴吃他準備好的午餐，削妥的蘋果和芭樂（和天文真像！），又像回到一起整理讀者資料時……

老實說，這我也才認真讀俊頴的作品，儘管早之前俊頴已在八、九〇年代出過小說集，雖那都只是他默默沒停過寫量的四五分之一吧。但我早早察覺俊頴小說的困難，一言蔽之，他太像天文了（不只一回，我聽人誇俊頴，最終總綴一句：就可惜太像朱天文！），是啊寫作的花園裡儘管歡迎百花齊放，但很殘酷的那一科那一種的花大家都只注目開得最早最美的，是這緣故，俊頴明明質量皆穩定的寫作一直不夠被注目？私下，我知道勤於閱讀（事實上我認識的儕輩沒幾人比他讀得多讀得廣）的俊頴，天文應只是他喜歡的眾作家之一，不致讓他立志仿習或遭魘咒磁吸，一切我以為他與天文太像了，他們同為處女座（以前三三如人民公社的大通鋪一角，特留了一份乾淨整潔的寢具鋪位「A型窩」，專供俊頴和我表弟過夜用），同樣潔癖（他們筆下的城市可真醜怪哇！），同樣專業寫作不謀生（俊頴已離職場十年，敢這樣清簡過日子的我知道的就天文唐諾和舞鶴），同樣酗諸多亞知識領域，同樣與現實的距離溫度一般（角度和位置都是「雲端看廝殺」），他們甚至不約而同慣用Signo 0.38的中性原子筆寫字呢……

是故他和天文筆下的城市／當代，很難不被拿來並比，天文先寫先贏，這是俊穎魔咒一樣的困境。所以一直要到《善女人》及此新作中的「斗鎮」部分的出現，我方覺得俊穎總算開了他獨有的、觀者不得不注目的奇花。我真喜歡看俊穎寫童年、童年之地、童年之地的人事前身，那是他的馬康多（俊穎還真十歲之前與祖父母在鄉下大厝度過的），他中文系的訓練，閩南方言得以在非此族裔（如我）讀來真是美麗生動享受（當然，舞鶴更早已做了非常讚的展示），「鄉土」題材，再也不是受意識形態綑綁的歌誦教條，也不是末代子孫寫手缺乏感情心肝的獵奇（此中最佳的最多也只能做到順從文學腔的「彷彿在他鄉」）。

他展現了一個好小說家對所生長之地最自然（愛憎情仇全不隱藏揀擇）因而最深刻的書寫，我妒羨極了，反覆慢讀如同品嘗珍稀的吃食不捨得終須吃盡它，「這一日我多麼愛這個世界，我忠誠的過完它，沒有二心。」這樣的經驗，不多了。

原來俊穎始終不放棄寫叫他不安甚至厭憎的城市／職場，是如引文的隱喻「我想像自己在兩者間走鋼索，我譯成自己的文字，這樣我就好像腳底長出吸盤，有所黏附有所依恃。」

真是一名有勇氣負責任的小說家，寫其所愛，也要能寫所不愛，寫其所長，亦不避其所短。他是如此忠誠的過完它，沒有二心。

駱駝與獅子的聖戰

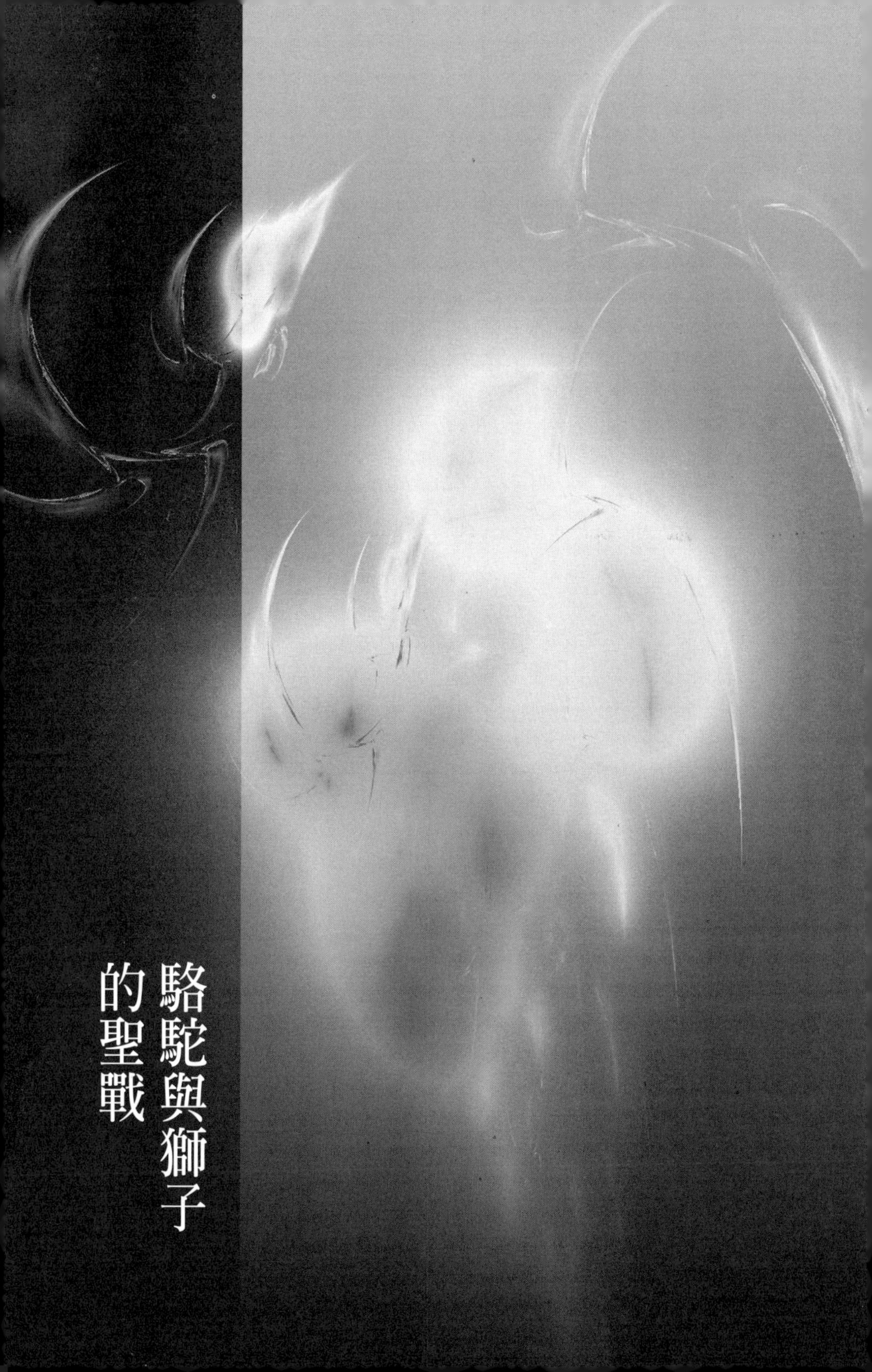

當然，他記得他們盛年時所有的大夢。

所謂大夢，如死之堅強，而最終擊潰他們一如灰燼。

一如年年必然的颱風過境後的早晨，日光直直穿過特別乾淨的天空，那麼像遠古的太陽，空氣滲透著草木摧折後流著植物血液的新鮮氣味，地表上的人猿後裔於光照中行走都有著恍惚純良的面容。

站在大路邊，遙望那大神般的辦公大樓，他並不確定這是否他新生的早晨，所以決定不了是否如同昨日跟隨那些與之同命的工蟻潮進入母巢。

見佛滅佛，見鬼殺鬼，猶豫的心煉不出黃金；並不很久以前有個大神前的祭司是這樣教訓也激勵他與一志，那個人他們稱為總舵，因為稍久以前，有傳言是那樣說唱的，大海航行靠舵手。

一志到了東部，鍵寫傳來簡訊：「後山日先照？真相是一切都慢，慢得近乎呆滯。我是給悶熱醒的。」火車停下讓車，廂中靜得好像給抽成真空，外面是一片電影裡大西部的景色，綠黃的山丘起伏，有一處似乎農場，沒看錯吧悠然轉著一座風車。一志總結這才是我們歸屬的地方，可以從頭來過；預計傍晚看到大海，非常期待大海給予平靜的力量。「有凱麗的消息麼？」

沒有。火車再啟動，猛暴地一提勁，痙攣過每一節車廂，一煞，如同一次猛烈的射精。

這日午後的玻璃屋咖啡館，幾乎讓一幫理財專員包場了，保有遊牧習性的新型態工蟻，在借來的空間以向心力團簇一桌桌，祭拜神之例行儀式，隨身武器筆電、藍芽耳機、網卡，觸鬚對觸鬚，每個人都好快樂。穿梭其中監督的白色套裝女子，圍著質料上好的披肩，高跟鞋咔咔響得叫人厭憎。

「秋天了，我們的船行駛在靜止的迷霧之上，轉向苦難之港，航向巨大的城市，那兒鋪展著因污泥與火焰而污濁的天空。」「我又看見自己的肌膚被污泥和瘟疫侵蝕，頭髮和腋下生蛆，心裡的蛆蟲更大，直挺挺躺在年齡不詳亦無情感的人與人間……或許我已死在那個地方……」

背向大神，祭拜儀式不與焉，他將這首詩兩個譯本嫁接一起，如同抄經寫在紙上，等待著氣象預報成真，天色轉陰，樟樹叢上的五色鳥鳴叫，一如一志在東部等待火車重新啟動，刮花了的玻璃窗一片眩光。

當然，他記得他盛年時工蟻般慣性生活的一次脫鉤，週末午夜經過火車站，隨機搭上最近的一班夜車，在微寒中浮浮晃晃開往黑夜的盡頭。給曬醒時，第一眼看見突生山壁的筆筒樹，立即覺得那太陽落在身上，甸甸的好像滿滿抱著一具日光浴的胴體。他口腔乾灼，一股生之慾力如同給幫浦抽打上來，在兩腿與臍腹之間滾沸，生殖器無比堅硬。天空之藍，海平線，無人的荒地，鐵道旁堆疊著黑糖似的長木條，暗紅的浪形鐵皮屋頂，飛鳥不落腳的樹冠與檳榔樹。在中央山脈與海岸山脈之間，他體認到一個自我的存在就是一種絕對的孤寂之感。暫時不是一隻工蟻。然而，又是多麼實在的幸福。他聽見自己的呼吸，他感覺汗滑下背脊，腸胃空虛有回音。

他看見他盛年時的大海。

一志再鍵寫傳來簡訊：「有凱麗的消息麼？我在電子報看到總舵，要在北海岸推個案，說是醞釀二十年的藍海策略。嘖嘖。今晚我住在海邊。」海在夜裡是那樣巨大神祕的生命體，具象的恐怖。一志誓言會找到凱麗，必須有最後一次面對面，才能算是結束。

他確實不知道凱麗的下落。背向大神，不必再祭拜了，也就沒有庇蔭了，必須自求多福，他在傍晚慢跑經過一所中學，圍牆外幾棵原生地非洲的粗壯猢猻木，凌空垂吊著白色的大花球，吐著絲絲蕊柱。昏暗中，幾朵砍頭似的墜躺在柏油路上，如同顱蓋掀開的花心裡密聚著花絲，那秩序感好令人肅然其中有神。他繼續跑，大口吸著汽機車排出的廢氣。他相信，身體在持續一大段時間的運動後將進入一種自我催眠的律動，擺脫自我意識；然後，進入一小段時間的忘我與渾沌。

他記得在一志租賃的頂樓加蓋的屋裡與一志等凱麗。所有門窗打開，空氣對流，通往陽台脫榫的紗門輕狂地吃風唧歪唧歪。他躺在木地板上，枕著一志收藏的東洋漫畫，瞳仁銜著窗框裡一朵橙紅木棉，與落日光線的角度剛好時有那麼幾分鐘燃燒成橘金。風攜帶塵沙，呼呵著房子，讓人荒寒。凱麗帶著總舵的氣味來，他們辦家家酒似圍著茶几盤坐吃泡麵，濃稠香氣中，夾著一個隱形人。一志說前天父親來電話，煩惱著豬肉價格大跌，玉米大豆飼料漲價，意思要他寄錢回去。一志家在南橫某個端點，畜養幾百頭豬，開電動三輪車到養豬場，跨過一條溪，枯水期溪水瘦得剩一線膿綠，遍溪床是沒了稜角的大小灰白石頭，大的有如恐龍蛋，入夜後閃著鬼魅的銀光。溯溪行可達中央山脈，每年某個春日午後總有催人嘔吐的惡臭，一條黑狗給鎮上瘋漢剖腹暴屍石上。小時候，伯父的屘子深夜偷騎老野狼發狂剷進磊磊石陣，腦殼碎裂。野狼給伯父燒成一堆機骸，等到雨季大水沖刷了去，石頭上還留著鏽斑，石縫卡死著一條鐵片。

那隱隱就是人一生的變形隱喻，他想，走出日常的固定軌道，彷彿節慶的煙花，然後回不去了。也是春天的時候，一志說，七爺八爺出巡，兩尊神偶老舊得可憐，頭像掉漆，繡袍退色，搖擺過橋，鞭炮與嗩吶悶在山裡小小聲如夢囈。然後，兩尊神像如同蟬蛻空殼放在路邊，扮神的信徒鑽出來，頭臉漲紅，嘴角檳榔汁，脖子圍著毛巾，論親等得叫叔伯或阿兄，山裡人的腔調像公鴨嗓，嘎嘎聚一堆，相互敬菸點火，好像上古獵人們鑽木取火。自始，一志便暗下決心不進入那圈子；生命的初階，他就有了內在最深層的矛盾，那樣豐饒廣大的山林，而個人如此苦悶。聯考放榜是日，成為山鄉第一個大專生，家裡放起一長蛇的鞭炮，他羞怯地去到溪床，跟石堆裡堂兄的冤魂喊，我們一起離開吧。

凱麗突然輕浮地詭笑了，伸直了兩腳，將短裙往上拉，兩大腿中段開始有刺青，一條電玩馬力歐冒險的水管，一端出孔朝她最具女性特徵的隱暗地方去，另一管口一小撮跌落的人形。「從電視影集學來的橋段。假的，我描上去的。」她摩挲著兩處假刺青，動作充滿了誘惑力。

一志哼的冷笑一聲。稍早，總舵必然也是處於這樣被誘惑的位置。「左腦人或右腦人的實驗。這些小人是順時針的從我右腿掉進去，從左腿出來？還是逆時針從左腿進去，右腿出來？順時針表示你是偏右的藝術腦，逆時針是偏左的知性腦。不可以考慮太久，否則就不準了。」

舞者的盛年，可以心到手到腳到，完全支配她的軀體。凱麗白玉無瑕的兩腿劈一字馬，「沒有，到現在我說話的這一刻，沒有第三條出入口。」她呼吸平穩，柔韌地抬直一隻腿貼耳朵，筆直後掃，蠍子尾翹起，仰頭頭頂腳尖閃電一點，旋即換另一隻腳重複所有動作，眼露殺氣。恢復了一字馬，兩肘撐地，兩手捧臉，換上了少女的甜美笑容。巴瑞辛尼可夫，是她正在迷戀的標的，米夏，她的神，她癡看米夏於一九八五的電影《飛越蘇聯》佐以一首粗獷之歌《馬》的獨舞無數次，與銀幕一角那女人一同感動流淚，起而私淑練習，廢然慨嘆不過是東施效顰，惱怒資材的懸殊如此不公平。不可試探你的神？哼，錯，試探了才會生比較心，瞭解自己的卑微，才更能徹底拜伏。她給兩人看手機裡年輕米夏的一段影片，輕如羽毛卻每一塊肢體源源的力量與精靈，玩弄地心引力的男人。不過一點腳一挺腰，他將軀體張成一把蓄勢的弓，必然冥冥中有一隻無形的手撥著那弦，意志的箭射穿黑暗淵面。

盛年的時日，他們坦誠自己的夢而不覺羞恥，因為每個人都一樣，不安於做一隻工蟻的夢早被蹂躪得異常疲憊。一天將盡的時刻，他們聚在一起修補彼此，重新武裝妥彼此，為明天備戰。有大神可拜的日子是幸福的。

那個午夜，凱麗與他離開一志住處，穿過白天是菜市場的巷道，晴雨兩用的塑膠棚參差遮剩一線天，一粒微熱紅星拋墜過他們頭頂，一志扔下的菸頭。他們仰臉，凱麗故意著跡地拉他朝那女兒牆上的人首黑影揮揮手。夜雲彷彿海礁。

古代希臘人認為，萬物的基本單位為不能再分割的原子，原子與原子之間是虛空。與一志對望的瞬間，他想，這是三個原子隔著虛空大海，渴望互相碰撞，渴望柔軟，渴望融合，那樣一個素樸微小的夢。

同樣是遙遠的古代，在空間軸上施放狼煙以縮短時間軸的距離。在他們的時代，光與光纖傳遞訊息，他落單之後，一人渡過虛空之海，進入一家連鎖咖啡店的二樓，貪圖它沒有季節之分的室溫不會讓他聞到自己的體味，等待另外兩個原子於無極悠遠處與他施放狼煙。盆地上空有卷狀雲。

下午茶優惠時段才開始，一位矍鑠的歐吉桑日後他叫他老羊，提著磨白而書籍裝得腫腫的帆布袋，呱地拉開他前面椅子，坐下；鼻子比眼睛更快聞出老羊早已脫離蜂蟻巢穴的孤寂味道。是另一個無神可拜的人猿後裔嗎？他先不抬頭，以免目光接觸，但注意到老羊右手中指第二骨節沾了藍墨水的繭，令他歡喜居然是一個可追溯至石器時代的還在一筆一劃寫字的人。

窗外與二樓齊高是蒙塵久矣油加利樹，棲息著神經質的城市雀鳥。偷瞄落地窗上倒影，他確定老羊顯露老態的眼睛正是長久以來花費了太多時間在實體紙本書。倒影只是一層幻影，真正觸動他的是窗下紅燈前停一窩騎機車的工蟻人，肉包鐵的結合，握緊煞車把，讓引擎勃勃轉動，各有目的地。要待日後他一位非實體界友人鮑卡絲鏈傳一行古老文字：「我存在，我認識，我願意。」才稍稍解了他的惑。

他在工蟻職場第二個六年將滿之際，有十五年來月亮最大的一夜，滿月面積較平常大百分之十七。第三個六年伊始。聖經啟示錄，六，具有超自然力量的魔獸、擺佈末世奇觀的代表數字；那獸叫大火從天降在地上，要人拜牠，凡是沒有受牠的印記，不得做買賣。

如同往常兩個六年的每一個工作日，趕在九點十五分前進辦公室打（刷）卡。第十六分起便是遲到，從九點一分開始追溯，每一分鐘扣薪水新台幣十元以為罰金。工蟻規範第一條，時間即金錢。他站在平日視而不見植栽著刻紋美麗的高大樟樹的分隔島上，看著辦公室所在造型有如變形金剛的花崗岩大樓，可裡面包藏著奢華的封建元素，挑高三層的大廳，粉霞大理石鋪面，左右對仗立著二對燦爛黃銅仙鶴，鎏金圓柱，仿古如意柱頭，牆腰嵌著饕餮紋，霧銀琉璃光的電梯門。一座偽宮殿。

陽光普照，樟樹葉剛剛曬出香味，行人穿越道都是小跑步的雌工蟻雄工蟻。他仰視大樓，如給魔獸的毒氣僵化成為石柱。多麼美好的一日。幾年前，在某一個被榨乾蝕空的加班夜，他站在對面另一分隔島等綠燈，夜氣濡濕，一名短褲長腿少年鴕鳥似疾闖過來，那被拉長停格的數秒鐘，他看見少年騰空，下墜，壓碎計程車擋風玻璃，又拋物線彈起，放倒柏油路上成一大字。一次死亡綻放的完美特技。他獃立著，直到救護車與警車來了又走了，才觳悚醒來。

他聽從同事的話，去那間香火鼎盛的恩主公廟為少年上香求情，順便收驚。如果少年不幸死去，也是提前陣亡的一隻工蟻吧。之後，他從公司會議室落地窗後或橫過這林蔭大道時，注視那橫屍的乾淨所在，不再有哀矜。

突然，一陣從未有過的孤寂感如同一窩紅火蟻啃嚙著他胸腹腔裡的臟器。

好奇怪，那孤寂的原因卻是一股強大如焚風的鄉愁。他懷念那蜂巢式配置的辦公室，礦灰化纖地毯與一百五十公分高的隔板圍成一個不見天日、沒有寒暑之分的格巢單位，支柱彎曲如大蝦的溫暖檯燈，桌上型電腦、桌下鐵製檔案櫃；金剛不壞，安全，永恆。如此豈非神龕？供奉自己，豢養自己，自己是唯一的真神。工蟻規範第二條，那句流行語，多愛自己一點。以電話與傳真與網路串連、輻射此一工作場域，證明自己的生產效能。他非常放心它的潔癖與無情，有朝一日他離開了，無論死活，絕對留不下任何屬於他個人的氣味或痕跡。啟示錄經文為證，「在頭一個獸面前，施行頭一個獸所有的權柄。」除非像野生動物鑽到桌下拉一坨屎尿，宣示領地主權。他曾經數次夢裡那麼安然做了，一坨糞黃金一樣展示著行動藝術的光輝。入住蜂巢格第一日，他拉開鐵櫃抽屜第一層，咕嚕滾著一隻原子筆，一包方糖黏著一攤黑褐肯定是咖啡，一張漫畫連鎖店會員卡，簽名處空白。第二層，空。第三層，一包抽取式衛生紙，一刀略有發黃的公司稿紙，一本某財經週刊贈送的日記本，歷歷有手寫字，愈讀愈心軟，彷彿摩擦神燈就要釋放出一縷陌生靈魂。他趕緊全數丟進茶水間垃圾桶，嘖怪此人不懂來空空去空空的原則。至於那些雌性工蟻同事，始終保有野性而被誤讀為女人愛美，蘭質蕙心必然帶進造型馬克杯、印度織布靠枕、填充布偶、小型盆栽因為傳言可吸收電磁波譬如仙人掌，或花束一段時日之後木乃伊化成了乾燥花，妝點她們的神龕；板壁倚放一面鏡子，有如神主牌。

他一己單位的延伸，有著媲美記憶中伊士曼彩色弧形寬銀幕的落地玻璃窗的會議廳，好多日子往往一場馬拉松腦力激盪下來，靜默瞬間發現一整個城市在慢慢燃燒，那落日神奇地灑進無量的霞光，熱力輻射在臉上令人神往洪荒沙漠或峽谷，不免熱淚盈眶。一志推介他看《福音戰士》，那烏何有之鄉的未來之城，完全樂高積木化，敵獸來襲時，機軸連環啟動，城市收沉地下。擊敗敵獸後，城市起乩上升復原。

他懷念十二月，集體脫亞入歐美的聖誕節狂歡氣氛，公款買來偌大塑膠耶誕樹，拼裝妥，噴了人工松香與雪花，伯利恆上空的金星銀星，拐杖糖，金球銀球。他們群聚感染了過節氣氛而可親可愛，其實臍而下耳語著半年前的七夕情慾事件，令雄性工蟻的陽物脹大，雌性工蟻骨盆腔充血期待，等著玻璃窗轉夜黑，寒流入境。

他確實懷念那五星級飯店等級的廁所，可以跳華爾滋宮廷舞的大理石鋪面，照明柔和如絲綢，靜音馬桶，清香，蹲大號因此特別順暢。一週五個工作日，早上九點尖峰時刻，整層樓大理石鋪面踐踏出橐橐咔咔，咖啡機呼呼嚕嚕煮出香氣，廁所滿座，一群以排泄開始一天的快樂工蟻。

如此開始的一天，天上的鳥，地上的獸，脊椎直立的人猿後裔，各有各的位置，日光朗朗。

他是懷念加班到深夜，人身透支到焦枯，眼窩發燒，耳朵燒燙，嘴唇龜裂，屋內二氧化碳濃度過高，大腦頻頻進入當機狀態，環視那銅牆鐵壁玻璃窗，難免愕然這是哪裡？今夕何夕？誤入時間的荒漠。沒關係，同事之一將音響大開，電音舞曲幫浦著心跳；之二跨上自行車於廊道來回游騎，叮叮按鈴；之三落腮鬍、內衣、赤腳，鵝行鴨步於上蠟的地磚。偽宮殿必有弄臣與其脫序搞怪的一角。

他頸動脈爬到腦勺有一處剝剝啪啪，驅使他夢遊往外走，每層樓的回字甬道繞著樓中心的天井，他彷彿趨光飛蟲疾疾繞行一圈，一頭撞上那厚片玻璃，咚，旋即回神，眼前一組蒙太奇。連日霪雨，分隔島上一長流的茂密樹冠浸泡得雲霧呵繞；大樓外牆飾燈的光照裡，斜飛雨絲拖成紛亂一把長針；斑馬線走著一個模型人；對過窄巷夾峙著一溝天，天色奇幻之藍。他噴出一口肝火臭氣，映出後面遙遠的一盞小燈，氤氳出他自己蒼黃凹陷的臉如同新鬼。幻影之後，俯瞰浸著雨水的大路，久久一輛車馳如流星，尾燈酷斯拉的雙眼。執迷於要追蹤那兩盞紅，他轉身衝進樓梯間，兩三階一兔跳，上衝了兩層，一隻米色皇蛾堅決地撲向他眉心彷彿那裡有印記。他繼續往上爬，貫穿十七層樓的樓梯間，自成一體的荒廢空間，如同魔獸的喉管。他疏於運動有如飼料雞的雙腿開始打擺發抖，從地底暴湧起一陣罡風巨龍呼嗤呼嗤，惡臭，扭力之大可以拆散他一身骨架，衝開樓頂。他是激流漩渦中的螻蟻。突然覺得一種鬆懈了、懶洋洋的幸福之感。強風頂他上了第四層，開第四印，第四天使吹號，「日月星的三分之一黑暗了，白晝的三分之一沒有光，黑夜也是這樣。」第六層，開第六印，第六天使吹號，日頭變黑，滿月變紅血，星辰墜落於地如同大風搖落無花果樹的果子。確實如狂風中的一片枯葉，他喘咻咻停在一扇冰冷不鏽鋼大門前，死亡封緘時刻，剛剛那陣颶風的殘餘化為一隻幼嬰嫩手一推門，咿呀天靈蓋開，他腰椎被一戳，踏入蜂蜜流光與水母黏稠般倒懸且逆時針運行的醇藍天體，光點如結石，拖曳著長長凝結尾，咻的如箭鏃擊穿他的胸腔而有大歡喜。那容忍他私闖的顛倒天體，以其針尖刺點著另一個如實天體的針尖。他漂浮，嘴啞硬如果核。他流下鹹淚，看見那大神了，頭與髮皆白如羊毛與雪，直垂到腳的長衣，胸間束金帶，眼目如同火焰，腳如同在爐中鍛鍊光明的銅。寶座前七個金燈臺，燈臺基座以骷髏簇擁處女髗骭集榮耀之大成，眼窟植紅寶石，牙床嵌咬金冠，淚骨與鼻中隔填瑪瑙。大神右食指支頤，烈日一般的臉眉頭輕蹙，懊惱怎麼召喚的是他這樣的一隻平庸工蟻。他股慄以為這是褻瀆的死罪。匍匐金燈臺邊，全心全意等待一滴燭油落下，得以全屍封存一如琥珀裡的一枚濾泡。

醒來，桌上一小攤口水。他是趴伏昏睡了一晌，給中央空調氣孔的低頻呼嘘叫醒。整個辦公室剩他一人，皇陵竣工被活埋其中滅口的技匠。氣壓很低，一切寒涼，僵硬，無用。會議廳落地窗外裙樓的雨滴聲，聽來恍惚中浮現洗屍水的意象。走道上躺著同事二的腳踏車，前輪呼呼地自轉。

步出大樓，血糖低迷，飢寒交迫，一截槁木橫渡無車馬路。冷雨早上近五點，天上透三分之一陰翳的光，從頭骨囟門的縫。柏油路水淋漓的烏墨光面，勾勒了惡地形的幻境，所有樓叢如核爆後融化變形，涎淌毒液。樟樹葉梢滑下積釀了一整夜的芬多精的水滴，命中他頸根，冰沁得驚人。他是當下唯一行走的活物，濕氣水蛭般堵塞鼻腔，手在臉上一抹，一掌的腥水，臉皮溶蝕了吧。他緩緩、緩緩地如同能量告罄瀕死的機器人唧嘎唧嘎轉頭，回首一望他的變形金剛大樓，啊，它就是那骷髏金燈臺。酸雨落著，一如夢裡先知發出電波，要警告他什麼。

恍然大悟，七座金燈臺不過是隱喻。真相是，滿城盡是金燈臺。

寒冷讓他膽怯，他朝一家餐飲店簷下龜縮，以為頭頂斜上方棲著一隻避雨的孤鳥，原來是一副阿爾卑斯山的牛鈴鐺。那極度慘淡的黎明，不，黎明是不會來的，一城噤聲，昏瞶，街對岸的便利商店店招破損一角，綻露蒼白的日光燈管。分隔島的樟樹群低低吟哦著枝葉竄長拔高的經文，葉隙競吐夢幻水泡。他豈不是善於等待與忍耐的一隻工蟻嗎？昏暗在此暴虐毆打他如一隻流浪狗。一個辨識不出性別的傴僂矮小老者戴斗笠無聲無息推著一板車的破爛與廢紙，黃埔大內褲下兩條蒼黑細腿怒鼓著腱子肉泛著雨光。他似乎聽到他用力推車勇健的答數，一二一二。他才是比他更善於等待與忍耐。

他等小老人轉頭，與他照面，邀他一起在冥河大街行進。

回到住處，四棟並聯大樓中的一個小單位，他的寄居殼，若吸附峭壁上，終年蒙受大太陽大風大雨。大樓地下分出部分做大賣場，貨車在午夜來，燈火通明中卸貨。然而正午的天下唯見建物高壓堆擠，悍陽曝曬，如同海灘上漂流木、沾黏原油的垃圾、感染病菌垂死的鯨豚、膠質融化的魚眼、折斷的海鳥翅膀。必須等待眼睛適應，過濾，才能歡喜發現老公寓樓頂熠熠白鐵水塔下涎著一大嘟嚕墨綠茸茸，鐵窗捅出一隻竹竿狐媚地飄舞一床濃豔大花被單。一處樓頂蓋了廟，黃瓦燕尾，血紅圓柱，斜對面為化解飛簷煞，懸掛八卦鏡，鏡子反光時，涼靜的如一滴淚。耐心等候，等那鏡淚揮發了，日色熟黃，再熟，成了梵谷的瘋魔麥田黃；懸浮粒子過量作祟，昏暖致霧，所有帷幕大樓與窗玻璃在悶燒。繼續等，夜暗的第一道涼風，燈亮，初生貓嬰第一次睜開眼。噹，鉋卡絲登入，忒楞登敲他，「安。」或者鍵給他一張黃色笑臉。

她今天的訊息欄，既古典又白話文：「正在啃《查拉圖斯特拉如是說》」。

文藝青年不死，只是移居非實體新天地，更無所不在，更神出鬼沒。所謂鉋卡絲，馬戲團英文字音譯，他不記得兩人如何結識，網路一日，實體世界千年，鉋卡絲於他亦師亦友的資料提款機，譬如他曾迂腐的感慨網路太好用，太速成，太龐大，憂心那是一個黑洞。馬戲團小姐嗆問：「到底黑洞是什麼？」他還在臉紅，她火速傳來一段複製，「假如掉進黑洞後果將會怎樣？美國自然歷史博物館海登天文館長尼爾・迪格拉斯・泰森說，一旦掉入黑洞，你的身體將會被撕成很小的碎片。並且他認為是『太空中最壯觀的死法。』」那麼，博物館何在？建成於何年？那館長來歷如何？泰森之姓何所本？問題答案連環套下去，無止盡。

是喔，他鍵答。科科，她笑。非實體用語，他至多走到「是喔」，自以為是一種自諷諷人的犬儒冷笑。實在羞恥無法也「安」也「Orz」，不啻他三十幾年的教養彷彿一身衣褲剝光，一絲不掛裸於人潮前。

很多時日他與鉑卡絲是一僧一道那般一聲問安施禮之後，各自隨緣好去。她顯現佇立於他的聯絡人群組之中，無聲無臭，入定若一恆星。他若呼喚，她必答應。反之亦然。他們信守一份純粹情誼，不越界，不牽絆，因此煩惱不生，彼此清涼。他們是彼此領域邊陲的斥候。一日兩日、三日，她不上線，他手在滑鼠上，不過像是姜太公獨釣空濛。滿一週了，還是不見，那螢幕星空黯淡了一角。人吃五穀雜糧，豈有不偶爾病恙的？他離開座位，吸塵器清理了住處，收拾了資源回收的塑膠袋與印刷品紙類，返座，內建的老土螢幕保護程式出現，航向外太空，米粒流星雨飛灑，沒有盡頭的銀河之旅。愛麗絲鏡中奇緣，紅心皇后說：「在這裡，你必須使盡全力快跑，才能留在原地。如果你想去別的地方，就得至少加倍速度快跑。」他使盡全力不慌張，不亂想，鍵點開與她的對話框，一片空白冰原，他的輸入訊息條框閃著「—」一豎，一秒鐘閃兩下，對話無人，觀棋不語，他就像那傳說樵夫等到斧頭鏽爛。他但求他們的網路友誼直至天荒地老。

終於，某夜，他以為他的飛行船已經橫渡一個銀河系，螢幕右下冒起通知框，鉑卡絲登入。他竭力穩住，不讓那黑洞的超強吸力將他連根拔起。

「安。」彷彿她的聲帶沾滿旅途的塵埃。

果然，她是環島了一趟，會見了一位遭逢情變的網友，相偕走南橫，到東海岸，完成療傷旅程。之前他每晚對話框發出滅頂的吶喊，她傾聽援手之，諮商化解之，幾小時後哄他關了電腦去睡。然而心魔具神奇再生能力，第二夜他回復泣血原點，她悲憫之，移情同感之，鍵談至東方大白。有圖有真相，他與她分享戀情每一階段的物證，大頭貼連三拍，手機照，數位照，影音檔，旅行地圖，若櫻花季吹雪。傳檔的圖示若涓滴輸血。一連七七四十九夜，太上老君煉成斯德哥爾摩症候群續命金丹。步出高雄火車站，炎熾陽火轟的焚乾她的蓬髮泡眼，眼前真人如泅上岸的北極熊。車過枋寮，熱得好像石榴欲爆漿；繼續上行，海天一鍋沸水，蒸騰中迷離明暗二色，浮沉無數鱗甲，兩人晃琅琅像兩張錫箔。太平洋岸的海潮沖滾石礫，一種飢渴聲，她瞄瞄他。直到億萬年大海的音浪將兩人瀝淨抽空。空空地投宿旅館，睡一張床，他打鼾，睡得酣沉。被褥有著腥鹹霉味，大海洶湧更甚白日，搖撼地基。她反悔了，不該破壞戒律越界，從數位界落實到人界，人魚化鰭為足登陸，一切貶值。睡眼矇矓中，窗緣泛藍光，好比通往一異次元空間的穴孔。翻身，恍惚看見他白膩之腮的蕪鬚，覺得自己胸乳腫漲。霜凍清早，離床，翻出背包裡二手書店買得的《查拉圖斯特拉如是說》。躡腳屋外，陰翳濕氣撲面，峭聳大山有如巨靈，山壁傘張一棵筆筒樹近得似可觸到。雞啼。她驚喜極了，希望將之錄音下來。一個物物鮮活的平常日子。

這樣的日子，正是「高貴的樸素與寂靜的偉大」吧。她翻開書，從第一頁讀起，科科笑出聲，尼采曾在一個秋天，在舊書店看到一本書，「不知是什麼魔鬼，告訴他要拿起這本書。」不知是什麼魔鬼，告訴她要見這個人。

彷彿那日清早的海風欷欷翻著書頁，也吹拂她鍵寫得這些字。

旅館旁是主人栽種的釋迦園，她買了一袋，回房叫醒大熊當早餐吃。他神智一半仍在昏睡，細細地吃，吐出一小堆漆黑的子如他狹長的沾黏眼屎的瞇瞇眼。她倒是將種子吐在自己手掌，握著。她並非故意，或者是潛意識作祟，房門是敞開的，漫漶著生意清淡旅館因襲、潦草但溫潤的氛圍潺潺流入，甬道上空一隻竹篙晾著衫褲。那是多麼永恆的家常構圖，光影模糊而細節被過度摩挲，一雌一雄或一公一母的賙濟、濡沫、循環，在她心意凝固死硬之前，翻湧一如水母想要包覆那整個空間，沉下萬噚海底。多年後大腦皮質與海馬體自會修補這一場記憶，或狙殺此一龐大軀體。她捏緊釋迦種子，撳入掌心成了一隻臨終之眼。那是她肉眼的最後機會，如同高感度鏡頭銳利聚焦捕捉他，此後回到那新世界，元神歸位，兩人隔著的將是不再度越的數位銀河。

突然，她離線，一個大浪吞沒了她。

他暗叫不妙，待她願意登入讓他看見，恐怕他腳跟草長已數丈。

還好，隔天收到她的電子信，一張照片，雲天渾沌，沙灘蔓延馬鞍藤，一個胖大男身背影，海風鼓漲他的夾克成了龜殼。且鍵抄了一段謎猜文字他想是懺悔：「許久以來，在□□身上始終隱藏著一個奴隸和一個暴君。因此，□□無法瞭解友誼，只知道愛情。」

他匍匐鑽回變形金剛大樓。確定職場第三個六年，他始終是一個摩登奴隸，不過是頸鍊換成鉑金鍊子，手銬換成仿冒的夏利豪鋼索錶。

他與其他奴隸擠進會議室，總舵才結束一趟歐洲葡萄酒與香水深度旅遊，總舵同時進行的還有精品旅館、世界七大奇觀、十大博物館美術館之主題旅行，一早回來，額頭發亮，腳上亮橙球鞋，一身新富的光撻撻，即興精神講話兼一堂行銷趨勢分析。什麼時候，總舵開始採取這種演說姿態，雙手若合十置鼻嘴前，踅行似鐘擺，放軟腔調慢語而多喉韻，融合了雅痞與學究的調調，詞彙必有「美學」、「宏觀」、「資產與負債」、「心靈」。然而，那年輕時瘋狂應酬拚酒而燒壞的喉嚨總有幾分痰氣，眼瞼下有條肌肉不自覺地抽搐。他聽著只覺十分疲憊。照例被驅趕最前座的新進年輕奴工，只有他們的眼睛因他的言詞彗星擦過而燃亮，有幾個還做筆記，如同兩個六年前的他。

好懷念那個單純而敢於希望、快樂與夢想的自己。

總舵新意中保留舊習，開始又講貨幣供給M1、M2成長率，出國觀光人數，亞洲十大都市房地產價格走勢比較，魚兒會游往匯聚的地方才下餌不是嗎？曲終奏雅，總舵要傳達的指令簡明有力，他們要共同前往的明天多麼美麗。

總舵偶爾抬頭，精利鷹眼睖睖地一巡聽眾。他沒出息地迴避。

他與鮑卡絲討論過，那一紙勞動契約堪稱公平，非常公平。甲方，資方，有資金，有計畫，有軟硬體；乙方，新種奴工，有起碼技能而無恆產無恆心。但，幹汝娘感謝上帝，兩方都是一具身體一天廿四小時的上限，階級分工遂成。早些年，他記得，總舵還削瘦，還未懂得藏起草莽氣，每一段時日憤怒不過他們乙方怠職或私接外案的背叛行為，集合了攘臂開譙，「忠誠！你們有沒有忠誠？懂不懂什麼是忠誠？」鄰座一志以腿撞他一下，內心實則咯咯暗爽，不是不能懂，而是不願做。一志漫畫，乙方化身一條耕牛，濃翹睫毛，媚態疊著二郎腿喝咖啡，總舵一手揚鞭，一手拉著空軛，叫得一頭汗：「忠誠！」標題：「勞方翻身」。

但願如此簡單就好了。坦白從寬，乙方妒恨甲方，是的，因為相對分配太少而妒恨，然而妒恨得不夠深刻也不夠多，因為他們不是一無所有，尚有選擇其他甲方的餘裕。變形金剛大樓夜深人杳，和著空調氣孔的送風聲，他些許的恥愧與起碼的職業倫理反省自問，舉世不是只剩一個資本大神？誰是那完全無辜的被壓迫者與被剝削者？創造、累積財富有罪嗎？是什麼罪？一紙契約換一份溫飽有餘的薪水，還有獎金與紅利，因此他就墮落、怯懦了，是共犯結構的盲從者了？

何況，忠誠與自由的真諦，在這個小咖啡館小酒吧爵士樂多如牛毛的時代，翻成流行語就是「做自己的主人」、「有夢最美」。何況，諸神與先知寂滅，不是今日才開始。

他曾鍵抄給新世界電子人鉋卡絲這麼一段簡直夢幻如理想國的敘述：「任何人都沒有專屬的活動範圍，每個人都可以在任何部門發展。社會調整著整個生產，因而使他有可能隨自己的心願今天幹這事，明天幹那事；上午打獵，下午捕魚，傍晚畜牧，晚餐後寫批評文章。但不因此就使他成為一個獵人、漁夫、牧者或批評家。」

一個沒有甲方，沒有乙方的國度。鉋卡絲譏笑：「這才是最強烈的精神鴉片。」那笑拯救了他。

或許，問題的本質再簡單不過了，他與總舵要前往的明天與國境是不一樣的，他與總舵不同國，不同的作夢方式與造夢符碼。如此而已。

也或許，最本質的所在，總舵才是那個舊世界體制的鐵桿信仰者與實踐者。卒子過了河，變成了甲方，豈有回頭歸零再做乙方的。

是了，是階層的結構矛盾與死結，對所有有生之年升級甲方不可得或不可能的乙方，那是最核心的傷殘與否定。

在甲方乙方之外，有沒有另一種選擇與自由？

很久以前，在總舵發達之前，他們窩在鬧區巷弄的一間老公寓，養一條土狗來富，一起開伙吃大鍋飯，草創克難時期，甲方乙方不易分清，雜花生樹長出一份革命同志情誼。他們在露台與浴缸裡以保麗龍盒栽種青蔥與蔬菜，A請他岳母來教大家做泡菜、醃脆梅，B不定時從家鄉載上一大袋西螺米當作公糧，C幫男生剪頭髮，自製綠豆粉、蘆薈面膜。暑天加班到半夜，放倒了躺地板上睡，破曉前驟然的低溫，兩兩性別不分合蓋一件夾克，雀鳥清亮叫著，又是簇新的一天。那時候，他們的世界太新，他們的王國只是曠地上才砌了一座竈，沒有王，只有意志力與肌耐力強弱的差別。對成功與失敗他們一視同仁。他還比較喜歡失敗了大家乾淨端正、有所思的臉。失敗將他們團結在一起，在那彷如公社的老公寓。

啤酒屋風行，一個案子結了，他們在昭和草與蚊子叢生的空地大吃大喝，頭頂上一百瓦燈泡熾烈得傷眼角膜，喝過松山機場最晚的航班降落，喝到大路吹起了涼風，大舌頭，捉兔子，一人抱一棵油加利樹嘩嘩灑尿。捨不得散去，搖晃回公司，幾小時前一席剖腹交心的對話，總舵說：「我這陣子常常半夜醒來，想到自己到底有沒有盡全力？有，就不該只是現在這樣。我虧欠你，你，還有你，你。」甚至誓言，「五年，你講的吼，你押我五年，伊娘耶我也押你五年，作陣拚，沒在驚的。」「先落跑的是豎仔。」「二十年不舉。」一仰頭，杯空，叩地擊桌，胸腔鼓風。「我不服的是，阿祥今年到現在比我多兩個案子，是怎樣，我比較差是不是？」那是男性與男性的愛情。屋內狗味稍重，秒針走動聲清晰，上一個梅雨的後遺症，一面牆出現壁癌徵兆，貼掛的鏡子迴照這些人，而燈罩裡累積了多年的昆蟲屍骸成了斑點。他們似乎在等待著什麼。那樣逸出工作時日之外的時空場域，一切好熟悉，但怪異的都有些澀澀地使不上力。酒味酸了，夜深在探底。鏡裡的他們年齡相仿，毛髮茂盛如豬鬃，體味太濃常有沼氣，在盛年的日中作大夢，亟思一夕之間爬上巔峰。血性的歲月，他們一體如同孿生，哪有什麼後來的甲方乙方忠誠問題。

老公寓，客廳即工場，因此始終不能成格局。有人發現新鮮事，「快來聽，這一對才搬來的，天天做，真猛呢。」一群起湧上，推搡搶佔位置，耳朵貼牆成了一隻隻壁虎。陽光都來的每一天，老死不往來的鄰居們剁肉泥爆蒜爆蔥炒辣椒煮麻油雞，一扇鐵窗吊著洗淨回收的紅條紋塑膠袋，曬著棉鞋；斜下方獨居的老先生氣管弱，一口痰老是咳不上來，終於咳通了，眾人一齊鬆了一口氣。一戶晨昏爻桮，噗叩，噗叩，諸神給問惱了，不應。傍晚六點之後，開始有熱水爐轟燒。他看見每張玻璃墊上茶杯底生出的水垢重疊太多圈了。他招呼來富下樓出去走走，落日的紅紅暖光在樓頂樹頂。夕顏呢。

他不能預見宛如公社的日子即將結束，親如兄弟姊妹的夥伴終將星散，老公寓日後將創下一般受薪階級一輩子不吃不喝也買不起的房價。

來富與他遇到未來的總舵開著烤漆退色的銅罐車，上車，直趨一處鐵皮圍匝的一長排廢棄公寓，涎著鳥屎的洗石子牆每數公尺噴漆一個圓圈了個拆字。蒼茫如灰燼的暮色包抄他們，來富在後座哈著粉紅舌頭，他隨牠的視線游弋那死獸甲殼般靜待風化的建物，內在某一塊陰柔質地被喚醒。一棵拔直的樹，濃墨剪影，好多雀鳥聒噪火焚枝葉那般。

昏暗中，總舵的舌是火，啪啪捲燒著話語，這是他獨力一人追蹤斡旋將近一年，爭取到手的案子，成功了就要翻兩番，敗了最壞狀況就是一無所有。總舵的兩個夢想，山頂之屋與水邊之屋，一看不被切割的天空與盆地天際線若神在峰巔，一看屋前水池設計，水平線那一邊滿溢似與海平線吻合。但總舵說他反覆夢見在糞堆翻滾，在糞坑浮沉，想要奮起，一隻長篙便來戳他的頭，擊他的背。夢裡的地心引力係數不同，傳導感覺緩慢，持久。他反手抓住竹篙，被拉起，看見持篙者纍纍巨乳，陌生的面孔有著昆蟲透明翅膀的筋脈。醒來，眼前拓著那些殘影，在浴室鏡子檢查自己的背，確實有數條蘭花瓣上那樣的紅痕。

他感染未來總舵的夢，如同偷窺。他理解總舵慷慨地邀他一起奮鬥，但他分不清總舵臉上的光是油光抑或是暢旺的氣色，夜暗稀薄，咀嚼著那分享的祕密，覺得兩人親近無間。回程，對向車流量大而滑順，路樹篩下藍染天光，他們如在夜海泅泳而絲毫不孤單。

也是多年前，他跟未來總舵去看過一塊地，穿越一大片油黑泥灰、空空鏘鏘的小型工場區，一塊浮著幾片荷葉大張力的廢油的畸零水田倒影著小山餘脈。不過剎那，天就暗了，天色混著水田的光，暗成藍調暮光，低頻的蚊蚋轟轟轟，是一種浮躁的異質催眠。然而泥路上或立或蹲或漫步一些閒置人口，小孩著螢光綠螢光黃塑膠拖鞋，鼓著青蛙似的肚子。一點無動於衷他們的祖產、田地將要天翻地覆的改變。田邊怒張著大片一人高曼陀羅，猖狂的白花影子，葉叢中嵌著一個小男孩還是縮癟的老人，翻著乳膠漆眼白眨巴眨巴聽音辨位盯著他們。未來總舵與他招招手，他搵搵聲的磨牙，似乎憨憨回笑了。總舵解釋那地契產權三代數十人持有，一孤乖老頭就窩在後面山凹裡，讓他不同時段走訪十餘次，進行持久戰。老頭簡直人獸，以吠代言，衣樹皮，捕山鼠，他最後以烏梅酒與蹲踞之姿與老頭交陪，讓他蓋印。三個月後，小山掘空，水田挖掉。搬離老公寓前，一日，報紙社會版滿版報導一對中年怨偶爭吵互毆，男方澆淋汽油要自焚，在密密擠放著機車的狹窄中庭意外引爆成了連環汽油彈，火海烈焰上沖，四面連壁的蜂巢狀樓宅發揮煙囪效應，狹隘巷道消防車進不來，高樓層住戶濃煙嗆死或活體燒為焦炭。一組連拍現場照片，住戶自救，拋下繩索攀縋下來，一婦人失手，頓成人肉炸彈墜地。

他編了個藉口，中午搭了捷運趕往現場，那水田鑿空變成地基，建成高樓集合住宅，從無到有，曾經是他的案子，他埋首於那些晒圖、平面配置圖、模型、建材表，反芻之後，為它解說造夢，招徠那些與他同條生不同條死的工蟻買下，入住。結構體建好，他與一志來，爬水泥粗胚的樓梯到頂樓，一志嘖嘖：「棟距這樣近，手伸長就摸到。也好，看對眼，伸手過去幫對方摸捏捏打手槍他奶奶的真方便。」

回到地面，「這樣撈法，有夠狠。萬一火災，好辦，一個青蛙跳就跳到隔壁棟。」

他在那片工場區巷道中鬼打牆，轉了幾圈，鐵皮簷下空蕩著大鐵鉤如獠牙。半空偶爾飄著一兩片紙屑似的焦黑物事。燒焦味嗆鼻。轉了彎，他又見到趴伏水泥地的黑狗，眼神畏葸，屋內歪扭的一台電視螢幕靜音而閃著雪花。轉進隔壁巷，還是那一缽長莖綁著竹枝盛開的凌霄花。

人獸老頭逍遙的小山被剷平時，樣品屋建起來，山之後當然還是山，粗糲的黃土，破折號似落陷下去。他直直走向前探看，原來那裡隱身一座巨大電塔，電纜的白瓷座子好像外太空異形獸的產卵。南歐風格全白樣品屋，運用大量視覺穿透性材質，日照極大化，室內空間跟著放大，室外園藝公司暫時移植了一棵大緬梔花。未來總舵找他，「枯葉蝶的概念，回到家就與自然融合在一起的感覺，徹底放鬆休息。去年還得強調離塵而不離城的生活機能與便利性，我看今年這調子彈不動，我們得幫他們洗洗腦。枯葉蝶，嗯，可惜那怪老頭找不到了，否則攝影了再修修片，養生的效果多讚。」

搬離老公寓，遷進新大樓，未來總舵交代他發給每人一封信，一張紙條影印某日系百年廣告商的鬼十則，第五條：「一旦動手，在未達目標前，見神殺神，遇佛滅佛，即使被殺也絕不罷休。」

凌晨四點，入厝拜拜，供品擺了兩張大桌，未來總舵新衣新鞋，剪髮抹油，仍是削瘦飢餓的臉，高舉小拇指粗的香，香頭紅星微顫。整個城市即將轉醒，夜雲退位，天空蛋殼般敲破，液態的光彷彿蛋清那樣流淌，舌尖嚐到腥甜。高架橋與空蕩馬路流轉來的風，蔭涼如開棺的氣息，他們深色衣著，肅立。有那麼寒凜的剎那，供桌的燭火縮小如豆芽，一挫，又活了。總舵雙手置額前，香舉得筆直，久久。

不先敬神，如何殺神？不先拜佛，如何殺佛？他舉三炷香理出了邏輯，直到他們幸運地也成為被殺者。

賭片與英雄片風起雲湧後，墨鏡與長風衣的記憶延續了好幾年。突然一日，總舵斗篷那樣披著一件黑色長大衣進新辦公室，認領、延續了那個殺破狼的符號。要等到他職場第三個六年開始，他才丟掉長大衣，外鑠轉為內發，他哼歌，那些美聲女伶哀頑感豔的情歌。就是那時候，他與一群新富及貴婦完成了小乘佛教造型藝術之旅，從而有了兩款手勢，行走時厚實且紅潤的兩手或互握或合十，對他們乙方講話時，泰半合十，指尖輕觸下唇。俳句有如此一行：「不要打哪，蒼蠅在搓牠的手牠的腳呢。」

他將之鍵傳給鉑卡絲，並無回應。

變形金剛大樓裡出現這樣的敘述，根據忠心的某一乙方的傳播，總舵醇酒之後論女人，一個是一口，基本款，不稀罕；有了兩個，新手開始難免兩個都搞不定，所以哭鬧；擺平三個，那就有品了；額度衝到四個，成器了，「大器。」總舵嘿嘿笑了。

「一口井？」一志唱那首中古芭樂歌：「你從來不問我有多麼深，你從來不問我有多麼冷。那不是我能夠居留，也不是我能夠忍受。」

趕上了那幾年全島遍地開花的種種桐花祭、鮪魚祭、飛魚祭，變形金剛大樓創建人家族第三代擁有藝術管理碩士的少奶奶是那麼做的，大廳辦珠寶展、明朝家具展、薄酒萊趴、春裝趴。天井垂直空間劇場化，她請了一支表演團隊，垂掛繩索，環繞音響放新世紀音樂的鯨魚唱歌、旱風吹鳴沙丘、竹林穿雨，探照燈半空一打，繩索縋繫一粒白蛹，第二條第三條光柱射出，三粒、五粒白蛹；白蛹半轉，表演者通體敷粉頭下腳上捲曲胚胎狀。探照燈與音樂暗滅，浮現太空枯寂，胚胎伸展四肢，開始穿梭飛盪。間中加入兩組流星墜，觸地，旋即彈跳回去，身上似有銀粉擦亮空氣。那人工的飛翔特技，天井成了矩形走馬燈，淡出淡入一幅幅迪士尼風格的陽光折射的海底、茵綠山谷、漂浮農家村莊以及器物的夏卡爾式幽藍夜空。甜蜜，太甜蜜了。飛行者一個一個揚升至某個高點倏忽消失。燈全暗，非洲鼓細細密密咬著他們耳朵，野性節奏點一尾花斑蛇滑下了脊骨。花托光體倏現，蠶白一具彷彿赤裸女體前凸後翹單手挽繩擺盪，她柔若無骨一節腔腸動物張開一字腿，人體流星再次對角交叉飛掠，於一次準確的會合時，一齊出手各扣住一字腿兩端，撕開，蠶白女體一幻為二，兩組梁祝。

表演結束，蠅蠅嗡嗡散場，門口卻是堵著兩層保全與警察，對峙著披麻衣頭綁白布條跪地的一群人，橫拉白幛，墨汁淋漓書著「財團黑心　坪數縮水海沙屋　坑殺良民」，「公義使邦國高舉」，「你是下個受害者」。警衛試圖開出一條路讓貴賓離去，彎上大門的車道口一輛載卡多戰車，立著一胖大男子持喇叭唱念指揮，「一釘東方甲乙木，子孫代代受福祿；二釘南方丙丁火，子孫代代發傢伙；三釘西方庚辛金，子孫代代發萬金；四釘北方壬癸水，子孫代代大富貴；五釘中央戊己土，子孫壽元如彭祖。」那一群偽裝戴孝者跟隨每一釘的號令伏地一拜，齊呼：「賠我房子。」

胖男子叮鈴叮鈴搖著黃銅鈴，記者群蜂擁過去，戰車上如同掌中戲舞台，熾白光焰烘燒他面如金紙，一弧鬍髭，「這一家金山銀山卻是食銅食鐵，逆天食人夠夠，咱得替天行道，我祖先姜子牙，祕傳釘頭七箭書，今日辜不二衷來施展，請大家做見證，咱無辜受害者得要自己拚，這份天理得要自己爭。」一胖男子一矮身，不見，麥克風嘰的銳叫，「看著！」一手高舉一草人，有如坐昇降機直立現身，換穿了一襲八卦皂袍，「聽著，我予汝三七二十一日的期限，」他掌控傀儡般讓草人甩手點頭，「否則，咱這陣無辜受害者一日三拜，拜得汝一家夥三魂七魄飄飄渺渺。」散髮搖鈴，腳步罡斗。原本跪伏在地的抗議者，鵝群般直起上半身回頭看法師。「頭上三盞催魂燈，足下七盞促魄燈——大家要合作，要專心，不是看我一人在搬戲。重新來，聽我號令，一釘東方甲乙木，子孫代代受福祿……」鵝群乖乖轉回頭，伏拜。法師又一矮身，不見，喇叭持續嘈嘈施令。「起！」一團黃影升起，換上一襲八卦黃袍，顛狂地搖鈴，圍觀者有喊聲：「桃木劍咧？」法師一怔，道袍內翻出一柄紅漆木劍舞了一回，臉上汗水淋漓；收劍，定住，左手只豎食指中指，嘴唇翕張無聲。一旋身，衣袖拂臉，轟，噴出一朵蓮青火蕊。人群驚啊。法師二次噴火，戰車傍著的一株樹喳喳燒了起來。跪地抗議人陣全數回頭。

大廳人叢中，一個嬌嫩女聲咯咯笑了。他突然認出她是剛才天井表演最末一段那個軟骨功女子，還未卸妝的兩窟柏油眼睛，短臉灼灼的。下一秒，他察覺總舵一頭黑豹似目露精光攫住她。多年前他們曾經如此對話，「要賺到多少你才認為夠？」「大致上我想要什麼都可以不必煩惱的狀況。」不煩惱者穩健又不失夢幻地步向軟骨功女子。

有此變形金剛大樓以為碉堡，屬於他們的什麼都可以的時代。

軟骨功女子再次出現他們辦公室，素臉短髮，燈籠袖，不規則剪裁的短裙下一雙及膝漆皮靴子，逢人瞪大眼睛，唯總舵逗得她笑咪咪。一志叫：「凱麗。」隨即丟出一本東洋漫畫本，《銃夢》，「像不像？」

他鍵問鉋卡絲，她鍵答他一串如同密碼：「遙遠的未來，她的頭顱在廢墟山被撿起，被給予了新生命，她前世的格鬥記憶也被喚醒了，注意她如同火鳳凰再生的核心機制，她的戰鬥爆發力、復仇意志與恥辱挫敗係數成正比。她並且是更遙遠未來的重生之母。」

總舵帶凱麗領著他們南下中部談一個案子。高速公路上大氣渾茫，日色裹著懸浮微粒變成迷瘴，兩部車競逐，他窩在後座專心翻著一套九冊的《銃夢》急於解碼。一志故意外側切車，並馳，為見她在兩層車窗後的臉，「很殺。」

開到了丘陵地帶，地形上一個高點，墨灰雲層如同濃煙滾沸，很厚，其下平鋪展開的鄉鎮聚落，幾處高層建物團簇，如同靜物畫。天陰，遠距，他的視窗從抖動的書頁移到寬闊實景，然而視神經都是那套漫畫的殘影。一個反烏托邦的噩夢之境，未來的廢鐵鎮上空杵立著如水母如魟魚的空中城艦，夜以繼日將其廢棄排泄下來，一種劣等反芻高等生物廚餘的食物鏈於焉成型。鎮上有那被城堡流放的貶民，在廢棄巨塚拾得蟄眠兩三百年的生化人頭，凱麗；他給她安裝機械軀幹讓她復活，她喚醒了前世所有戰鬥技能的記憶，開始一長串死亡與殲滅的集成之旅。凱麗，不斷過關斬將，一一上場與她對決殊死戰的猙獰軀體的生化人合成獸，雖是敵手，卻都一起既質疑又定義生存與戰鬥意義。這是第一層架構。

生存，戰鬥。路況良好，車子維持在時速一百公里，輕微霉味的紙頁被他翻得如振翅，「人類本來就受到很多限制。所謂戰鬥，就是為了在那個界限中獲得更多的自由。掙扎吧！困惑吧！唯有如此，才能找到道路！」他懊惱了，為什麼要看阿本仔這種狗屁不通的勵志小語。然而他為那些新奇名詞所吸引，很需要鉋卡絲幫忙解說，火星古武術之機甲術，拳頭發出100 Hz以上的振動之周波衝拳，奧義游擊功律動，雲燿之劍，亞細亞法，彷彿變異新品種花卉昆蟲之名，新節慶的發明、新元素的發現，需要一個新名字。他感嘆，假科幻之名，以文字鍊金術美化的暴力，骨子裡終究是最古老的弱肉強食的叢林法則。這是漫畫的第二層架構。

最後是廢鐵鎮地上人與空中城艦的終極對決。阿本仔作者在此剝開他的意念果核，空中城沙雷姆的市民，十九歲進行授勛儀式，在昏睡中被施以晶片取代大腦的手術，此後受中央電腦全面規格化掌控，完成一個沒有犯罪、失業、髒亂與意外死亡的理想國。這樣的偽未來圖像當然還要再進一步擴充，凱麗來到沙雷姆城中央電腦主機室，那人工智腦母體以慈祥老母形象現身揭開祕密，古老以前，瀕臨滅絕的地球人展開太空殖民計畫，製造了名曰雅各的天梯的軌道昇降機運輸資源，沙雷姆與耶路便是兩個地球軌道太空站。兩百年前，殖民星球之間發生資源戰爭，中央電腦於是切斷沙雷姆與軌道昇降機的聯絡以避戰，此後就是空中城統御地上人、階級結晶化的歷史。

正午，駛入晴天區域，他們站在市地重劃的一片曠地，太大了，無邊無際，一張口就吃了塵沙。顯然，整地工程才結束，一台黃色堆土機伸直了油壓軸臂如同偃睡，駕駛艙玻璃窗結著一層沙殼；腳尖踢踢那些卵石磚塊，露出淺埋其下的碎木、瓷角與碎玻璃。一志與他發神經慢跑起來，如同一對越獄的無期徒刑囚犯，極目處有一株裹滿泥塵的矮樹。
「幹，為什麼我沒有那種跟我不對盤的超級老爸，有一天，他拿著雙管獵槍逼我跑，像這樣，看我能不能跑離他的射程，不要給他斃了。」
「答案揭曉，看你這兩條鳥仔腳跑多遠，跑過的多大一塊地都算你的。」
一個踉蹌，絆他的是一橫牆根。踩著它走，理出一處地基的輪廓，似乎原本是座三合院。凱麗悄悄走來，也踩著那牆根遺跡繞走。總舵背著他們講手機。他們兵分三路，走另一處地基牆根，彷彿探勘史前恐龍齒牙折斷的牙床。若能高空鳥瞰，肯定這曠地藏匿著一張如同南美的神祕納斯卡線圖。踩著地基遺址，想像從前的樣子，其實不大，一如死去的人，燒了只剩一副簡約骨骸。三人分散在空茫荒地，太陽愈來愈大，各自的影子扁成侏儒。他發現一盤樹根，凱麗豁朗朗挖出一幅玻璃相框。一志怪叫一聲，「是不是金斗甕？」三人聚齊觀看，碎磚裡埋著一個破陷發臭的烏黑甕。
一朵花苞大黑影，擦地飛過頭頂。
那漫畫作者木城幸人，在第六冊封面褶頁的告白，好古典懷舊的調調，可他看了非常喜歡，覺得比整部漫畫更好：「童年的太陽比現在更要鮮黃，老家門前放著一輛父親自製，早已破舊的手推車，家附近是樹林廣佈的荒地，巨大的樹根到處攀爬著，腳底下無數的蟲蟻四處慌亂地逃竄。豔陽天，馬路發燙裂開，散發出柏油味，昆蟲、青蛙和蛇被烤焦的軀體到處黏附著。我只是喜歡那沒有大人監視我們的星期日大熱天。因為，那兒只有太陽、無拘無束與死亡。」

從前的太陽，從前的自由，從前的生存。還在老公寓時，上班第一週，總舵看了他的稿子，帶他在社區散步了一圈，淡淡說了：「你寫東西挺像在作文比賽。」喉嚨裡咕笑了一聲。他喜歡他辦公桌上時常更新的一落建築書籍與雜誌，不時放一本在他桌上。看完了，他也不動聲色還回去。如果這是帕德嫩神殿的柱廊的早晨。神廟之規劃取法於完美人體的比例。如果我們這麼完美，既然供奉了神也就要供奉人，遂有了密斯凡德羅削肉去脂的玻璃屋讓人自我神格化。如果飛弧拱讓神聖更壯麗，我們背脊都需要飛弧拱。如果不是那個六月早晨，他跟著去看一塊建地，不會發現是一簇垂垂老矣的魚鱗板壁、煉瓦青苔的平房公家宿舍，住戶都搬走清空了，三日內拆除，現成的漆彈模擬游擊戰的好場地。屋子前後一定有過老樹，已經先被砍掉了，還是聞得到那些老樹精魄一樣的芳香徘徊不去。他怎麼覺得每間屋舍猶有餘溫，鼻息綿長，木料大門敞開，早上太陽曬進窗戶佔據了大半室內，亮晃晃。每一戶都有著不同的氣味，走進去，掀動了那無形的記憶皺摺，便大量釋放了深層種種的氣味結構分子。也有那紗窗敝舊的，光波裡喧騰著好多好多絲絮，有如賴著不走的老鬼魂。水泥地裂了一條縫，曬衣繩還晾著一件白色內衣。某一戶客廳一紙箱好像等著他，裝的舊信件老照片與揚著墨臭的習字宣紙。灰粼粼的蠹魚見了他也不慌張，屋後掉下了佈滿黑斑的芒果，好香。他毫無顧忌將信與照片一一展開細看，以前的人眉目特別清揚，整個特有元氣。下一刻，他驚覺自己臉上流著淚。如果可以少感傷，不軟弱，不一再回頭，他的生存，必將往前看見不一樣的明天。

凱麗被曬得委靡，在亂石堆坐了下來，鶴勢螂形。沙塵熱風好像有令旗指引一陣陣往身上撲打。她一身黑衣裙黑靴，也像一只甕。

一志遞給凱麗一罐飲料，「妳叫什麼？」她瞪他，「你又叫什麼？」一志答：「正宗土狼。」

總舵聯絡、會合了地主與牽猴仔，去一家陰暗角落有蚊子的料理亭。菜未上桌，他問了幾個關鍵問題，對方互覷一眼，訕訕地答不上來。他與一志使了個眼色，又喚內將添了三道菜與燒酎。悶悶地吃完飯，總舵強勢押著那嚼檳榔的牽猴仔開車走了。

一志開車到高地新闢建的休息站，主建物之外依地勢鋪疊著木地板，欄杆圍著天空，中部平原坦蕩就在腳下，屋舍密度低，太陽照著因此都是金色，極目似乎看見海岸線金蛇一條。三人一體合坐一張觀景條凳，天光豁亮得沒了言語。

不久前一晚上，總舵告訴他新得的一個夢，夢境泥濘，他拖著彷彿虎頭蜂螫過的兩條腿穿過盆地城市，天上地下高架車道蛇龍盤旋，車陣如蟻群，刷刷捲起鋼鐵腥風。不知道要往哪裡去，死去多年的父親在一輛車內瞪著他。終於，遇得連峰大山如屏風，才覺得溫暖，抬頭看見山坡大樓數棟變幻成直立的懸棺包圍他，泌著糖漿似的光。攀登棺蓋，周身傳導著征服的輕盈感，可絲毫不敢放鬆，小心地一步一步，突然發覺自己長成與那樓、那棺一樣巨大。

「巨大，大量的感覺。」暖黃燈光下，總舵嘻嘻喃喃著，酒精將臉醚得又紅又油亮。等總舵兩手插進褲口袋，往後一仰，在棗紅色獨座皮椅昏睡了，他像守屍人盯著他與其無謂的憨夢，還是鉋卡絲鍵書蟲鍵送的引言，刺殺凱撒的布魯塔斯告白：「他幸運，我為他歡欣；他勇敢，我尊崇他。但是，他野心勃勃，我殺了他。」見鬼殺鬼他想殺了他。

那日下午，他跟著總舵去看一張市鎮接壤山窪裡某個百億造鎮大案的示意圖草稿，尺寸大如畢卡索的格爾尼卡，畫師跨坐在梯子頂端，如魔術師耍玩撲克牌，抖腳將一疊現場照片在兩手間啪啪抽飛，昂下巴演戲訴苦：「算不合喔，接你這一張可以幫別人畫三張還有剩。」總舵斜睨畫師，殺辣踹梯子一腳。兩個年輕畫師以尺規一細格一細格畫著假樓的窗框，認真得舌尖抵著上唇。而工作室寬銀幕般大幅玻璃窗外，午後氣流爬梳整排路樹，發狂時整樹的葉片掀翻見背，是鑠鑠的霧銀色。

人人夢想翻身、求遂其大願的時代。末世廢墟再起的格鬥女，凱麗之願：「人都有一雙看不見的翅膀，我對這個世界只有希望一件事，那就是所有人都能用自己的翅膀飛行。」

馬戲團之女鉑卡絲於深夜鍵寫來告白：「你看完了？我當初愛死了。三不五時重看。」她遲疑了下，鍵實：「你引的那兩行，以前總是讓我飆淚。」

「笑我吧。」

呵呵。他鍵笑。

「凱麗說的翅膀，實踐自己的自由意志那種意思吧。」

鍵妥送出，她立即離線，非常羞赧似的臉紅，好像甲殼動物乍然脫卸了硬殼甲冑，必須掩護自己。

次夜，收到她的電子信。

第一次看完這部漫畫，走出漫畫店，我手腳發抖，好想找個無人的所在躲起來痛哭
外面天昏地暗，下班的、放學的，賣麻糬的手推車停在巷角，那小玻璃櫥內還剩油亮幾塊躺著，不見車主，而那搗麻糬的電動娃娃顛狂地抽動著
我很篤定一個兩個十年之後，恐怕我還是活在這樣一條陰溝似的巷道
我不能更同意了，一切，絕對不是一個木城幸人的阿本仔的幻影狂想
一切，早就發生了。就在那裡
一個大黑洞等著我一腳跨進去
我如何用自己的翅膀飛行而且避免被用後即棄如同渣滓與殘（廚）餘？
我如何相信我之所以不能夠用自己的翅膀飛行，我的失敗是因為我不夠努力不夠認真不夠聰明？
我如何相信我有意志的力量，自由的力量，令我戰鬥直到最後一秒？
所以我可以這樣的竄改：在我頭上，永恆之星空，在我心中，自由與意志
以及（此句我覺得改得更好）：生存是我企圖覺醒的噩夢
唯一好佳哉的是，我已離開那個有著彷彿陰溝的巷道的社區
我仍繼續以戰鬥實踐我的生存我的自由
我仍在想（啊，思考是多麼重且可怕的字眼）
當我用自己的翅膀飛行起來的那日，我已是一個很老的老人

翅膀巨大、愚笨而且骯髒

鉑卡絲遲遲沒有登入即時通。他知道她在那裡，相隔一片荒漠之地，天氣晴朗讓視線放到很遠，看得見她一如一個發光的逗點。他終於確定鉑卡絲是介於二十到三十的年紀，潛意識無限延宕那文青的心智與生活方式，過度想像，用其不涉世的單純臆測複雜，一切遂成紙（網）上作業。

夏天了。古希臘詩人赫西俄德是這樣寫陽曆六月，「那時候，山羊最肥，葡萄酒最甜；婦女最放蕩，男人最虛弱。」

總舵的心最大，夢最美。格狀巢穴空降了一位二舵主，短髮刺蝟頭，五短，兩手戴著及肘的黑色袖罩，眼珠轂轆轆，押著他與一志半夜去督報。尾隨派報車到高架橋下，一綑綑報紙扔下像電宰豬地上滾。迴車道旁鬼影人蟻蹲了一地，雙手機械而快速地將一份份廣告傳單刷刷夾進報紙裡。橋上早起的車輛漸多，車輪捲起旋風好陰冷。樓房之後，灰藍的天在變臉，露水往下瀝。二舵主去跟領班敬菸哈啦，背後看，屁股夾緊，更矮。回來，瞟了一志與他一眼，「有這麼冷？一個黑眼圈，一個嘴唇發白。」接過車開去喝永和豆漿。城市甦醒的時程是美麗的，二舵主說起以前兩大報號稱百萬份的好日子，督報他做了幾年，就在車上睡了幾年，睡出脊椎側彎，比鄉下的老父巡田水還拚，突然一記回馬槍：「你們也不是菜鳥，怎麼我看做得不是很心甘情願。」他一肚子暖意，臉紅得厲害。

如何心甘情願？看守巢穴第一線的雌性工蟻，總機，從櫃台下伸手捏他褲管，壓嗓子問二舵主還在辦公室走了沒？拜託幫忙叩她男友來接她。

「你不知道喔，櫃台上面角落有針孔攝影機，」總舵二舵主全天候監看側錄，「我最倒楣，每一秒都被監視，好像演《楚門的世界》的女版。我挖鼻孔都得躲桌子下。副總都是我下班前十分鐘找我去，問我要漿糊，我哩咧，什麼是漿糊呀？問我皮膚白細水嫩，用什麼牌子化妝品？然後砍卜練他老婆生不出兒子，算命說他有財無丁，去拜註生娘娘送子觀音，卻說他命裡有一個，但要在外面生。我就跟他假仙，什麼男丁，南丁格爾喔。我告訴他，我屁股雖然翹但是小，最怕痛了，肯定生不出帶把的。他就天天找我，說不試試怎知道。我就霍去病弟弟豁出去，裙頭往上拉，上衣釦子多解開一粒，穿魔術露出兩顆北半球。果然，他兩腿一直開、夾，還翻白眼，忍不住時伸手在褲襠flower。以為我看不出來喔。最過分是我男朋友，居然說小甜甜要怎樣？小甜甜布蘭妮、不然你要怎樣？反正我們不生，你這樣卵子都浪費了，給他生一個搞不好是兒子，跟他拿個三五百萬多讚，我們買部Mini Cooper，我當司機載你上下班，或者來去擺地攤。」

鉈卡絲還是不現身。他沒關電腦就睡，淺眠中，彷彿窗玻璃上一隻白鴿撲著翅膀來啄，彷彿他喀哩喀點選進入螢幕中的教堂，祭壇上鬈鬈長髮披肩的憂容男子，一顆紅心發光。

阿祥找一志與他偷接一個小案子，城南河堤邊一棟雙拼獨棟成屋，不包銷純企劃。河對岸廢棄砂石場的鐵架與輸送帶在傍晚紅熱太陽下成了炭筆黑線條，太陽沒了後，野狗群跟著一陣陣陰風吠了起來，每數日會有一隻該該哀叫飆高音，大概是被捕抓了。哀叫聲驀地一扼，靜了，堤防上野草殺氣騰騰。入夜後絕無來客，凱麗帶著幾樣熱炒來，就在以白黑與少量熟銅黃裝潢的實品屋擺了一桌。凱麗從她布袋也似提包取出香氛蠟燭與紅酒，「藍仙姑。」鑽著窗縫的風細細尖尖的叫，似乎外面無有人跡的黃土曠野，燈光下三個人圍坐著很緊密很溫暖。

時間是他們的，空間是借用的，她指甲偽裝上了油，粉紅透亮如櫻花瓣。她說接下來大半年將密集跑內地，幾天前去了南部一地方大廟作醮與鋼管舞團拚場，煙火鞭炮與一地紅炭金紙轟燒一整晚，夜空轟破一大洞，硝煙與灰燼有如毛毛雨，台下一大群額頭暴青筋的豬哥。

如果他們需要的是這樣的少。他覺得那鑽著窗縫的風是另一形式的時間沙漏，速度快，風化他們成為老人。燭火光暈裡，凱麗鵝頸歇在一志肩膀，朝他一笑，也不是要他離開清場的意思。

堤防下溪水上溯到了盡頭，翻過山嶺便是總舵的山坡造鎮所在。那幅油彩示意圖完工，整體效果虛假得很震撼，約三十度角斜坡開著一條之字形車道，錯落三排集合住宅高樓。那是打前鋒的第一期開發計畫，成功了，車道將繼續開闢上去，開到山稜線，隨同飛鳥翻過山那邊。

總舵甚喜歡他寫的一篇新聞稿，標題「沉睡在我們的盆地邊緣」，「這片坡地屬於原住民古老傳說中富含水源的山脈，這一日清晨走來一隊朝聖者，為首的是……。經營團隊與建築師要求所有專業人員步行入山，行動表達他們對山的尊敬與卑微。七點多的太陽照著整片山嶺有如一塊綠翡翠。這一造鎮團隊專注而小心翼翼地在坡地上進行地質、水文等採樣，一隻十公分長的螳螂跳上其中一人的帽簷，經隊友提醒，他緩緩摘下帽子，將螳螂往順風處吹走。人、住居與自然能夠和諧共存嗎？答案看似容易，更需要的是實踐的力量。」

總舵攤開厚厚一冊地質鑽探報告，坡地下十米、二十米、三十米、五十米，頁岩、砂岩、岩盤，驚嘆鑽軸孫悟空的鎮海神針金箍棒那樣深深地鑽下去。更得意的是他親自監造的接待中心，建築大師柯比意的廊香教堂的仿造放大，粗獷的不規則幾何狀，不同角度看，一頂修女帽，一朵香菇，又像破浪航行的船首。

總舵說他看到了隱藏著一具豐滿女人的身體。大師喜愛豐滿的女人，他會對萍水相逢的女子說：「我們應該一起度過快樂的一夜。」上個世紀的上半葉，大師搭飛機在里約熱內盧上空，看到大地之母的形狀一如神的現形，於是將那女體的曲線型態運用到都市計畫。總舵喜道，山坡鎮順著坡度緩升的車道不也是女人身體的柔軟線條，那寬闊的坡地有如胸乳哺餵男性象徵的高樓。

一志載著凱麗與他上山坡鎮，山下便橋遇見預拌混泥土車在前方，超車不過，淅瀝瀝濺了他們半車身泥漿。轉個彎，初升起的月亮八分滿都是煙塵，迎面而來彷彿蛋黃噎在喉頭。他沒有久待，搭了另一同事的車下山。他知道要發生什麼事。

一志血絲火眼來告解，假廊香教堂向陽背風，半夜只剩他們兩人，聽得到一大片山脊坡嶺草葉打草葉，原始的吐納。窗玻璃魚鱗光，他渴望她那麼久，而她長期規律運動的肌肉非常柔韌有力量，因此，足以抗拒不肯正面對他。一志背後環抱她，很香。凱麗牽他的手往下，他知道她驕傲自己腰高腿長。她轉頭看他一如在半空飛翔時，他突然膽怯了。凱麗再次牽著他手向下，到了肚臍，他的意志叫停，那平坦豐美的草原。她吻他。在腦啡激烈分泌的瞬間，他的手抽搐了一下，感覺掌心滑進一節肉棒。他覺得大腦內也有一節啪地折斷。

凱麗轉身面向一志，聳動肩膀狂笑，喘氣解釋總舵其實才是第一個她陰陽幻術的上當者呢。之後，她就溫順了，讓一志抱著如同兩隻湯匙重疊。天亮前，模糊覺得進入了她，異常溫暖潮濕，讓他在夢與非夢之間靈魂出竅。天開始亮了，雀鳥與五色鳥的鳴叫滿溢，乳白霧氣讓他誤以為是眼球水晶體的雜質。凱麗控制著他，她施捨的幸福，臀部以一種神奇的節奏呼應著五色鳥「郭—郭郭」擺弄窒擠著他，而她自己像一隻母鴿，喉嚨微悶吟呻。她才是選擇者。在高潮抵達時，她捧著他的頭臉細細地咬。

一志記住的永恆圖像是凱麗離床立地猶如戰士，天光之藍潑染那身軀無有一絲累贅，漾著珠貝的光暈。一志軟在床上，想著居然也是巨大的力量。

他檢視那矽膠玩物其上怒放藤蔓的血管，凱麗說是翻模自美國色情片男星。一志一拳重重搥擊它，「幹。」一蹦起掉落地毯上，泌尿口有如向他們噓聲。

而凱麗不告解，電話問他一志呢？他聽見一志住處灌進的風聲。他反問，總舵被粉紅假屌嚇到是什麼樣子。

「別人施捨的幸福會讓我感到沒有實際生存著。」他不得不鍵抄此句給鉋卡絲。

他斷定，格狀巢穴天花板必然也安裝了針孔攝影機。那麼，這個他暫時安身，共生互養、交互感染的體系，基本上就是施捨與被施捨、監視與被監視的甲方乙方兩階層。或者，對一志、鉈卡絲而言，廢鐵鎮與空中城沙雷姆。

每天，我走進變形金剛大樓，入坐我的巢格，做一隻新品種工蟻，等於進入一個不定時汰換以優化之的系統，以勞（心、力）動契約交換創造一己與全體的價值。

每一隻工蟻豈不都大夢著擁有一座金剛大樓。

總舵二舵主不也曾經是一隻卑微得好高貴的工蟻。

勇敢走進大樓以完成，那是一條高懸於深淵之上的繩索。

終於，鉈卡絲單人孤僧從平沙大漠慢慢走來，抄經予他：「查拉圖斯特拉如是說精神的三種變形，駱駝，獅子，孩童。一開始，有擔當的精神背負一切的重荷向荒漠疾行（多麼古典的人的圖像啊。）牠找尋，並與牠最後的主人最後的上帝為敵，牠與巨龍決鬥。這最後的主人與上帝的巨龍是什麼？『你應該』，是牠的名字。牠身上每片金甲鱗發光著千年來的價值。是什麼價值？『你應該』勤奮，『你應該』愛你的鄰人，『你應該』羞恥，這些普世認可以鞏固體系的責任？」

「就在這最寂寥的荒漠中，精神的變形產生了，獅子，『我要』，是牠的名字，牠極想爭取自由，主宰自己，創造新的價值。這一切，有賴獅子的力量。」

「孩童，天真而善忘，是一個新的開始，一個遊戲，一個自轉的旋輪，一個神聖的肯定。」

「為了創造的遊戲，生命需要有一個神聖的肯定。此刻精神有了自己的意志，世界的流放者又重回到自己的世界。」

抄經結束，鉇卡絲這樣結語：「看來我找到了與金甲鱗千年巨龍『你應該』對抗的武器，名字是『我要』，自由意志與戰鬥。」「容我再用凱麗一次，失去第一個愛人，凱麗自我流放到死亡球競技場，接受鐵與血的挑戰，那正是獅子與孩童融合的神聖體驗。有所覺悟的工蟻，不做精神的蠹蝕者。我要攀登最高處，即使獨自一人，遭受雷電擊毀。」

盤坐在電腦前，他任由鉇卡絲絕塵而去，無神可拜。

他去了偽廊香教堂，天暗了只剩下一志留守，在草坡與一條黃狗玩球，哈哈吐著粉紅舌。暮色溶解了窗玻璃，他在昏暗空蕩裡，蚊子與類似大水蟻的飛蟲好多。等著被夜暗大水淹沒。

那個阿本仔廢柴太宰治讀了老馬的經濟理論，如此心得，「雖然簡單明瞭都沒有錯，但人心應該存在著更難以理解更可怕的東西才是。」

因此，簡單明瞭地一志與他接下了阿祥引介的第二個外案，價錢更好，地點更遠，開車翻過城東北的山頭，山坳裡一塊平坦台地，曾經是一簇美式郊區住宅，水泥二丁掛瓷磚仿得不三不四。新地主夷平了一區蓋了所謂的溫泉渡假套房，他與一志循著管線去找溫泉源頭，薰得一身硫磺味好臭，敗興而返。一間空置很久的老房子改成接待處，浴廁盤著滾圓一條蛇，背部斑斕。一志倒空塑膠桶，一罩，撥進大塑膠袋，山裡放生。透明膠袋裡的蛇眼居然有著溫柔的意味。

那台地與山坡鎮成對角線，但開發得早，入夜用望遠鏡看得見外海的漁船燈火。一志撿了竹枝，與報紙做成克難風箏，無事下午讓凱麗來放。社區中一塊綠滋滋大草坪，他們躺著，輪流接手握線，聽著高空的風破聲。

午後三四點，山陰路段溶溶地起霧，霧大時，一團渾沌。回到金剛大樓，累極了，他窩到最後一個堆放印刷物裱板與影印紙的巢格睡死了。醒來，燈熄了，他躡腳朝發出騷騷聲的音源處，總舵房間，毛霧處理的落地窗牆上抵著兩瓣裸臀。房裡只開了一盞黯淡檯燈，兩人的影子如同皮影戲。他貓在甬道上，總舵饞饞而響亮的咂舌，凱麗的裸臀隨著總舵的衝擊力輾轉碾壓在玻璃上變換不同的表情。一張美麗綻放的壓花。他試著解讀，看出她夾緊了冷淡推拒，搖頭說不，皺眉了，漸漸有些惱怒。她踮了踮腳，臀肌下垂。他心中與那臀臉說，撐住，撐住。公雞啼叫天亮之前，聖徒拒絕了他的上帝三次。但，凱麗終究抬起了腿，臀臉汗濕了，願意接受了。他沒有等到歡愉的表情出現，背脊汗濕，躡腳回去窩藏起來。或者，那就是神的臉顯現了。

他陷在這樣的亂夢，與一志離開溫泉套房，出了霧區，半個盆地與西斜的太陽切成一個角度，迴照著金煌的光，折射在臉上都是烘烘的熱力。一志有意地看一看他，幾次後，自己破了題，說總舵在山坡鎮給凱麗買了一戶單位，繼問他昨晚去哪裡了。

「你狗屎運。」總舵二舵主知道了他們與阿祥的事，「『你們搞3P？』」丟出兩團紙，一志打開抹平，他們偷接外案的平面稿校樣，給從垃圾桶搜出來。「哭夭，我還真想看他拿出黑星紅星手槍，桌上一放，來啦，比俄羅斯輪盤。」急轉彎，總舵說山坡鎮銷售遇到了瓶頸，我開條活路給你們將功贖罪，你與阿祥各認購兩戶，公平交易嘛，塞翁失馬誰知道呢，價格一上去，你們脫手有賺還是你們的，跟強迫儲蓄沒兩樣。

「為什麼單單放過你？」一志問。

他臉辣辣的像吃了一志一巴掌。他們一起踩到了捕獸夾。一志緩和口氣，繼續說，總舵的狗阿吉送茶進來，之後唱白臉說，他自己也買了兩戶，計畫打通全家住，總舵的風水師幫忙挑選的，明珠出水格呢。將來我們做厝邊，多好。多好，手哆嗦地激動著，削長臉如眼鏡猴。

「雞巴跟他做厝邊。」

阿吉，他向鮑卡絲鍵嘆，金甲鱗千年巨龍「你應該」的完美代表，絕對服從，總舵便是他的神，假神。鮑卡絲嘿嘿鍵答：「扮豬吃老虎呢，可不可以這樣說？忍者吉，以絕對的『你應該』達成『我要』。對不起，我今天累斃了，胡扯了。」

總舵沒有放過他。阿吉開車押他，繞去接載凱麗，兩人裝作不認識。總舵開了入厝紅酒派對，客廳挑空到二樓，一圈迴廊，貼牆的書櫃、CD、DVD櫃，巨大的裸女抽象油畫，枝幹清潔如緬梔、馬拉巴栗的盆栽。晚到的一位室內設計師捧來一大把薑花，建議關燈薰香點蠟燭，放起一張葡萄牙民謠音樂。一屋人聽得慵慵的，唯獨手中的鬱金香水晶杯晃著。

他覺得所有的人一如入睡時嗡嗡繞著頭臉飛的蚊子。他靠在落地窗邊，屋外其實比屋內亮，濾鏡製造的日光夜景，院子鋪著植草磚，牆角卻是一大叢曼陀羅，那青白的長褶裙大花睡得沉有如自己中了毒，也有那要萎落的皺縮長條如垂死老人的包皮陽具，彷彿聞見腥臭。

凱麗暗影一樣滑到他旁邊，她補過妝，唇特別紅，眼線特別黑，香水很重。他想與她談一志，她聳聳肩，非常厭煩的意思，有什麼大不了，頂多換個老闆就是。

老闆總舵來，切入凱麗與他之間，兩手攬他們的肩，叫阿吉，幫我們拍張照。

昏暗中，凱麗那汗濕而皮下脂肪飽滿的臀臉又在他眼前恍惚，重疊著大花曼陀羅如癡如醉的綠霧中探出了溫柔的一條蛇，上半段蛇身幽涼滑膩。因此，他又陷入了那漿液般倒懸的夢境，變形金剛大樓之頂，白髮白鬚白袍涼鞋的殘酷老人，有火焰之眼，一如善財童子與龍女，總舵與凱麗各職掌一盞骷髏金燈檯，手背有鉚釘，兩人的嘴貓腸線縫合後糊以蜜蠟，眉眼吊梢，極痛還是狂喜的片刻麥芽糖那樣拉長了。時間緩慢，老人傾身向他，瞳仁如轉法輪，轉出沸烈火海，轉出紫青雷電，爆出樹枝狀光叉，時間凍結，光叉斷戟咻咻掉下。無所懼，他深深吸一口氣將胸腔撐開迎接那刺穿。老人拈起他如一粒芝麻，時間解體，水銀瀉地。

他的意識停在那一瞬，老人、總舵與凱麗，多個頭臉增疊串聯的一尊戰神，鬢角以上髮絲有如蒺藜，髯口抽長著筋鬚。回過神來，他看清白瓷盤裡外燴的龍蝦沙拉，被凱麗收集了幾個霞紅蝦頭齊整地疊成一排。

可以了。他在一個平常日子比鬧鐘設定的時間更早醒來，機械地盥洗，一小塊圓形香皂掉進馬桶彷佛領聖體的無酵餅，按下掣沖走。換衣服，穿鞋襪，桌上地上都是今天新生的塵埃。新生的光一如新泉，他楞立在玄關，感覺那光的熱力，鬆弛了那每日規律運轉的軸心，他決定當一天的脫網金魚，不上班，但也沒有地方可去，只是亂走，提防不要踩到紅磚道上的痰液，不要給懸吊外牆的冷氣機掉下砸死，不上當給假尼姑假和尚錢。白千層下公車亭，鴿子啄食著撒了一地麵包屑，翅膀大張，撲拍飛起。發廣告單的他都好意收了，出乎意外的發現那種小坪數紅白條紋的早餐店非常多。他被一面黃色三角令旗引進鐵窗癌的巷子裡，轉角一張告示，「監視錄影中勿亂丟垃圾」。黑膚外傭拿著抹布一片一片拭著福木的臘質厚葉。牆頭水泥錐糊坐著一仙看不出來歷的彩釉神像，唇紅齒白笑呵呵。

不過九點多，但是多麼守舊的日子啊。不高的樓房與樓房間，捷運列車經過，反射如魚背的鱗光。遊魂重回大路，半空列車又來，與他交會時，他看到車窗玻璃後一張熟悉的如同木偶僵化的臉，自己的臉，在日光裡炙燒。他覺得自己在死去。每個人，每天，清醒地死去一點點，一如曬不到太陽的葉背。他繼續走，為了證實那個徒然的真理，這世界因為他而存在，減去他之後還是存在。他繼續走，路邊守望亭裡的老芋仔睡得嘴大張，一顆頭有如枝柯間一球蟻巢，開著的收音機雜訊彷彿旋風吹著鐵皮屋頂。在變成廢墟之前，他將會是唯一的行走者。

太陽當頭直射，他沒有影子。然而，那天空之下的所有人，除了他這樣的殘餘閒置者，以一種譬如心瓣膜開合、引擎牽動承軸與齒輪的運動，譬如衛星與曼荼羅的軌道，持續前進，維繫他們的大夢於不墜。

回過神來，他發現自己隔著大馬路在這一岸與變形金剛大樓相對。他走到世界的邊陲了。

馬戲團之女，他以為她約是像五世紀的修士隱身柱頭，因為高處便於思念上帝，忽來電子信：「『比起思考，感覺是最重要的。』凱麗的死對頭，那個天才魔鬼教授鐵士代諾如是說。我陷在咖啡館的沙發裡看著對面曾經風行而今證實是錯誤的玻璃帷幕大樓，感覺真是大旱荒年啊。連續熬夜七天，終於結束這纏鬥了半年的案子。但糟糕的是我好像產後憂鬱。第二冊七十四頁，跨頁廢鐵鎮全景，滿月夜晚，凱麗在結腸那般的建築頂端，想這真是醜陋的城市，但她無法離開。我是太軟弱太疲倦，無法離開。」

「我無法離開。」多麼年輕幸福而近乎撒嬌的修辭，他想。

鉋卡絲繼續幸福地自言自語鍵寫：「尼采是如何與他鼻子與上唇中間那把豐盛古怪的鬍髭共存的？禁慾如他，當埋首於一熱情女子的雙乳或雙腿間，知道了那鬍髭（撒旦）存在的意義，他也無法離開它了。」

他發現最後一個巢格可以短暫治癒他的失眠，漸漸愈留愈晚。凱麗像那發明過橋米線的秀才妻，買了熱食來與他吃過幾次晚飯，悍然而坦白的臉向他，說總舵帶她去了那個案子現場。一塊狹長畸零地，建築師不得不作怪，加大開窗面積，降低窗台高度，玩文字遊戲取名光之翼。燥熱傍晚，天邊起紅雲，為遮掩周圍破落戶鄰居，高高搭起圍板。他們消磨到樓叢之上呈夜藍，登上了樂高那般疊起的二樓，網版玻璃讓光線產生變化，氟碳烤漆鋁板抗酸雨耐髒，她保持一個姿勢讓雙方都省力氣，探頭看到圍板後潮濕的後院，餿水的氣味，而鐵皮屋頂上罩著一層塑膠布，壓著紅磚塊與黑輪胎。鄉愁引發她痙攣似收縮著，身後的總舵更興奮了，嘴舌哈著如同熱浪中的狗。她想起父親在後院升了火爐炒菜炒辣椒，起鍋前鍋鏟鏘鏘敲兩下。漫長暑天下午，父親在藤椅上睡死了，她滿頭大汗得髮根刺癢，在紗門外等昏暗裡父親喉管急促齁齁兩聲吊起一口痰，確定還活著，她一半其實是懊惱的。每一天渴望離開那霉味與膠鞋酸臭的屋子。咿歪，紗門打開，她趕緊轉頭，唯恐見到十歲的自己還在那裡。身後人立著的狼狗抓著她肩膀趁勢蓋上她的嘴。

為了修補這次的心理創傷，她看上一個夾層屋的案子。始終遊走建築法規邊緣的夾層屋，買賣雙方的坪數與價格的心理戰，總高至少三米六，如何去除壓迫感巧妙隔出兩層樓是關鍵。落實了，就在於逆轉原則，屋挑人，短腿族哈比人，類桃太郎櫻花妹是主客群。樣品屋模組包括家具器物的尺寸縮減，選用鮮明輕柔色系，小即是美，誘使童心大發。凱麗鑽進去，到了童話屋實境。總舵哈腰跟著她，她穿及膝黑襪與蘇格蘭格子短裙，哀傷地承認那樣的空間裡，自己於她如父如兄。

凱麗告解完畢離去。他知道某位趨勢專家老了的願望是住百貨公司樓上，即使調查超市所有牌子的碳酸飲料也夠快樂地消磨一下午。他並不打算安住在此一巢格，但它讓他忘記私領域的自我。電腦螢幕的藍光映在臉上如同一場大雪，鉋卡絲毫無蹤影。查拉圖斯特拉往山上去，尋找並享受孤獨。如果他要的就這麼少，辦公大樓之上更有工蟻住宅，生活動線垂直整合，讓他得以做一隻完全的工蟻。

超級摩天樓的夢想，始終不絕，一再進化。正在興建中的杜拜塔，預計完工時有八百公尺高，集飯店、商辦與住宅於一體；沙烏地阿拉伯某億萬親王繼續夢想，要在沙漠中建造一座一千六百公尺高的一哩高塔，塔頂可以遠眺非洲。餅愈畫愈大，某華裔建築師提出容納一百萬人口、五百層的終極塔樓，高度二哩即三千二百公尺，底座直徑一千八百公尺，圓柱狀外形模仿非洲白蟻巢，乍看更像一座火山。建築師大夢不慚，終極塔樓師法大自然自給自足的生態系統，吸收陽光、空氣和水為永續能源，是為一垂直生態城市。四周環狀人工湖，塔樓一如大樹吸收湖水以冷卻地板和牆身；外牆太陽能板為發電系統，再輔以風力渦輪、樓頂和底部氣壓差來發電的大氣能量轉換系統。

對比於超級摩天樓，南北極融冰海平面上升的噩夢誘發睡蓮城市的構想，一如大型睡蓮葉子漂在水面的人工生態島，收容世紀末的氣候難民，島中心的湖泊收集、淨化雨水，發電系統以太陽能面板、風力、水力與潮汐共構而成。發此奇想的比利時建築師，畫了另一大餅，睡蓮城市沒有道路與車，回收所有二氧化碳與廢棄物，彷彿仙境的漂浮島嶼。

大夢若癡人囈語，可真是迷人好聽。

他醒來，像一片焚風焦乾的葉子。四周是胡亂堆放的紙的死亡氣味，他肯定那一疊雪銅菊八開重壓下有一隻蟑螂碎屍。中央空調關閉，窒悶，真若死在這裡，屍體必然陰乾不爛。羅馬神話中女神密娜娃的貓頭鷹，黃昏了才開始飛翔。他夢遊似繞行各部門，一圈，兩圈，無枝可依；那些柔軟的辦公椅或深或淺都坐出了屁股的模印，隔板掛著西裝上衣，都似乎城府很深有話不說。總舵的房門開著，茶几上相框裡就是那次入厝派對三人的合照。他坐進那椅背高如笏板的皮椅轉了兩圈，桌下一雙球鞋瞪著他。突然覺得自己像隻新鬼。他站在會議室窗前，外牆壁燈燒烤那般打亮整面玻璃，有著古陵墓的輝煌，熱力穿透溫暖他，在他臉上罩了一層硬殼。那是還不至於引人暈眩的高度，深宵的巷道無人，地面兩道車輪濕黑的痕跡。窗上偶然叮一聲，是趨光的飛蟲被惑騙撞上，跌下去萬丈深淵。

他聽見寂靜中，大樓的心裡有如鋼如金的巨大渦輪意志在運轉。

窗子又叮一聲。這次是他意識所幻生。他記起職場第一個六年的一個颱風夜，與那時不叫總舵的人在淒風苦雨中奔波整日回到舊公寓的辦公室，已有三四人守著不離去。脫掉泡水的鞋襪，捲起褲管，強風搖撼門窗，大家一身水氣腥味，鋪了報紙喝罐裝啤酒剝花生。稍晚電話進來，鷹架倒塌，接待處毀了一半，三夾板連同玻璃吹上半空又砸下，留守人災難現場電話連線慘叫，頂不住啦。那時不叫總舵的人，嚼著花生牽動臉頰一根筋，不發一語披上雨衣，踏進風雨中。

他聽著那意志渦輪轉動出低頻之音，期待著自身被吸捲進去，打成肉醬，餵養它。或者說，他將自己捐獻出去，與大樓意志融為一體。

他意外地從垃圾信匣撿回鉑卡絲用不同的電郵帳號寄來的兩封信，鍵抄了韓波的《訣別》，像是斷簡殘篇，「秋天了，我們這只小舟，在沉滯霧氣中成長，如今將航向悲慘的港口，航向巨大的城市，那兒鋪展著因污泥與火焰而污濁的天空。污泥與黑死病侵蝕著我的肌膚，頭髮與腋下生蛆，心臟裡麇集著肥大的蛆，直挺挺躺在年齡不詳亦無情感的人與人間……或許我已死在那個地方……」

第二封，另一個譯本：「秋天。我們的船行駛在靜止的迷霧之上，轉向苦難之港，火焰與污泥點染的巨大城市。」

他追查發信日期，不過才一週前，「直挺挺躺在年齡不詳亦無情感的人與人間……或許我已死在那個地方……」是哪個地方？他有把握這是鉑卡絲的假託之辭。她必然隱身在巨大城市秋日的某個角落，發呆看著十字路口的車流。

再一次，他們，包括總舵與他的狗、一志、阿祥，聚在會議室為山坡鎮討論下階段的策略。總舵新學的領導溝通技巧，情境模擬，幻燈片持續秀出山坡鎮工程與銷售進度，鏡頭仰角或魚眼攝影，野草鋸齒狀，忽然天空有一彎弦月。

最後秀出一張耶穌相，白袍赭紅氅，胸口透視一顆發光的紅心。總舵傳道者那般嗯哼清清嗓子，說那張耶穌相源自小時候家裡窮，祖母不得不上天主廟拜聖母瑪利亞才能領牛油奶粉與救世軍的冬衣救濟。總舵指著耶穌的紅心說目標一致，我們的心才會發光，你們聽過五餅二魚的故事嗎？關鍵就在這一顆心。像我們這樣的團隊組合，成功不是我一個人的，也不是我一人可以達成，要成功就要磨合，磨合的過程自然就會淘汰，讓那最合適的留下來一起打拚。

語畢，總舵正巧擋在耶穌前面，擋不住的鬈鬈金黃長髮似乎是他戴了假髮，微笑露出牙齒。

鉑卡絲曾經因為失業而失志的一段時日，鍵抄傳來布萊希特一首詩，大意是伐木者如果沒有木材砍伐，麵包師就不能烤麵包，不能烤麵包，伐木者就倒地待斃。他驚問這叫詩嗎？「放心，永遠有新的麵包師與伐木者隨即遞補上來。烤麵包不容許也不會停止，伐木者也不可能倒地待斃。」他自信得近乎刻薄，那時。

會議結束，窗簾拉開，近五點的太陽緋紅像淡淡的血色。耶穌憂鬱的藍色眼睛靜靜看著他們，紅心向著他們發光。一切似乎得以修補了。一切都好了，他們正航向那巨大城市。總舵推開一扇窗，抽菸，要阿吉叫他與一志過去，確認了剛才會議的幾項結論；半邊臉是紅霞，鼻孔噴煙，台式草莽腔：「台北城還是很迷人。」菸蒂往窗外扔。

那個夜晚，一志載了他與凱麗重回溫泉社區，三分之二的山路有霧，霧大時吃車頭燈一照宛若一堵披紗帳的鬼物；一轉彎，軟濕撲上擋風玻璃，好幾次險險衝下坡谷，曾經遭雷吻而火燒的某種喬木歪斜地插在半空，奮發其餘生意志。露水浸潤腳踝的大草坪，三人老酒鬼似的傳著隨身扁壺的威士忌喝，「敬明天。」一志抿下一口酒。「敬明天。」凱麗複誦。

台地下隱約是個小小鄉鎮，再遠是東北角外海。愈晚愈冷，一志回車上拿了條毯子一起裹著。那遙遠的人家簇群的燈光微弱、溫暖而恆久，他突然醒悟，那才是巨大力量之所在吧。因為這醒悟而燥熱，他遂將毯子完全讓給那對擁抱摩擦著的假戀人，起身走開。

在那龐大而隱隱有著運行意志的夜晚天空下，沒有個人的存在，沒有虛構的廢鐵鎮與沙雷姆空中城，只有這寂寂轉動的偉大星球。

啟示的時刻到來了。

夜黑如潑墨，用盡眼力看出外海靜止著的一艘漁船，搖晃幻影光點。

而海天柔韌一如膠片，氣流與撲向灘岸的海潮同步，帶著不能言詮的訊息破空翻上台地，有如殉道者非常溫柔地包圍他。

他遂像一隻抓著一片葉子在激流中航向某個巨大城市的螞蟻。

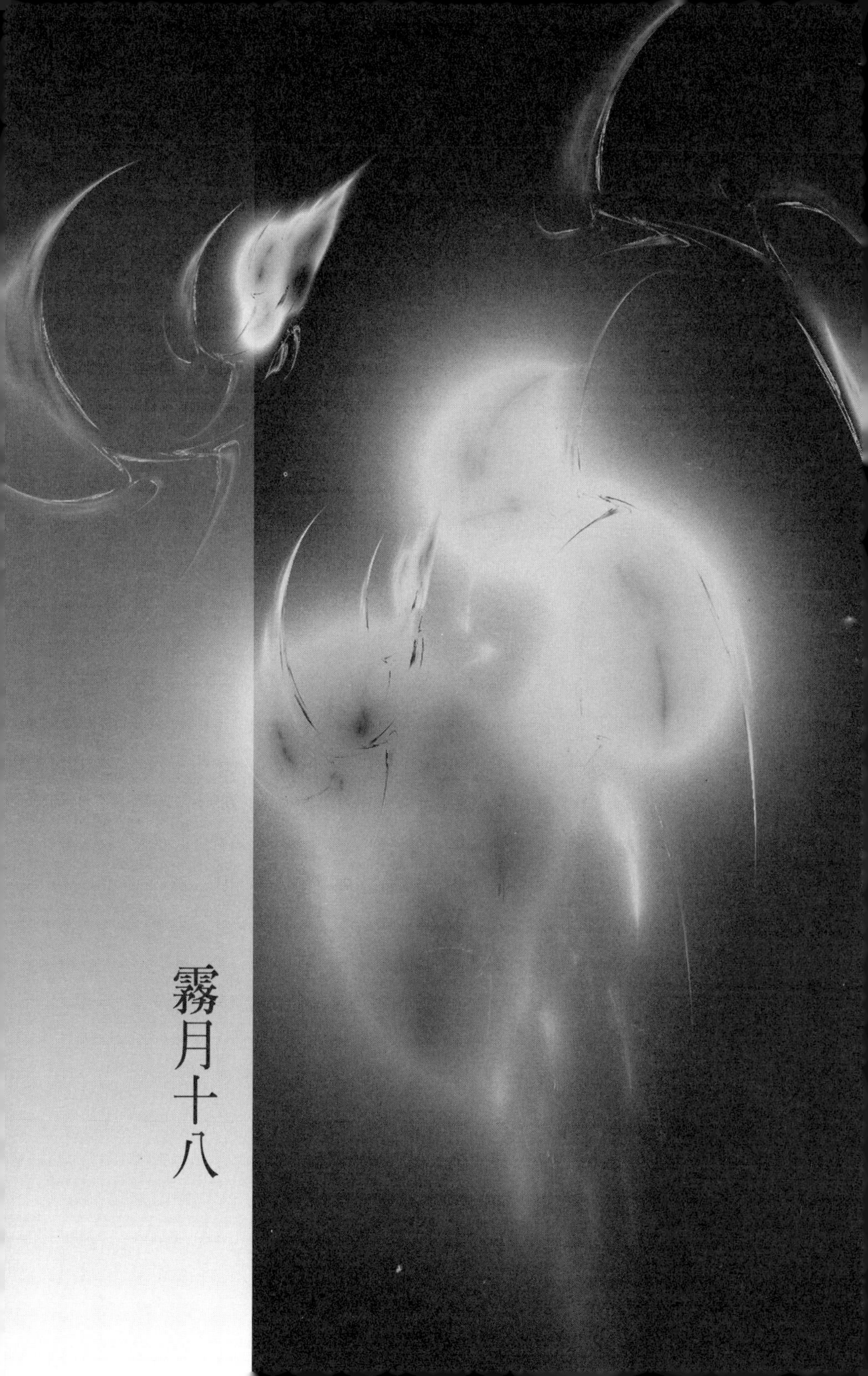
霧月十八

毛斷阿姑是佇彼一場大霧中見到秀才郎老父。

淒冷的雺霧，若一鼎清糜，伊聽見百年前的烏色東螺溪雖然溪面罩霧，夾帶的大量沙石佮水流陷眠彼般佇咬喙齒根，水聲生猛，偶有大石沉落溪底，彈出悶雷一響。

毛斷阿姑頭頕頕，心內叫一聲負手背向伊站佇渡船頭的老父。

數十年後，老父撿骨，重見天日，天无忌地无忌土公欲挖墓，大厝兒孫一大陣佇墓頭迎接，片雲大心肝欲遮日頭，掠過頭頂一點清涼，才掘出的墓土烏澹，略略有清芳，毛斷阿姑心內講，老父久見喔，汝真正是倒佇茲。年年清明來墓埔，透早扁擔扛竹籃，帶柴刀鐮刀，落雨過的草路叵行，一厝人丁若一行蚼蟻，伊綴著行得搖搖擺擺的嬰也（母親）。

土公也（撿骨師）是農場老長工，血肉消散的老父倒在草蓆上，鬃鋇清洗了後的骨色紅芽，土公也以銀硃筆蘸紅粉水全副逐一點遍，翻新點紅。六兄唸出，筋絡通暢，兒孫全紅。楊柳枝串起老父一節一節的龍骨，總共廿四目。再以紅絲線綁骨頭，正倒手骨、腳骨、腓骨各綁一束，總共六束。再來裝金，照順序，龍骨，下八卦，頂八卦，最後放頭骨。黑傘遮日，土公也正手持銀硃筆，開光點眼，朗聲唱唸，「孔子賜我銀硃筆，點天天清，日月光明，點左眼清，點右眼清，點人人長生。」大厝兒孫齊聲應，「有喔。」老父頭骨放入金甕，「頭殼落金斗，保庇兒孫代代千萬口。」然後點甕，點魂，引魂，謝土；燒壽金，旋點金斗甕四周，嘩：「好命仙魂，看好時好日，叫師傅來動土洗骨，頂八卦左右卌六，下八卦左右廿四，師傅頂八卦撿齊未？請山神幫忙來撿。下八卦師傅撿齊未？仙魂自己愛撿齊。」

墓碑損破，墓穴空戶，老父金斗甕內綴著大厝兒孫一大陣離開，青草發到半人高的墓埔一大片望到天邊空蕩蕩，今日在世的活人捧著死很久很久的老父，日頭下若一陣風吹過草叢。

毛斷阿姑是遺腹子，六兄講老父少年時，佇渡船頭幫一位青盲一目的老漢付了船資十六文，老漢握著老父的手，「紅花雙蕊欲開時，千萬得注意。」老父染虎列拉過身三個月後，嫛也生下一對雙生，毛斷阿姑先出世，產婆說還有，卻是一具目珠微張若花苞，頭毛黑黮黮的死胎。二兄三兄還是取名玉姝。

嫛也堅持將玉姝燒水洗淨，身軀若象牙雕成，亦若百子圖粉面桃腮的幼嬰，抱著相了一瞑。日後嫛也講，老父彼瞑有來，晃頭笑伊憨，接過玉姝，講汝我各育一個，紅嬰佇老父手彎內笑了。

老父相片掛佇大廳，戴花翎官帽穿補服，狹長臉，瘦，留兩丿嘴鬚。相片前紅木高几常年放一盆素心蘭，六兄講，老父在生最愛素心蘭。老父過身，換伊出生，逐日看著老父相片，亦无感覺老父不存在。

老父死佇天欲光的時；彼早，无聽見一隻雞公啼。卅幾年後，中秋過了還是熱得使人𤺪痧，毛斷阿姑開始早晚發燒，全身痠疼，一日比一日昏沉，睏得面色潮紅。請西醫來出診，講是瘧疾，寒熱症，服了金雞納霜，照常昏睏。先生是老父結拜的後生，病院的七個護士都傳染得了。請來的漢醫嘖一聲，「干是天狗熱？」

六兄帶頭，六嫂、四嫂、五嫂、七嫂一隊同姒也（妯娌）、鹹菜姆、寶珠，曝乾的艾草放石臼內搗，竹篩搖，取得灰白棉絮，加雄黃一起燻燒。眾人捧著鉛桶大厝內薰，逐個房間煙蓬蓬。

大廳的紅毛鐘噹噹噹，彼一丸鐘擺黃黔黔，又沉又實損著時間的銅牆鐵壁。

彼年的中秋四腳扶桑人已經走了了，特別悽慘，三兄半年前走去扶桑國首都倶靠二兄，四兄八兄各佇上海廈門，大兄後生予唐山也捉去坐監。媽祖宮的金爐燒勿會旺，大街絡絡長，拜月的供桌零零落落，八嫂猶原送來土豆油糕餅。囝也應時拍扑唸歌：「月娘月光光，阿公掘菜園，菜園掘鬆鬆，阿公欲種蔥，種蔥毋發芽；阿公欲種茶，種茶毋開花；阿公種菜瓜，菜瓜毋結子，阿公氣欲死。」聽起來淒涼。紅光滿面的馬神父來訪，烏長袍若裙，帶一袋曝焦的曼陀羅花，讀聖經予四兄六兄聽，「彼時沒有王，各人任意而行。」

鹹菜姆佇竈腳，斜一目，手持菜刀佇水甕邊鏘鏘乖乖磨著，問六兄，「姑丈還是无消息？」

毛斷阿姑佇眠床上齅著艾草味，錯覺時間倒退轉去到五日節。伊看著才大伊六歲的大舅囝子嘉興自農場來，曝得黑金釉亮，都是臭汗酸及日頭味。伊文文笑著。上午時，伊因為整晚燒熱痠疼而蒼白无氣力，到了下晝欲晚又是燒得面脖脖。毋睏的暗暝，善翁也（壁虎）嘎嘎叫得響亮，厝後的竹叢沙沙搖晃。終於聽見厝簷頂的雀鳥叫，大街賣醬菜搖鈴鐺，玻璃窗透青光，伊予燒折磨得內衫褲澹漉漉，失了神志，看見雙生小妹玉姝佇蚊罩外，伸手進來握伊的手。小妹的手若一塊寒玉，握著就爽快。兩人對相，若照鏡，目珠仁圓瞵瞵，但是玉姝比伊越躂，想欲講予毛斷阿姑聽伊三十年來的遊歷。

六嫂、寶珠輪流捧飯菜飼伊，「小漢姑汝是去遊地府還是和唐明皇去遊月宮？」

新曆十月上旬，舊曆二五，寒露；十一，霜降。古冊讀甚深的四兄是如此吟讀：「九月中，氣肅而凝，露結為霜矣。此時，寒氣肅凜。蟲皆垂頭而不食矣。」四兄斯文地搖頭晃腦，「風大而烈者為颶，又甚為颱。颶常驟發，颱則有漸。颶或瞬發倏止，颱則常連日夜或數日而止。大約正二三四月發者為颶，五六七八月者為颱。九月則北風初烈，或者連月，俗稱九降風，間或有颱，則驟至如春颶，船在洋中遇颶猶可為，遇颱不可當矣。」

四兄愛坐的藤椅，佇廳前菜瓜藤架下放了一暝到透早，予露水凍得澹澹。

百草結霜的時日其實非常少。

四兄六兄每日輪流來伊眠床邊探望，六兄搖伊叫伊仙也有聽到无？六兄一次夢著嫛也，驚惶以為伊无救了，嗚嗚哭了。

久長的睏夢中，大厝若大海底的水晶宮。一隻白色大海龜揹著伊，終於浮出海面，望見極遙遠有一個人影，伊食了一嘴海湧。

毛斷阿姑醒起，大厝无人息，大廳的紅毛鐘毋動了，大灶的爐灰亦冷了。

伊落眠床，魂魄茫茫渺渺，喙內是糜的發酵味，其實伊正大口大口吞食著大霧，一百年來斗鎮罕見的大霧。

雙腳若有一萬隻蚼蟻佇囓，好佳哉證明伊還未死，毋是鬼。憑氣味，摸索到六兄的蘭房柵欄，內埕土下鋪細石與石板。前廳，伊看見諸甫（男性）祖、諸姆（女性）祖兩尊坐佇烏木太師椅上，兩堆巨大的蟻巢，笑伊已經嫁人了是外家鬼神了，大面神轉來後頭厝做阿姑。伊羞愧，一賭氣舉起大門後的橫槓，咿啞打開門，跨過戶墱，整個斗鎮的雺霧若大水湧入。

將近一百五十年前，聽講林厝太祖自鹿也港夜溯東螺溪到渡船頭，抵達時罩大霧；大兄四兄講是年底，六兄堅持伊聽到的版本是二三月。无人解釋為啥物太祖一個羅漢腳會行水路到斗鎮，但是家族的共同記憶，高強大漢、酒量踊海的太祖可是做土匪頭的料。傳說伊佇渡船頭對岸的東羅社與熟番結拜為副遯，佇鹿場做長工，為屯丁代耕埔地。所以太祖真有可能短暫予面肉白、大耳洞的番婆招過做翁婿。四兄講，大兄曾經見過老父保存的一領鹿皮衫及一支海螺。八兄弟囝也時有兩句老父教的番話當作暗語耍笑，「夫甲嗎溜文蘭」，捕鹿；「密林嗎流耶豪偉含」，來去釀酒過年。八兄弟以為是老父講笑詼。

愛古物的四兄有一張反黃、有水漬的舊地契：「立開墾永耕字人東螺社番通事巴難宇土有祖父遺下荒埔一段址在七張犁莊南勢土名旱溝頭東至施家二分大圳西至王黃張家旱園北至雪施九荒埔南至曾頭家草地並橫車路四至界址明白為界今因離社太遠不能自墾爰是招得東螺街益美號布店內黃泉官出首承墾時值壓地佛銀一十六大員正其銀即日收訖其荒埔隨即踏明界址付黃泉官掌管經營墾闢成田成園栽種果子竹木任從其便同中議約三年後成業每年抽的番租銀六大員不得托詞保此荒埔巴難係承祖遺下物業與別社番親通事土目無干亦無交加來歷不明等情社。合立開墾永耕字一紙付執為照行。即日同中親收墾契字內壓地佛銀十六大員完足再照行」。

天光柔和，一隻雞公傲慢行過內埕，四兄朗聲唸：「壓地佛銀十六大員完足。我就送汝佛銀一大員。」討厭雞公焦躁的樣，遂擲去一粒土豆。

「所謂漢奸，意思是漢人奸巧。真正古意食虧的是番也。」老父總是撚著嘴鬚感慨。

林厝第一塊田園佇太祖於彼個大霧之日落渡船頭後差不多二十冬得到。結為副遯的番人兄弟，全番社溯東螺溪、阿拔泉溪搬遷深山林內。禍福相倚，毋免歡喜過早，翌年東螺溪大水氾濫，田園流失，留下的都是烏色溪水帶來的石塊。

六兄偷偷講過，還有一個惡質的講法，太祖便是大海賊蔡某人派來做先鋒的爪牙，來同山賊交結，約束到時北中南三路盜賊並起齊發。但是官兵五千登陸鹿也港，一部分持火槍拉大砲駐紮枯水期的東螺溪溪底邊。匪賊晝伏晚出，佇溪底挖沙疊石為壕溝，欲趁著透北風火攻軍營。天生反骨的太祖，一早大霧中渡溪去密告，彼暝官兵一人扟（舉）一支菜油或鹿脂火把照亮溪底，大砲相準沙坑覔藏的匪賊，每發都中。天一光，整個溪底若肉砧。官兵既然勝利，太祖將功贖罪因此得以用假名林大鼻定居斗鎮。

六嫂掩喙笑，解釋：「陳三五娘彼個丑生就是叫林大鼻。」

可恨者東螺水，可愛者東螺水；四兄六兄全講這是老父的口頭禪。太祖彼時，斗鎮叫斗街，街中心媽祖宮左厢壁上嵌有石碑，碑文說明斗街建地買自番社，還是同孔子公最有緣的四兄會吟誦碑文：「乃定規模，經營伊始。其北一段中建天后宮，南向；西北建土地祠，所以崇明祀，庇民人，禮至重也。兩旁俱有舖舍，謂之北橫街。其中街與後街東西向，中設有二大巷；其南亦有橫街縱橫二里，街巷俱有井字形。其外則有竹圍、溝渠、柵門，以備盜賊。蓋取諸井養之義也，又取諸市井之名也，又取諸方里而井守望相助百姓、親睦之意也。」「其東、西、南有大溪迴護，北有小澗合流，此又天地自然之形勝也。地雖彈丸，而規模宏遠矣。」

四兄不以為然，何來的北斗魁前六星之象？穿鑿附會。斗街名字就是自番語轉音而來。

成也東螺溪，敗也東螺溪。大兄二兄三兄四兄小漢時，舊曆八月下晝，沿溪做水醮拜溪王水府，四個兄弟佮隨老父踏察過太祖最初的腳蹤。被香火及米酒昏迷的日頭，嗩吶、引磬、雲鑼、鐃鈸融合的悽曠亮烈聖樂，溪岸上，豎著直又青的燈篙，從龍邊至虎邊是飄著幡帶的綠色龍神燈、紅色七星元辰燈、黃色天燈、白色孤魂燈、黑色水神燈。竹棚內，神桌上端坐著金銀黃靛紅各色鮮怒紙紮的六甲將軍、六丁將軍、神虎將軍、大士爺、山神、土地公、五方童子，騎著神獸的馬趙溫康四元帥，溫燒的光影內可比佇戲臺上入定，昂著兩道目眉，錦繡戲袍熱風內細細顫。神桌前一長條鋪血紅巾子的看牲桌，一碟一碟的果雕與蔬菜雕，醮壇前有豬公剖腹展開披著五彩繡幃咬著染紅饅桃。

老父毋准四兄弟行前偎近，溪水熱得咕漉漉。一寸寸偏西的日頭若鎏金，道士踏罡步搖法鐘，叮鈴叮鈴。

日頭落山了後，溪風吹來，守著溪岸的燈篙如同獅頭天將，嘎嘎響，精神飽足，欲及溪水中的鬼魂開講一暝：金紙的火星一團一團若一尾龍蛇燈篙之間遊走吐氣，將烏暗暝燒成一領龍袍刺繡。溪風滅了日時的燒熱，眾神退位，溪水猶原摻著雲鑼及嗩吶的迴響，鬼聲啾啾，吵到天光。

離太祖登上渡船頭一百年了，東螺溪佮三條圳溪之間，增添為四條水道，每一條都有渡津，然而大竹筏小商船載滿貨物航向出海口或是從出海口航來的盛況早就不再。

東螺溪源自水脈分支闊且穧（多）的濁水溪，而東螺溪發自海島正中央若一條龍骨的內山，溪水若骨髓夾帶大量泥沙、碎礪甚至大石，日夜奔吼，翻攪，終於沉澱淤積。烏肥東螺水臨幸孕育了斗街，禍害了斗街，也繁華了斗街，陳某人有詩為證：「地勢青龍轉，溪流黑水通」。有朝一日，必然亦會沒落了斗街。

四兄遺傳著老父愛講古的天分，這是老父講過的，自漢人唐山渡海來，統計東螺溪流域至少做大水氾濫十次，以致樊梨花移山倒海彼樣的河道大變遷有三次。大水沿岸挽下木石房舍，挪移陸地沙洲，沖出新的溪河。

始終存在的是東螺溪，只是漸漸瘖瘖无聲老去。因此勢必有這樣的傳說，變換水道若幻術的東螺溪是一身三頭的黑蛟龍，而環抱斗街的水道則是兩條小蛟龍，一濁一清，一公一母，予深山滾落來的神石壓著，三不五時欲翻身脫逃。有好畫虎卵（誇張虛構）的就講斗街是一粒龍珠，是雙龍搶珠格的風水。

最後一次做大水，四兄出世彼年，落雨之前，反常的燠熱，渡船頭傳來溪對岸下邊看見天頂發紅，一道紅劍光自內山竄出射向海口。下晡長工熱得舀古井水淋頭頂。大雨連續落三暝日，消息才傳來內山的水潭潰決，洪峰若走山，東螺溪已經劈啪雷響，一鞭一鞭打佇厝簷，天地欲閤起彼般。溪水溢灌斗街，不過一個時辰，水淹到腰，沖走廿四堵大厝。水勢只有到了媽祖廟口時自然收勢若跪拜。陳秀才厝內長工街上打鑼，趕緊到媽祖宮避難，秀才數日前夢見手扟（舉）三炷香跪佇宮前黃泥水內。昏暗廟廊天井內，驚惶講著崩溪了，自內山一路往海口崩去。

隔日大水去，日頭赤炎炎，烏青溪水瀝瀝嚕嚕若講著夢話。老父見識到了何謂崩溪，渡船頭找毋著了，昨日的溪岸若年節切菜頭粿陷空，溪面變闊，竟然若海面，一時看毋到對岸。暝夢中的溪水轉圓圈成漩渦。隱隱上游還有土石崩落滑入溪中的悶雷響，漂流的一叢一叢刺竹嘎嘎嘎絞結著。更過一暝，遍溪岸浮出水流屍，包括雞鴨㲋狗禽牲，曝得熟爛。屍體腐臭附身活人的黑衫褲，暗暝了後，大街无人影，无油燈的火光，只有堆到腳肘的泥沙水窪白霧白霧的反光。第一隻活狗開始嚎狗螺，一隻接一隻接續傳開合嚎，意思是欲喚起沉佇溪底的冤魂。

蛟龍離開斗街了，東螺溪的主流往南走，斗街如果是龍珠也不再是龍珠了。正是彼四句戲文：「打開玉籠飛彩鳳，扭斷金鎖走蛟龍，鯉魚脫出金鉤釣，搖頭擺尾再不來。」

不再來。

老父曾經佮大伯父坐帆船到鹿也港請一位漢文老師洪先生。船順流而下，運貨亦運人，先到番也挖，再到王宮，繼續行海溝往鹿也港。溪水溫柔時若一場美夢。

大水後老父夥同斗街及上下游村庄頭人、四腳也大人收埋水流屍，清運大街土沙，唯恐瘟疫爆發。老父自渡船頭、媽祖宮得知東螺溪改道，決心再坐船往出海口航行一次。大大改變的毋只是東螺溪溪道，早佇四年前，唐山皇帝佮扶桑國打契約，烏水溝這邊交予扶桑人接管。年初，軍用輕便鐵道佇斗街西北鋪設，老父第一時間趕去看，看了大失所望，完全不同於傳說噴火噌煙的烏鐵殼怪獸，一部台車兩人手力押送，若是坡路增加為三人，等於是陸上行舟。斗站台車大約有一百台，到縣城十五里，往南可以到嘉義、府城、打狗。運費一隻牛剝兩層皮，分路線修繕費佮押送人工費，到打狗總共四大圓十八錢。

四年前，割讓予扶桑國的消息確定，老父、大兄及陳秀才、武秀才、丙丁仙、元音仙、傅阿舍、大目仙諸人聚佇楊舉人大厝一下晡對相，若一巢蚼蟻交頭接耳，到欲晚時，厝頂青光。大勢已定，只能如此，過去一百年，東螺溪源頭大水改道數次，這次換做異族人，毋確定的是扶桑人是否橫逆過大水。

老父轉身，雺霧中目珠仁堅定的溫暖光采。啊，老父。溪面送來的風清冷甘甜。佇彼瞬間，毛斷阿姑明瞭，老父不曾離開過，彼些暗暝，掛著一串玉蘭花的虻罩外窸窣的影，齅著樟腦的寒芳，嫛也翻身，綠豆殼枕頭沙沙沙，揪一下金耳鉤，夢中講話，咿咿喔喔，有問有答，有時咯咯佇喉管內笑。夢中的言語，讓伊迷戀。更有彼些欲晚未點電火時，大廳太師椅或者六兄的蘭花花房彷彿有個人影恬恬。伊終於了解，常予四兄笑佮孔子公无緣的伊有時會思念老父留下的古冊，忍不住提挐摩挲，原來是幻影彼般的老父佇嬉弄。

藏佇老父背後有幼秀的聲音唱了兩句戲文：「關津渡口人盤問，妹子如何搭渡口？」

是玉姝，揑著手巾掩喙笑。雙生姊妹肩並肩，岸上人與溪中影。伊看清楚了，玉姝頭頷上倒手邊一片暗紅胎記，古輿圖一塊破碎的海國，伊自己肩胛頭也接續了一部分，所以，當初兩人佇嫛也腹肚內，玉姝的頭頷是磕佇伊肩胛頭？伊更近一步確定，雙生姊妹從无分離過，相對於老父過予伊的思鄉感應，玉姝感染伊的是早夭的哀怨。月事來洗時，伊有鼻管癢的症頭，四兄教伊哺菸噌煙來止癢。浮著淡薄茉莉花芳的晚頭，躲佇房間內哺菸，平靜中有著泫然的衝動，毛霧窗玻璃的人影疊著厝簷，季風來自遙遠的外面世界。

老父一生懸念著大海，夢想有朝一日反溯太祖的渡海之旅。早太祖一百年渡海來一探究竟的郁某人有詩作：「東望扶桑好問津，珠宮璇室俯為鄰。波濤靜息魚龍夜，參斗橫陳海宇春。似向遙天飄一葉，還從明鏡渡纖塵。閒吟抱膝檣烏下，薄露泠然已濕茵。」老父一生心嚮往之，冊上寫烏水洋的變化，南風柔而浪軟，北風剛而浪勁。

四兄認為不及這段古文：「自鹿港出洋，水色皆白；間有赤塗色水者，則溪流所注也。回顧臺山，羅列如畫，蒼翠在目；已而漸遠，水色青藍；遠山一角，猶隱約波間。旋見青變為黑，則小洋之黑水溝也。過溝，水色稍淡，未幾深黑如墨，橫流迅駛，即大洋之黑水溝也。險急既過，依然清水，轉瞬而泉郡之山影在水面，若一抹痕。俄而水漸碧色，碧轉為白，則泉之大隊山在目前矣。」

林厝祖先來自泉州。老父佇船頭，一隻水鳥從容掠過水面，若照鏡。

竹船食水淺淺，平穩離溪岸五六尺，破霧前行。篙船的諸甫，戴草笠穿棕蓑，玉姝附耳講：「鹹菜姆的老父。」彼次做大水崩溪，抱著金斗甕被沖到下庄。老父帶著彼時十幾歲的鹹菜姆沿溪找了兩暝日，找到認出伊雙手還是抱著金斗甕。

漸漸聽得溪底還是偶爾沙沙響，黑蛟龍的腹肚猶原搖頭擺尾貼著溪底還未離開？

老父綴著阿祖，見識過東螺溪的興旺，人及貨物從內山去出海口，從海口深入內山，加上南北兩邊佇東螺溪渡口相會，竹材，布料，鹽，食油，豬肉，海產，豆豉，荖葉。佇渡船頭丮頭即見媽祖宮，晚時點心攤燈火光熚熚。斗街因此學鹿也港，大街砌遮棚，地鋪紅磚，襲用其名號不見天街。最興旺時，大街亦有五行八郊十三個組織儼然的郊行舖會，泉郊金盛順，水郊金安瀾，簀郊金興順，油郊金隆順，糖郊金崇興，布郊金慶昌，染郊金合順，米郊金豐隆，茶舖金廣源，藥舖金元昌，料館金萬利，香舖金長和，糕餅舖金和興，繁華若夏天的滿天星斗。

水泄瀾糊的渡船頭，透南風還是颰北風，各種腔口呼嘩。老父愛看山內來的放竹也。東螺溪頭盛產麻竹，青碧竹材用麻索紮成竹排，每張竹排前後一位放竹也，手握一支丈長竹篙，雙人配合佇湍急溪水點撥撐篙操控，一路放流，泅過漩渦及暗流，閃過大石；內山大雨，溪浪可以托起竹排半天高若騰雲。放竹也得熟記沿溪水文特性與險闗，祝禱每年夏秋大雨大水毋改變水道，一般是父傳子，若欲學出師，起碼兩三冬。東螺溪兇猛，夾裹大石泛流，一說是蛟龍換喙齒，換下的龍牙羼有金沙銀沙，月光暝溪水內放光明。拾得龍牙石，裁為硯，青色，直潤而栗，寫文章得神助筆走龍蛇。

放竹也騎溪破浪到斗街渡船頭，溪面平靜，兩人將竹排篙到再下游一寡，靠岸，解開竹排，牛車運往南北，或再行水路去鹿也港。

放竹也雖然戴草笠，面肉黑金，手臂粗若竹頭。竹排毋是帆船，平坦貼溪水，人若溪水上兩隻白翎鷥。小漢囝時的老父赤腳佇溪灘，打水漂來打招呼，靈機一動亂嘩：「夫甲嗎溜文蘭，密林嗎流耶豪偉含。」放竹也咻的厚重山內腔回應。

兩岸邊有竹叢，大白鵝佇竹蔭內游著。竹排拆散，竹篙碰竹篙，清空的豁啦啦。用火烤，竹青出油。

「俟河之清，人壽幾何？」四兄時常這般唸。東螺溪若變清，必有大事。老父出生彼年，東螺溪清了數日。宮口打鑼通知。同年，果然紅英兄弟戴某人造反，攻下縣城，響應唐山太平軍，自封東王。唐山官兵自然稱之為反賊匪黨。東王軍數次渡過東螺溪而无攻打斗街，傳說之一，戴東王是媽祖信徒，因此毋敢輕慢媽祖宮。傳說之二，東王一位心腹與陳厝後生是結拜兄弟。老父強調，戴東王確實佇斗街北邊草寮藏了幾暝。

戴東王之前有鴨母王，有順天盟主之亂，有大海賊蔡牽，之後有規模較小的施某人反抗賦稅，有鐵國旗鐵虎軍反抗扶桑國。

伊們才是真正的蛟龍。老父雖然敬佩鐵虎軍，最愛的是漳州人大海賊蔡牽，神出鬼沒於東南沿海，佮清朝水師鬥，三番兩次進攻滬尾、鹿耳門；妻子巧又婿，人稱蔡牽媽，開炮神準。老父講蔡牽故事予四兄六兄七兄八兄聽，大伯父唸：「教壞囝也大小。」十五暝，月光清清透過菜瓜藤架，父子遙想起外海某處藏有金銀財寶，佇海底閃爍。

夢中的東螺溪清澈无比，潔淨可飲，老父終生夢想熱天時航向出海口，順南風，歷時九更差不多等於十八點鐘久渡過「六死三留一回頭」的烏水溝到泉州。伊當然知悉，鹿也港佇伊出世之前已經嚴重淤塞，大船只能停佇外海，靠小船接駁。

溪面噗通一聲，一尾鮎鮘一跳，雺霧似乎也被這聲響啄破。溪岸又稠又糊，然而船隻還是青瞑彼般摸牆扶壁緩慢前行，老父寂然不語，負手看著岸邊樹叢，檳榔，鹿也樹——若毋是熱天哪會結朱紅色果子？刺桐——還是二三月？不然哪會滿樹頭若蝴蝶的紅花；苦苓——真正是春天吧？一樹若雨濛的紫白花；野根蕉，大樟樹樹身附生山蘇花。

夢幻的時刻，豈能无鳥啼，有烏秋，有雉雞清亮的啼叫，有角頭鴞刺耳若像車輪的嘰嘰嘎嘎。

毛斷阿姑突然意識到，老父一世人用舊曆過日。寒天的東螺溪，溫柔贔屓（內向羞怯）；海口來的船少了，因為溪水淺了，逆流如同爬崎，費力費時，不如行旱路。

此時溪水銀漾，映照滿天星斗，老父決定伊的後生就以北斗七星的排序取名。而東螺溪流域的溪流之間，有大片被沖刷的溪灘溪埔，佇日短夜長的旱季，被日頭與海風風乾成為一片毋是鹽磧的肥沃烏土。

溪流轉彎，溪道變窄，岸邊野草叢。扶桑國軍隊來到斗街是六月，同年十月，有大官進駐許秀才大厝，四周遍插扶桑旗，腰帶束得十分精神的護衛隊箍三層，步槍刺刀白凜凜。斗街人擔肥戴草笠，牽牛荷鋤頭，遠遠繞著大厝若過節看戲台頂的武生，每一日愈行愈偎近。許厝長工出來辭，七月半鴨也毋知死活。

神祕的扶桑大官，只接見了楊舉人後生、陳秀才、元音仙三人，大官仁丹喙鬚，掛目鏡，比一般四腳軍高強大漢，軍服胸前掛滿錦繡徽章，東螺溪流域所有渡口瞭解透徹。「看起是讀冊人，通漢文。」楊舉人後生送上一幅畫，留白處小楷抄提了《桃花源記》全文，大官回敬一幅字，草書狂掃，墨色濃厚，「德不孤必有鄰」。

八個月後，傳說中神出鬼沒的鐵虎軍五百人以火繩槍、大刀襲擊駐紮東門的守衛軍，頭一日井水投瀉藥，半暝攻打。斗街事前无一人知情，火光佇街尾一熚一熚。死傷的扶桑軍擲入井底。

如同彼次做大水，陳秀才再次召集佇媽祖宮跪拜，雞公啼叫喔喔喔，爻桮請示是毋是加入鐵虎軍，媽祖笑笑不答。來的人比上次穧，丹池滿滿，再請示，還是以不變應萬變？媽祖仍是笑笑。一人佇陳秀才身後細聲，怎毋問扶桑人到底好人歹人？又連三栝都是笑栝。天光清清，兩側護龍與天井跪著滿滿的人，辮子纏頭，擠勿入來的溢到宮前，宮口廟埕的食攤一律收了。斗街傳言又一件，大街媽祖宮由於當初時先人籌建是佇東螺溪一次嚴重的大水後，倉促之間，建材銀兩无夠，因此只建得前殿，後殿闕如，從此冥冥之中定下了斗街的氣數，好不過三代。

殿內一列牌匾，「海疆靖鎮」，「后德同天」，「瀛海慈航」，「威靈赫濯」，軟身黑面媽祖兩旁配祀的有水仙王、觀音媽、註生娘娘、五穀王、西秦王爺，千里眼、順風耳。諸神默默，眾人躊躇，決定換人再問，紅漆剝落半月形的栝佇石板上无噠翻滾，街尾隱隱傳來相戰聲。

雖然斗街人明白為何而戰，但是毋參戰為上策？咔噠，无栝。

鐵國軍戰輸還戰贏？咔噠，无栝。

扶桑國皇帝是毋是比唐山皇帝好？咔噠，又是无栝。

兩個月前，扶桑軍攻入斗六街，屠殺將近五千戶人家，趕盡殺絕，聖母知麼？咔噠，這次非常響亮，又是无栝。

當然悉，問這是存心欲予媽祖婆生氣。一同跪的陳秀才、元音仙越頭眕眾人，傳話毋好烏白問。

斗街人其實並毋驚惶。古早古早，粵人趕走番人，漳人及泉人再聯手趕走粵人及土匪，再來，漳人及泉人沿東螺溪流域為著爭墾地，為面子，為偷彘，為清明買菜，相鬥相刣、放火，心甘情願了，泉人得五十三庄包括斗街，漳人渡溪而去，得七十二庄。過去兩百外年，東螺溪不定時發大水甚至改變水道教訓了斗街人，一如叛黨來，叛黨去，匪賊來，匪賊去，所以，扶桑人來，將來扶桑人走，也是必然。

夏秋溢洪，內山響雷，電光睒睒，烏濁溪浪砳砳砳砳，竹筏揪上岸，斗街人只有等待，學會了等待。雷電之後等大水，大水之後等沙石、漂流柴，等東北風帶來平安的旱季，等溪水讓出埔地，等埔地長出土豆及胡麻，等媽祖婆下指示。

佇楊舉人大厝，老父讀著渡船頭傳來的丘先生詩作：「宰相有權能割地，孤臣無力可回天。扁舟去作鴟夷子，回首河山意黯然。」元音仙紅了目眶，吟著：「捲土重來未可知，江山亦要偉人持。成名豎子知多少，海上誰來建義旗？」許秀才接續：「英雄退步即神仙，火氣消暑道德篇。」頓了一頓，「之兩句反話意思真深。」傅阿舍講：「答案就是隨後之兩句，我不神仙聊劍俠，仇頭斬盡再昇天。」

輪到老父爻桮，消息來報，扶桑軍大敗，守衛軍隊長死，欲撤軍轉回縣城；老父手放開，石板上一正一反，聖桮。眾人嘩地甚至雙手拍扑笑了。

斗街死了第一個扶桑人。聖母不曾透露的是，六年後扶桑軍提議休兵和解，舉辦了盛大的和解式，溪邊白旗飄動。是日斗街戒備，休市，眾人毋准外出上街。肅殺詭異的氣氛中，隱隱聽到似乎鞭炮聲。因此，老父歷歷指出，野草叢徘徊毋去投胎轉世的鬼魂，番鬼，粵鬼，漳鬼，泉鬼，四腳鬼，放竹也鬼，鹿鬼，禽牲鬼。沿溪遵守死狗放水流的習俗，死亡使得一切平等。

迷離霧中，船隻原地打轉。當溪水不再因為內山沖刷來的泥沙大石而涾沸，水色轉為碧綠，老父不免心灰意冷。

玉姝偷偷講予毛斷阿姑聽，彼年伊陪伴老父行遠路到縣城檔案庫房內，意圖解祕滿足終生的好奇，排解无聊的時日。老父予蠹魚爬上喙鬚，土粉黏了一身，錯過了酺渡的人鬼同歡佮澎湃胜腠的牲禮供品，枵得手憏喙憏（發抖），懊惱結果是佇冊本內迷途。足大本若草蓆的輿圖，予時間煎熬得破破爛爛，五十萬分之一比例的番地圖，出自總督府民政部番務本署，印刷、發行日期佮印刷所寫得明明白白，老父趴著寐寐地睏，綴著航海線神遊東邊外島的紅頭嶼，向北扶桑國，向西唐山。老父認真讀明白的是大海賊蔡牽的一生，若樹蟬蛻殼，擺脫了自小對蔡某人的崇拜，而平視大海賊畢竟是一條好漢。老父唯一得到的是不禁懷疑自己是毋是有番人的血統，懷疑伶俐機巧海賊底的太祖干真正是姓林的泉人？

越頭轉去渡船頭吧。老父交代船夫。

嫛也欽佩老父巧，擎讀冊，晴耕雨讀是老父的理想，伊當然知曉死了後十年，扶桑人四腳也總督用新時代新方法整治羅水溪大片流域包括東螺溪，興建護岸堤防，每戶出丁一人，分配負責三尺長，自備鋤頭畚箕扁擔挖土挑土，三年完工，東螺溪自此成為渠道，圳溝遍佈水蜘蛛。渡船頭遂廢棄，堤岸兩邊建橋，做大水的記憶終止。所以講，這到底算毋算是扶桑人的貢獻？

玉姝問：「這比汝當年坐的大船如何？可愛いこちゃん。」

老父亦笑：「汝彼個浮浪曠翁婿。」

玉姝不滿老父話講一半。老父只得解釋，毛斷阿姑的翁婿佮陳厝的人完全无同款，除了伊的彼一位伯公祖。

古早時兩家的恩怨過節。太祖當初與陳厝先人結拜，然而到了阿祖，誇口林厝女眷出閣前外人休想一睹廬山真面目。彼時自命風流的陳家大少爺與阿祖相輸贏一定看得到。中秋前，陳家一頂轎扛到內埕，含糊講是少奶奶來送禮，掀開轎簾出來的是陳家大少爺，笑哈哈將林厝女眷看遍。管家生氣，丮尿桶潑了陳少爺。此後，林厝女兒出嫁，陳少爺便請大鼓陣佇媽祖宮前擋路，一來延誤吉時，二來讓新娘佇轎內悶出一身汗。

玉姝手巾佇毛斷阿姑面前翊一下，講彼年伊只佮到雞籠港，毋敢行上鐵殼大船。

「そうか。」是這樣呀。

玉姝又手巾掩喙笑，吟了兩句戲文，百世修來同船渡，千世修來共枕眠。

彼年三月初，毛斷阿姑才滿十七歲，佮六兄坐大和丸去扶桑國。兩人前一日就到雞籠港，等隔日下晡三點的船開。六兄講，大和丸，原本是露西亞國的商船，兩國相戰，露西亞戰敗，大船賠償予扶桑國。

旅館窗門打開，看見港口，三月暗暝還是寒冷，海風有著新鮮的腥味，海天濛濛的青紫光晃著，毛斷阿姑與六兄睜大目珠看彼有著若石柱的兩管煙筒的鐵殼大船，好巨大可比龍宮吧，如何航過大海而勿會沉落？伊癡癡看著，若魂魄被攝去，大船可有整條大街長闊？裝得下斗街所有人家厝吧？啟程前幾日，四兄講古薛仁貴保主跨海去征東，唐太宗被風浪所驚駭，毋願上船，薛仁貴拜求九天玄女，天書出現出瞞天過海之計，軍師徐茂功歡喜照做，用大樹做一座四四角角共四里的木城，推入海上，名叫避風寨，上面更有清風閣予唐太宗住；木城內有樓房街道，鋪泥沙種花草，一萬兵丁假扮各行各業百姓，皇帝渾然不知是佇海上。

所以，大船上到底是一個舊世界還是新世界？啟程前，厝內同姒也欣羨毛斷阿姑，四嫂及六嫂笑，這次輪到小漢姑食鹹水囉，林厝第一個食鹹水的諸姆人。但是出門前一晚，六嫂來伊房間，手巾包著二十員，是六嫂自做新婦也儉存的，予伊添做所費，幫忙照顧六兄，留意毋好食太鹹，六兄胃毋好，若食糯米量得控制。六嫂講得面紅了。

老父料想未到，伊死了後十年，斗街无人留辮子戴碗帽，陳林謝楊顏、許黃張王李十大厝競相送子弟去扶桑國，一如自己的老父及阿祖兩代走唐山。

登船時，放送著交響曲《藍色多瑙河》，樂音迴旋的浪拍得毛斷阿姑頭暈。碼頭上滿滿是送行的親人佇翊手拭目屎，手巾若一大陣的蛺也（蝶）。鳴笛啟航，笛音撕裂耳孔，噴出烏雲薰入胸坎，一出外海，海湧轉強，一倒落榻榻米上便感覺大海自頭頂覆蓋。開始吐，連膽汁都吐出。醒來已經昏睏了兩暝，六兄撐著伊到甲板上透空氣，看夜景，海面轉為平靜，大船破水前進的聲響細微，海風竟然甘甜，是完全不同氣味的海。神聖的天非常威嚴，垂目耽耽注視著船上米粒一般的渡海人。

昏沉中，聽見六兄及一位穿學生服的少年講話。六兄佮伊解釋，真正巧合，七星里陳厝的後生。少年點頭，叫伊：「密斯林。」伊突然面紅得燒熱。少年的聲音讓伊忘記暈船的艱苦，講話極有條理。少年是兩年前綴大兄到扶桑國，一年前大兄醫科畢業轉去別位，伊預備學校補習了半年，考得商業學校，再年半可以卒業，但是有心繼續讀外語學校。六兄探聽日常開銷，伊用自己為例一項一項說明，四疊半榻榻米房租六圓，每個月餐費二十圓，早頓一角，中晝、晚頓各一角五分，湶堂的錢湯每個月一圓五角。少年答應，明日上岸會協助六兄安頓。

隔日，天未光，導航船帶領大船入港。岸上的山低矮，只是蒼蒼的一堆，但天雲洋洋灑灑，千萬里闊，少年屢屢越頭向毛斷阿姑一笑，喙齒鹽白。

彼個禮拜日，少年帶六兄與毛斷阿姑去看櫻花，「可愛いこちゃん。」可愛的少女，少年佇兩人單獨相處時講的第一句話。異國的好天氣，櫻花吹雪，花瓣白色若結腆的豬油，粉紅色若少年的耳珠。彼是毛斷阿姑的青春夢，伊情願及少年行入一年只有一回茫茫遮天蓋地的花雪內，入定其中。

確實櫻花雪毛斷阿姑只看過一回，少年幫六兄及伊租厝，相隔兩條巷子，方便互相照應。六兄瞞著嫛也及四兄偷偷去裁縫學校上課，學得好歡喜，再將課堂的精要教予伊，兄妹燈下展開報紙鉸出的衫型若看著一個新世界，兩人志氣想欲找出新的路線，六兄頭一次勇敢講出心願，希望有一日佮伊開裁縫店，一人一台裁縫機。熱天的扶桑國首都，車聲人聲，機器的氣味，樓厝的蔭影，日日澎湃將伊捲入，一切新鏈鏈，四兄總是笑伊佮孔子公无緣，但是去讀日語的路上，時時感覺一個時代的脈動愸愸跳得真猛，高踏鞋叩叩響。其實並不思念家鄉。少年住處魚鱗板屋，門前一欉櫻花瘦痛痛，石頭上有若雲的青苔，少年讀冊予伊聽，「一切偉大的世界歷史事變和人物，可以說都出現兩次，第一次是作為悲劇出現，第二次是作為笑劇出現。」少年的面有不可解的神情，又唸：「一個幽靈在歐洲遊蕩。」伊應，汝是欲講鬼故事？少年唸詩予伊聽，歐羅巴的詩人，印度的詩人，唐山的詩人，伊无一首无一句記得。无要緊，少年寬慰伊，汝就親像一尾金魚泅過一片荷花池。金魚目珠凸凸呢，伊應。另日伊頭毛梳兩丸佇頭額兩邊，少年穿柴屐陪伊行回住處，看見房墹暗暗，悉六兄還未轉來，兩人繼續行，去一條小川邊。伊思念並且等待來年櫻花開，但是嫛也叫四兄寫批來催，年底伊及六兄坐大船先去唐山找五兄及八兄，少年送行到霜凍的海港，滿滿的人及貨物，海天盡頭堆雲一層層，汽笛響，伊目屎滴落，少年佇港岸伊始終看得清清楚楚。

老父面色微微一變。船隻靜止毋動，雙生姊妹手牽手，紅花雙蕊欲開時，不知如何解說彼一份年少的心志，純真的思念。

「孽緣。」老父晃頭吐大氣。

一隻白翎鷥幽幽飛過，似乎將雺霧銜去一層。

溪邊竹叢若碧綠海湧。透南風的下晡，大厝後竹叢則是沙沙嘎嘎響，竹葉青森森，遂感覺秋沁。

三人同時聽到紅毛鐘噹噹噹，彈簧牽動金黃燦爛的鐘錘佇正點報時的洪亮響聲。

斗街人講笑，斗街第一富，陳及謝？諧音，陳及誰？另一個諧音，陳阿舍。兩家相比，陳家略勝一籌。斗街第一座紅毛鐘，陳阿舍所買，嫌旱路顛簸恐怕壞了機械，坐船行東螺溪，運上渡船頭，用一頂轎扛過斗街獻寶。紅毛鐘一個大人高，上等木料油光水滑，浮雕花草禽鳥，玻璃罩內若黃金打造的金杵金錘。阿舍膨風，打算開一墹紅毛鐘專賣店，以後斗街的雞公无用了。招待一陣一陣人到陳厝聽鐘響，門口埕的雞鴨驚得拍翅奔走。鐘響，黑衣短褂的斗街人按著胸坎，毋讓心臟起共鳴卜卜跳太快。阿舍搖著葵扇笑。彼日半暝，斗街大火，巡更的打鑼，眾人以為是眠夢著紅毛鐘響。大火燒毀人家店面將近百戶。天光，希微聽見鐘響五下。陳阿舍，少年的先人。

船隻靠著渡船頭，毛斷阿姑踏上岸，船隻隨即緩緩離岸，玉姝講：「汝轉去。來日重逢有時。」隨即同老父泯入霧中，溪水漉漉，父女兩人的目珠若四蕊蠟燭火苗。

毛斷阿姑舔舔霧氣，亦不悲傷，亦不啼哭，只感覺心內空洞洞。如同彼年，伊等待了整整一年，少年陳嘉哉終於踏入大厝，嬰也四兄六兄大廳迎接訪客，紅毛鐘適時噹噹響，六嫂來伊房墹，笑笑，「小漢姑，嬰也叫汝。」腳未到，伊先看見、感覺大廳特別光亮。

伊記得四兄講過的另外一件事，一年大熱的暗暝，綴著老父玍火斗來到渡船頭，聽講溪內出現大陣鮎鮘。溪岸烏影，水聲潑喇潑喇，有人抓到，玍起鮎鮘，大口細牙佇半空中哈喘。四兄記得老父正手搭伊肩胛頭突然一緊，順著老父眼光看去，溪淺處彷彿有個特別孤單的人影，陰沉地及老父對相看。隔日，老父倒佇眠床上發燒嗶冷。溪底究竟有多少冤魂？

毛斷阿姑一步一步行過曾經的不見天街，彼些染坊、布店、油車墹、家具店、米店、山料店、販也墹，自從東螺溪敗，旺店勢頭去了三分、去了五分，借一場大霧亦沉沉睏去了。

米店前倒著的路旁屍是彼個可憐諸姆，自從伊的四腳大人翁婿匆匆轉去扶桑國了後，一日一日委靡，聽講彼位四腳也答應一定儘快來同伊會合。嫁大人作家後的諸姆會壓弦亦會跳舞會繪圖，一夕之間化作烏有，忽然一天面抹白粉若藝妲宮前徆來徆去，毋出一個月就完全是乞食款。柱子影內，可憐諸姆若一墩蚼蟻巢。

雺霧到了媽祖宮自然成了祥雲繚繞。毛斷阿姑聽見大街始終毋斷根一直存在的羅漢腳，拒絕大霧的催眠，是唯一精神的，耳後到頷頸疊著一粒粒肉瘤看似釋迦果，搖著空碗，碗內喇喇骰子響，正是昔年東螺溪的響亮。

雺霧開始化作雨水，整個斗鎮慢慢露出了原形。

羅漢腳搖著碗內骰子，嗶了一聲，「十八啦。」

*王華南，《古意盎然話臺語》一書註釋，「阿婜」一詞係台灣中部大家族對母親之尊稱。亦有以「婜也」稱呼，發音似「一啊」。

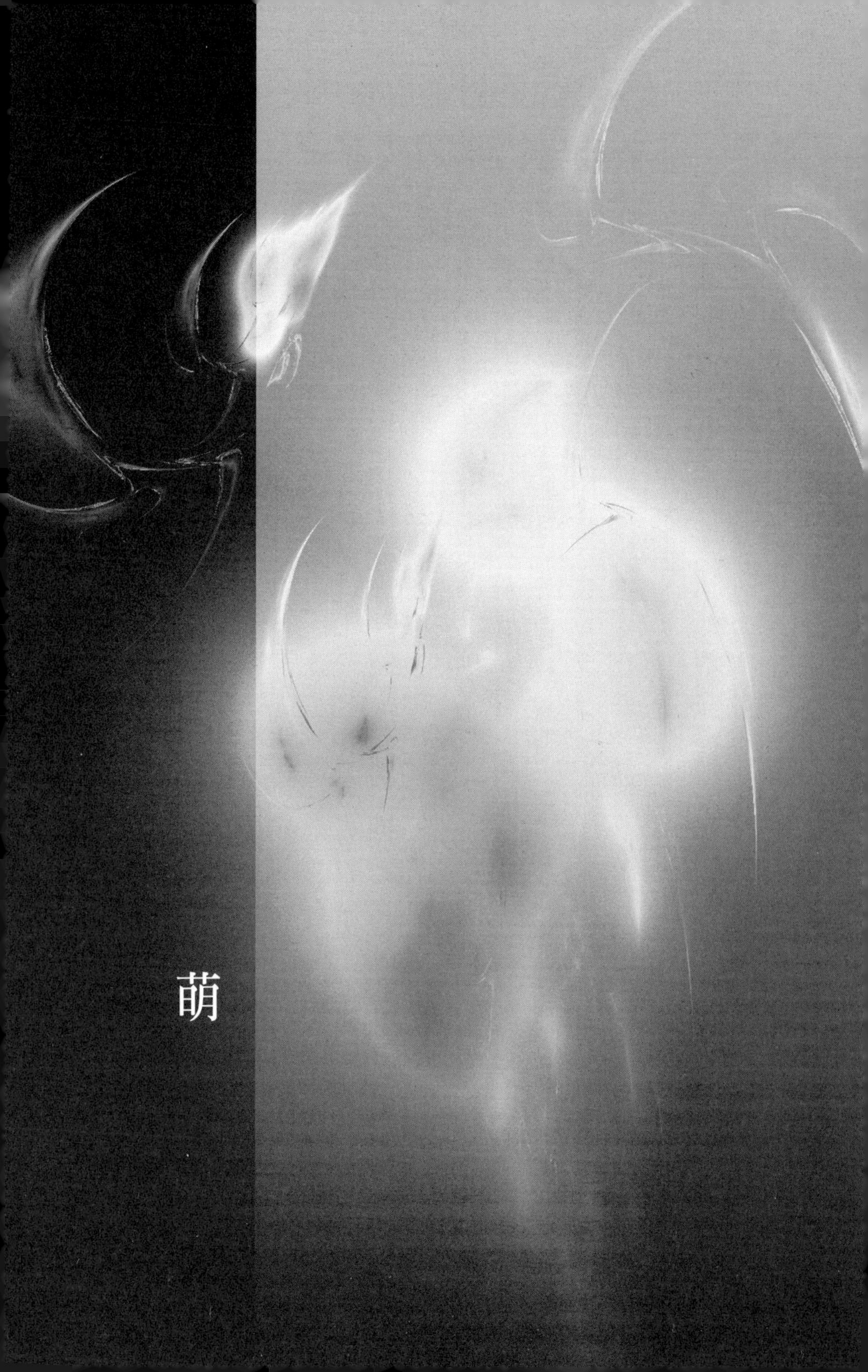

萌

譬如老羊這樣的人口樣本，或是新世紀的一個現象。

他們如同因為地球暖化、溫度升高的海洋大量湧現的水母，盤據了日時的大賣場、港式飲茶、登山步道、溫泉浴池、咖啡館、圖書館、社區公園，所有的公共場所。高齡化、產業結構改變的優退鼓勵與退休制度，就是大洋增溫而水母遽增的原因。

曾經在一個強烈颱風襲擊一日夜的隔天早上，我慣性地去了辦公室，空蕩無人，中央空調送出風雨的野腥，化纖地毯上居然有一撮碧綠榕樹葉，好像神擺下的一個指令。我旋即離開，異常乾淨晴朗的天空，太陽特別鋼亮以便曝屍，沿途路樹硬生生被狂風吹倒，其髓心、維管束流出無形血液，散發迷人好聞極了的草木香。過量的紫外線讓我誤闖進一家連鎖咖啡館，滿滿都是老羊那樣的雄水母雌水母。

那是中產階級暴力的禁菸條例實施之前的美好歲月，盒中有匣那般，落地窗玻璃屋裡再隔出一小間吸菸室，玻璃上呵著從肺葉與鼻腔噴出的蓬蓬煙霧，焦油凝結，下滑，彷彿腐蝕成為細川；滿座煙霧最濃時，便有印象派油畫時光差池的意思。我們偶或觀看玻璃屋中人，反而頓生哀矜之情，是基督教的聖經所寫的嗎，牧羊人無論如何也要找回那迷途的一隻羊，否則即便那馴良不走失的九十九隻全部安然也不值得喜悅。我們，中產階級殺人無形的法西斯，驅趕他們進入淵藪，有如圈入集中營的毒氣室。

總之，滿座銀髮最低年齡層五十五至六十，有時下修到五十。冷氣充足，更老的雄水母多穿一件樟腦丸味的羊毛背心，兩手疊在一隻收束妥的黑傘傘柄上，像棲息樹枝上的老鴉。至於那些普遍不抽菸的雌水母，大大不同於經濟獨立的熟女，不那麼聒噪大聲，也不張牙舞爪了，她們縮在涼鞋裡的腳小小的，無有火氣等待冥河的渡船。偶有一位不服老，雙魚座的，仔細濃妝，頭頂亮粉色系蝴蝶結，兩手戴八只戒指，眨著眼睛等待一隻遲到的雄水母。她的存在與姿態讓人心軟，並不很久以前，雨後地上星光如沸的夜晚巷口，不正是她緩緩走向那坐在熄火摩托車上如一條小公狗等了她幾個鐘頭的男孩？

從前的等待，時鐘的指針不生鏽，走得快又猛。

日後，飽卡絲或恐是資訊強迫症，鍵傳給我桃花水母的資訊，比恐龍還要古老的淡水桃花水母，形狀像撐開的傘，晶瑩透明，柔軟如綢，早春時於水中一張一合，有如飄浮水面的桃花瓣。桃花水母對生存環境極挑剔，不容水質有任何污染。

世事難料，我提早進入水母族的領地。我記得前一日做為一隻上班族工蟻整天室內戶外光線的變化，一志、我跟著總舵一群人參加了一場馬拉松會議，三部車開到舊名水返腳傍著山壁的一簇商辦樓群。樓群才建好十分九的時候，我們來過，地下停車場鑽上挖低一層的廣場，強烈的水泥腐味，電梯履帶空洞空洞在試俥，地上堆棧著建材。一如千萬年前，奴工建神殿、金字塔，量體之巨大卑渺奴工成為人蟻。進來了，日光阻絕在外，進入者皆成鬼影，那則謀殺傳說，灌水泥漿前投屍其下，此後神鬼不覺。啟用一年，某層樓某戶開設靈修道場，夜半燈燭引起一場火災，帷幕玻璃樓罩遂被鑿破。山壁陰濕，筆筒樹與鳥巢蕨野綠得沃沃滴水，有破窗入侵之勢。人與植物爭地，建樓開路。

一西裝男有禮地帶領我們，曲曲折折刷卡過關，好大會議室，好大會議桌後倨傲一位肥頭大耳的祭司，目光凌厲迎接我們總舵。高樓層下看，荒天之下，飛雲落跑，原來路邊鐵皮圍籬之後是廢車墳場，鏽黃汽車屍骸疊疊樂堆高，烤漆大片剝落呈屍斑，車頭燈脫卸一如眼球爆凸，而凹陷的車頂積存了雨水成了登革熱病媒蚊的培養皿。更遠，一座小型的廢棄遊樂園，摩天輪掛著不知道什麼產品的廣告塑膠布，一度華麗棚蓋旋轉木馬，碰碰車，歪斜破爛退色，幾匹馬頭顛倒在雜草裡。

一場例行業務會議，業主與銷售兩軍對壘，較量誰對大神奉獻最多。我夾帶了一本財經雜誌，專題是「測試你對工作以身相殉的決心」，二十道問題一支支長槍刺來，諸如工作對你的意義是養家活口、有事可作、實踐理想？你最在意的工作報酬是固定薪水、獎金與紅利、股票選擇權？你的工作態度是交差了事？跟大家一樣就好？全力以赴？你的付出與所得對誰有利？你、公司、雙方？當公司與你的利益衝突，你會選擇對自己有利？不知如何處理？對公司有利？假設你在某家公司工作五年而公司陷入困境，你會尋找其他工作？觀望？傾力協助公司度過難關？

選擇答案三愈多者，殉身比重愈高，愈有創業家傾向，恭喜。鐵槍倒轉，槍柄敲向天靈蓋，「你是否充分認知到個人與企業的關係？是否瞭解『劍在人在，劍亡人亡』？如果企業不在，你什麼都不是？」因此，端出一碗好滋補的工蟻心靈雞湯，「人有兩種，一種是莊家，一種是賭客，創業家是生命的莊家，他可以按照他的邏輯做他的事，追逐他想要的東西，營造他自己的王國，莊家，是社會的自變數。但社會九十%的人都是賭客，賭客是工作者、領薪水、接受莊家安排的命運，他們是因變數，只能默默追隨環境的變動。」

隨著商辦樓群進駐人數增加，山壁及其內裡被馴服，踩踏出了步道，年前，一位專業經理人、一位賭客於傍晚血糖最低時走入，選了一棵樹上吊，電視螢幕他年輕懷孕的妻淒厲地哭著。

黃昏會議結束，天空半邊火燒雲，末日似的紅霞，空氣焦焚。晚上，一志給我簡訊，應該就是地震引發坡地走滑，坡鎮倒塌兩棟，因為尚未完工，無人入住，但總舵心腹阿吉給活埋，凱麗大幸躲過一劫。路邊看店家電視新聞的現場連線，那廢墟一如死亡倒地巨獸，傷口冒煙，而牠的祭司們避不出面。

我不（敢）回住處，近午夜，便利商店前泊著一排四輛跑車沒熄火要串連夜遊，一個煙燻妝女跟我借火，而我胯下空無一物。我徹夜換了三家廿四小時不打烊的咖啡店、K書中心與網咖，隔日早上，站在分隔島仰看辦公室所在的大樓，太陽在它背後，給它立面的稜角與線條飾以光環。我兩腿宛如豬腳腖，無法走出一步；意識迷亂，彷彿激流中一片葉子上的螞蟻。鴉群便是從那金針光環中呱呱呱竄出，烏雲鴉翅拍起蛆糞，那惡臭又像奇香，灑了我一頭臉。我想到我辦公桌上那一份促銷坡鎮才寫好的小冊子，我寫楓綠到了這雪山餘脈全化成了蚱蜢與飽含負離子的涼風；我還寫，白天在滾滾紅塵裡追逐縱然有萬般不得已，晚上坐看紅塵滾滾才是豁達的態度。鴉群繼續有如火災現場的濃煙，鴉翅掃下字蛆字糞，我告訴軟弱的自己，趴下，就像一條狗，吃了它，吃下你的罪證。

「喏。」老羊，羊頭垂掛皮筏後滴著髓血誘鱷魚與食人魚的羊，將筆電螢幕轉個角度向我，喀哩喀一按滑鼠，開始播放一段影像檔。

搖晃的手持數位攝影機，敏感地收錄了業餘攝影者的呼吸好像喘息，目測室內面積不超過四坪，那對一個小女生是夠寬敞了。兩種視覺風格的組合，鉋卡絲教我，十七歲，萌少女，草木之萌，嫩極，鮮極。然而她的寢具冥黑如甲蟲殼，枕頭上躺一隻絨絨企鵝，床前黑白二色迴旋的踏墊；此外的書桌櫥櫃或許是螢幕的色差，介於桃紅與粉紅，收拾整齊得果然一如守貞的少女。牆壁上對比著《星際大戰》黑武士與土屋安娜《惡女花魁》的華麗海報，牆角一方堆疊著一丘遊樂場與夜市的夾娃娃機或BB槍射氣球贏來的填充玩偶。鏡頭至此晃得厲害，後退退出房間。

除非少女顯靈，不可能從這房間得到線索。有太多此類故事，兒女夭折，父母固執保存其房間維持生前樣子，不准異動，給自己幻象，物在人在，亡者只是暫時遠行。

這是老羊邀我創業的第一個案子。坡鎮倒塌後，我失魂落魄窩藏在水母族咖啡館，「來吧，就是你了，你渾身散發著為死人寫字的氣息。」我以為遇見了精神病患或職業騙子。

那天咖啡館闖進了一批直銷業務，已經入定的水母族被他們的聲音氣燄干擾得很不舒服，我因此判斷不出他們是莊家還是賭客，藍芽耳機、錄音筆、兩隻手機、黑莓機、筆電、數位相機、隨身碟是其基本配備，媒體早就正名之為遊牧族，賀喜他們解脫了辦公室辦公桌實體空間的束縛，組織得以扁平化，改變了職場景象。他們果真一支遊牧族群逐咖啡館的現成桌椅冷氣而來，付費公用空間遂被私領域化，合併數張桌子扶乩那般，又似舉行原始部落的分食儀式，必定有一二位鑽石級的上線先輩於同心圓外圍盤旋監督、備詢。旁觀者如我也看得出來，座中凡是最寡言、僵澀的，偶或抓不到笑點的卻仍詳做筆記，必是才入門的賭客。成功經驗人人爭搶，如何複製？以身相殉，我這才有一點點動容，相信那一套邏輯的莊嚴與沉重。3C遊牧族呼嘯來，呼嘯去，木地板有踐踏的足跡，桌上杯盤狼藉，吃相難看，而我這衰郎竟然楞楞妄想著那杯壁殘留的糖分可會吸引城市綠地罕有的蝴蝶來吸吮。我也看過落單的遊牧族，點一杯冰咖啡，枕著白襯衫袖子趴睡，手機響，腰桿一挺，先抹抹臉清清喉嚨才接電話。

那隻曾襲擊英鎊泰銖成功的猶太裔金融巨鱷，一次受訪說過，現代人花了許多時間在虛擬實境，很難對現實產生敬意。

所謂為死人寫字，整理死者一生行誼，為死者諱，為死者隱，摘取可歌可泣可哈哈一笑的，敘述之，聚焦之，鋪陳之，紙張印刷陳列之，哀頑感豔，讓死者再活一次。所以，本質上，老羊找我從事的是多麼古典，墓誌銘業。

老羊按了按頭戴的棒球帽，數十年的白領族養出的雙手乾淨白皙，「來吧，我們想像告別式場合，人手一本我們製作的墓誌銘、追思紀念冊子……我正在學影片剪接、配音，燒成影碟現場放，那就真的是音容宛在，無堅不摧的催淚彈。哭是好事，多健康，集體治療。」

萌少女父親，老羊的朋友，並不能提供關於萌少女更多更具體的資料。

老羊帶我前去拜訪，在開發甚早的老城區，縱深屋內寬敞但密密實實的古今合併的厚重家具與物件，大電視機下墊著一綑綑法院還是公家機關的年報，細頸圓肚的青花瓷瓶插著雞毛撢子與綢布的牡丹花，嵌雲龍瓷心鼓凳，大理石桌面而桌腳雕工精細的藤蔓瓜果與仙童的紅木圓桌，桌腳特別夾榫橫槓，炎夏赤腳磨蹭腳底想必很涼快。牆上一張慘遭日曬熱糊的靜物油畫旁幾個大相框貼滿了家族的黑白老照片，在古厝前，在眠月神木下，在巨大的輪船上，海天壯麗；於今看來是古董的火車與造型敦厚的汽車旁邊；有一部分個人沙龍照，尤其是一位女性，從少女到少婦，扇形鋪展，眉眼唇頰人工著色，非常嬌豔。

令人惻惶，照片中的古早人較諸現在人都要正氣清揚。

萌父相當沉默，浸漬在哀傷裡卻有表面張力的平靜，偶爾鏡片邊緣波動著淚光。豐厚上過髮蠟一絲不苟的髮型神似昭和年代的演歌男星細川貴志。萌少女是在深夜離開西門町一棟吃喝玩樂大樓，讓她男性友人摩托車載送回家路上被酒駕轎車超速追撞飛出，當場頭顱破裂死亡。

存在，是第一義。本質上，我們為了愛與尊重那存在，以文字、圖畫、影像不同的材質重現、詮釋，故而發生了第二義。在追溯蒐羅的過程，或因為力有未逮，漏鉤，或因為加油添醋太過，第二義與第一義互成哈哈鏡。更重要的是，曾經存在的生命體已逝，其後刻舟求劍種種作為，為死人寫成的第二義，註定支離破碎，最好的情況是譬如玻璃碎屑，和在柏油鋪成路面那般，行走其上，彷彿星光雨露幻境。

讓我過目不忘的一部好萊塢電影《迴光報告》*The Final Cut*，歐威爾老大哥式的監視進化到晶片植於出生嬰兒大腦，藉由眼睛即鏡頭紀錄了其人一生睜眼分分秒秒的影像，人死而晶片不死，記憶剪輯師得此某人一生的龐大影像資料庫，不啻得到神巫之眼。

如此假想若能成真，人又何必寫字？然我祈望這科幻奇想早日成真。

剪輯師一傑作，在告別式中放映，死者浴室鏡中裸裎上身，腰際繫著白浴巾，年幼模仿父親刮鬍子，割出一絲血痕開始，而後，青年，壯年，中年，蝴蝶拍翅的淡出淡入，白髮蒼蒼了，如同愛撫地摩挲自己鬍渣的最後一眼。那抒情的飛翔片刻，人生一瞬。

一扇門呀地開了，一個烏溨瘦的外傭推著一位黴灰髮色、駝背的老婆婆出來，萌父解釋，「我阿姑。」

老羊看我一眼，下一個客戶目標，他起身恭敬地迎上前，「阿姑干會記得我？羊也，足稽年前還佇讀冊時，去過汝故鄉的西門大厝。去爬山，衫破，還是汝給我縫好。」

老阿姑頭一顛，「罕行。」居然有幾分少女嬌羞樣子的微笑。外傭幫她從輪椅上移身落坐皮沙發，周身骨節喀嚓爆響，隨即她蝦著身伸長手把茶壺想要倒茶給客人以行其閨秀教養，萌父接手說：「我來。」

她的手非常修長，端詳她的眉眼嘴，便是牆上照片出現次數最多的那女性。

「這骨董茶壺原本有一對，」萌父解釋，老阿姑不久前摔破了一隻，無聲老淚流了好幾天，吵著要回鄉下；他向著老羊，「那大厝現在跟鬼屋沒兩樣了。」側首看看阿姑，「她白天不說話，夜晚夢話可多了，咕噥咕噥一直講，我有幾次就站門口聽，也準備了錄音機，可她睡前脫了假牙，一嘴含糊，講得激動了，嘸，好像希特勒演講，一隻拳頭搥床搥得好響，元氣十足，夢裡人簡直呼之欲出。曾經咕咚好大一聲滾下床，我扶她起來，難為情笑了，但顯然沒有醒，倒回床上，翻個身，夢話繼續講。一個膝蓋就是這樣跌壞的。」

「不是有個說法，老年人跌一跤少活三年。還是很愛美，」萌父續道，柔情地彷彿敘述自己的妻，「天一亮起床第一件事就是照鏡子，抹粉畫目眉；要帶她出門，她馬上去穿絲襪換衣服，有次重感冒要帶她上醫院，也是堅持得穿高跟鞋，挽著寒多麻庫。」

拜訪結束，萌父勉強給了我們萌少女部落格的網址，寫在昨天日曆紙一截的背面。出了巷口，對面老建築兩層樓的山形牆盤根附生好大一叢雀榕彷彿廢屋。下午的太陽就要完成它的輝煌時刻。我與其說是沮喪得到的只是一列手寫網址，不如說是驚悚這確實是部落格唯我的時代了。某一年某發行全球的雜誌破格選出的年度風雲人物，「你」。雜誌封面黏著特殊材質製成的一長方銀光鏡，映照每一張閱讀者的臉，鏡中的你，亦即是我。強大的自我意識，災難之源。

我的網世界之友鉋卡絲，耽溺讀部落格，她笑臉解釋那完全滿足了一己偷窺慾，更深層的是格主大大難脫暴露狂之嫌，我為你而寫誌而貼文，我等你啟讀、累積人氣甚且回應，往還拉鋸，所以兩造好微妙的一種形而上的虐與被虐關係，一如這一首於今罕為人知的女詩人之作：「昨夜我在夢裡把你擁抱，我在夢裡把你鞭撻，今晨路上遇見你，我依然低頭走過。」部落格時代，又生出新觀念新詞彙，寫手，你手鍵寫你口與你心──鉋卡絲與我非常期待以腦波意念代替手與鍵盤的技術革命趕快來臨──書寫可以不必負載意義，或使命，寫手得到電腦網路此一平台抑或祭壇祖露自己及其所有，彷彿將自己虛擬化為億萬光年外的一顆星球，有所寫有所貼文就是有所存在，標明了第一義。寫手與部落格多如繁星。我認為鉋卡絲另一個比喻更好，愛麗絲跌落的樹洞，在其中迷幻夢遊一場，變大變小，等到兩眼力竭，離開螢幕，剎那回過神來，或恐什麼都沒有發生過。

菜蟲食菜菜腳死。回過神來，我又看見了死於鋼筋水泥堆裡的同事阿吉，螞蟻爬著他被壓扁塌的臉。

我的職場初體驗，在另一個老城區，輪到晚班的旱晴日子，在午後四五點放學下班前，我下公車走一段路，整條街還在瞌睡著，大葉桉被日頭炙燒出寧定的氣息，雜貨店冒著米香油香，防火巷的污水流成重腥的蟒蛇一條，天光還大亮，那個永遠的老妓就在一排販厝窄門前站壁，匝一襲秀場二手衣的亮片旗袍，臉上的妝桃花紅李花白。那時老妓年齡約莫是我的兩倍，出於職業慣性，笑咪咪跟我攬過一次生意，其後我們平視如街坊鄰居，偶爾眼神接觸算是打招呼。一段時日後，可以掌握捉摸到她接客的頻率，換了新行頭、某個嗜酒老客找她一起喝了兩杯，因而那幾日笑紋多了些。

一隻虎紋貓在浦葵樹下牆頭曬太陽，溽暑中元，滿街燒金紙，蒸發灑地的米酒，遠遠便看到她一臉酒紅，頭上一隻水鑽髮夾。走近了才看清因為熱領口釦子解開，上下唇的口紅往裡蝕崩了一圈。其實我很想學廣告片向她喊一聲：「喔元氣爹斯嘎？」轉彎前行，有一家傳說非常便宜的大眾食堂，玻璃拉門油霧水氣，日光燈暈糊，食客一如人蟲咀嚼得好大聲。門口騎樓地上一張軍綠帆布攤開垃圾寶藏，公寓偷鞋怪客搜刮的舊鞋一墳，卡匣錄音帶，保心安油空瓶，生鏽菜刀，一堆國旗徽章軍籍牌與總統就職紀念酒，光碟片疊成一圓柱，遙控器相機殼充電插座裹在一球球的黑電線裡，那一山舊衣若滾出肢解的屍塊斷頭都不稀奇。一個惡臭流浪漢彷彿溶溶的柏油人站立起來，踢倒幾支酒瓶，光啷光啷。以為驟然下起夕暴雨，是攤車油鍋下了一盆花枝丸，嘩啦嘩啦地炸。

果然下雨了，私娼姊妹淘集結騎樓下，好像綜藝節目後台，周身從頭到腳一定至少一項閃亮飾品，一隻銀包包給一甩如同流星錘。

建城兩百年，先生先死，這最早開發的城區榮光退盡，鰥寡孤疾廢渣與廉價品與垃圾古物上場，再十年下流到新建卻荒蕪如鬼域的地下街商場睡午覺。偶爾遇見導遊領一隊歐巴桑歐吉桑作寺廟之旅，老城區唯一聖地，我跟著踅入，青龍進白虎出，誦經聲煙霧中大殿下盆栽枝葉掛滿了玉蘭花，志工以鏟子清除鐵皮燭台上的紅燭油。我覓著一位信徒，不打攪的跟定，多半是女性，手握炷香，喃喃跟神傾吐久久，說到流了一臉的淚。

財經雜誌激勵人心地引介時間貨幣、時間銀行的概念。時間，最奧妙的謎，最困難的哲學命題，如何如同築壩攔水？如何在睡夢中穿越天堂將那一朵玫瑰帶回來？付出一己的勞力、技藝與服務，就是創造該段時間的價值，將之貨幣化，儲存，累積，待來日取款換取所欲的勞務。實例一，A太太以幫助B太太整理庭院一小時，換取C太太教授插花。實例二，小學生瑪麗以在社區撿垃圾換取才藝課程、一趟旅行。時間貨幣不會貶值，交易不用課稅，也可以預支，它的附加價值是他人的愛與關懷，它的核心價值則是互助與互信。

我極願相信，一如跟在與神傾吐的信徒身後，希望時間貨幣如同金雨瑯瑯淋我一身。

回到老妓與我，我是整批賣斷給資方，銀貨兩訖；老妓慘澹，她一直是處於前現代，時間只有過剩，風化成為細沙，倒吹掩埋了她。

彼時我哪有什麼時間成本的概念。敵不過瞌睡蟲，躲到倉庫偷睡，額頭嵌出一條紅色深溝，我像戴著一個無恥的戳記，到哪裡都有惡狠狠的目光瞪我。菸槍們喜歡側身繞過堆積存書充滿油墨味的樓梯，到頂樓蟻聚抽菸。我必須準確敘述，在更廣闊的意義上，從制式的工作軌道找出罅隙與岔路，上到死苔、鳥糞、碎瓦一壘一壘的頂樓，便是一種象徵性的儀式。下風處的那側女兒牆一人高的菅芒野草悍霸好像子孫不肖的墳頭，四面望出去是屋頂之海，礁岩擱淺著白鐵欄杆與水塔、棚架鋼樑的森森骨叢。臨大街那面留著大型廣告看板遺跡，有如戲院螢幕的褐鏽鐵架，腳墩纏著某次強颱颳裂的塑膠布。菸槍們手上有菸便起乩的神采飛揚，建城兩百年，二次政黨輪替後，頒布禁菸令，視他們為人人可得而逐之的異己，然而在一訪談影片中，蒼蒼老矣仍勇健的漢娜鄂蘭戴茶褐鏡片眼鏡抽菸，完全是長期尼古丁重度萃取者的架式，若沒有菸做為無形的心靈支點，我懷疑她能否磁石吸鐵砂那般，被這一行字吸引而引用，「我著了魔似地渴求幸福，要像一頭冥頑不靈的驢子，爭取我那一份每天的幸福。」

屋頂之海一邊的盡頭是疏洪道與溪流，水氣承著堆積雲，落日如同一大個血色濾泡，紅光照亮扁薄的河道銀鱗鱗奔海而去，氣流沿著河道而來是風，幾乎錯覺屋頂之海波濤洶湧了起來，吹得菸槍們如狼似狐毛髮獵獵。濾泡破裂，血絲滲入雲堆皺摺，我暗暗焦慮得想以頭撞牆，無以排解，只想搭上車廂是唐榮打造而車窗可以推上、乘客稀少的老火車，趁夜南下跨過北回歸線。

當然，我的浪蕩之夢始終沒有實現，只是有一日毅然決然遞上辭呈。初體驗的挫敗把我磨得愈像一頭驢子，數年後，當一志帶我與凱麗來到老城區只為吃一碗老饕稱讚的鹹糜，我惘惘看著那熟悉的街道，人民公社吃大鍋飯似的室內，自助找桌椅拿碗筷，我突然認出了老妓，提著一大桶才起鍋的鹹糜倒進攤頭的大鍋。我確定是她。她持杓子的手沒有發抖，找錢時抬起臉，眼下右頰一粒痣還在。「要麼？」那年某午後，她的手在我的背一拂，我堅守路人的底線，回望她一眼。

離職那晚，菸槍們以路邊攤的牛肉麵滷菜啤酒為我餞別。涼風殘破的夜晚，菸槍們何其疲軟而溫柔的臉容，我暗暗立誓此生決不走上與他們相同的路。我循著白天上工的路線往回走，背後吹來的季風若有靈感特別強勁，然而夜深人靜，市街沙丘似的在潰散，頹入無夢黑暗中；走到老妓固定站壁處，對角騎樓一攤下水湯黑白切，倒吊的白色塑膠桶招牌團團轉，桶上紅漆拙劣的字；一個腦勺肥肉擠壓有如一坨豬腸的男子牽著一條狗吃得呼嚕響。

我站在印象中老妓領嫖客上樓的門洞前，門口地上如同落葉堆肥成腐土的郵件與廣告傳單。我仰望階梯，突然想起年輕時的父親任職於某企業的中部分公司，辦公室在二樓，三樓是家眷宿舍，四五歲的我晃到樓梯口，滾了下去。昏冥中，樓梯頂燐燐一雙貓眼與我對看，牠柔媚的身軀橫放。我聽到背後對街圍牆有一大片纖維粗厚的葉子重重跌下，如同頭殼撞地。

好憤怒好沮喪的一天。我要小黑陪我去買那一套黑色寢具，他騎復古野狼。回到安那其，我們沒有理由的就又開吵了。小凱殘忍地瞪我，意思是茶包。我跑出去蹲在路邊水溝蓋上嘔吐。小黑要麗子來看

一下我有事沒。腰高腿長如鹿的麗子，雙手抱胸，幾分不耐煩。我抬頭嗅到她胯下小黑留下的味道。太陽熱得發黑

麗子是賤的。小黑小凱是賤的。我也是

這是賤（人）的世界。賤為王道

我只有在這種身體裡渴high與躁鬱兩股黑暗力量的拉扯才能確實知道小黑的愛

今天至可笑的新聞是，一個豬頭殺人犯說他的動機是因為某一部漫畫

腦殘的電視記者馬上就追查出《銃夢》大作文章，譴責暴力污染心靈

狗屁。他們真的看不懂那是哀傷近乎詩之作？那麼細膩婉轉，彷彿暴風雨的蝴蝶在窗玻璃前拍翅，作者木城幸人一再畫說的是生存的意義，戰鬥與勇氣，自由與愛

木城畫出《銃夢》第一冊是23歲，我覺得他的偉大是畫給未來的世代，怎麼說？

他那顆黃金之心焦慮著來日我們或將是被集體程式化的，被給予義體化的自主權，我們將是連結著一個巨大神祕母體的無數端點，那是人真正的自我毀滅

我的頭開始抽痛了。我永遠不會忘記艾蜜莉給我這一套漫畫時熾熱、令我心生顫慄的眼神

復活的老靈魂凱麗在第三冊失去她的第一個小愛人尤浩。可憐的尤浩，仰望天空的少年，痛恨徹底剝奪他生存尊嚴的廢鐵城市，他想要徹底逃離，他的上升之路就像希臘神話以蠟黏製翅膀的戴德拉斯，

他攀爬通往空中城堡的輸送管，義體身軀被攪碎，墜落死亡

我記得看到這裡渾身發抖，窗外是長到三樓的鳳凰木，綠葉如海

小黑來電話，店裡很吵，問我新床單被套感覺如何？我笑了，他（寵寵地）罵傻蛋

萌少女的部落格鎖著，需要密碼，我要老羊問萌父，果然不知。我再要老羊跑一趟萌父家，要萌少女的同學朋友的清單，最笨的方法，地毯式一一查問，問到載她的機車少年，賓果，被吵醒的厭煩語調，「她生日，四年一次的雙魚，瞭？」

我不急，死人除了等待，一無所有。我請鉑卡絲先看萌少女的部落格，如果她有興趣。

我則安穩地窩在水母族裡做我的生活實驗，在滿室冷氣壓不下的陳舊皮革、假牙、假髮與攝護腺腫大後遺症混合的老人味裡，等待鉑卡絲的回應以驅動我執行下一步，也等待一志與凱麗的消息。水母族亦是我個人與這世界之間最佳的緩衝泡綿，不識者可能以為我是個早衰症患者。我絲毫不擔心今年的梅雨是乾梅，不擔心聖嬰或反聖嬰現象，無所謂環保激進派哀哀叫拯救地球只剩十年的時間，極地冰棚在快速融化。其間我看了一本法文翻譯小說，寫得太好無法歸檔為科幻小說，遙遠的未來，無性繁殖複製形同達到永生、單細胞似存活的新人類敘述者帶著他的寵物狗走出無菌室般的住處，再一次實踐步行的原始偉大力量，那時的地球經過數次大毀滅回到史前，他一直走，不毛的曠野，山脈，草原，湖泊，舊

人類的城市遺跡，終於來到大海之濱。旅途中偶或出現的殘存舊人類退化成為跟猩猩猿猴差不多。在我的有限閱讀裡，那是我看過最淒涼的孤人噩夢，欲自殺者最平和的臨終之眼。什麼樣的文明教養與社會體制會哺育出如此視古典的人的定義為糞土而又如此溫柔渴望救贖的恨世者？何必裝高貴，絕大部分的人就是在飲食與性兩者循環的兩腳動物。「意義」不一定是存在的，「意義」不一定是需要的，如果從搖籃到墳墓只是一條快捷且無有選擇的直線。

我跟隨這聰明犬儒法國人看到大海。落地窗外，天空萬里無雲，鈷藍釉之色，我叫出大腦記憶體關於海的檔案，我內疚承認，都是影像而無一文一字。看見葉子光滑開紫花的馬鞍藤，纏著尼龍繩的漂流木，聞到積雲的雨味，漲潮海水退下握著腳踝與腳掌的拉力，嘴裡咬著海沙的嗑崩，可愛的乳房，木麻黃之後海風破空，撐開胸膛。啊，原來一死了之就是死在海灘的感覺。

這本奇書中的敘述者的遠祖寫出這樣一段——真高興有經可抄：「已經不再有現實的世界，被感知的世界，人類世界，我走出了時間，我不再有過去，也不再有未來，我不再有憂傷，也不再有計畫，不再有懷戀，不再有放棄，不再有希望；什麼都不再有，只有恐懼。」

拿掉最後「只有恐懼」，豈不就是入定於涅槃？

我知道接下來要怎麼說了，不必瘠想我們共生的體制冰消瓦解，當我企圖離開體制或只是企圖走到邊緣與之形成適當距離，當我不願再做一隻工蟻，我是什麼？我還能做什麼？

同理，或者，「我」的意義不一定是存在的，不一定是需要的，捨棄之就像扔掉包袱，走進茫茫人海，塵歸塵，土歸土。

老羊帶了一套功夫茶的白瓷小杯擺桌上，一手捧著一本版型略大的簡體書，閱讀時間斷詭異地哼笑一聲，一手將眾小杯圍繞他點的熱桔茶圓壺佈陣，單鞭陣，以茶滿杯，將壺嘴對杯，意為請求兄弟援助，詩云：「單刀獨馬走天涯，受盡塵埃來到處。變化金龍逢太吉，保主登基坐禪台。」破陣之法，若能救，飲其茶；不能救，棄其茶，再注茶飲之。患難相扶陣，四只杯在盤內佈四方陣，一茶壺一杯置盤外。破陣，取盤外一杯，置放盤內四只杯中央，飲下。

插草結義陣，需十只杯。太陽陣，十五只。梁山陣，二十四只。夜觀星象茶，孔明上台令諸將陣，趙雲救阿斗陣，帶嫂入城陣，會仙姬陣，織女茶陣。老羊如同念經，好，回到基本，一龍陣，只需一只茶碗，詩云：「一朵蓮花在盆中，端起蓮花洗牙唇。一只吞下大清國，吐出青煙萬丈虹。」敬茶對答，「奉敬仁兄一杯茶，弟敬兄來是洪家。蓮花內面裝何物，請兄從頭說根芽。」「仁兄賜我一杯茶，小弟本來是洪家。蓮花內面金光現，負累仁兄賜香茶。」

不過兩三百年前的人，心思何其純一篤定。然而他們用了幾代時間建造的秩序與密碼，以幾代人的心志打造的黃金願望，他們的血性，一本書便將其拆解成為文字遊戲，不再神聖。

老羊唯恐我不耐煩了，說再念一段就好，勸酒時對唱《洪門敬滿堂酒歌》，「一杯酒，敬上天，天長地久。二杯酒，敬下地，地久天長。三杯酒，敬聖賢，心同日月。四杯酒，敬拜兄，仁義同心。五杯酒，敬當家，官封威鎮。六杯酒，敬管事，萬事萬能。八杯酒，敬兄弟，滿堂和氣。雙杯酒，敬么滿，功勞苦勞。」

「你對私刑報仇有什麼看法？」急轉彎地他問。

我聳聳肩，不知道，沒有意見。

他將瓷杯一只只納入一隻棉布袋，兩眼突然紅濕了。這讓我非常恐懼，其實老羊的年紀夠當我的父執輩。我從未見過我父親哭過，唯一例外一次是他知道肝癌末期死定了而且住院數日都不能排便的那一刻，我拉上湖綠色分隔簾將那空間留給他與母親，靜靜走出病房，我固執認為極稀少的某些時刻即使至親如子女亦不與焉，那是「我」與其靈魂告解清算的神聖關鍵。

「你知道什麼是XX室？」

我猶豫了下，點頭。有些名詞時移事往後註定成為化石，我知道XX室，得多虧大一的灰白小平頭的通史老師，第一節課永遠是他的時事評論，老K黨外老美小日本輪番罵一輪，總以「國家事，管他娘的」反諷做為結語讓我們醒來。所以，對我而言，XX室就是國家事管他娘的。

老羊說他的父親是現已不存在的省農林廳下一個小單位的小職員，全島的林場與農業改良場都任職待過，有一年全家搬到中部山裡，租了一戶日式房子，母親愛乾淨愛嘮叨，入住大清掃在天花板上發現藏著一紙箱舊書，父親捨不得丟，太陽曬了曬，偶爾帶一本放公事包到辦公室，下了班不急著回家挨老婆罵，讀幾頁殺時間。父親有一天笑嘻嘻念一行給他聽，「在我的後園，可以看見牆外有兩株樹，一株是棗樹，還有一株也是棗樹。」始終不解到底有什麼笑點。大姊反應快朗聲答：「在我家可以看見圍牆外有兩棵樹，一棵是檳榔，還有一棵也是檳榔。」有一天，一台吉普車來載走父親，連同那一紙箱的書，六個月後回來。他從鄰居那聽到的，父親是被抓去關。回來後的父親變得有些怪異有些呆傻。他那時八歲，而今無法確實敘述父親的行為究竟起了什麼變化，也無法記憶父親究竟是怎麼的怪異，是家中的氛圍吧，總是小心翼翼的、低抑的、驚慌的。一年後，舉家南遷，再一年，父親騎腳踏車被汽車撞死。還是鄰居那聽來的，車禍原因是父親恍惚地闖了紅燈。

所以是XX室間接害死了父親。老男人版的春麗，點頭。

「我父親是個與世無爭，但膽小甚至懦弱的人。」老羊透過兄姊拼出了父親的死亡圖像，一切只是因為太老實魯鈍的父親讀錯了一箱書，被XX室撞見，上報成為個人業績。「我花了幾年的水磨工夫查到了那個XX室，仕途平順啊，他那時才從簡任十職等退休，轉到一家私校當主祕，三個兒女很優秀，一個留美當了美國人，一個是外商專業經理人。那是十幾年前。我跟蹤過他一陣子，馬上放棄，因為我自己卡在一個瓶頸，然後？我的目的是什麼？更重要的原因，他嚇到我了，他警覺性非常高，他細細長長眼睛所謂的鳳眼，瞇著，眼珠子左右掃描。當然當然，我父親絕對是他獵人頭名單最渺小的一個。在一個放學下班了的十字路口人行道，我與他擦身而過，我第一階段的復仇準備算是完成。」

十幾年後重起爐灶，兩鬢星霜老男人版的春麗準備好了嗎？仇家在舒適地安享晚年呢，中風過但還能行走，有一外傭服侍，扶著出訪散步坐咖啡館看報。春麗，不，老羊始終維持著一年更新一次XX室的動向，「然後，有一天我鍵入名字Google，你們說是拜古狗大神，用不著一秒，關於他重要的線索都在螢幕上，他最後工作的學校，他所屬的同鄉會，參加的棋社，某次百貨公司週年慶的摸彩中獎名單。他居然與我父親同鄉。我瞪著電腦，啼笑皆非。好比你拜師閉關十年鑄造一把寶劍，出關發覺隨便一家超商十塊錢買一把小刀都比你鋒利。考考你，怎樣找出仇家住址？」

兩通電話，第一問一〇四查號台得到ＸＸ室市話號碼，第二稍稍演個戲假快遞、郵局掛號之名去套；詐騙集團盛行，此法不通，花點錢找徵信社就是。

「連續三個月，我們固定去一家咖啡館，正確說，我在那裡等他，試圖理出他的行為模式。老賊果然賊，不定期來去，變數包括醫院拿藥、中醫做復健、飲茶、去棋社同鄉會聯誼會，藍綠通吃還去三位民代服務處。」ＸＸ室抓耙子的職業病？延長衍複路線造成迷宮之感。慶幸的是，他住家是房價只漲不跌的老文教區，少子化後果巷道停車比行人多，生態意識高漲搶救了一些或補種了不少綠樹更顯幽靜，理想下手點到巷口大馬路將近兩百公尺，十秒鐘內招到計程車。「剩下的只是怎麼下手？如何完全從現場脫身？」帽子假髮假鬍易容，手戴乳膠手套捅背部一刀，兇刀不必拔起；快跑到巷口，轉彎，邊扯下手套，計程車到站前下捷運地下街，下階梯時雙面外套掩飾迅速撕掉假鬍，下個轉角反穿外套變色，上火車搭一至兩站，躲廁所摘帽摘假髮換衣褲，下火車，出站。如此，九成把握躲過天羅地網的監視器八陣圖。早就持有綠卡與東南亞某國護照，年前健保、帳戶悉數凍停，觀望三日後，出境。

那麼，我說，春麗老男你為什麼遲遲不下手？

枯坐咖啡館，老羊首先是社會學式思考，基礎建設堪稱良好便捷的台北，其實潛藏各式各樣可資隨機殺人的死亡套件，缺乏的是強大的動機與誘因，反之亦然，不為財不為情的兇殺案破案率相對低。他研讀每日至少必有一樁的兇殺案新聞，驚訝其過程之粗糙、兇嫌之莽撞，而未破懸案之迷人如同倒刺鉤纏刺激腎上腺素，於暮色蒼茫時，他走出咖啡館，看見城市組織裂開一個個洞穴，讓他縱身其中演練，不知不覺牙齦滲出血絲。日後，他將在每一家戶門柱發現一張官方公告，以統計數字提醒民眾如下，小偷侵入住宅開始翻箱倒櫃若超過二十七分二十四秒還搜不到貴重物品就離開；平均十分鐘無法撬開門鎖、八點八分鐘無法破壞門窗，小偷就放棄；要讓小偷撬到灰心，一次四個鎖最有效。所以，這是一門與時間賽跑的技藝。

那日，他倦怠也因為等待多日鬆懈了，在那長長椅靠上盹著。他的貿易生意一直經營相當好，幾次股災從萬點崩盤、老李直選時的東海空包彈到SARS非典，他大膽精準地逆向操作，獲利極為可觀。餘生唯剩不共戴天的父仇一事。他一下沉入深睡中，幽暗陰寒水底，似乎某種怪魚的尾鰭一潑喇，黑影壓迫眼皮，森森然一股樟腦味竄進鼻腔，他一挫醒來，ＸＸ室老賊落坐他旁邊讀著他盹著前看過、滴著蕃茄醬與圈過水痕的報紙，陪他一道的是老婆。「混帳！」老賊右手四指慍怒地一甩拍報紙。「晚上三兒回來，你想吃啥？」他老婆問。「燻魚跟油燜筍還有沒有？」頭也不抬地問。

那「還有沒有」的口音是最後一個按鈕，有字特別的輕，尾音浮浮；記憶的閘門打開，暴衝他枯乾河床，那棟山裡日式房子的味道新鮮如同今日，屋下木頭基柱長出的蕈菇，雞屎鴨屎，手抓過金龜子留下的腥臭，悶熱傍晚才一開燈叮叮撲上的大水蟻；死去那麼久的父親那麼分毫清晰且好年輕，唇上人中的鬍根，耳垂的纖毛，眉毛裡的一粒痣，浴後擦上痱子粉，手帕上灑明星花露水。「還有沒有？」父親問著坐在白漆鐵製便桶上的他，身影籠罩下來；父親叫他，他跑上去，腋下被一托安置在腳踏車的橫槓上，載著穿木屐的他上小鎮大街。他摀著父親兩手留下的力量，不能抑止滿臉的淚水。

那幸福的一瞬，如同以前那種薄得透光英文打字機用的洋蔥紙，現在還有人用嗎？一點火旋即燒成粉碎白灰，他捨不得睜開眼，捨不得讓久別重逢的父親走，捨不得那斯德哥爾摩症候群纏綿發作的時刻。

那幸福的一瞬，感情的泵浦沒有預防地一時運作猛烈，他覺得心臟好衰老，得休養兩日不去咖啡館報到。或者，下意識他在逃避已經成型的那邏輯，ＸＸ室老賊在，父親的冤魂也就跟著在。羞恥於承認，他好期待那神魂飄搖、父親的感覺如同神燈之煙霧噴出的神祕瞬間再度發生。那華麗的黃昏，等待落空，街道太乾淨，溫度怡人，滷味攤的香味若有似無，他為那福音歌曲踏入教會敞開的大門，聽了一台感覺很潦草的佈道，牧師的口才太差，屁股下的折疊鐵椅太硬了，呼喊天父耶穌透過麥克風一如直銷會場，獻唱的青年好天真因此顯得蠢相，有位婦女兩頰潮紅或許是更年期令他乍然好想念遠在國外的妻，不無黯淡地他隔日改了機票便飛回異國家裡。

喔，自廢武功的春麗老男。

水母族活動始於日出，終於日落，趕去接孫兒輩放學，他們得大聲嚷著講手機跟兒女確認。剩一桌四隻雄水母交易金額天文數目，左上角率先發難，「十七億。法官得先塞一千萬，後謝行情十趴到十五趴起跳，律師費五千萬。官司不打，那筆錢動不了；打，各個關節會不會是無底洞我沒把握。」「原則上下週老王去廈門，我先到昆明，講好二十三號我們胡志明市會合，一起再跟牽猴仔、律師碰面一次再談。」答案揭曉，金額幣值為越南盾。

四隻雄水母中間空隙望去，那邊靠牆一對穿著中學制服的小情侶抱著嘛嘴接吻，頭髮染成亞麻色的男生還更陰雌。愈來愈是雄衰雌強的世代。

正式進入夜晚前，天光消散的時刻總是哀傷，街對岸白千層晃動著彷彿一群蚊蚋，老羊突然委頓得厲害，似乎冷氣太強了。半年後，他藉口大選投票再回來，有日下午如夢遊般發覺自己在老賊住家前，巷口他便看到半空鐵窗伸出一隻竿子吊一張紅紙板寫了黑粗大的「租」，果然正在老賊樓上。口水嚥了又嚥，地上沒有自己的影子，他竭力鎮定，思考復仇計畫是否要重起爐灶？最危險的地方就是最安全的地方，一直是這麼說的。是最後一次機會召喚父親了。他的調查資料顯示，那是屋齡近三十年的老公寓，可以藉地利之便細細折磨凌遲他的計策簡直太多了。「小心匪諜就在你身旁」，他幾乎笑了，中學時軍訓課，教官機會教育說才破了一個匪諜案，雙十節報紙一篇廣告，標題「鴻毛細語，清晰可錄」，藏頭露尾正是《毛語錄》。他隨仲介站在那屋子裡，外面熱焚，陽台平視對面屋裡一白胖男生只著一條小內褲玩電玩，調高視線，一片強光侵蝕的灰白屋頂，他暈眩了，恍惚聽到白蟻在啃囓，手握插滿鋼針的稻草人偶。下樓經過老賊門口，屋裡一串嗡嗡震著肺葉的咳嗽，緊接著嘶嘶的喘氣，活不久的徵兆；他鞋底嗶啵踩暴一隻給毒斃的蟑螂，漿液濺出。他看見入住後每個夜晚，他身陷那些竊聽器材側錄設備如同某種病毒株的培養皿。

老羊沒有租下房子。他複製了一份父親後半生的資料包括從牢獄寄出的家書、少許照片與死亡證明書掛號寄給XX室老賊。一度他遲疑是否寄雙掛號取得老賊的簽章，讓他正式結案。

結案封存，之後，老羊輕快極了，割下蛇髮妖女梅杜莎之首，凌空騰起，連同那恨怒之眼丟給XX室，再飛越半個城市，降落此一連鎖咖啡店。

老羊真正為父親送了終，不再打擾他的幽靈。正確的邏輯是，他在的每一日也是父親存在的延續。

穿著連身圍裙工作服的職員以穩潔之類的清潔劑擦得玻璃窗如同透明，而且清香，水母族下午場撤退，晚場客群尚未來，天空湧出白雲浮雕，整個空間好空曠怡人，我帶來的一本書翻開便有如是一行字，我以為是神諭：「一個人從來不比他什麼事都不做的時候更活躍，從來不比獨處時更不寂寞。」

我不懂小黑。我也不想懂
但我愛他的身體，美麗迷人的比例，上三下七
日本仔的五五比即使是三島也不能擺脫種族的DNA設定是最難看的
小黑平坦小腹有血管青藍色像蚯蚓，圓翹的臀，弧度下去深邃好多卷卷細毛
我迷戀他用力後汗濕好像沃土發亮，我追蹤汗水流淌、積聚
然後我像教徒跪領聖體飲下葡萄酒，我一口一口舔吮

我看著他熟睡時的男性，陰囊的皺褶好像上帝的指紋螺旋
他猛烈撞擊時，是我特別或者說至今唯一能夠感知我的存在的時刻
那與性愛的愉悅無關
小黑的每次撞擊，浪潮將我推向彼岸，是哪裡的岸我不知道
肉體之海啊

知性的溝通還是要與艾蜜莉一起才能盡興
以前我們之間總是有著一層無形的隔閡，我隱約知道是什麼，而且我害怕靠近艾蜜莉soul的顫動，我相信艾蜜莉也有同樣的感覺。所以我們互相提防，維持著安全距離
今天鬼使神差在安那其遇見，小黑將她推給我，我慌得比平日更陰性
幸好安那其白天比夜晚更昏暗，黑桌黑膠皮沙發，艾蜜莉伸長骨白雙手形成魅惑感
讓我料想不到的是，艾蜜莉居然有那麼B咖搞笑耍白癡的時候，好感激她是為了讓我放鬆
我們從□□雜誌聊起，我們都是小六開始看（她大我一歲，水瓶頭），都記得那篇骨盆記Gothic基調，又戲謔又荒謬，我與艾蜜莉對答案，究竟那女生是被挾持軟禁還是自願留下的？她認為是漸進變化的過程，很難釐清，聰明的作者是不屑寫清楚的。
只有處女座的才愛涇渭分明，她馬丁鞋踢我一下

那蒼白高瘦的實習醫生是如何在靜脈青的月光裡偷了一塊骨盆戴上如威尼斯嘉年華的面具顛狂地與那女囚交合，之後要女囚以一支股骨杖打他瘦瘠的背，一條條血痕

當然，我們現在對這樣的精巧設計已經不買帳了，很快看穿、丟下，就像看惡女花魁、令人討厭的松子的一生，我們心知肚明是在共謀合演一齣華麗大戲，互相餵藥一起恍神，艾蜜莉說看一半她就噁爛離開，而我之所以忍耐看完，（第一次）我說是為了測試自己的底線，對愛的渴求度

然我非常非常厭惡那一刻，我發現、看到自己的cunt好像活魚離水摔在地上瀕死掙扎，大口張闔著魚嘴

艾蜜莉伸手在桌下蓋住我的手，蔭涼，噓，別說了

小黑在門口抽菸，雙腿交纏，好像一注墨水潑在玻璃上，他的影子無限龐大，他是我夢裡樹枝狀的結晶物

瞞著小黑，艾蜜莉找我去客串一天的show girl

亂哄哄螞蟻窩似的展場，空氣很糟，最棒的是艾蜜莉，空檔開放拍照，老實說我很不習慣也不喜歡她擺pose很做作很媚，眨眼嘟嘴擠乳溝，然我好喜歡看她在人群中是個發光體，短裙下白壁無瑕的長腿

那些拍照的豬頭，好多是拿著大砲，還用說嗎那麼的男性象徵

我看懂了她的挑逗她的戲弄（打賭她必然曾經是個Lolita）

我覺得有些惆悵有些寂寞，於是想念小黑，想到寒假他開mini去南横，經過向陽之後，沿路的霧淞美景，那些涷雨霜雪全部覆蓋我的心上

晚上去安那其，幾個放暑假回來的假ABC，都是一身寬鬆的垮衣垮褲，只有一個善心誠實，嗜好蒐集山寨機，「有機會帶一袋來給你們玩。」

果然來自加州，藍得膩人的天空與泳池，他先去了東京，進上海，一路到西安、拉薩，返台，環島一週。年年大抵如此。他說他父親、伯父、大哥，台商二十年了

他的毛髮比小黑茂盛，艾蜜莉說被他抱著睡好像莽林之夢

我們將吃剩的檸檬魚拿到巷口轉角那棵圓葉血桐下餵貓

涼風吹來，沒有星星的天空都是綠葉

艾蜜莉說，好囉，以後我們就叫你山寨機

分手，艾蜜莉與他一起離開，我回安那其

我畢竟回頭了，他們走得極慢，像蝸牛在地上留下黏液足跡，夜空是混濁的青藍光，忽然一陣大風吹來，兩人像是一對愛戀中談笑的皮影

大風灌進山寨機的衣服，上半身是一飽飽的囊袋，艾蜜莉竟然解散了馬尾，髮絲飛舞

心裡暗室喀噠是個鎖扣不知是關了還是開了

有些感情勢必得及時用一用，用一用，否則明天過後，比咖啡渣還不如，一堆泥垢皮膚屑

老羊離開，剩下我與本尊不現唯在光纖網路某一端點的絶卡絲。螢幕游標閃動一如心跳，壓縮輸出熱血，她飛快鍵寫：「知道首仙仙嗎？」

「萌少女寫小黑好像一注墨水潑在玻璃上，是她夢裡樹枝狀的結晶物。我覺得更像是她自己。我小時候家裡茶几下有一本奇怪的書，印刷很爛，彙編一國中女生厭世自殺的社會案件，還有她的週記與日記（顯然侵犯智慧財產權），幾個月後山裡找到她時已是一具屍骨。那讓人過目不忘的名字，彷彿水仙般通靈的少女。我想萌少女她死前最後去的地方，你得跑一趟。還有，她相簿有一本也需要密碼，提示是艾蜜莉，我猜是她生日，試了卻失敗。有興趣找艾蜜莉聊一聊算是田野調查？我有個直覺，這水瓶女根本不存在。」

我如如不動。鄰桌一對雌雄水母並坐如同連體嬰，「妳晚上手機不要關唄，打不通急死人了。」「哎呀，講過多少次了，那地方到了晚上吃燒餅掉渣都聽得見，你要害我丟工作？你養我？」「我們照個相，試試這手機的功能。」「這我先生，四十五歲那年心臟病死了，好斯文的，一輩子沒跟我講過一句重話；我兒子，現在美國讀博士，常春藤名校喔。公婆對我倒是一直很體諒很支持。」

話語低微沉下，兩人花白頭顱磕觸，如一對龜鼉渥渥潛水底。咖啡館外半空捷運高架橋，列車過去，光線打水漂晃進來，日之夕矣，兩銀髮族的溫存澀澀的這一日的量用罄了。

遲遲我不願動身前往那西區的高空遊樂場。終於，四條非水母族、附近一家燒臘店的師傅，踢踏走進，颳起油脂葷菜味連同廣東腔冰雹打得這冷氣灌飽的場域浮躁起來。原本桌上趴睡的白襯衫、小平頭的菜鳥業務員彈直上身，憤恨睜開兩丸牽血絲的鱷魚眼。艶卡絲鍵傳惠特曼詩句與我分享：「他凝視的第一件東西，變成了他；在那日或那日的某段時候，或許多年，或持續輪迴的許多年，那東西是他的一部分。」四港仔或箕坐，或單腳提上椅墊，或粗糙兩隻赤腳互搓，如同熊蟬摩擦其翅翼，談爛景氣的應變之道，五十元一葷三菜色便當還是有賺頭，丟你老母蒐購病死豬啊跟活宰價格差一截成本自然降下來，不然丟你老母你做糯米雞嗎，雞巴一根捅屁眼捅死你賺不賺得到五文。

套用一位聰明絕頂但是排不進我心目中前十名的小說家的語句，咖啡館的人之所以有趣迷人的主因在於他們的脫序性，從他們各自的軌道與位置暫時脫逸，忽焉而來，翩然而去，無懼遭人窺伺而吐洩的言詞、情緒、動作，讓咖啡館、我的咖啡館成為容納各式故事原型的工具箱。

印象裡有一張父親母親在舊西區一百貨公司頂樓雲霄飛車前的照片，全台首座雲霄飛車，母親笑父親無膽，恐懼它衝出軌道墜樓，一如阿波羅駕駛戰車馳過光朗天空。那時中華商場與平交道都還在，噹噹噹攔下車流，人車在焚燒熱氣裡煮青蛙那般等火車過。

建城三百年，市區軸線東進底定，不得不喜新翻舊，大樓改建或拉皮整容，包覆大面積廣告，垂掛液晶螢幕；規劃出徒步區，豎起造型路燈；鐵路地下化，原來鐵軌道翻成人行道，市政府一度作美夢讓它變身咖啡座林立的香榭里舍大道。有識者無不嗤笑。記憶裡有隻戲仿好萊塢的黑猩猩攀爬樓面，我凝視這樣的城，徬徨不知何者是焦距鎖定的第一件東西，我必須承認，舊西區早就不在我的生活動線之內，它被我陌生化、怪異化，我來的時候，日頭焦黑，水泥地裂開，轉角是那盤髻白鬍古裝道士，手持拂塵，腰繫葫蘆，不怕被譙被打的持一竿旗恭賀馬蕭當選乃天命也；一個穿藍白拖鞋的癡肥男生在高台上似起乩的舞著雙手，他幻覺自己是搖滾巨星，他代替大家在作一個可恥的大夢，所以無人敢正視他。

鐵道地下化與捷運開挖約莫那十年，大神不耐，東遷去了，餘蔭保得住的僅是懷舊業，再十年，現場感產業興盛，老城區的行人徒步區成了聚集朝聖人潮的最佳地點。一志的研究報告總結，一般印象不認為這是適合定居的住宅區，遷出的意願遠高過遷入，產品規劃主力為商辦、小套房、工作室結合投資客。

藏垢納污老城區，路邊座椅是另一類水母族，好像蹲坐一隻隻蟾蜍，鬆皺老皮的脖頸一褶褶，眼皮半閉的等待著一個路過而有可行性的萌少女。

我想我破解了萌少女網誌的第一道謎題。

等到艾蜜莉一出現時，那隻等待（我）許久的老蟾蜍終於過來了

他若說是才從某個片場下戲我也信。本來艾蜜莉是約我來買Porter包的，難得她也答應了老蟾蜍一起去牛排西餐廳。超老土的地方，假盆景假巴洛克風的柱頭雕像沙發桌子，服務生像老鴇。但老蟾蜍很樂，幾乎像小孩子的手舞足蹈。我隱約有些不忍。艾蜜莉當然不會放過她的拿手，裝清純，笑得吱吱格

格。我等著他會掏出那些悲劇老梗，譬如我像他音信全無的初戀女友或早逝的妻。相反地，他只是老祖父似與我們閒話家常，很好奇我們的（物質）世界，喜歡迷戀什麼？討厭什麼？居然也對mini cooper如數家珍

慢慢地我覺得連他的滑稽裝扮都是可以包容的。細小的薔薇花襯衫，領尖套著金質三角套，藍綢領帶，細條紋黃綠褲子，白皮鞋。手拎著一個鼓鼓的陳舊牛皮包包

但也是那一剎那，我看到他瞇著眼睛的老賊樣。換我暗暗踢了艾蜜莉一腳，我笑了

十三歲我就知道東洋高校女生下課後到澀谷販賣穿了一天而溫熱的內褲，那又怎樣？

那微不足道的身外物如果能給陌生人一點點快樂，何樂而不為？

青春有時候是一件龐大而註定失敗的工程（原諒我無從解釋自己的失志與灰色）

我看著他老薑似的手，我不反感不懼怕，我想到的是老手工藝人可以召喚出物靈的手

他沒有向我要手機號碼，艾蜜莉故意醜醜地打了個飽嗝

我們各自轉身離去，我瞄到他眼底抽過一絲凌厲的哀慟，豈是我的錯？

滿天的紅霞，經血的顏色

我快步走走到大樓遮住紅霞，天上粉藍，我突然快樂得想哭

遊樂場在頂樓，電扶梯裡的輪軸想必卡著少年屍骨空咚空咚，寂寥難耐形同休市的午後，那些昏暱

店員鼻孔吐著濾泡柴柴地等著符咒法力告罄噔一聲變回原形；不止於此，絶卡絲先我一步來過了，幫我標出萌少女網誌的重點，連同她的觀察所得如此鍵寫：如同《神隱少女》人變形豬的小吃街，你會看到闊嘴老闆一手持桃紅塑膠蒼蠅拍，一手握長柄杓撈著翻滾在澄黃油鍋裡炸得酥脆裂解的餓鬼肢體；你也會看到一店的太陽眼鏡一如魚眼凸鏡扭曲複製表象世界，鐘錶攤的響鈴一直心慌意亂地響；你在所有的店攤前，好像離水上岸濕淋淋黏答答的醜陋河童。

萌少女的數位手稿：

山寨機卡爾與我被電扶梯托著往上昇華，我們要升越七重天
扶梯口的櫥窗裡那些公仔玩偶以瓦斯汽笛的頻率叫著：救我，放我出去！
我兩腿發抖，內心像渴水的蚌肉，七重天，每一層回字迷宮，軍靴疾跑過野草叢，天旋地轉賽車道，華麗迴旋踢。我不懂為何卡爾笑得那麼陽光燦爛
所有的死亡你喜歡哪一種？艾蜜莉回答不出，之後才以簡訊寫只要不是讓我腐爛的形式
當壯烈成為殘念，也就是我們老化之時。那次是我們才出大樓，一前一後兩個飆仔踏著風火輪似追殺，追者狂亂幾近裂解的臉，我好想幫他喊加油，一切到沸點、極致的形式總是讓我著迷

卡爾看到跳舞機好樂，一對男生女生嚴絲合縫跟著節奏跳，他小孩子似的跟著跳，拉我加入。他好訝異我會跳，而且非常流利。我沒有多解釋，那些辛勤練舞的時日過去了就算了（其實不過才一年多前）

就如曾經我每每動容於多人齊心玩跳舞機，好像一心在打造一個輝煌王朝之感，我真的相信那裡有個我們可以前往的烏托邦

艾蜜莉帶過一個說是念社會學的到安那其，他用了一個滿有意思的日語，義體化（也就是義肢），臭屁地滔滔說許多的電玩包括跳舞機就是潛意識在訓練人體達到義體化的境界，將來的新人類出於自由意志將自己改裝義體、強化四肢器官的力量將是常態

我與艾蜜莉很有默契的互踢一下，那麼，到那時，所謂肉體腐爛的意義將大大改變，甚至不存在了。我們要那樣的未來嗎？

卡爾細心問我怎麼了？似乎看起來很累。我靠著鏡牆搖搖頭。我不想說給他懂

那些精靈似閃閃爍爍的螢光霓虹、果凍色塊，我等著最後虛擬舞者以被仰視角度三百六十度旋轉升起，歡呼與彩紙櫻花雨那般灑落，那是虛擬的種子預示虛幻的旅程

卡爾補上空位，現學現賣，攀住護欄，一個鷂子翻身，一口白牙朝我比著V

他就是以這樣的影像封存在我的大腦與心的記憶體，而實體的他已成為灰燼

我覺得有什麼在劇烈刺痛著。我內在從最低的某個點開始燃燒，酒精藍之火

牠回來了，那次陪小黑去三伏貼，出來時無雲的天空太陽直射，世上一切好像在乙炔吹管之下熔解，白熾得令人目盲，忽然無塵空中好大一聲霹靂，打穿了我的魂魄

我看見牠，尖尖嘴如同天空伸下的一隻漏斗

我看見整個的無極之藍如蛋殼薄的玻璃，牠的頭臉欺壓其上，兩眼如星艦
我在牠既威嚇又垂憐的目光中癒合了，我因此歸屬於牠
牠離開時，我全身如同烈火燎燒過然而無有痛感
我必須全心全意等待下一次的重生
牠來了，牠來了

如同一隻實驗室的白老鼠，我在樓層巡繞而找不到意義的出口。枯立在一面電玩螢幕前，我瞪視其上慘烈的狙擊戰，虛擬的彈擊聲重重搥打我耳膜。另一面的解析度更好，蜂腰巨乳九頭身俠女，沒有地心引力牽制，一身軀紫紅螢光，穿越時空彈跳飛縱，一把電光劍殺怪獸如切菜剖瓜。那又怎樣？萌少女如此寫過。虛擬世界裡既有神力，醒著的世界何必做工蟻？取代宗教，我們有了新型態的鴉片。

年輕時的父親母親曾在老城區的露天商場擺攤，專賣家鄉特產海苔土豆糖，舊照片裡，兩人笑容清新，希望無窮。我喜歡聽他們講那個家庭故事，他們的長子那時六歲，認清了公車路線數字，雖然身無分文，穿著拖鞋，大膽攀著成人乘客的衣襬上車，沒有走失沒有迷途來到攤前，腰插一把塑膠玩具刀，傍晚剛剛捻亮電燈泡，照亮他汗濕的頭。稍後是我外祖父與舅舅帶著全家九口押著一大卡車家具走縱貫線也北上，其後每幾個月總有哪家親戚也舉家搬遷上來，不乏因為票據法走路的。那時太多人真心相信台北遍地是黃金，打拚就撿得到，所以三不五時在鬧區在香火鼎盛大廟遇見同鄉，交換譬如那樣的消

息，某人的猴囝仔可憐喔佇大路給車輾死。島內移民潮絕對料想不到在後面追獵他們的是世界性的石油危機。外祖父與舅舅菜市場旁先後開了麵包店小吃店，兩年後一個夏天清早，外祖父如常第一個起床開了店門，突然心肌梗塞發作無聲死去，終結了一個家族那個世代的台北夢。外祖父死之前，我出生於菜市場另一邊的婦產科診所。我在一牛皮紙袋的老照片驚見我的外祖父母酷似十九世紀末旅台的傳教士或探險家攝得留在玻璃板底片的原住民。

背著老羊，我另找了一家不被水母族而是文青族盤據的咖啡館，過了商業午餐時段的二樓冷清，隔街對望一家紅包場居然生意不惡，我呆看出神，彷彿窺視古早圓洞鏡片後的拉洋片兒，聚光燈裡的老歌女好像一百歲了的洋娃娃。

無論如何我爸都是一個好父親，雖然他的開明有時我總覺得是因為對我的世界的不瞭，他最擔心的是我的感情交往。從小他就灌輸我，比較吃虧的總是女方。我雖然不服，卻沒有辦法跟他辯駁。我是多餘的，我媽過了四十不小心又懷了我，聽說有大半年她羞愧得不願見任何家族親戚。所以他們的糗事是小時候的我總被誤以為是他們孫女。那對我的人格發展有負面影響嗎？我不確定。小六我就見識了我祖父好衰老好衰老也好醜怪甚至記憶喪失的恐怖樣子。我是比同輩更早看到了老年這一件事。因此我也很早警覺到「時間」。我要追求的是它的質，不是量。我爸今天跟我完整講了姑婆的故事，好驚訝她在比我現在更年輕時就渡海去了日本、上海待了一長段時日呢。但我不喜歡不欣賞她的人生，自苦苦人，那樣漫長的等待究竟是為了什麼？雖然聽到最後我熱淚盈眶。我跟姑婆從來就不親，我倒不是怕她好像宮崎駿動畫裡那些妖怪老太婆，她們之所以變形的源頭可能是年輕時一次致命的傷害、缺憾、悔恨，那執念淋巴液似流轉到全身最幽微之處，異化反噬。或者潛意識我懼怕親近理解她之後，我將給吸入那愛的黑洞。她日時寡言，夜裡夢話猖狂。寂靜是她的祖國，沉默是她的糧食（這當然不是我寫出來的，但一時忘記出處），「我恨你恨得夜不能寐。」

姑婆還沒摔碎一個膝蓋、不能走路以前，她來來去去老家大厝與我家，房間在我隔壁，她來她離去都是我不在家的時候，然而她不在時氣息猶在，再回來時我聞到的是更濃了。不是老人味，而是那如陳年皮革的柔韌意志。或者她為我預示了我的老年（我真的害怕遺傳了祖父與她的長壽基因），我是她過於冗長的生命意外增長如腫瘤的一個夢，她鏡子裡邊角的另一面鏡子。多麼奇怪的隔代遇合。那些她必然畏怯的多雨春夜，春寒絲絲浸腳，巷底的母貓毛骨悚然的叫春，上天賦與那麼淒厲的生之慾，她睡了入夢了，鄰居的桂花樹濕淋淋，雨水讓夜暗顛仆不破，我暗自等待她開始夢囈。姑婆視力不行了後，只能摺紙，將家中的廣告傳單、型錄、日曆摺成紙碟，裝菜渣骨頭果皮，一個個尺寸稜角齊一，囤積了幾大盒堆在她床下。跨越那夢土的邊界，她流失鈣質的膝蓋骨喀嚓響，我房門下隙縫的楔形光將指引她，我知道她的強悍，要在夢裡斬斷鍊結過去的鐵索，重組一切發生了的圖像，改寫因果的路徑，但那工程太巨大太艱困，總在要成了的瞬間，手指所觸化成灰燼，氣力耗竭。她一念耿耿，沒有放棄過，要在下一個夢裡再奮起。

我在她夢的邊緣守衛。

唯一一次，週日我睡到下午醒來，滿屋子亮晃晃，她獨自在客廳裡，手指間夾著一支菸，她迎視我的出現，眼睛澄亮，一下子她沒有了年齡，沒有了所有衰老的跡象，沒有了怨念折磨的重量，飽滿而輕盈，引我直直走進那雙瞳的光的隧道。那是我與她共有的祕密。

最後，小黑，你要知道，你還不是我會對他說「我恨你恨得夜不能寐」的那人。

我父母的長子待我可以當一名聽眾了，挾持我追憶他那些年的歡樂時光，因為世界性的景氣災難給了他探險浪蕩的機遇，家附近的幾條巷子似乎一夕之間全是一排一排兩層樓的空屋，所有的建築工地停擺，工人全數離開，而鷹架紅磚塊模板沙堆、樓房粗胚皆停格般棄置原地。他不可能理解發生了什麼事，然而那壓抑又低迷的氣氛正如電視裡某部科幻影片，片場搭建如實的城區，那些必備美式草坪與車庫的獨立住宅，車後有尾翼的凱迪拉克，儼然棋盤狀的植栽大樹的道路，空蕩蕩無有一人一貓一狗或一鳥，所有生物在睡夢時刻被外星人強力吸塵器般擄走當活體實驗。他爬牆進入空屋，也是無物可取，甚至門也不鎖，一窮二白的匱乏時代，勉強有一盞吊掛的仿水晶燈，劍狀的綴飾，一支支取下當飛鏢；呼吸聲腳步聲的回音放大，那無以名狀的恐怖感讓他未發育完整的男性微微脹硬。一支移居自下港的名符其實的闖空屋隊伍成立了，成員不過五六位，他們應該是還能尋寶的最後一代，放學到晚飯的時間，既漫長又短暫，每一間空屋其實都一樣，面積、隔間、建材，窗洞框著的黃昏天邊有狼毛似卷雲以及昏暗，許多年後會有一句流行語，埋鍋造飯，一次他掏出了五塊錢，決定學野台戲前的熬紅糖，給小販五角還是一元，分得一小鍋一小炭爐，不斷攪拌鍋裡紅糖水。記憶到此缺角，他不記得結果那鍋糖變成了什麼，總之一定是替代的零食。不可能釀成火燒厝的意外，不可能有野狗讓他們宰殺或烤或煮，也沒有流浪漢跟他們輪班似夜晚來借宿，因此空屋最大的功用便是供他們練武，從這一個露台攀跳到第二個露台，冒著墜腸危險縱身跳下一樓，玩得滿頭大汗，其中無有一人警覺他們墜入了現代複製的迷宮。數十年後，他們一起扼腕，父母若有遠見有膽識將空屋買下，不需貪多，只要一兩間，今日起碼是億萬富翁。入夜後整條巷子燈光稀疏，異常蕭條。我父母的長子最記得賣麵茶推車那大鋁壺燒水蒸氣噴出的尖銳哨音，與盲人按摩師招攬生意的淒涼笛音，夜夜在那新興都城某一角的巷弄裡五步一徘徊。

他記得外祖父與父母親在客廳講話的樣子，談做生意的事，天生嘴唇烏黑的外祖父，語音沙而沉但有莽力。客廳堆滿了各種顏色的塑膠踏墊，舅舅運上來的家具有一件電風扇流落他家，笨重的方鐵盒，有一灌水孔，讓吹出的風簌簌帶著清涼的水氣。父親給他一張十元紙鈔，要他去買汽水，一戶空屋門口立著一位白衣墨鏡女按摩師，彷彿踩到了捕獸夾。那一整個下午，他不時出門查看那盲女按摩師，還在，站累了就換另一隻腳支撐，沒人來帶領她，墨鏡之外的臉從不露出任何惱怒焦躁的情緒，也堅決不張口呼救。與其說是同情，他被她強韌的意志折服，決定陪她一起等待領路、拆卸時間獸夾的人。稍後的暑假，我的父母離開了島國首都南遷，他們的長子留下了如此最後的夏暮蒼茫中一堅毅女性的時代印象。

在我與一志長期搭檔中，我暗暗期望接到一個案子是在我父母當年租住過老城區。家庭相簿裡，僅有一張巷底空地旁一汪死水塘，張著大片的荷葉還是姑婆芋，遠處稀疏樓房夾著旱田，還是那句老詞，脫農入商的進程中粗放又荒涼的尷尬時期。

他媽的，我怎樣才能走出這座老城區迷宮啊。

我向鈋卡絲發出不情之請，請她再次前往萌少女死亡之前的逗留地一探。她很快回信，無有隻字，但以數位相機拍了一隻一分鐘短片。蜂蜂蜂，一架迷彩遙控直昇機從商場轉角飛出，隨後的操控者趿拉紫紅布希鞋邁著外八字，滾圓一如一條冬瓜，通道上要弄直昇機攀高再突地陡降。

隔兩日，她追補來一信，遊樂場即將拆除。

那次一志開夜車南下去看作醮吃拜拜，我們在一座大廟前醒來，尖翹飛簷之上有燕子迴旋。乾旱水泥地，三尊笑嘻嘻的童顏大頭神偶踩著電音舞步。不是光桿牡丹的三太子，而是金吒、木吒、哪吒三位李氏太子，水平一列，一字肩。金臉金吒，黑臉木吒，粉面哪吒，美人尖下茸茸粗纚黑眉，白牙紅唇兩粒酒窩，束髮纘珠翅翼金冠，福篤篤的巨耳兩鬢垂下絲絲編辮。廟廊裡丹田湧出粗聲一句：「用心練啦。」金吒紅袍，木吒青袍，哪吒藍袍，金銀五彩絲線繡出大幅龍鱗一個虎頭，走烈火飛雲頭，兩隻長袖如大蟒；三位太子猶豫了一下，抓準了節奏，再次一起踏出大紅褲右腳，一起左肩下沉，因此，紮靠的五隻金黃流蘇令旗一共十五隻沸滾了，「神偶活了也是神死的時候。」凱麗喟嘆。搖擺，打浪，旋轉，狐步，單腳跳頓，肩罩與袍裾的排穗整齊地刷刷刷，那圓鼓鼓大臉的流離漆光如同油蜜調和著天光，沉浸在接收到了南天門的簫笙神樂的喜悅裡。那舞步卻無有神氣，稚拙地好似屘兒撒嬌撲向老母胸脯要吃奶。我們這才楞楞發覺我們的視神經遭綁架了。從廟廊裡轂轆轂轆推出了一台跳舞機，還是先前那粗聲：「來學些新舞步啦。」一按鈕，螢幕出現Para Para舞的畫面，三位太子頓住，凱麗忍不住一手勾著一志一手指著那跳舞機大笑。

三神偶很有默契地齊一側首，三顆大頭在那一瞬間將六粒牛睪丸似大眼瞳仁聚焦我們，十五面黃綾令旗颯颯一抖，金冠頂的絨球如風媒花，譴責我們褻瀆。我們一驚嚇，縮回車上，繼續南下。

高空遊樂場的下一層好昏暗，十室九空。我彷彿腳下哼啦踩扁了一個擱置久矣的蟑螂屋，都是空屋積澱的陳爛與昆蟲乾屍味，通道上一窪烏光水漬還是一攤尿。這裡曾經是燈光雪亮的日文雜誌圖冊寫真集漫畫的集散地，天花板垂掛廣告旗雲海，雜誌密封著透明膠套，封面當紅炸子雞的偶像明星遂更形同矽膠人，採買者則是窸窸窣窣摩擦著膠套一如蒼蠅搓動其前肢。

勢得嚴陣以待有朝一日我們只為商品物質而存在。

萌少女坦承曾經在此迷戀過一位嗜騎重型機車的少男，忠實的角色扮演一身合成皮緊身黑夾克剖以銀拉鍊，機車靴，怪醫秦博士斜披右眼三分之二的髮型，投幣，跨上車身，面前三原色螢幕程式啟動，他無時差的融入虛擬情景裡，酷極了的螳螂姿態，速度與平衡，轉彎的離心力讓他人車合一如飛梭；當虛擬對手翻覆滅亡，機車解體如星球爆炸，手不能抖，心不可軟。萌少女同他一起惑陷於螢幕裡，數分鐘的單純、無負擔、完全燃燒的愛戀可比永生。每週三傍晚，她誠心誠意等待少男來到，螢幕紀錄上有他的代號與積分紀錄，UTOPIA，她呼喚他，自覺滿溢，而整遊樂場彷彿一台叮噹的彈珠台。等到少男來到，黑髮與黑皮衣之間的瘦臉一如暗夜菡萏，跨上車，幻覺一場的飆速，直到用光了代幣，下車，她必須早他一秒轉身，所以兩人不會面對面。

電扶梯到盡頭了，我找到樓梯，入口三夾板貼著粗大顆粒的彩印草叢，一枝枝賁然若鏽鐵劍。上去，砰砰鏗鏗的木作聲與電鑽，指頭粗電線一窩長蛇遊竄在木條、撕裂的板壁、臭爛的化纖地毯間，所有的遊樂設備撤走了；隔間拆除，梁柱裸出原貌，其上殘留的強力膠與矽力康如同嘔吐物風乾。一壯漢二頭肌墳起，拉扯下一大片柏油般黏紙，落地窗現形，窗外灰白濛濛裡皆是鬼塚似的建物。一工頭模樣嘴角滴著檳榔液嗶我：「是松仔的人麼？」回聲左右包抄我，松仔的人麼？

我後退，碰到一根黑柱，是唯一尚未被敲碎的鏡壁。

神殿消失了。我曾經讀過，關於褻瀆的字源，最初的意思不過是指將祭祀物搬出神殿之外，脫離了那神聖的場域，人與神的契約、權利位階解除了，眼光足以大膽放遠，兩腳敢於撒開大步。出來神殿之外，保護罩之外，素樸的立著一個人也是一隻獸，人思考，獸奔跑，獸反芻，而人遲疑索愛，憂患開始。

神殿消失，我面向沼澤般幽黑鏡壁，依稀看見裡頭站立著那日的萌少女，熱烈地看著她願意看到、願意相信的一切，兩眼遂成銀河盡頭兩粒碎渣光，她最後是這樣鍵寫：

今天我只想記下兩首歌，兩首相隔五十年，我想像自己在兩者間走鋼索，我譯成自己的文字，這樣我就好像腳底長出吸盤，有所黏附有所依恃。這一日我多麼愛這個世界，我忠誠地過完它，沒有二心。

「這些人都在喝愛人的口水（Lover's Spit也是一種調酒，小黑說）。隨意坐，用口水洗洗臉，聽聽牙齒怎麼說，知道怎麼停止做。死纏著這樣一個從未有過的夜晚。你知道是時候了，我們有了年紀，搞了些屁事。我一直就愛這樣。」

「我們的愛會像長青樹那樣嗎？季節過去了，還是青綠年輕。你的吻讓愛像長青樹那樣成長，在夏天陽光和冬天的雪中開花。每條枝椏開著你我夢的花，只要我們的心永遠真誠，我們的愛情樹將永遠長青。我如此愛你，你知道我是永遠真心，直到長青樹的葉子變成藍色。」

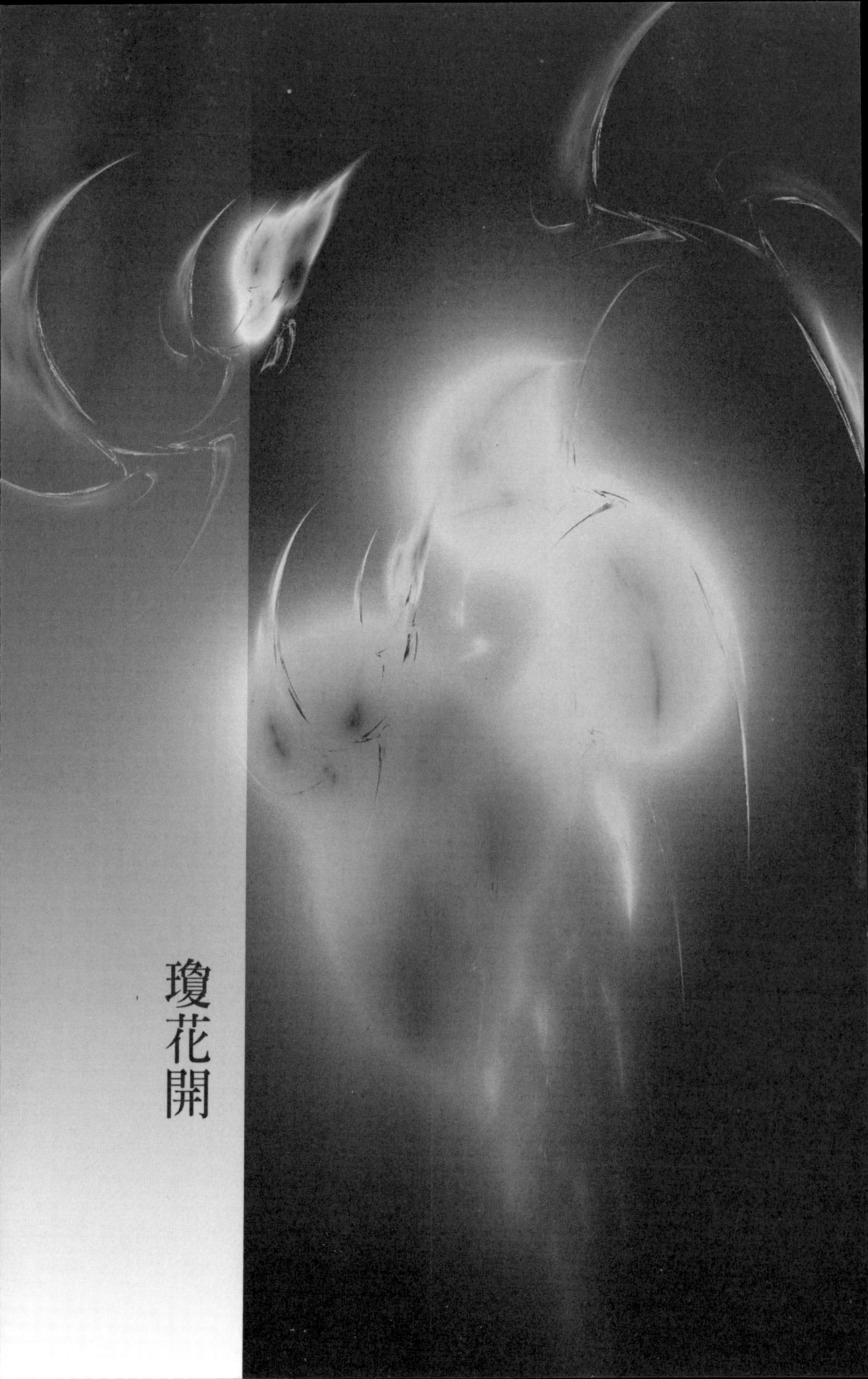

瓊花開

火燒埔喔。

斗鎮的火燒埔，每年上早勿會早過舊曆五月底。岸邊灰莽莽的細砂礫溪埔地，日頭照得銀鱗鱗，種土豆，種胡麻，種瓜果，種甘蔗。午時，人畜避走，水氣蒸騰，暈糊了溪岸，眺望時出現蜜油幻影，聯外的水陸兩地遂佇半空中懸起一層水膜，閒人講笑詼，斗鎮不見了，日頭食去了。

林厝的長工足憨膽，透中晝時，赤腳行過溪埔地，一步踩出一腳掌的无燄之火，趕回大厝，玉蘭花樹旁吊起一桶井水嘩啦沃腳，焦乾若烏骨雞腳。

四兄佇大廳前藤椅頂盹龜，手中的冊溜到腳邊。長工毋敢予四兄看見，「悾死，正中晝汝去行溪埔地。」烏色圓框目鏡後，四兄瞇目，似笑非笑的罵。

夏秋兩季是東螺溪的豐水期，常常是五月節的雨水斷續累積到月底，一夕之間，狹窄而哽咽著的溪水突然坦蕩肥沃，吞沒溪岸的卵石礫塊，歡樂奔流。豐水期不等於做大水，但做大水一定是佇豐水期間。四兄掐指點算修長白皙指節，吟道不可知也不可說，「惡馬惡人騎，烏龍四腳食。」斗鎮流傳毋悉誰人所作如此的聯句。四兄猶原記得囝也時佮老父去築堤防，四腳官廳大人下令，每戶出一丁，自備鋤頭畚箕扁擔，分配築土堤三尺。堤防自上游到下海墘一共四十公里長，三年竣工，野草發得青蒼蒼，枯水期間堤下溪底浮復土地是為溪埔，沿岸共計三千五百外甲。老斗鎮人譬如老父得到結論，土堤可比鐵索，鍊住東螺溪的元神，烏龍不再翻身搗亂，即使做大水，漫漲毋過堤岸。

其實，何須土堤鐵索來鍊，大雨後溪水暴漲，四兄尾綴老父撐油紙傘佇堤岸，亂針繡的霏霏雨，溪水及天光若古鏡，霎霎陰亮，似有言語欲透露。溪風吹著老父的鬍鬚起飛，溪水廣深如此不過數日光景，勿會再有船隻自鹿也港來，勿會再有水路榮景，欲晚時船頭一盞風燈熒熒若鬼火若太白金星破了水霧，運來故事及消息，騷動老父血液內隱藏的冒險因子。老父始終掛念著彼如今若還活著應該百外歲的大海賊蔡某人，傳說當年佇鹿也港、番也挖、王宮港外海神出鬼沒，載著滿船金銀財寶。大海賊最後一戰，砲彈用盡了，傳說開砲炸了自己的賊船，抱著金錨跳入海自沉烏水洋底。溪浪鼓湧，食著堤坡的草莖，順勢將兩三隻鳥鼠送上堤坡。彼陰涼濡濕的下晝，四兄瞭解了老父的哀愁。

當東螺溪氾濫的記憶成了傳說，火燒埔的時日佇一年中間，一溜蛇那麼長，歷經三伏及鬼門開鬼門關，斗鎮吸納了飽飽的流火熱氣，百物粉燥，佇每個釉亮的天色下，水桶縋下一粒西瓜到井底，成了彼一日最大的犒賞。

還毋是毛斷姑丈的少年陳嘉哉，逐日白襯衫烏皮鞋抱著一粒西瓜來到林家大厝。鹹菜姆及寶珠是第一關，搶下西瓜，帶少年陳嘉哉到灶腳後玉蘭樹旁淹得水流水滴的古井邊，拜託縋下西瓜到井底，但井底有一對兩尺長的鮎魠翁姆，一百年成精了，聽到无，潑剌響亮一聲，當心縋太低了西瓜予咬破。寶珠腳穿柴屐故意踢翻水桶，井水潑濕陳嘉哉的褲腳及皮鞋。

六兄守第二關，佇花房向少年陳嘉哉招手，地上鋪灰白碎石，柴板及石頭疊出几架，擺放楓、松盆栽及太湖石，魚鱗板牆掛著蛇木，半空間疏有序地吊著一盆盆葳蕤蘭花。几架頂凝踞著一隻瞇目養神的蟾蜍，察覺陌生人氣息，展開油腥的圓目。六兄溫柔審視彼筋絡如微血管的葉片，以鑷子挑揀蟲蟻及小田螺，閒閒考問陳家祖上軼事及昔年兩家過節。少年渾然不知，陳家大厝還住著叔父兩房，公廳壁頂掛著阿舍祖公肖像，聽講老年時雙腳萎縮，日日佮漢醫研究活絡血氣的藥帖，託鹿也港老店渡海購買正宗海狗丸；臨終前面色紅芽，穿著府綢長衫，摳要碗帽頂的翠玉帽正，要求一頂轎子扛伊上斗街遊覽。彼一日伊雙腳移落眠床，觸了地氣，再也閤不了喙若嘻嘻笑，死了還是阿舍樣。

第三關是四兄，面相酷似老父的四兄端坐佇有蘭花芳氣的大廳，若老父自相框內活了起來，自壁頂落來，操著流利但腔口甚怪奇的扶桑語佮白襯衫落著枯葉、半截褲腳沃澹的少年交談，紅毛鐘整點噹噹響亮報時，少年以純正的扶桑語講伊因為父母反對而未能成行的法蘭西求學計畫。

「是這樣的啊。」四兄的扶桑語回應糊佇喙內，齅著少年應該是洗浴後身上散發的文明芳味，壓制內心的洶湧。昔年老父送伊去扶桑國讀冊一年，可說是浪蕩一年，「法蘭西喔。」不无知己契合之感，伊亦曾佇心內孵過歐羅巴的大夢，曾著迷彼據說上雲頂的鐵塔及若水晶宮的玻璃大厝。四兄好尊崇彼位愛飲酒亦酒量蹁海但是見血就昏倒的教育家福翁，好欣羨其胸懷大志坐大船遊世界，大聲倡導脫亞論。然而眼前少年面白如玉，唇若塗朱，伊不无教示之意，講古彼般講福翁少年時多能鄙事，寒天身軀凍裂了，用棉線縫、用燒油敷的骨氣。

少年陳嘉哉淡淡看一眼四兄的古冊，講，福翁可是最毋信任亦最敵視漢學的人；福翁亦講過，唐山皇帝得落台，唐山才有完全改變的希望。

四兄笑了，越頭叫毛斷阿姑持出相簿，特意翻出老父最後一次做壽的相片，門楣八仙綵旁垂掛兩幅壽幛，老父端坐這大廳前，穿西裝結領結，頭戴西式圓筒帽，唯一无變的是唇上鬍鬚。老父攝了這張相之後一年過身，毛斷阿姑才出世，遺腹子；相片中個個印記彼般林厝人的窄長面相，凡是西式穿著如二兄三兄四兄六兄皆食鹹水去過扶桑國，二兄順勢娶了番邦女，歸化為彼邦人；大伯一字襟馬褂，大兄琵琶襟坎肩，憂頭結面。

四兄記得老父彼身西裝行頭，價值兩牛車的稻穀，平日收佇樟木箱內，去官廳時穿，扶桑人的新年時穿，去神社、公會堂時穿，但是上媽祖宮絕對毋穿。老父穿西裝見四腳大官及大人，帶著四兄做通譯，心情及眼光平了，因此可以稍稍忘記被積弱毋國賣身為奴彼无言的憤慨及悽慘。无人知曉老父佮斗鎮頭人兼結拜的，當年某日是如何走了一趟州府衙，目睹了歐羅巴式的官威，接受了啟示，開了竅。老父俯首佇四腳大官蠟光油亮的牛皮鞋鞋面上，驚見自己縮小的倒影若一隻夜蛾；四腳大官方正崢嶸的頭面，目眉粗濃，面肉似乎鬆了一層光，坐如松，胸坎鼓漲若內運真氣，散發一股尊貴可比黃金的傲氣。老父玐頭看見大官身後窗外上畫的日頭，若蛋清的瑩滑可愛，毋像溪埔地的毒日頭，含著水煙的刀刃。彼大片沿著東螺溪浮現的新生地，初看烏沃肥美，以為灑上種子便可以長出若王母娘娘的蟠桃樹。實地探查一遭，腳步蹣跚，從海島中央龍骨山脈沖刷下來的河沙碎石內埋著累累紅嬰也頭殼彼般的石頭，毋同凡物的石頭，到了三伏天的日頭下，曬裂，蛻皮，噓出水氣，亦若嬰也學講話的牙牙吱吱。再到入冬，海口來的東北風呼呼捲起彼予日頭孵了一夏一秋若粉末的河沙，成了遮天的紗罩，亦若朱砂點紅了每個人的目珠。莫怪喔，過去的海賊冬天毋出海。老父手搭涼棚佇頭額，瞇目，心驚水氣蒸騰成了薄霧，扭曲溪岸景物，洪荒萬年千年的日頭下，有細細的鬼語啁啾，沿溪兩岸鑽入耳孔，伊料想斗鎮的憨百姓必然欲迷信彼是歷年溪底的水鬼冤魂上岸了，佇茲做巢，吸取日月精華，修煉成紅嬰也彼般的精怪。

老父是來爭取堤岸完工後彼大片惡地瘦土的溪埔地開墾權，斟酌再三，不能講兩百年前斗鎮人祖先就行過東螺溪，飲過東螺溪水，先到先贏先佔位，自古皆然；只能婉轉講土親人親，斗鎮人協力同心建造堤岸，手心磨掉何止三層皮，新生溪埔地可比自己的後生，官廳優先讓斗鎮人申請租耕，豈有毋更加盡力開墾的道理，屆時收成若好，自然官廳的財務稅收水漲船高，可比一隻牛剝兩層皮。現成的德政，斗鎮人感激，大官有名聲，官廳有實利，三全其美。老父愈講，眼皮愈是下垂，聽著四兄流利講著扶桑語，驟然玌頭，一隻雀鳥飛進光燁燁日頭若點著番也火枝，啊，心內偷笑亦佩服自己的口才真正有海賊的遺傳。

連同老父結拜共八人，毋定期聚會，八個兄弟戲稱八仙會。然而四腳大官前，八仙若八隻鱉，如同伊們祖先當年橫渡烏水溝，不得不有所畏。八仙出了官廳大門，腹內有一把火，看見寬平馬路有掃帚爬梳過、灑水過的痕跡，四腳大人騎孔明車，看見推著醬菜車的小販居然穿著大腳趾岔開獨立的布鞋是那麼潔淨，噹噹清脆敲鈴鐺，看見穿洋服的扶桑女人喙抹胭脂，有種怡然的氣勢。老父心思及眼界彈跳半空中，看清楚州府所佇的文明力量，規劃建設了棋盤式道路，錐形立面樓厝的天際線，穿城的河川兩旁種植垂柳，牽電火，夜暗時偶或嗤嗤細響，喜悅之音。

八仙叫四兄查問，一行人予帶進了西服店，斗鎮因此有了第一批時代紳士。

四兄偷笑，无幾人知曉老父頭毛的祕密。昔年四腳大官發布斷髮令，全島紳士附和發起斷髮運動，鉸掉容易孳生蝨子及臭蟲的辮子。斗鎮的漢文老師天未光去到媽祖宮，石板上下跪磕頭，尻脊骿抽搐，毋敢哭出聲，抖動頭殼後蒼灰的辮子，猶如一尾將欲枯死的河鰻。鉸辮何似落帽風？四腳大人召集斗鎮諸甫人到公會堂，長椅條坐一排，鐵鉸刀若割草，一分鐘鉸一排，涼風刎頸，死過一回。四腳大人讓鎮民撿起自己的辮子，或者炭火燒成灰，漢醫稱血餘，可敷治皮肉刀槍傷。彼日斗街，諸甫人腦後披散頭毛，慚惶毋敢抬頭，手心捧著一條辮子若斷頭蛇，有較軟荏的嗚嗚哭著：「我的辮子啊。」匆忙趕回厝內，學漢文老師將辮子供佇祖先牌位前，點一炷清香悔罪，欲晚時，來到東螺溪邊將如同活物開始腐臭的斷辮投入流金溪面，一條條漂浮毋沉，凝聚意志毋散，佇溪水中果然復活，夕照內幻化為烏金魚龍游返烏水溝，此去約三十里入海。波光回映佇人面，逐個於是有了古早戰士的堅毅神色，暗禱斷辮游回先人骨殖所佇。溪風還有日頭的暖意，漢文老師把握最後一次機會，講起千百年前一位威武大王豪氣意欲投鞭斷流的故事，蒼灰頭毛風中牽絲。之後，傳說漢文老師因為激憤而嗄裂的嗓音吟誦約莫如此詩句：「公无渡河，公竟渡河，墮河而死，當公奈何。」吟了，跳入溪中。漢文老師大頭，堅定心意求死，自己按入烏濁水中，頭毛散開一如獅頭。逐個將伊救上岸，溪水濕了頭毛，服貼了，整齊的頭型出現了，斗鎮諸甫人死而重生，悟出新時代的髮型。

四腳大人尊重八仙是地方頭人，免到公會堂鉸辮，若古早拖去菜市口斬頭行刑。老父叫嫛也將洗淨才鉸下的辮子用紅棉線綁緊收好，祭祖前夕用烏棉線一小撮一小撮接回去，戴碗帽，穿長衫，返轉以前。老父感慨，鉸斷了的辮子軟弱无力，伊亦不能以彼身穿戴踏出大厝。早前嫛也照顧老父的頭毛，午時水清洗，讓伊坐佇藤椅細膩地篦，等伊盹龜，打一粒雞蛋抹上。熱風日影內，嫛也佇老父身後翌葵扇趕蠖蠅，隨就瞇目，地上幾滴蛋液聚著一團大頭蠖蠅，厝簷兩隻雀鳥的影子落下，遠遠雞公啼，喔喔喔，天頂浮著一層青翳，整個斗鎮佇強光翻滾的絲絮微塵內亦佇盹龜。嫛也毋悉年歲大了兩輪還穧確實如兄如父的老父幾年後等毋到看見雙生也出世連同斷辮一同入土。辰光推移，嫛也更是勿會悉經過數十年後，兒孫替老父撿骨，棺材板爛穿，烏泥內撿出目鏡框、玉扳指、帽正，頭毛卻是好神奇的未爛。

四兄彷彿又齅到樟木的寒芳，分辨清楚，原是毛斷阿姑穿了絲絨長衫白皮鞋，點了胭脂。兄嫂總是嘖嘖彼匹絲絨值一牛車的稻也，六兄一次去州廳買的，兄妹倆匿佇房墹內數暝日合力裁剪縫製。四兄忍住心頭複雜情緒，伊自己食過鹹水遊歷過唐山及扶桑國，看過諸姆學生亦如讀冊人的英氣逼人，不過林厝女眷雖然一直遵守著「飫肚无人悉，撩毛削世代」的古板教示，從來无人像毛斷阿姑這般愛妝扮，四嫂六嫂欣羨，笑笑講若是阿母看見一定取笑。

還是六兄講話了，「日時火燒埔，穿這領衫干勿會熱？」

四兄面帶幾分奸巧笑容，吟詩：「赤日炎炎似火燒，野田禾稻半枯焦，農夫心內如湯煮，公子阿姑把扇搖。」

四兄建議，去大姨彼行行。意思是伊佮四嫂綴著作陣去。四嫂更吩咐寶珠揹謝籃裝了幾樣細餻隨後。

大姨是老父元配的大姊，大姨家的大厝佇東門外緣，大路彎入一條朱槿夾峙的碎石路，路盡頭正廳前一方水塘，塘中塑了一隻銜金幣的寶蟾，大厝前後是果樹林，露出厝瓦及飛簷。當年砌厝是自鹿也港聘請一班唐山師傅來，大姨丈的阿公金魚目大心肝，若陷眠畫山水，規劃大厝兩大落帶左七右六共十三條護龍，要求燕尾翹脊琉璃瓦九龍壁，師傅笑問是欲住人還是欲供鬼神？當年鴨母王自封順天皇帝，結果牽去北京斬頭囉。正廳前兩邊壁頂豔彩的交趾燒圖繪廿四孝故事，一隻金鯉魚破冰躍出，一隻吊睛猛虎下山，一位粉面小生握拳而正氣凜然。青石台階每早古井水潔洗，清涼若仙境。大姨丈父祖兩輩走南洋做生意，帶回熱帶果樹栽種，厝後果子園土洋交錯，森森莽莽一片足以蔽日，陰影、蟻丘及腐爛楊桃的地上有譯名諧音諸姆囝也的人心果，有大若牛肚的波羅蜜，更有一種音譯羅里盎的奇異果實，果皮似柚子皮，掰開是黃澄澄漿果，馥芳似漩渦沁腦。嬰也毋愛入口的強烈氣味，放佇房埫內，瀰漫幾日的隱形芳霧。

大姨笑甗真好，漆盤攏了這幾樣水果考少年陳嘉哉。伊大範食了，白牙大喙吐了一盤子的種子。厝後向陽彼邊一排大水缸飼金魚，天光雲影的水面下朱紅及墨烏金魚洄游若暗潮，尾鰭三衩若花蕊。啊，好似彼些初識時的櫻吹雪，這世界果然若這水缸水面的窄小。水缸上方有竹簾，日頭太赤，得放下護魚，若是大寒，竹簾卸下蓋著缸口再鋪上稻草。毛斷阿姑記得囝也時，探頭看金魚看得頭暈，險險栽入缸內。

毛斷阿姑看著自己及少年陳嘉哉的面容佇水面，感覺到暈眩又湧起。

斗鎮人全悉大姨伊家大厝的污穢祕密。扶桑軍當年初次由東門欲進入斗鎮，佮傳說中的五百鐵虎軍相戰，對峙七暝日。扶桑軍駐紮大姨伊家大厝，日時飲水被下毒，暗暝遭大刀火槍偷襲，戰死的扶桑兵埋佇果子園邊。更早，大姨丈一位叔父睏大了一個婢女的腹肚，難產，一屍兩命，也是埋佇果子園內。彼行逆的叔父，斗鎮迎扶桑軍的第一人，奉上一簍簍的果子，爾後帶領暫被擊敗的扶桑軍渡過東螺溪繞過斗鎮回州廳休喘。伊討得一襲扶桑軍裝一雙軍靴及佩刀，穿戴整齊，夜暗蝙婆低飛透涼風時，一人佇大厝果子園內哼啦哼啦亂洒，抽出佩刀喝斥著刺果子，一雙目珠紅成痟狗目，天頂一鉤青白月牙。有一日天才光，長工看見伊一身扶桑兵軍服坐佇左護龍八卦竹節窗下的石磨頂蕩露水，冰涼无氣了。

老父在生時，笑大姨翁婿的先人，像更古早時另一個大海賊林某某，勾結扶桑國倭寇，予明朝海將戚繼光打敗，逃竄到南洋的馬來亞。烏水洋對大海賊而言，若穿堂屋，行竈腳。

果子園內彼一口大古井，傳說彼年擲入予鐵虎軍刣死的扶桑軍，若一竹簍擠得滿滿的魚，擠得吐舌、目珠暴凸，半暝血水浡浡溢出古井，落出的目珠仁亦若一尾尾魚也上了岸勃勃跳。關於彼一場戰役，而今全斗鎮找无一個見證人，八仙會八兄弟事後感覺見赧，分頭尋訪可有參戰之人，得到的是鬼話，夜暗的果子園陰風習習，聽分明便是扶桑軍青瞑鬼魂的腳步聲，徆來徆去，找无回鄉的路。所以聽講大姨家大厝的狗暗時得戴眼罩，狗目見了鬼影就嚎狗螺。

火燒埔的時日亦正是大姨家大厝清理果子園時，竹耙清掃落葉枯枝，挖一大坑燒，草木芳青煙直犯斗鎮東邊。佇西門大厝的老父及嬰也望見雲煙，便悉數日內將收到大姨送來的一簍果子。年年如此。

少年陳嘉哉未曾想過轉來斗鎮，屬於祖先的故鄉，阿母毋愛，嫌是痟人鎮。第一痟自然是自己先人陳阿舍，第二痟宮口刎斷根的羅漢腳，第三痟各個大厝輪流出痟人。當初建街，青瞑地理仙主張仿徵星象分野，四方位設四座隘門，卻是定方位時烏雲走日，一片陰翳中稍微失了準頭，東、西、南有大溪迴護，北有小澗合流，意外阻留了痟氣的緣故。阿母自豪其老父自幼傳授伊堪輿之學，珍藏一張竹膜纖維的老舊黃紙是圖輿，畫著斗鎮上有阿拔泉山水沙連山九十九尖峰勢若伏虎屏障，下緣海豐港番挖港王宮港鹿也港，繪著指頭螺紋是十來六留三死一回頭的烏水溝，中間皺褶真穧山及溪，若星散的一間厝即是一番社。姑且聽之，阿母講，東螺溪是一條龍脈，龍頭鹿也港，龍尾斗鎮；而天頂北斗七星，天機洩漏，斗街東西走向，莫辜負，上下求索對照星象地上鑿得七口公井，井水養人養街養鎮。阿母交代，既然返斗鎮，有心找齊七口井，大菜市有二口，汝秀才郎的叔祖題字醴泉；地獄不空誓不成佛地藏王酺渡公壇前，舊戲院邊，樹圍需兩大漢合抱的大樹公下、離主祀金王爺配祀溫朱李池四王爺的萬安館才三腳步，奇怪斗鎮並无姓池子孫；最蕭條是文昌祠，幾次予溪水淹，屍骨无存；玆六處各一口。只是，媽祖宮前彼一口說是聖德井是障眼法，真正對應玉衡星的水井佇正殿媽祖座神台下，拜桌下更有一粒鎮水石，汝入殿扎香誠心跪拜，七口井就齊全了。

看齊全了又如何？阿母笑了，「汝綴著七星路線認真行一遍，祖傳的痟氣就走散了。但是，汝的悾性是无藥醫。」

魁星踢斗。四兄聽了毛斷阿姑及陳嘉哉佇市場邊飲了一甌醴泉泡的茶，踅到渡船口，又到大樹公下撿了一粒榕子咬破，一喙植物腥味的轉述，晃頭，陳嘉哉老母起頭就錯了，七口井的地理豈是那麼淺顯，東螺溪數次改道，水流漫漶，正奇相生，若是再依星斗杓柄鑿井，水患只有更加嚴重。正確的解說是魁星踢斗才對。

林厝內埕下晡灑過水，日色蒸熟成了可以食的稻穀芳，埕邊一廣口柴桶蓄滿水曝日，待暗暝洗身軀。彼桶水映著日頭搖金，四兄的目鏡是兩丸光燦，手上展示竹節筆筒刻繪魁星踢斗圖，伊開講，天樞天璇天璣天權四星總稱魁星，下凡連考三次狀元只因生作奇醜无比都落第，憤而將裝冊的木斗踢掉，投江卻被大鼇救起。世人畫伊，赤髮藍面，正腳站鼇頭，倒腳扤起後踢，正手握筆，倒手持墨斗，便是單腳跳龍門，獨占鰲頭。昔年佇唐山，聽過有七夕拜魁星。

四兄沉默了，頭頡頡，目鏡一閃。諍啥物七星還是魁星，公學校校長舊年送伊一冊斗鎮鄉土調查，蠟紙刻寫油印，十四章共三百六十五頁，是公學校全體教員以三年時間對斗鎮進行全面的調查統計及紀錄，教導學生的教本。鼻著冊同於香燭、土豆油及檳榔花而是屬於文明的油墨味讀著，背後流沁汗。扶桑人何其頂真，來了毋過三十年一世，將斗鎮及斗鎮人看透透，「東經位置為一二〇・五二度，北緯二三・八三度，周圍被濁水溪、清水溪圍繞，成為天然的邊界，猶似一座島嶼。」冊內一張張表格，一條條數目字，若韓信點兵的兵卒一個個肅立，規矩列陣，四兄驚惶亦迷惑，隱約了然表格數目字之後匿藏某種移山倒海的智慧，但是如何伊一時破解毋了？冊內更穧處批評斗鎮迷信、无衛生、隨便吐痰、營養不良，「就犯罪而言，竊盜最多，有一三五件，但只有五八件被檢舉，就是說只有百分之四三之檢舉，其餘百分之五七雖然是不道德的行為，但社會仍然視若不知，繼續過活。其次詐欺件數之多，是否更需思考原因？」對於服裝的感想，「忽視審美觀念，可說是像未開化民族。」關於住宅，「一般民眾自認貧窮，而事實上並非如此，只要花一千圓就可蓋成紅磚水泥而堂皇的房屋，民眾不肯如此想，寧願花一千圓或二千圓為一個兒子結婚辦喜事。結婚確為人生旅途上重要課題，但更重要的是人品或人才，並不是費用，希望街民能再思考這問題。」昭和十年度，諸甫得砂眼百分之四八點六二，諸姆百分之四五點〇七；昭和九年十年，瘧疾死亡共六三例，肺結核死亡共六六例，發育及消化不良死亡共七八例，小兒病、梅毒共十九例。七弟去廣州染得梅毒，轉來過予弟婦及其胎兒算一例，不管每天一早七弟婦生吞一副熊膽清毒亦是无救，可憐，熊膽天下間至苦之物。

第二章第四節，斗鎮的動植物、礦物，一道智識的光爀爀照亮了，揀去找六兒同齊看，下分顯花及隱花兩大類，前者再分被子植物，再分雙子葉類合瓣花區，再分列菊科殼斗科大戟科荳科等共五十四科；隱花分類有羊齒、蘇苔、菌藻。伊耴高冊本向著日頭，再翻，眼前若矗立一尊白袍發光的科學大神。「鑑於本街發生多起瘧疾，州廳補助掘鑿泉水以及處理污水，進行改善設施。」

四兄躊躇，這得講予陳姓後生悉嗎？

少年陳嘉哉對四兄流露出同情的激情，交換伊讀過記佇心內的數據，扶桑軍初初來台鎮壓，戰死者不過一百六十人，感染瘧疾、虎列拉等傳染病住院的有二萬七千人，病死大約四千六百人，包括當年老父去許秀才大厝參見過的彼位神祕大官，原來是扶桑皇族的親王。可比黃金打造的親王瘧疾死佇南部，毋死於戰場而喪命佇病床是何其恥辱。

四兄拗斷藤椅手把突出的一細枝，无意識地剔牙縫，聽得入神。所悉所識亦予了少年神采，頭額發光呢，換伊講予四兄聽，十九世紀的歐羅巴總共有過四次虎列拉大瘟疫，死人无數的代價是覺悟到飲用水及公共衛生的重要性。人類那麼長的歷史佮禽牲佮彼此的排泄物、糞便緊緊依偎共生共存，彼是文明之前的烏暗時代。扶桑人治台，聘請一位蘇格蘭人幫忙，從北到南尋找水源，計畫興建頂、下水道，普及水道水，進入新時代。扶桑人有經驗有證據欲證明，人的肉眼看勿著水內隱藏的精靈，古井打水倒入水缸，厝簷下水甕承雨水，陰柔清涼，可都是致命細菌蟲媒的溫床。

「四兄想必聽講了。」陳嘉哉講，四兄點頭，斗鎮水廠已經佇興建中，水源勘定為東方九公里遠清水岩山麓伏流，供水計畫人口為一萬人。毋對，四兄覺得燥熱，一直以來譬如作醮集資每戶以丁計算，一如採煉樟腦的叫腦丁。扶桑人據台整整一世了，伊安然佮第六第七守著老父的大厝，繼續老父的慣習及意志過日，願意亦會曉變竅的是大兄三兄，東螺溪堤岸竣工，兩人四界遊說包括阿罩霧林家，想欲集資一百萬圓，申請官有地及溪埔浮復地一千甲，開墾農場。第一次申請失敗，隨即加強補習扶桑文，穿起洋服，爭取加入甘蔗作物原料委員。三兄講了，所謂的原料委員，一種全新的身份及手腕，打開財庫的金鎖匙。四兄感知自己坐佇廳前廊下影子內，兩腳伸出就是日頭炎炎。伊亦悉，眼前少年心比天高，裝著新世界豐沛的事物、智識及氣力若機關車轟轟來了，來了。

毋對，彼新世界就像以前還未馴伏的東螺溪。

日頭的光河內洶湧著无量、不可數的浮絮游絲。若无風颱來，做大水，這絡絡長的旱季如同永遠，藤椅坐久，睏神上來，趕佇午雞啼之前，似乎將會聽到老父嚨喉有痰的咳嗽，鼻到大街油車㘎煉土豆油及肉圓油炸的芳味。

毛斷阿姑果然佇宮口醃肉山前一瞑夢見老父羊眩發作，正廳內抽搐，倒落，伊跪佇老父身邊用力掰開伊的喙，指頭被喙齒咬囓的疼溢出夢境之外。醒來，講予嫛也聽，嫛也笑笑，欲言又止。

毛斷阿姑追問，老父真的有羊眩的病？嫛也淡淡講，人去了就好了了。

嫛也二五歲嫁老父作二房，老姑娘了。是阿母的決定，佮老父開口，總毋得予伊一世人作婢女，老父面紅了好幾日。隔一年，生六兄。

酺肉山前一日放水燈，往前算，初七七娘媽生，初一開鬼門；往後算，二八酺渡公壇例祭，三十地藏王菩薩誕辰。整個舊曆七月，扶桑人形容若一座島嶼的斗鎮，鬼氣森森，家家戶戶刣禽牲，白水煮沸涺熟了，擺放供桌頂目珠微微閉一半。整條大街，炷香的簇簇星紅，燒金紙的陰火，長三角杏黃旗旛綴著紅色獠牙，正中晝的蒼黃日頭烘著，无風。等金紙燒成了烏灰鬼影，米酒灑地，發酵的蒸氣予日頭逼出來，燒熱的餿味釀成一長條雲龍，一日一日的老成，陽世的人予這雲龍纏繞，七竅堵塞，昏惘如同酒醉。悠長下晡，等到日頭佮旗旛一樣的粗黃，聽見了離奇的崩山穿雲的嗩吶，打空了頭殼及胸坎，一種悽曠。等到日頭欲落山，暮色若紙灰紛紛飛起來，天光剝落，溪邊竹叢軋空啁啾，心上淒涼意便轉為期待。

出門前，嫛也交代挽七片樹葉放口袋，記得轉來入門前扔掉，到了溪邊切記噤聲。少年陳嘉哉毋解。毛斷阿姑將早準備好包佇手絹的七片榕樹葉交到伊手中。

斗鎮兩百年，寄附了太穧孤魂野鬼。七月開始，天未光，推車佇斗街賣豆花麵茶杏仁茶的，依例攤頭擺一水碗，收到的銀角放入去，漂浮毋沉底的就是鬼錢。破曉前的斗街，沉沉的湯湯夜氣，很凍，星斗大若石粒，只聽到車輪的輪軸轆轆響，一如兩百年前的先人渡溪，街路漉漉的都是水漬。昏昧的硬殼內，車攤彼葩電石燈火瑟縮若瞑夢，照毋清比日頭早起的人面上的霜露，開喙呵出一團霧。佇暗暝的最後一寸，清濁交混，諸物顯現，流動的人影，塊狀的物影。天光一剎那，大地一顫開拆，雀鳥若碎屑自隙縫彈出。

少年陳嘉哉以為一切是幻象。還毋是岳母的嫛也講酉時，伊對了對手錶，晚頭六點，全鎮的酒味強欲沖開天靈蓋，今非昔比東螺溪邊，天色清藍，晚雲龍擺尾散開，溪面平靜，廢棄已久渡船口擠滿人及燈火，豎起一丈高竹篙紮成矩形燈陣，空中胭脂色光牆，照著若滿月漲潮爬上岸的河蟹的纍纍人頭。嗩吶、鐃鈸、皮鼓及引磬一起音嗡成一個音波罩，托護著幾個錦繡道袍若孔雀的師公，卂香進行科儀。包括三兄四兄佇內的鎮上士紳，長袍馬褂企一列，火光明滅佇肅靜面容，確實好比紙紮童男。

變窄的溪道對岸黯淡，一片低曠，不見人家，岸上恍惚有些若燒盡的柴炭鬼影殷殷看過來，更遠，一脈山影烏沉沉，山勢壓迫，而山稜線放光芒。

亦是紙紮的飛簷屋厝水燈黏附著紙板，幾個熱心的踏入溪中，一一推送，點著火，小巧的紙厝包著火光暖烘若一粒剖開的鹹鴨蛋仁。溪岸才歡呼叫好，期望火勢旺起，水燈卻突然堵塞。引磬清麗急敲，招魂幡竹篙頂的一叢青嫩竹葉抖起一口涼風，相偎的水燈若一對鴛鴦交頸，彼此燒成一蕊火焰竄高，催促一厝向前，總算領頭飄開了。火旺了，溪面光燁燁，飛簷屋厝擺盪，一團團白光又似乎留戀彼軟膩的水流。

火光照亮似乎淤積的溪水，引出了禽牲的腐臭。死狗放水流是斗鎮的習俗，少年陳嘉哉皺眉頭看清溪邊淺露處咕嚕地勾留著一汪銀亮，便是一隻大概予水草纏住的死狗。

伊目光逆向朝上游，溪水帶來濕涼的空氣，伊勿得理解父輩先人口中元神是一尾烏龍的東螺溪不過如此，何來神力？水燈隊伍拉長了，燈老溪倦，稍遠處，好像有人噴了一口烈酒，一大把香予沸沸吹揚一大叢星芒，飛散成一窩螢光。伊亦是勿得理解，水燈年年放，何來如此穧鬼魂？水燈流愈遠才會得愈旺，那又何必引幡召上岸？

隔日暗暝看肉山，少年陳嘉哉以為是另一場幻象。日時有大鑼繞境，敲得人心空蕩蕩，敲到酉時初，日頭偏了，媽祖宮前上空結了一大張蜘蛛網，網絡上每隔一手肘間距一葩電火球。廟埕兩側青竹篙編結大紅燈籠陣，帶著排穗，上書國泰民安風調雨順合境平安。恐驚這暝電力供給不堪負荷，家戶暫時限電。宮口每一葩電火球宛如一粒日頭，烘得面赤汗流，炫光流離若赤金熔漿，若流星髓。

電火燈海之上，若南天門佇雲頂的是三疊祭壇光體，斗鎮因此佇這一暝暫時消失了，人鬼毋分。醮渡壇頂一層層一排排剖腹片開以竹籤架插而四隻腳蹄圈紅紙作飛翔狀的全豬全雞全鴨，豬隻體積大，身軀覆蓋彩巾，豬頭掛面具，化為猛虎蛟蛇麒麟祥獅。肉山之下，接了幾條天梯長桌，鋪了大紅桌巾，三角旗旗海中，擺設蔬果雕佮以極豔極濃的色彩捏麵巧妙裝飾的龍船、花鳥、八仙過海、蝦兵蟹將、繡像古冊內的英雄美人、封神榜諸路神仙，長川大河般的看牲桌，若縮圖捲軸的古世界博物誌，予陰間鬼魂歡喜觀賞，也予陽間人看鬧熱嘆世界，桌下有狗隻鑽營，吐出粉紅喙舌。

无量光明媽祖宮前，電流噬響，熾熱及色彩若湑燙油蜜當頭淋下，肉山的彩繪板子亦是綴著小粒電火，佇空中吐劍光。目珠開始抵擋毋了无數電火匯成的白熱光瀑，彼些桃紅碧綠靛藍鵝黃眩亂地流轉到看肉山的活人頭面，彷彿是拜亭彼一尊青面吐舌的大士爺鬼王佈下的鬼卒。

少年陳嘉哉緊緊護著毛斷阿姑，陷佇人群內，亦陷入時間及光熱的流沙內。周圍所有鄉鎮的人當然今暝亦都來看肉山，伊頭一次親目看見之爾穧的斗鎮人，當然一大半是隔壁鄉鎮來看鬧熱。一層層的人，一層層的祭品，一層層心領神會的孤魂野鬼，交互裹成一個實心卻无形的漩渦，將這些平常時佇田地予日頭吮焦且烘得烏金的作穡人吸空了眼窩及喙洞，劓去了鼻子，毋悉是人是鬼。只有毛斷阿姑，天生天養得細皮嫩肉，燈光內若佇戲台頂。

少年返來斗鎮之前，佮毛斷阿姑通了一年的批，毛斷阿姑抬頭寫嘉哉君，「歡迎並期待兄之返鄉。一探究竟。衣錦榮歸。家兄日昨教以此詞。謹贈與兄。」一必定是四兄幫忙潤飾。伊寫來故鄉的消息及節氣，以一種文白夾雜的稚嫩語句，无有印象中女子必然娟秀的字跡。家六兄栽植亦稱之為月下美人的瓊花綻放；有蛇入侵吞了母雞才下的雞蛋，家四兄講笑，叫長工將柴削成蛋狀，包以蛋殼，待彼枵鬼蛇來食就穩死；菜瓜開了黃花若粗布衫；做風颱，一暝好大的風雨；新舞台戲園發生了大事，好佳哉總算平息，家四兄怒扶桑大人无理，家三兄是戲園股東，配有銅牌一塊，憑此看戲免錢。

「大事是如此。有個民眾黨到來成立支部。併組織工友會。地點選佇戲園。毋解警察大人為何嚴陣對待。家母謂大街從未玆爾緊張。警察大人滿街。入戲園得全身檢查。有香菸番火支即認為帶違禁物。提案有二。禁止賭博。設讀書會。警察一再干擾。兩百人來參加工友會。將近十人因與警察理論而被拘留。寫真館楊某某被命令去攝相。莫非上報州廳官衙。某君力爭曰。天皇有言對吾人一視同仁。亦是完整之皇民。家四兄感慨萬千。憶起多年前。林先生與蔣先生兩位曾佇戲園演講議會設置請願運動一事。那是何其光明的一日。」

少年終於踏入斗鎮。祖先的舊厝斜對面是公學校，一早聽見清朗有勁的囝也歌聲，以扶桑文：「在這奇妙的天地內，熱情的氣息藏佇心靈深處，就像即將綻放的花蕾一般，散發出健康的生命力，增添了我們年少一群的榮耀，這就是少年紅十字團。」前行有新砌的神社，鳥居高聳，兩排石燈，好清寂大氣的參拜大道，天青雲白，伊錯覺覷到山海的曠味。踅到公學校另一頭，一區塊規劃若豆腐板的官舍聚落，低矮牆圍，毋聞人語，但有著洗浴後的體芳，屋牆門窗連同綠草羅漢松、庭院曬的棉被，若楷書每一線條勾勒都是挺秀。

少年掀起怪奇的近乎思鄉的思念。伊錯以為時空倒轉，雞籠港上了富士丸，兩暝日到神戶靠岸，轉特急富士回到了扶桑國首都的第一個早晨。彼時，伊違背老父的願望決心去讀外國語學校，老父氣得斷絕匯寄生活費，伊有志氣的很快找著一份商業區送貨工作，夏天下晡騎著腳踏車佇街路走從，用力騎車而生出的城市的風混合澎湃市聲鑽入褲管及胸坎，伊進一步夢想有一日亦欲這款青春放浪佇巴黎拉丁區。最知己是近視目鏡厚若牛奶瓨底的同事古川君，放假相招去神田買冊，一起摯愛巴爾扎克、福樓貝爾、法朗士，讀到天光，伊就佇古川所在睡了。新年佇三崎町熟識了來自台北的郭君及淡水的黃君，租厝就佇古川君住所附近，伊三人好巧都崇拜大杉榮、幸德秋水、山川均、河上肇。此後四人時常聚佇郭黃兩君六疊榻榻米房墹交心，交換讀冊心得，一扇紙槅門後另外出租予一位日時做店員的農村姑娘也。志同道合，三人話語絞合若皮鞭，講起時事咻咻響亮，目珠發光若本生燈，深夜了絲毫毋疲勞。黃君猛然單腳跪著，十指抓著榻榻米，沉痛地講扶桑人如何酷刑殘殺生番以及種種欺壓台人手段，古川君恬恬聽，面容湧上慚色。只有伊注意到紙槅門後姑娘也翻身發出毋是夢囈的怨怒語。

如同癲痫彼般，三人喝了最後一甌燒酎，同齊伸手握著，若念誓言，「讓統治階級在共產主義革命面前發抖吧。无產者在這個革命中失去的只是鎖鏈。他們、我們獲得的將是整個世界。」

耳孔聽到的竟然比看冊時更加震撼，伊慢了一拍伸出手，看見了一隻誤闖入房間的蛾也軟弱地佇窗頂拍翅，啪啪的輕聲。

雪夜，或者古川君及伊四行足跡離開黃君郭君住處，或者伊一人兩行足跡回自己住處。

古川君教過伊一句話，腳脛有傷，容易隱藏，亦就是心內有隱情或是內疚。少年陳嘉哉隱藏著毋能講出的是伊毋能逆轉時間去改變彼日坐上富士號特急列車，過一暝一早到大阪驛再到神戶港坐上台南丸帶伊渡海返回家鄉。前一個晴暖暗暝，古川君穿柴屐慌張走來警告伊快逃，早一日伊及郭君黃君被抓去警察署特高課審問，郭君黃君已關入拘留所，兩人的所有物件亦被打包帶走，特高課當伊兩人具有高度危險的反叛傾向份子，很快會牽連到伊，趕緊走為上策。厚厚的目鏡後，伊頭一次看見古川君流露的機靈及冷靜。「陳君請相信我的判斷。」隨即安排到一位朋友處借宿一暝，隔日送行到驛站。機關車開動，打開隨身行李，加了兩本冊，《求正義之心》，《克魯泡特金的哲學》。必然是古川君所送。激流彼般的車窗有伊自己的影。

後來才悉，古川三人同齊參加了左翼讀書會，伊是因為送貨時間而陰錯陽差錯過。郭君黃君坐監十個月，出獄後隨就去了唐山。

少年陳嘉哉一人坐佇林厝大廳前四兄慣常坐的藤椅，旁邊的藤椅空了，毛斷阿姑予伊嫛也叫入去，但鼻孔還留有少女的清芳。罕見那麼愛嬌愛花的少女，每次見面，衫襟簪著、手絹包著玉蘭花，講自己八歲讀小學了還勿斷奶，放學轉來就欲食嫛也的老奶脯。掩喙笑了，重絅（雙眼皮）的大目珠圓瞵瞵。少年毋解，看起來那麼毛斷，實際其內心還是同伊親生老母活佇彼個舊時代吧。少年毋是无意愛，畢竟少女的這種矛盾讓伊迷戀，如同這一間大厝，火燒埔時日繼續的下晡，內埕蓄滿日頭，幾隻雞公悠閒地行幾步低頭啄一下，鮮紅雞冠顫一下，天頂一无所有，彷彿一個磁場，杜絕所有外力的干擾，除非厝內的人決心行出去。

四角內埕上空炙燒的薄青色，鹹菜姆佇竈腳門口絲了一畚箕的菜豆，盹龜了，金耳鉤一閃光。伊躡腳步行到古井邊，玉蘭花樹高大，想起了遇害後屍體予擲入井底的大杉榮夫妻。突然想起彼些同古川君或者一人行佇雪地的日子。伊疑惑了，來斗鎮究竟是為了啥物？

島嶼形狀的斗鎮亦如同林家大厝吧，鬼門關了，七月過了，整條筆直斗街似乎佇補眠，西照日的彼邊店面竹篙撐起帆布篷，以媽祖宮為分界點，舊西隘門茲邊集結了油車𡋿、家具木器竹器店，新興的寫真館、吳服店、疊職、鳶職則主要佇舊東隘門彼頭。日色有如炊籠層的燒氣水煙，只聽見有一角落是翻棉被的弓弦鼕鼕彈得深沉有力，若一闋失傳的古韻。

米店門口一個烏皮婦人坐著揀稗子，一手埋佇米內，毋動，若予神仙一指點成石頭。再過兩間是毛斷阿姑四兒的丈人所開的餅店，祖傳的豬油肉餅，礌著一方洋紅店號的印記；穿過店，石板庭院，有石榴有鳳仙花有虎耳草，廳前企立是講福州話的丈人，長年穿一領對襟白布褂，飄飄的一把白喙鬚。

這就是斗鎮无聲无息的火燒埔時日，古井水猶原秋沁，人家佇无夢的睏眠內。

少年陳嘉哉記得自己老父講過，當年扶桑軍頭一次進斗鎮遇襲失敗，第二次再來，斗鎮十室九空，前一日四散逃去山頂或渡過東螺溪避走，媽祖宮亦關了，宮前唯獨彼個頭殼後長滿肉瘤的羅漢腳柴柴地捀著磕角（缺口）的空碗迎接。老父未免刻薄自己的鄉人，學諸葛孔明擺空城計哩。

陳家逃往匿藏的山頂卻叫做赤水，出舊東隘門直直行，陳嘉哉若夢遊將近兩個時辰後，發覺自己整身軀大汗爬過一條之字型陡坡，置身平台山崖，四周圍是紅土石，土質黏稠，手指一撚，成了粉末，喙舌舔，又苦澀又是礦石的腥甜。想必就是赤水。都是紅土不見人家影隻，再往頂爬或對面山凹才有綠意。一陣虛微山風，伊警覺一人佇土崖頂，寂寞中竟然非常的開闊清爽。

下眺，罩著一片混茫，斜了的日頭讓陳嘉哉慢慢看出環抱斗鎮的東螺溪及清水溪，尤其是東螺溪窄細的閃映著偏暗的光澤，柔軟注向遠處據說是海口。看无清水溪。畢竟已經毋是古早先人口中又愛又驚的烏龍了，不過是三百年的時間吧磨損了牠。曾經被牠氾濫翻滾的所佇地勢平坦，田疇清晰，勉強可以辨識的浮突應該就是人家厝。

因為距離及高度，少年陳嘉哉感覺眼下縮小的斗鎮親像一幅捲軸。

轉身欲落山，平原另一邊蠕蠕爬著一尾蜈蚣，是機關車，彼蘊含巨大力量的現代文明的產物畢竟離自己的家鄉很遠。

少年陳嘉哉準備欲離開斗鎮，林厝六兄派長工來請，暗時來食晚頓看瓊花。

子時，大廳的紅毛鐘噹噹噹連續撞了十二下，寶珠玐燈火佇側門，古井底潑喇響。一盆一盆的瓊花用鉛桶柴桶裝著移到廳前，憑著一張豎立的竹棚，廊簷下吊了一葩電火，潑墨光影。起先不以為意，只是飽飽的花苞。六兄講給陳嘉哉聽，瓊花是一味良藥，清肺。花醒了，先是開拆了五分，粉紫泛紅，大若紅嬰也頭，白若霜雪，佇每一次悠長的吐納之後，更加盛開。凝視的時間，若一節一節柴塊落地，有聲，芽紅蔥白莖梗從葉緣生出若鐵鉤，就欲不勝負荷。盯得出神，彷彿探頭看古井水中蕩漾的滿月，暈眩了。花心下半圓的蕊一絲一絲，蕊頭玉黃。

「若有神呢。」毛斷阿姑讚嘆。

林厝的封閉空間內，一切有神。大門有門神，戶碇有神，竈腳有竈神，有床母，有睏神，有花神，有井神，睏醒叫做精神。居然亦會刺繡的六兄，新針纏紅絲線，恐驚有神偷走。

花瓣尖美人尖，怒放的瓊花，一瓣瓣白玉无瑕迴環湧起，毛斷阿姑若對花嗑頭，吸一口大氣，只是露水般的涼氣。

陳嘉哉毋悉，毛斷阿姑若中了神經毒氣，佇彼一剎那，看見天頂繁星崩裂，老父從羊眩中清醒起身，花心若神龕，佮另一個雙生的自己向伊微微笑，隨即看見自己及陳嘉哉並立佇舖天蓋地的大雪中。伊心上一震，似乎毋是吉兆。

少年陳嘉哉退後一步。毛斷阿姑轉頭向伊，面大若瓊花，拈著一片才落的花瓣，宛然穿過无限的時空為著少年而來的陌生人。

有一日，少年將會瞭解伊是東螺溪孕育出的女子，伊的血內有溪水的柔韌，伊的掌紋就是溪道逃竄的象徵，流一世的溪水等於一日的天光。

但是這暝，伊陪同少年佇電火的流光內，看彼一片盛開的瓊花，神的幼嬰也的頭。

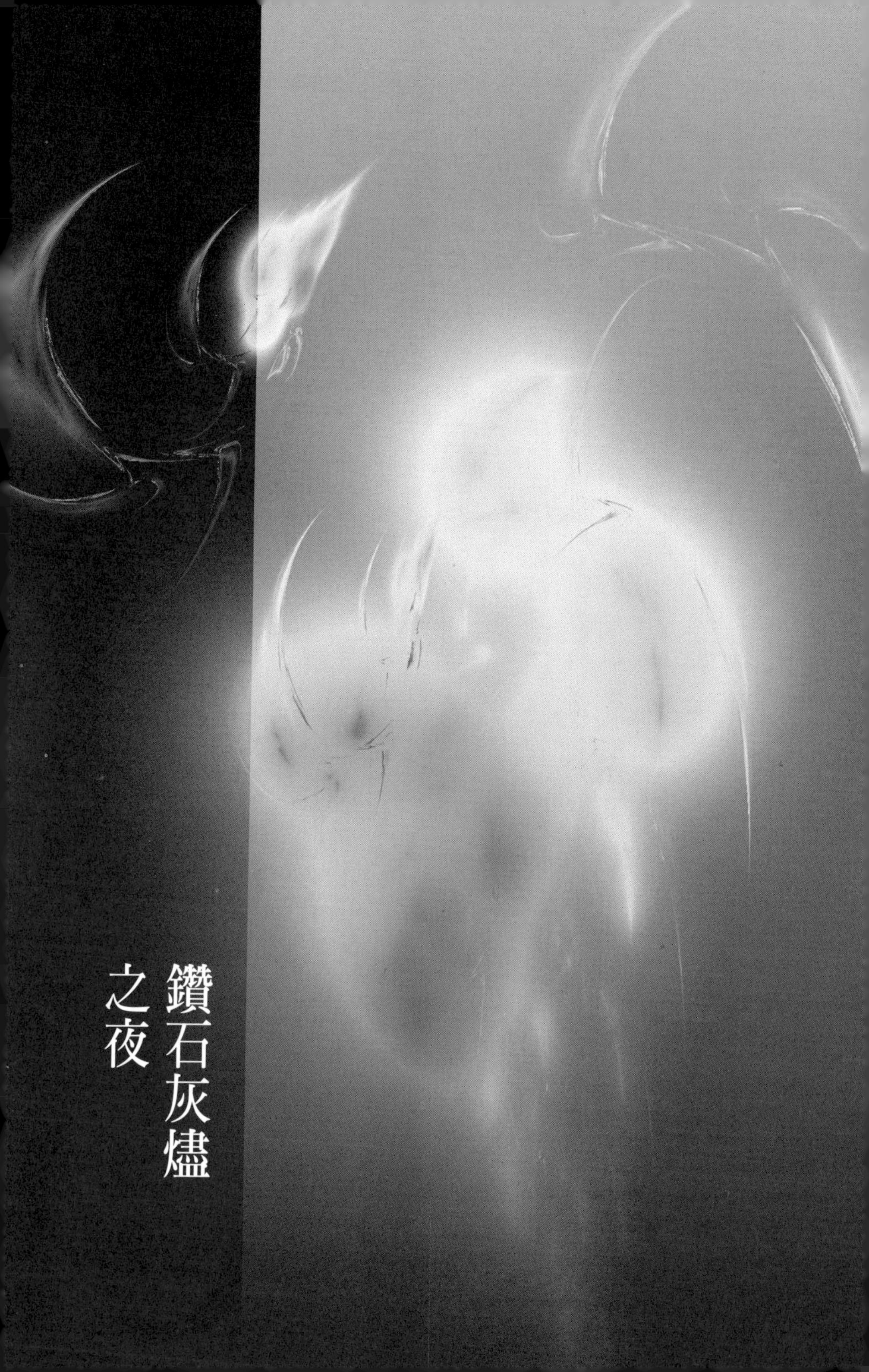

鑽石灰燼之夜

這是引述，不是我的原創：我們是有恥感的最後一代。亦即，我們這一代會目睹恥感的崩解，一如地球暖化，雪線上升，極地冰原消融，艦隊般冰山鬼魅地航向馬緯度無風帶的大洋。

離開咖啡館那一日，人類照舊義無反顧地大量排放二氧化碳的自毀之日，高吊屋角的喇叭重複播放同一張大雜燴爵士樂，那個頭髮中分右眉尾一粒脂肪瘤的股票族男子，照常將一小盒奶油乳酪抹醬全數細膩地抹在貝果，悠緩地蘸咖啡咀嚼完畢，立即去刷牙，貝氏刷牙法刷得好認真。屋外一隻鑽子在挖柏油路面，玻璃隔間的舊日吸菸區空無一人，我瞪著被攝入牆鏡裡的刷牙男子，懷疑他是我意念亂流水面上的幻影。

蕭邦的小夜曲演奏第二遍，高架軌道對開的兩列捷運車廂第二十三次交會，兩個雌性小妖咯咯地上樓來，削肩窄臀，手握一杯茶飲店外帶的珍珠奶茶，連體嬰癱進靠牆的高背沙發，脫了夾腳拖鞋，四隻裸嫩蹄子伸放到對面座椅，低腰牛仔褲褲頭下蹭，勉強遮住那窄迫的恥骨地帶。

只得適應，連鎖咖啡館常有這類大方不消費的不速之客，我看過一時髦男鵠一小時內三進三出面試應徵的馬伕，來充電手機、筆記型電腦的，來準備高普考還是教師甄試的，來坐立不安疑似躁鬱症患者，拍婚紗照的準新娘與梳化妝師各拖著皮箱盤據一角當作工作室，果然彩妝完成複製般與所有照片上的新娘一模一樣，柏油團似的濃眉睫，螺旋狀接髮。相較之下，那些打零工、跑業務的，儉省地只買一杯招牌咖啡，只為藉此搶時間趴桌上吹冷氣稍稍睡一覺，簡直是古意得可憐。

兩小妖掏出數位相機與手機，提袋中再拿出一面鏡子，好快樂玩自拍。撥頭髮，嘛嘴，試各種角度，凝睇自己的鏡像有如雙頭蛇，「好美喔。」小鏡子照不夠，兩小妖跪沙發上照牆柱的鏡面，一手高舉相機，嘻嘻咯咯地呼喚美神，美神就是我。鉋卡絲偶爾電郵給我連結少男少女自拍照，一一如璀璨光體，如浸入琉璃油蜜中的今晨玫瑰，她或者隱隱有嘲笑這個「給我影像，其餘免談」的世代？

兩小妖糊成一體，恥骨懸空，躺平了，揉扭那青春的肉體，手上相機螢幕如同蛇信，蛇信舔洗彼此的臉，「好美喔這張。」「這張超白癡。」「屁啦你。」螢幕更換的喊嚓有如蛇信吸吮腦髓。我想應該有人提醒兩小妖，這是公共場所，不是你的私人房間你的床。她們裸嫩的腳彷彿四隻筊白筍，不知道為什麼，我覺得那是一個非常恐怖的閹割陽具的意象。

捷運列車交會破五十次，兩小妖留下空杯，桌面有殘尿似的水漬。一位臉若棗核、渾身汗氣的枯矮老頭，還不至於是侏儒，胯下夾著厚紙板裁成的一長條以為騎著竹馬，一口喝了一小杯濃縮咖啡，不落坐，癲癲地轉圈，張口唸卻無聲，他神色苦寂，調整長條紙板，可能是輔助托起細菌感染的大睪丸。一中年女子好憐憫看著他。

捷運列車交會破一百次，一個太陽穴一帶點佈黴黑老人斑貌似老榮民強吻一個穿網襪大陸腔的中年婦女，婦女皺眉，彷彿被灌藥。耄耋雄性的性慾，何其猥瑣。我不甘心帶著如此的最後鏡頭記憶離去。戶外墨水瓶壁的昏暗了，晚雲向地平線遷徙，我等到三人一組，他推開座位上的氣密窗，雙臂張開若耶穌，空中抓取精靈，一把，兩把，三把，投進滿滿一桌面瓶蓋打開的瓶裝水，此後正名為能量水。在他之前坐著一鮪魚肚男人，交出頭顱給他灌頂；男人額頭兩頰鮭魚紅，喉管嘎嘎響，馬嘶般噴氣，女子雙手絞纏打著某種神祕手印。

行道樹的白千層在不知所從來的氣流中痛苦地掀翻葉背有如刮魚鱗，我讀到書上這幾個字好像淘到了一塊金，「怕死是快樂的餘燼。」儀式完畢，他轉身，正面好像將要臨盆的孕婦，而目光如電鏃有殺氣，追殺我一無神論者，下樓前我忍不住與之對望一眼，感覺久坐淤積的腹部吃了兇猛的一勾拳。

在每一日的灰燼裡，我們若回收場工人翻揀神蹟。

灰燼底層有樹洞般的祕道，是夜，距離天亮還有七八小時，老羊帶我去說是他朋友的店。我們默默穿行偶有桂花香襲人與狗屎地雷的街巷，老羊走路像我父親都是那種長期喜愛健走而制約出來的節奏，上身前傾，大步划行。捷運施工的圍籬裡，剖肚開腸後堆疊著鋼筋鐵網鐵索圈粗大管子，似乎被迫又回到那「發展中國家」階段交通黑暗期的噩夢裡。圍籬內一棟組合屋工寮，暗中浮動一熾紅香菸頭，那視覺的熱點自動跳接到奔馳中的車尾燈。

老羊朋友的店，有如片場搭建的黑巖洞穴，掛在二樓外牆蓮青細蕊燈管彎出花式英文字鬱金香的店招，正對著對過教堂尖頂上白光的壓克力十字架。洞穴裡有光，「生日快樂，小艾。」一桌人圍著蠟燭點亮的蛋糕，其旁立著小艾照片，其人一如修道院僧徒。燭光讓那個寶妹含在眼裡的淚光戲劇化。

小馬幫老K奪回政權那晚，老羊感慨沒有敵人了，這一邊、二分之一的人沒有了共同的大敵了，繳械了。咖啡館二樓角窗看四線道馬路對岸多樹木的公園，樹冠於暗夜中輕微騷動，戰爭結束了，一種懶洋洋的解甲歸田的懈怠感。

憶苦思甜，圍城之夜前後的日子，他即時預言，也大有可能抄襲自某名嘴或名筆，此一役，島國社會動員力付之一炬般將一次燒光，短則十年，除非對岸發神經果真發射導彈過來，否則，不可能再有議題凝聚如此的集體能量。不可能了，最後的戰役嘉年華。可是，那一夜，以及之前醞釀圍城的許多日夜，十線大道的廣場搭起帳篷，埋鍋造飯那一句應景流行語好讓人熱血沸騰，那讓遠遊與鄉愁放大的秋日長空也讓人莫名其妙只想掉淚。等到夜晚，輕鋼桁架的舞台祭壇聳立起來，重低音喇叭箱如同擱淺的鯨魚心臟，如外星球體的氣球浮升空中，巫師們以歌唱以講道以鬥嘴鼓的起乩接力開始，他遊走場子逼視每一張臉如同照鏡子看自己，他遠離場子看光照聲波籠罩下的人群如同溫暖洋流裡的越前水母，模糊地先行覺得這是一場泡沫大夢，口齒不清到底那個環節不對。其後某日他在早晨冗長的讀報時光讀到一篇故事，一憤怒青年佯裝一精神異常的大陳義胞在彷彿高燒的亢奮囈語，將那廣場的秋日行動重疊上糞便排泄、A片、顏射、小護士、霉爛的老兵單身宿舍、宣紙筆墨思古幽情而質變成一組絢麗蒙太奇，因此悽慘荒謬直如那些遙遠貧窮的第三世界西班牙語系小國，也就像那聰明人愛講的漂亮話，因為真的沒有什麼可以失去姑且搞搞革命鬧劇殺殺時間，他讀得開心笑出聲。大敵當前，然而夜晚的廣場上，他覺得包括自己在內那是一群羔羊，蠱惑於某種不好意思承認的歡樂氣氛，好馴良地排排坐吃果果並且完全聽從巫師們富含道德教訓的號令指揮。發電機的低頻噪音，珍珠白如夢境的光照，他看見一個肩掛書包的高中女生，清麗如破曉的茉莉，他臉紅想起第一個戀人那嫩薑似的手指；他恍惚回到童年青少年的家，那自成封閉體系的村子；他又看著那些分送吃食飲水與傳單的義工，驚覺每張臉經過三十年四十年的歲月痕跡早已變形，他夢遊其中，忐忑地等待那些失聯好久好久生死未卜的親友或同學玩伴認出他來。廣場所屬的京畿重地，潛意識裡他耿耿於懷自己錯過了幾次歷史時刻，譬如野百合，或者身份不對，或者人在海外坐移民監，現在，他到了，站定了位置，而他立足的柏油路根本沒有土地的味道，不可能允許任何的種子落地，他聞到一陣風過吹來那一排流動廁所的臭味。音箱砰的一聲巨響足以將魂魄轟上雲端，群眾整齊歡呼，比出大拇指朝下的手勢，一如閱兵。他覺得蝕骨的寂寞。

等待巫師中的巫師出現，等待一戰。

圍城之夜，地上地下所有交通軌道滿滿的洪水來臨前傾巢而出的蟻陣，每一節捷運車廂載運量有如灌飽的糯米腸，他傍牆有欄杆扶手就緊握前行，提防萬一有暴亂不要給推擠倒地踐踏而死，而人潮推擠腎上腺亢進分泌。一出地面，霏霏雨，好像水黃皮樹的落花。手機不管用，根本聽不見，他依先前約定會合了寶妹、愛咪、王戈夫妻、大衛賽門、賴子大肥，以及各自集結來的朋友，愛咪分發哨子綁帶螢光棒。戶外電視螢幕於制高點俯瞰同步轉播那紅湯湯的光點大河，波瀾壯闊，迴環樓與樓之間的渠道，如同洪峰。他很快故意落單，退到騎樓下，仍然身陷那一片洶湧紅潮，宛如河灣的蔓越莓水田。他蹲馬步似鎮定兩腳不被那標準化服飾配備人潮帶走，眼觀鼻鼻觀心意欲退駕般祛除身心那股激情，總是功敗垂成。他聽到擂鼓扶飆一尖厲女聲喊下台，看見一道濕膩季風吹來，尾大不掉，人臉砸到了一顆雨滴，光朗好年輕的一個聲音笑道，化學戰喔。他眼窩也落了一滴酸雨水泡，寶妹傳來簡訊，冷光小片螢幕，

「小艾說這一晚我像一朵花滿滿的開盡，可以死而無憾。」

雨勢轉大，便利商店的黃色雨衣支流冒出來，這是意志的夜晚，有多少圍城的人口，就有多少的雨滴，沒有人驚慌，沒有人疑慮，沒有人犧牲，一切非常簡單，非常一致，流程非常順利。站立在小貨車吉普車上的眾巫師，地上行走的仰頭張望他們，因而如同被竹竿籤插的人頭。

日後，他在敵我兩陣營的影音檔案分別看到十線大道廣場上的同一個早晨，蔓越莓人的特寫，他好難為情確實很難分得清哪一邊才是更真實。好吧，就說是被醜化的難民般吃相，各方瘋狂供應堆積如山的糧秣，屁股出奇臃腫的中老年婦女，流浪漢般才睡醒扭曲的蠟像臉容，一身土黃袈裟的胖和尚擺了一攤圖文並茂老K的神聖史蹟，附加諸如普陀山觀音顯靈。那些日子，做了激情的奴隸而產生的耳語與小道消息極多，譬如奇門遁甲的考據，總督府內的統帥流年流月走木，蔓越莓紅象徵火，火攻火燒，圍城路線圖便是火雲佈陣，而敵手漏夜急急如律令從後山符籙調遣雨水北上，一澆再澆，可望三澆而竭。譬如山姆大叔已經介入了，兩岸三方展開馬拉松談判，台海上空衛星通訊火網好頻密，有沒有現在講手機雜音特多。譬如，陳年軼聞也來插花，那位前黨主席當年流亡路線完全取決於他深信的化外之人的指點，向東跑，莫回頭，因此，陸海空並用，輾轉跑到北美洲，待到星宿移位，劫數解除。

他在距離廣場不到一公里的大飯店下午茶時段，看見十七年前的號子沸騰如菜市場的景象重現，還是被那好濃的粉味香水味、好多架在頭頂髮叢的賈姬式墨鏡、好多戴大戒指翠玉鐲的少奶奶貴婦模樣嚇了一大跳。不止一次他從商場朋友得到訊息，同時期女性化妝保養品與休閒鞋銷售業績異常成長。來廣場如赴老情人之約，正如歷來所謂光榮革命、天鵝絨革命、橙色革命、綠色革命、番紅花革命、雪松革命、玫瑰革命、康乃馨革命，唯美的修辭沖銷了內蘊的血腥，尤其換了時空來到島國之後。是以，戰役不分大小，怎可能沒有階層差異？還有，在所謂的統派媒體的報紙，登出了好感人的軟性報導，廣場上的夥伴自動自發伸出援手給來自外縣市日曬雨淋得狼狽發臭的陌生人，讓出自己的家騰出空位給他們洗澡睡覺恢復元氣，愛咪寶妹就是這樣認識了小艾。第二天醒來，大家都變成了更好的人。

更好的人有寬容的心樂於傾聽，場子外緣茄冬樹下有那不識時務不合時宜的站在木箱上，弱不禁風一張海報字跡甚草拙的訴求第三勢力與廢票運動，一人樂隊以吉他伴奏唱著無人識得的簡白歌曲。那反諷的歌詞徒然讓蔓越莓人更加困惑，因為問題陡然複雜了，轉而移向街對岸載卡多車上的一男巫師請求簽名。是和煦的晴夜，列為國家一級古蹟的建築圍牆內闊大的熱帶樹葉婆娑生涼，不管有無月亮，令人乍然神往不事生產的南太平洋逸樂小島。

關於廣場的日夜與圍城行動最終只是自我閹割成了一場歡樂派對，攻陷總督府未竟全功，不少人如老羊是失望、鬱憤的，難道一如歷來所有的揭竿起義必然流於內部矛盾與路線之爭的宿命？因此，也就必然有了質疑巫師們權謀、決策過程黑箱作業的星星之火，人群中也就出現了布衣樸素的老書生，不知是激動或害羞，臉頸漲紅大談馬基維里，分析此一舉事若有成是什麼、若有敗又是什麼，攻入總督府的必要條件與機運，代價與犧牲。老書生的獨白很快淹沒在人潮嗡嗡裡。星星之火燒向另一個更燥烈的傳聞，府前地下某處埋藏著日據時代大量黃金，如此狂想激化了最初的敵我意識，立即有了結論，是執政黨對廣場的分化陰謀。

但是，關於蔓越莓人以黃金之心打造的意志之夜，最經典的記憶檔案莫過於輔以《布蘭詩歌》（Carmina Burana）開場三分鐘週而復始為配樂，續有好事者再加工分割畫面，一半是流行樂之王麥可傑克森金肩章金鈕扣大將軍裝，招牌的晶鑽手套與墨鏡，帶領身後風起雲湧的群眾奔跑，金戈鐵馬，短鏡頭細切都是全世界那些於演唱會為他中魔狂喜而痙攣痛哭的人，親眼見到了他們的大神，滿滿人群如大海搖晃，如洋流裡集體洄游過海葵珊瑚礁億萬柔情觸手幽光閃爍的魚群是蔓越莓人，鏡頭速度撥快，強風雲影赫赫疾走，上帝在眨眼睛，大合唱重節拍每一拍宛如砍頭，噴出血柱，時間快轉，光影流麗；大合唱力透丹田，那些因此猙獰的嘴臉在泥漿深淵排擠凸湧，下顎頸根拉長，無限延長的仰望，頸動脈血管爆出。鏡頭切換，變成了大太陽下黝黑暹羅人手持塑膠手掌啪啪作響一如蝗蟲大軍，但是服飾配備一模一樣的紅衫軍，攔下巴士，輪胎堆成草垛般燒起螺旋狀有毒黑煙，塑膠手掌拍響終於引來機槍子彈。幹伊娘，他手勁失控地闔上電腦，懊惱地終於承認那是一場永劫回歸式的狂歡。

一切一切都結束了。是冬天，十線大道及其四周京畿重地恢復原貌，乾乾淨淨，沒有一丁點遺跡，彷彿前一晚颳了徹夜大風吹走了所有，不過是一場遊樂場歡樂屋的幻夢。天空不多的雲塊一如以往如同放牧的綿羊。看不見那一群愚公移山般日復一日舉國旗的人，印象很深某名嘴曾將之比擬為還是第三世界某動亂窮國的勇氣母親們，週末集結一處公共場所舉牌默默繞圈，尋找她們無緣無故失蹤的反政府兒子。不對不對，那煽情比擬有個環節是凸槌的。對於那些人他一直無有任何犬儒訕笑但是總也不能有敬重之意，但當下他難免焦慮他們都到哪裡去了？他心底揚起懵懂年少聽得熟爛的歌，「花兒都哪裡去了？」最後最後都到墓仔埔去了。消失的包括和舉國旗的人成對偶在街另一頭擺地攤賣國旗衣國旗帽國旗傘國旗浴巾、閃燈國旗徽章種種。

綠燈亮，他快步走，胸臆滿滿是唯有一人時才適宜的島國之冬孤臣孽子的心情。擦身而過一婦人，抑制著某種情緒意味深長看他一眼。他無須努力便克制住，假裝沒接收到她的眼神。

一切一切都不見了。潛意識作祟，他唯獨讓自己聽見那一支烏合的鼓號樂隊，看見那些鼓手認真用力得頭臉一身大汗，如更年期的潮紅，破碎零落的鼓聲戳中他不能解釋的感情死穴，為之心酸，淚液湧上。耳朵裡迴響著鼓聲，他去了愛咪店，寶妹告訴他大半年沒有消息的小艾死了，是小艾弟弟依照手機通訊錄一一通知，只說她孤獨死在一老公寓頂樓，皮肉腐爛見骨。

那個勝選的星期六，寶妹是給電腦桌面仿校園鐘聲的鬧鐘叫醒的，惺忪睡眼，她高樓窗外的天空如高倍顯微鏡下神經元突觸之海，她聞到那意志之花集體綻放的芳香，三月的丁香雨，金喇叭吹奏凱旋的樂章，何其幸福的迷幻感。不是幻覺。晚上六點，第一聲鞭炮炸響，她全身痙攣，想到那些刺馬的暗殺謠言風聲鶴唳的日子，她和愛咪王戈嫂一起抱怨經期的錯亂，無藥可救了這國家。老羊戴一副新配的藍色薄膜鏡片眼鏡，堅持說無可救藥。她們苦澀的精神力量無從阻擋那些想像的子彈，執拗地一算再算塔羅牌，掉進解讀的迷宮。王戈下賭注在先，小馬贏，慶功宴香檳請大家喝到吐。巖穴店裡，人聲菸霧酒氣體溫融合成為火山爆發的岩漿，門口射沖天炮甩金魚火花，一支射歪了，逆向在騎樓下銀鱗爆灑一瞬，王戈黑頭般吼著手機，小四插接了小五，搞定，三輛跑車，一黑一赤一敞篷，愛咪號令後面倉庫拖出一紙箱聖誕燈飾繞匝車身，手掌一拍車頂蓋，出發遊街，宣告這是戰勝國的輝煌時刻。多年前戽斗李在東海空包彈演習的亢奮氛圍中登基，凌晨一點，一輛煤炭烏黑的銅管車獵獵豎著好大一面五星旗配著爛音響播著《義勇軍進行曲》居然在灑水車澆洗過的大路囂張，王戈與之會車，啵的熱血衝上腦門，方向盤猛打U轉，流星趕月緊咬銅管車屁股，看它車牌貼了黑膠帶，癟三龜孫子，他車座下摸出鋁棒，準備軋車。銅管車地形實在熟，始終維持在一到兩車身距離，兩車在滴水空調、生鏽鐵窗、餿水桶與蓬垢盆栽的巷弄如同第一代電玩的放屁迷魂車，巷道愈來愈逼窄，似乎碾碎一隻衰尾的流浪狗的後肢，淒厲哭嚎。對不起了，愛狗如命的老婆。銅管車手排俐落倒車，左轉半個輪胎，旋即校正右轉，動作聯成一氣，漂亮。收起五星旗時，他一覷昏暗中一對苦苦的賊亮眼睛眨巴著示弱了，腳含著加油踏板，小心對方幹伊娘抽冷子捅出一把黑星。兩車如同駛入致命暗礁的海溝，自幼庭訓，漢賊不兩立，他不放棄但跟得鬆了，車頭噗噗像老二一頂一頂，肏得銅管車認輸，直直上了跨淡水河大橋，鬼影般消失。贏的感覺真是爽，犒賞自己驅車去吃大排檔，門口吊一列燙破眼角膜的一百燭光燈泡，王戈發誓車過高架橋某處潮黑涵洞，他看見紛紛揚揚妖異的是花魅或是雪影。

成王敗寇。王戈父是寶妹父一輩子的老長官，她自小耳聞這三哥一身反骨，高中念五個學校終究畢不了業，彼此父親都死了的老孤兒再相遇，已是貴為某某幫要角，相認為親人。但她所見的王戈除非寒流壓境，總是海灘褲拖鞋、剛睡醒似的蚌肉眼袋下嘴角檳榔紅的歐立桑。「魔鬼藏在細節裡，扮豬吃老虎呢。」愛咪懂得用流行語又風情又恩愛地揶揄。愛咪遊車河一圈回來，頭髮吹得蓬亂鳥巢，高昂音調說遇到有志一同但更屌的，沙發連同全家人狗搬上貨車，小燈泡幾倍多密如魚卵；敞篷車全都出街了，那些跟隨拿兩本護照的華僑父祖回來的富二代富三代，講洋文直如洋人，音響開最大量，當是加州好萊塢大道，高樓開窗灑出碎紙條；也碰到大叔，開出閃晶晶老土宣傳車，「廿四小時不打烊國慶飲茶打八折一週奉送勝利四小菜」。一街兩岸對譙，大叔喊，我就是中國城要城開不夜，怎樣？

火山爆發的窒息熱氣，寶妹沒有想到小艾腐爛見骨的乾屍，沒有為王戈四年前在抗議暴動裡因毀損公物、污衊官署而判刑入獄終獲平反的遲來正義而掉淚，巖穴店裡，他們掉進彷彿油彩的稠濃漩渦，激情的離心力吮空了扁平了他們，吊梢眉，兩頰透紅，愛咪狐狸窄臉釉白，瞳仁搖曳一點芒光，逐一抓每人的手，折拗一根根手指如折鮮脆黃瓜。更早的一場時序在春天的戰役，愛咪首次上街頭，眾人先聚在吧裡到天亮，大叔分給每人一支小國旗，在那集結數十萬人綿延五公里的澎湃中，最後的高潮是人群海嘯衝到總督府前，宛如給魔法師的魔棒一點，瞬間凝凍，肅然等著戴白手套的青年號手登高，挺直了，小喇叭吹響好熟悉卻稱不上是樂音的熄燈號，令她如癡如醉又失魂落魄，好想回到從前，因為再一次回憶削去了苦與惡只剩單純美好。之後那些冷雨深夜沒有客人最是寂寥的時候，守著巖穴將將成為一副白骨，一瓶黑牌見底了，她鬱悶地看穿窗玻璃，十字架的冷白光在雨霧中特別低迷，如殺手電影開火濺血前拍動氣流的鴿翅，每一日結束的磨損感讓她自憐像一匹騾子，於是那熄燈號不請自來，她胸腹裂開，底下好多好多初生雛鳥似的小嘴。噹瑯，門推開，右肩地陷東南一跛一跛進來痛風發作的鐵蛋，收班了來喝一杯，痛風了還喝，痛死都要喝。他脫了鞋襪展示過，雞爪似的腳，大拇趾關節墳起，壓一壓，齒縫嘶嘶吸氣，很重的下港腔說就當是養小鬼，看能不能養出一個卵鳥仁，聽不懂？睪丸啦，也有說卵佛。鐵蛋第一次誤闖進來，愛咪嫌他俗芭樂看不順眼，端出荒廢許久的霸王花面腔，詰問是誰支使來臥底？黑松？烏梨仔？阿釘？黑臉膛看不出臉紅，單眼皮加重那憨直，皮夾取出身份證推過去。愛咪繼續逗他，吧台這些菜統統吃光我就信。他默默一盤盤掃完，吃出了精神，愛咪垂著眼睫，兩人乾了一杯，成為酒友。從此他收班來，如飲還魂酒，吃飽，全身暖和了，她打烊，鐵卷門嘎啦嘎啦降下。愛咪對鐵蛋說，你是我的熄燈號。景氣爛，生意壞，扣掉油錢，今天十個孫中山，聽不懂？十張百元鈔啦，曾經載到港仔說他們港幣百元紙鈔叫紅衫魚，啊是怎樣，我們要四個孫中山才換一條紅衫魚，我們國父咧。她如母姊羽翼那些夜不歸巢的渡鳥，往往最後只剩她與鐵蛋，不必多餘的話，屋裡黯淡愈顯清冷。一起離去，為這一日劃上休止符，夜氣撲面有一層無形寒霜，非常委靡，鐵人說載汝一程，順路。

那些平日單獨行動的渡鳥在那勝利的夜晚群聚。寶妹在燻痛眼睛的酒精煙霧看到一雙飢渴卻冷靜的豹眼，她無畏地看定了。豹眼迎視，不回應作為回應。她自以為是馴獸師，靠近。沒有了共同的敵人的第一個夜晚好寂寞，沒有了共同的敵人的生命好荒涼，空隙噓噓鑽著太初的風。豹眼人羅傑的舌與口腔至少混了三種酒，還有雞爪凍的膠質，瓜果的清甜，還有奶油蛋糕。他的肚子柔軟，十指出奇的修長靈活，喉嚨鴿子似咕嚕，隱約還有蛀牙的發酵酸臭。她在他肚腹咬出一條血痕作為見證。她在灰撲撲落塵很重的勝利早晨醒來，自覺跋涉過一個好長好久的苦旱困境，不過一夜間吸飽了水分，修補了那些龜裂與皺摺。

好快樂但也好懊惱。小馬嘉言錄，快樂一個晚上就好。她馬上發現，勝利之後就是一個希望的深淵。那巖穴酒吧確實有如獸穴，沒有裝潢而板壁破爛，海報還是阿湯哥的《捍衛戰士》，烈酒廣告上的金髮熟男有一管歪鼻子，陳舊的絨沙發都是塵蟎、酒漬與嘔吐遺跡，堆著紙箱的角落有老鼠蟑螂的氣味，一架電子琴琴鍵脫落。會來的客人總總不脫一個模子，靈魂襤褸，怨氣滿腹。王戈嫂咬著菸，只有她敢笑面虎似說，死討厭你們這些外二代芋仔二代。大叔侄子麥可，一手溜溜球熾紅嗤嗤燒著大家的視神經，兩聲嘻哈式的笑，自嘲是豬後代，因為母系先人是當年被拐賣去新大陸築鐵路的豬仔。寶妹比較欣賞的是王戈嫂，吧常客都知她妻以夫貴坐鎮兩家酒店，無聊時小弟開車送過來，噹瑯咣瑯，手勁強推開門，腳上高跟鞋甩向空中，母獅子吼，他媽的全是沒卵葩。興致好她自己開車，載三位阿拉伯馬般高大女人，西裝頭，唇膏厚重如血漿，阿沙力一人開一瓶麥卡倫三十年，惜字如金。七年級酒商業務日劇迷，低聲呼嘆，《極道之妻》吶。要了最暗的包廂，煙霧繚繞，是三尊鎏金的佛像。嗶嗶，麥可口吃體一訊多發，「色戒戒色狼狗小狼狗多多，店門左三步右三步巷口路口，放哨放哨，黑黑嘿嘿。不是不是三小，是的是極道之妻，粉辣粉辣。」愛咪一個凌厲眼色，不准鬼叫，沒見過世面的孬樣。大叔食指點要酒保做一杯B52轟炸機送去給王戈嫂，咖啡酒奶油酒，沒有柑橘酒改以伏特加代替，三層次細膩倒進厚底小杯，不能搖混了，打火機點燃，吸管刺入火海一口吸乾，香甜落胃變成一股春意暖燒如同蝴蝶效應。謝啦，仙女下凡了，王戈嫂笑喊。果然起了騷動，再送三杯去，然後人人一杯。她們叩老公來接，一個比一個矮小乾扁，有如來自黃土高原的農夫偷渡客，脖子根鍊著粗金索，頸動脈如枯樹根。大家歡喜，續攤都去茱莉亞跳舞，舞場荒曠已經是要曲終人散了，下身綁鉛錘跳不動了；長沙發掛了幾條毒性發作般人蛇，珠簾後廁所門洞開，癲癇地啼哭笑，尖嘴鱷似爬出一具女體。厚絨窗簾泛了曙色，魂飛魄散現出原形的時刻，剩下寥寥幾位浮浮地走進高架橋道大口席捲送來的早晨的風，嗡嗡耳鳴了，那飽含強大力量的風沖刷他們如同浮屍。寶妹記憶鮮明，在她身上羅傑那水泥遇濕結塊般的屍體重量，再上面是小艾的骷髏，「我夜間躺臥在床上，尋找我心所愛的。我尋找他，卻尋不見。我說，我要起來，遊行城中，在街市上，在寬闊處，尋找我心所愛的，我尋找他，卻尋不見。」

從蔓越莓人豹眼人，寶妹穿過時間的曠野，王戈嫂口授給她帥男地圖要不要？台客有，外省掛有，耐操耐磨彈性佳如固特異輪胎。歡場沒真愛，沒意思，王戈嫂再給她夜遊地圖，士林夜市填飽肚子先，行義路開始有廢棄大型遊樂場如鬼塚，一路攀高到盆地邊緣鐵絲網隔離的軍事據點四周的台地，鋸齒狀的野草無邊際，草浪看久了覺得孤寒，天空傾壓便有亡命天涯之感。原路折返，翻過山頭下山，樹比人高，多筋脈的闊葉可以覆蓋車擋風玻璃，花比臉大，恍惚進入熱帶雨林，更巨大的是那灰白碟盤雷達站。這裡分岔出支路，擇日無聊午後才來效果更好，山陰終年不見日照，潮潤到處苔深不能掃，山凹重蔭裡有低調的咖啡館，踩著堆積腐化的落葉，閃電竄出金線紋四腳蛇，白門白牆海藍窗框，室內掛一頂頂紗帳實用防蚊蚋，兩腳縮起盤坐印度棉布椅墊。時間拖拍，成芋泥狀，成果凍狀，如同隱遁一下午。好多彎路的陽金公路，小心隨時起霧，開霧燈，莫錯過僻靜彎路底附設餐廳的溫泉村，樹籬扶桑花閉合了形如屁眼。永遠濕泌泌彷彿水蛭的偽樂園。羅傑在漿白溫泉裡如同暴斃的睡著了，手臂有接種牛痘的疤，寶妹開始不耐煩他的中年虛無、畫虎卵症候群。羅傑跟她訴苦，用一種簡筆勾勒而留白多的抒情語調，妻小在南加州，終年不雨的長晴也將人曬乾了，氣悶不過時，一人開車走海岸線，太平洋水氣白濛濛與天空混成鴨蛋青跟薄荷綠，他一隻螞蟻在地球之緣移動，下一個轉彎，衝進外太空永恆的漂浮。不然咧，到底想怎樣？寶妹潑辣起來，實在是受夠了這些有雙重國籍能夠以腳投票的外二代，當世界兩大陣營對壘冷戰時，落跑第一，當世界據說變成平的，很快回流兩岸來來去去，炫耀他們的跨國經驗。羅傑一再呻吟因為離開這裡，缺席了所以盛年的關鍵時刻錯過了的失落，持兩本護照雙重國籍又如何？不過是自願失根，成了專業的全職的自我流放。

不過是？不過是、「何不食糜鹿」。寶妹冷笑。羅傑凝視她，投石井中，他藏在心中的願望，是每年八月底到九月初內華達州的焚人盛會，Burning Man，他點開網頁的影音檔，溫熱地握著寶妹的手，看吶，如寧靜海的平坦沙漠遮蔽了日月星辰，人們帶著瘋狂無用念頭的實物體，連同自己，衝破日常單調重複的硬殼，擺脫人的軀殼，你與你的車誇大形體、膨脹空間成為史前甲蟲，外星異形，移動城堡，一堆無意義破銅爛鐵，陸上行舟，唯有噩夢中才有的怪物，踩高蹺。你將自己非人化馬戲團化嬉皮化，因此為期最多八天八夜去體制化，最簡單的只要短褲遮住性器、晃盪兩顆木瓜奶騎著單車在烈陽狂風沙中漫遊。風沙是世界上最純淨之物。好懷疑宮崎駿的靈感糧倉就是這裡。夜晚的沙漠，氣溫驟降，冰涼，海底沉船般的幽靈全員集合，焚燒合力以木材搭建的巨大人形，不知為何、不明對象的獻祭。規定離營不留下任何東西，乾乾淨淨，什麼都沒有發生過。羅傑捏捏她手，陷在夢幻中說，我們去，一起去。

夜遊地圖終點，車子下滑山路，毛細孔大開吸收草木香；重返市區，馬上遇見警察攔下酒測。王戈嫂標明最後兩站，特便宜水果大賣場，滿坑滿谷，兩千西西鮮榨果汁兩罐一百元，買到賺到。車貼淡水河道開，兩岸樓房麇集處如野菇如黑黴，空曠處野放的惡地形令人沮喪，忍耐往前走，找到非常明亮精神且乾淨的廿四小時豆漿店，熱煙蒸騰如仙境，店員熱情幫忙找空位泊車；一海碗熱豆漿灌下喉，他居然臉色白裡透紅，額頭逼出汗珠。

寶妹低頭，不明所以覺得好坦蕩的羞恥啊。

週休二日，週末加長版有時誇張地週四夜就開始，凌晨三點，阿珠從熱炒店抽身轉來，一身籠罩蔥蒜沙茶海產牲畜被大火鞭成的雲霧。店裡啜酒的諸男子受嗅覺召喚，想起遙遠童年與煤球爐奮戰的母親，然而不忘取笑阿珠的台灣國語，瞄一眼她堅挺的胸部。血液中一半的番薯基因讓寶妹挺身而出，一手環著阿珠如同小學生的肩頭，她由衷敬佩阿珠脊梁骨堅硬如大船龍骨，十七歲結婚，四十歲成棄婦，打兩份工養一家五口包括公婆。愛咪懶怠下廚時，熱炒店點菜，阿珠鑊氣十足的送來，雨鞋咵啦咵啦。她正式坐上吧台前高腳椅凳，擺上一雙蝦紅的勞動的雙手，堅毅的嘴唇線條，大家嚇一跳，寶妹幫她點了一杯瑪格麗特。她說囝大學畢業今天入伍去，突然感覺足輕鬆，要給自己慶祝一下。愛咪說，這是一定要的，鬱金香招待，兩人碰杯。愛咪要眾人與她敬酒，卸下她平日貞烈的臭臉。次夜，愛海釣的廚師送她冰凍鮮海魚，她提來分享，片成生魚片，半個嬰兒屁股大的魚頭煮湯，諸男子吃紅了兩片唇。大叔跟王戈追憶並不很久以前北投的酒家菜與那卡西。

有醇酒婦人而無美人，諸男子清談兩黨腐爛如雙胞胎，談特權與弊案，不過是一方穿皮鞋的敗家子，一方打赤腳的土流氓；不，不，齊聲強烈否認他們是權貴之後，是威權統治集團的附庸或定存18%的受益者，但是隨意列出一張親戚學誼構建的樹枝狀關係譜圖，宮廷夫人路線——啊那些凋零了的老幹新枝，軍情軍統路線，省政府路線，CC派，台菁派，改革派，各山頭的傾軋角力、微妙牽制，朝中有人因而四兩撥千斤翻轉情勢的軼聞老梗；他們談散布美加的血緣，猶如不將所有雞蛋放在同一籃子的保存基因的繁衍策略。

暗影中有雜音加入，是胖虎，再一次翻出祖上倒楣碰到舊台幣換新台幣、三七五減租兩次浩劫，家族在舊統治者時代以血汗累積的鉅額財富，在所謂同文同種的新統治者手中灰飛煙滅，當年自動自發好興奮跑去基隆港碼頭搖國旗迎接國軍的可憐阿公下場是吐血氣死，什麼公平正義，狗屎。胖虎說，懷疑部分的中國DNA肯定有毒，骯髒，低劣，必須保持距離以防污染，所以完全同意移民美加的作法，才懷孕的老婆他安排妥就是去美西生。虎妞今晚沒來，去上英文課。

老美的才更毒又笨，像小布希，我老實告訴你。大叔說。

默觀許久的鐵人說出下港人的心聲，你們是不可能瞭解那種被看不起被糟蹋的感覺的啦。誰糟蹋了誰，說清楚，愛咪說。鐵人說，你們嫌老K的奶水稀薄，但是再稀薄也還是奶水，你們大概沒想過連奶水都沒有的滋味。說完，一跛一跛嚐瑯開門離去。隔了數夜彼此平靜了，他再來，說出小時候非常惡劣的眷村經驗，如匪幹的死老太婆坐小板凳拿竹枝守門口喝斥漫長夏日結伴探險如野狗群的囝仔，他爬上村口比他祖父還老的老牛樟，死老太婆樹下瘋狂趕他，當他是入侵者。乞丐趕廟公，鐵人說這句話他體驗最深。

大叔抿一口酒，送一莢毛豆入嘴，你有沒有撒泡尿給她？民調，知道從前老三台演女匪幹第一名的叫啥？姚小璋。王戈不以為然，李虹才是叫汝第一名啦，我老頭迷她迷得。愛咪在眾人將懷舊釀成黑洞之前銳聲遏止。

胖虎這次有備而來，列印了一張紙，說是三十五歲犧牲於大屠殺一位盧醫生的遺書，胖虎每朗讀一段便雙腳從椅子、桌子、吧台一級一級踏高上去，「我親愛的妻子啊，明天終於要到彼世了。今世讓你這般辛苦，很感謝。來世一定回報，只是擔心孩子們的事情，」「人就是會死的東西，無論如何請堅強地為小孩活下去。我將在彼世保佑你們的健康……最遺憾的是，無法對你竭盡充分的愛，但是如果是宿緣，實在沒辦法。腦海裡懷抱著你可愛的身影，我微笑地離開此世。」「我之所以不逃亡，是為了你的原故，是為了小孩的原故。說不定這是愚蠢的，但愛超越一切。懷著此身已然逝去的心情，我說，有你這樣好的妻子比什麼都滿足。再會了，千萬不要哭喔。」

胖虎立在吧台彷若一尊神聖塑像，吐出流利的日語，複誦了末一句：「但愛超越一切。懷著此身已然逝去的心情，我說，有你這樣好的妻子比什麼都滿足。再會了，千萬不要哭喔。」

一吧諸人無一出聲。胖虎跳落地發出金石響，奪門而出。

從前的敵人那麼具體且巨大，畢竟也是一種幸福吧。寶妹記得一次醞釀圍城的呼群保義行動之後，散場人潮，一輛計程車貼近，是鐵人，公鴨嗓叫上車。雙方克制著，不表白不評議。第一次散場，愛咪激動得臉兒潮紅，控制著不跺腳喊出怎麼可以這麼就散了。好傻好天真。看著鐵人的痛風腳踩油門，扭著腫大的屁股匆匆過紅綠燈的婦人身影，中正廟的靛藍頂，想到一女性友人說單獨一人時絕不敢搭計程車，擔心一開口那純正的國語會招禍。她不能理解，但是頭一次好慶幸自己國台語雙聲道。所以，真正的敵人不在彼岸，在我們之間。

也有醇酒美人完美搭配的夢幻夜晚，頸繞絲領巾，腳上馬銜環皮鞋的周總理，挽著一紙片人的妹，僅僅遮臀的鴨絨黃洋裝，四肢如藕節，貴如黃金的名牌香精穿一身如一具羊脂裸體。王戈坦承光是聞就翹了，每吸一口，褲襠跟著換氣就要蹦跳出，好久不曾那麼靈活、硬得那麼爽，不禁有些淚眼婆娑。跟王戈嫂？你們沒看過她那蟒蛇腰？老夫老妻，簡直就是兩隻長雞眼的腳跟厚繭。他們期待紙片美人再來，等得嘴乾舌苦，拱麥可叩周總理，呼叫呼叫，小鷹號呼叫老鷹號，你開的酒不小心摔破，愛咪姊足歹勢啦要賠你一瓶十八年，不是瘋女十八年喔。摔破我也有責任，周總理在哪裡？我開車去接你。周總理苦笑，腰扭傷了，一動就痛，健保醫生只開給肌肉鬆弛錠，誰知道有高明的中醫？王戈咬斷牙籤，駛伊娘那麼辣那麼正就是要我扭傷躺三個月都甘願。

是夜另有一番風景，商學院教授帶一票昔年大學合唱團團友及家眷來開同學會，半數十年未曾返國的高階經理人與博士後工程師，都精通至少一樣樂器，即席開起演唱會，從瓊拜茲、賽門葛芬科唱到丟丟銅，洗盡店裡菸酒積習的頹廢。愛咪倉庫找出道具壁爐，熊熊假火感覺更溫暖，融融的知性感性結合，愛咪寶妹看著這群菁英，恍惚又回到幼時那個天真的美國夢，總有一天一定要遠走高飛過著一家人赴宴般的穿戴在壁爐前彈鋼琴喝咖啡吃蛋糕的日子。

老蔡給那電影真善美似的場景與樂音吸引進來。愛咪觀其眸子，確定他是又一隻夜深不肯歸巢的渡鳥。老蔡，南部上來的島國北漂族，夜市擺攤，虎背熊腰上一張滄桑的娃娃臉，一副低沉好嗓子，唱苦情歌迷死人。

寶妹做為芋仔番薯雜種體，一直苦於面對國台兩個語言系統的聲腔表情、深層的意識形態與階級象徵的對衝。但雙方水乳交融的軋唱芭樂歌，王戈招牌是《偷偷愛著你》、《酒國英雄》，咬字氣口與演歌式的抖音道地，湮染胭脂粉味；老蔡愛現往昔卡式錄音帶B面冷門好歌，譬如《遊戲終止》，高椅凳腳坐一半，兩腿張開，「我的心早已打烊，在這夜晚不再忙碌愛情。我的心依然陳舊，已過時不再流行。難道是害怕後悔，才收藏起這一份情？我的心早已付出，沒有多餘。在這夏日的夜晚，棕櫚透著涼意，我用醉眼看這燈海，輝煌變成迷離，啊，我心在燃燒，不說再見，沒有言語。」那雄性的渾然哀傷彷彿一列夜行車行在星垂平野遼闊的遠景。侯杰給激起了鬥志，接過麥克風，降一個key，「情是溪中水，夢是水中煙，溪中水流不回，分不清是雲還是煙。」尾音顫抖圓潤。「我苦苦哀求你，你笑我無志氣，水中煙在眼前無看見。」

互用彼此的母語軋歌，如同離散兩地多年的孿生兄弟於重逢時，互換服裝髮型，挪借身份，在這短暫如菸灰的夜晚。梁柱屋頂粗糙有如才拆掉板模，濡濕滲水的夾縫有初生的蟑螂擺動觸鬚，向明天探路。明天的光在教堂頂壓克力十字架孵育著。曲終奏雅，大叔唱了一首廣東歌，「歌聲飄送千千里，不計距離，歌聲飄送萬萬里，跨遠地，歌聲句句唱出愉快少年事，好歌一生伴著你。好歌獻給你，讓愛藏心裡，陽光在我心裡照耀。」

苦情歌擾亂心緒，寶妹看懂阿珠眼底如溪水奔流翻攪的溪床，解人的撫撫她的背，去廁所。芳香劑噴過量反而尿臊還是阿摩尼亞更嗆鼻，小便斗上方牆壁新貼了警語，「善在某種程度而言代表著人心最大的絕望。卡夫卡。」拜託，招風耳怪才幾時寫過這樣直白的屁話。「在對的時間遇到對的人，是一種幸福。在對的時間遇到錯的人，是一種悲傷。在錯的時間遇到對的人，是一聲嘆息。在錯的時間遇到錯的人，是一聲無奈。」這黑暗巖穴情勢大抵如此，寶妹看自己神情緊繃，臉容略有縮小，似在力抗時間。愛咪特意將廁所弄成鏡宮，四面牆與房頂貼鏡子。王戈嫂抗議多次，搞那麼亮簡直照妖鏡，過了午夜我們職業酒徒誰敢看自己殘樣；王戈稱讚，我操3D攝影一樣，自己老二從沒機會這麼仔細瞧過。

阿珠承認去過老蔡租賃住處，環河的舊大樓粉鳥間，靜靜鈍鈍的河水腐臭，河風吹來撼動鋁窗，車流捲起的落塵沙沙鑽入。老蔡獨自居住，房間沿牆一大包一大包塑膠袋，開窗，吹動袋口窸索如鬼哭；地上一塊床墊，一片可樂漬黑褐如血跡，亂糟糟堆著衣服。走到酸雨氧化鏽蝕的鐵窗前，赫然看見這一段河面金鱗鱗彷若給介殼蟲鋪滿霸佔了，對岸好像陽間白晝歷歷。物傷其類，她想到很久沒回去、老父老母過身了也回不去的南部家鄉。兩人分明聽到彼此的血肉之屋分分秒秒在風化，化為齏粉，窗縫吹走。異常驚恐地看見兩人一堆枯骨分不清誰是誰，在那灰色的積塵及踝的小房間。

寶妹羞於與阿珠交心的是，羅傑帶她入住的是不時在媒體放消息要股票上市的精品汽車旅館。同樣是短暫租用的空間，她冒冷汗，胃酸逆流食道，夢幻大床有著高大鳳尾草毛莨捲曲如海螺的圖案，壁紙上蹲著古銅色人面獅身咬著致命的謎題。室溫維持在讓冷血動物舒服的涼爽度數，羅傑呼呼大睡。若不是他斷續的鼾聲，寶妹以為那是她做陪葬的陵墓。

汽車旅館，島國最IN商品，驅車南行，出了東北季風肆虐地區出了中國城，走省道，進入南蠻鴃舌的疆域，不同的用語腔調、穿著用色，千萬得謹言慎行，鄉鎮沒有景點可言，就是兩樣古早味小吃，主要的鬧街只有招牌癌細胞，休耕田地趕時潮也矗立著假宮殿，更隱蔽，倒車入庫，庫門關了，樓梯直接入房。枯水期的落日油汪汪，拉上窗簾，羅傑說眼睛痠澀，先睡一覺再說。

如果那是死神的鼾聲。事後聰明她才瞭解他們共有的時間少得可憐。他們所有的溫存時光是讓她暗暗預習死亡的到來。一般而言，雄性的壽命短於雌性。死神那鳥爪一樣的大腳在冷氣充足的砲宮行走。CSI那類神乎其技虐殺肢解人體為樂的影集，高科技道具的紅外線夜視鏡，是真是假，戴上了，床頭板壁紙地毯燈罩上的精液遺跡一一現形，魔鬼藏在細節裡，天使也是藏在細節裡。雄性之公狗，以其體液標示領地主權。

得知羅傑死訊，如同奔喪她一人入住，要了他們來過的房間。走過有著槎枒水晶燈的大廳，黑白併貼地磚，在海狗般烏亮的鏡廊看見自己好蒼老憔悴，驚駭冥冥中不知啥如此戲弄她。她看見向日葵花田翻湧，隕星拖著光絲尾巴，鼻腔都是羅傑下半身的氣味。她膝蓋硬如化石，好奇怪自己並未瘋狂崩潰，與其說是對羅傑的思念，她更恐懼的是孤寂，時不我予，此後她不會再對任一雄性有那腳踩在濕地水分咕滋的軟化感覺。

死要見屍。寶妹始終沒有見過羅傑最後一面。巖穴諸鬼中，湯瑪士給她另類安慰，「復活不是不可能。」怎麼說？湯瑪士秋墳鬼唱詩的說他兩次逃死經歷，年輕時做期貨日夜顛倒，那日天亮前停車等綠燈，前面一輛車尾結了一層泥水垢殼，他楞看著出神盹著了。看見綠燈亮，然後，耳朵聾了，左眼餘光那日日路過的麵包店爆出蕈狀火光，爆裂的鋼條鐵塊插刺前車駕駛座。大半年後，亦是那神鬼交班的昏曠時刻，道路空曠柔軟，忘了那速度還是征服了速度感，他先是覺得從額頭處下開一直線，好暢快，完全沒有意識也沒有記憶是如何在一個弧度並不大的隧道轉彎後直直撞上覆蓋厚水泥的坡壁。

湯瑪士移到一盞橙紅燈罩下，給大家對比一張舊大頭照細看他顱顏重建的臉。頭臉如一顆西瓜砸碎，重造鼻子顴骨下巴，全口假牙，髮線後退，變雙眼皮。因此，至今他抗拒照鏡子。與死神一次交易的貨物清單吶。

然而，這愛戀自己甚於他人的世界，到處是鏡子。湯瑪士在一個明亮的春日重新看見自己。他那時改行做房屋仲介，高樓空屋，採光極佳的主臥浴室，前屋主裝潢了滿牆的大片鏡，他被鏡中陌生人凝視而無法動彈。童年沉迷的漫畫《怪醫秦博士》，移植了朋友臀部皮膚修補他的臉。春天的光線，暖潤的色溫，鏡中人呼之欲出，整個頭臉小了些，他不得不鼓起勇氣與之打招呼。所有的門窗洞開，暖風對流，夾雜孢子、沙塵、破碎的鳥語，沖刷鏡子外的人。他再次感到相同的次序，從額頭眉間以下打開，重生的喜悅。

就因為那瀕死經歷，湯瑪士答應寶妹幫忙調查羅傑下落。她羞慚地很快交出羅傑的身家資料，湯瑪士笑了。笑什麼？她問。你不知道有些傻屄不僅鳥毛沒抓到半根，連名字歲數都是錯的，你這才真的是準備好了。寶妹臉紅得厲害，再抬頭，一聳肩，說有啥難的，他洗澡撇條睡大覺的時候，機會多得是，我連他電匯存根聯內容每一張都偷記了下來。她另給湯瑪士一牛皮紙袋，分門別類有信用卡簽單，登機證，毛髮指甲，指紋採樣，電話錄音。

湯瑪士略微錯愕，放冷箭，知不知道網路男蟲？兩人偏頭看外面馬路如大河，空中浮沉著剝皮樹開花的絨球，沒有了共同的大敵，也就沒有可為之事了呢。

臨別時湯瑪士追加了一句，龍龍說她也有門路可以幫忙。

巖穴諸鬼二號，龍龍，網路大盛實體報倒大霉因此辦了優退的老記者，其實更像個資深文藝青年，自小被士官長老爸當兒子養，一條懸膽鼻，素顏窄長臉，常是一件布袋寬衫到膝蓋，跟羅傑很投緣。龍龍說她現職是自由撰稿與替人捉刀的鬼影作者，邊夢想邊等待時機也寫出一本某某人的一千天的暢銷書，跟羅傑話題從白曉燕命案、某情殺現場跳到軍火買賣與Black Water的內幕，人在高腳凳轉一圈，彎腰捂著肚子，興奮極了兩人意見一致。羅傑淡淡補一句，一個侄子常春藤畢業的就在黑水工作。龍龍眼睛賊亮，抽出一根菸，濾嘴朝吧台彈著，繼續談神祕太厲害的老汪及其被凍結的數億現金之逃亡路線，老汪愛女瑞貝卡在旅館被竊鉅額珠寶的疑點。寶妹只有聽得份，兩手合攀著羅傑臂肱，一邊臉貼他肩頭，截了他夾在指縫的菸，抽了一口，再放進羅傑唇間。但羅傑跳起身，去車裡拿來一片The Killers的CD，請酒保放第二首，《Human》，兩手在吧台跟著打拍子，注意第一段結束的間奏，「我盡全力注意，當那電話般的呼喚來了，我被帶到投降者的台子上，但我是好心的啊。當我看見一扇敞開的門，我也會緊張。閉上眼睛，放空心思，切斷聯繫的繩索，我們是人還是舞者？我力氣充滿，雙手冰冷，我跪求答案，我們是人還是舞者？」間奏開始了，他如搖頭丸藥效發作跟著鼓聲頭如搗蒜，龍龍如同沙漠之花在驟雨裡大大綻放。他快步再去拿第二張，要龍龍一併拿回去聽，尤其那首五分半鐘的《羅密歐與茱麗葉》與將近十一分鐘的《Mr. Brightside》。

那英式搖滾的節奏彷如嚼勁，彷如至愛以其熟練性技配合強韌體力幫浦著女陰，發熱的背脊上滑下的汗水，手指叉進彼此髮叢抓著發燙的頭皮，耳殼像燒炭，不可能再有了，羅傑，不可能了，因此轉化以迷幻電音搖滾搏擊心臟加速心跳，在虛空中替代完成。

後知後覺，寶妹突然發現這首歌唱的是廣場的日夜與蔓越莓人。「向恩慈與美德致敬，向美好送上哀悼，向靈魂與浪漫致意，他們總是盡他們所能；再見了奉獻，揮手告別，祝我安好。」是一切都結束了的悼詞。團名殺手然而主唱聲線優雅，反覆唱著：「我們是人還是舞者？我力氣充滿，雙手冰冷，我跪求答案，我們是人還是舞者？」

我們是人還是尋找眾巫師、追隨眾巫師指揮而起乩的舞者？

我們力氣充滿，雙手冰冷，跪求答案。

敵人是最好的催情劑。曾經在洶湧海浪般的廣場有好荒謬的舉著小鬍子希特勒相的牌子，呼喊口號與瓦斯汽笛結合的高分貝炸空了腦袋；密集的暴雨數日之後，焦熱大太陽出來，水火既濟，廣場匯聚的意志鍊成了鋼鐵，人身裹在紅衣裡餿臭。勝選之夜，那通過長久時間萃取的記憶結晶，對寶妹而言便是那人海的動盪與人體的氣味，再也不會有了，再也不會有了。希望的深淵。敵人，如同最早的一次廣場起乩大會師，傍晚五六點，集會時間到了，不肯退乩的企圖搶攻下舞台，暴力搖晃一旁瞭望臺，轟然倒地。巖穴裡滿滿如同宗親會的尾牙宴的人叢，她驚喜發現了留小鬍子的羅傑，跟她眼光一致的是愛咪，幸好已經喝茫了。羅傑瞬間回應，藉著跟她碰杯喝酒，一身酸腐汗臭欺壓她，抓住她冰冷雙手，灌注給她滿滿力氣。也可能是她拉著羅傑走的，野貓出沒的暗巷，她彷彿記得其實是清醒的羅傑要她稍等，隱身牆陰嘶嘶的撒了一大泡尿。

羅傑以其泌尿器官讓她飄浮在無數觸手之上，觸手的波峰波谷讓她上升下沉，黑暗的強光掀開那充滿恆久呼喊的泡沫的廣場上空。

鬱金香巖穴，寶妹承認譬如龍龍那樣的咖有其必要，八點開店門，愛咪前兩三個鐘頭講兩支手機，套交情攬客如同撒網，其通訊錄名單維持在一週至少可以打一輪，那些不定時隨興飛來的渡鳥基本上則是滿足她的大胸脯情結，餵食雄性是一種快樂。在那段不算短的慘淡日子，垃圾桶裡生了一窩小老鼠，蟑螂味濃重，寶妹統計客源三分之二強是王戈嫂所說的外二代，很快嗅出彼此共有的身世氣味，搭起通往過去的浮橋，如同他們同代二位小說家為之寫下那一句又哀傷又甜蜜的通關密語，啊想我眷村的兄弟姊妹。追思的晚風裡，颱風大水之後好乾淨的天空下，隔著不能穿越的幻影距離，他們癡癡看著一隻新來的渡鳥，穿飛行官夾克，稀疏頭髮後梳，兩頰瘦削卻端正，薄唇，安靜喝完一瓶黑麥啤酒，一揮手離去，如煙消逝。期待他再度出現，一起拼圖似聚集全了，方才得以打開封存的故事，回到過去。愛咪每晚煮一鍋湯，微波爐保溫，給貼上一張紙條取名孟婆湯。阿珠與老蔡先後腳到，不對，沒有助益的化學元素。新酒保穿一件網上搜尋購得的美軍陸戰隊制服，王戈晃著擱淺威士忌的冰塊，嗯，想到了，飛行官夾克多像那只需一個眼神便相互為之兩肋插刀的死黨野兄弟，但因為基因某一節的變異還是父母馬子的關係走上陽光男孩的命運殊途，何其幸福的結局，那不正是王戈的另一個人世版本？幾十年不再想起的童伴。大叔老婆生日，沒來，愛咪供認遠在胸乳初次微漲微疼的驚懼時日，如何兇猛暗戀鄰家年輕丈夫腰桿筆挺的大哥哥成了小偷竊狂，嫉妒死了他少女的妻大了肚子日頭下水腫倦怠，天可憐見只求能做你一日夜的妻死在你懷裡，飛行官夾克可以告訴我你與老婆後來怎麼了？侯杰與龍龍互望一眼，找到元神本尊，那不正是記憶湮遠某叔伯的於某次祕密任務該不會是黑蝙蝠中隊吧就失蹤的兒子？某叔伯為你哭死了喔，一生再沒聽過那樣的哭裂心臟。噹瑯，門開，燈大亮，準備打烊了，他或是跟羅傑十年一代同輩人，來來來台大去去去美國，昌曲會照，祿馬交馳，從大企業退休了正趕上中國崛起錦上添花再走十年大運。

充滿菸霧酒氣懸浮粒子的室內空氣退潮了那般，淘換的是那冥河似的夜盡涼風，靈動著黑蝴蝶的翅翼，那從時間夾縫逃跑遁去的，沒錯，是夢是理想，是最藍的天空下最高處最大最紅的果實。等待落空，他們看見隨涼風漂進來巖穴的一具具浮屍，是當年的自己。第一時間沒看清，摸索下水淹至肚臍，河岸野草沙沙響，遂掩面落荒而散。

飛行官夾克始終不來，期間阿珠回鄉一趟，親弟弟癌死，家人對著紙紮枉死城哭喊，出來喔，出來喔。寶妹將湯瑪士給的一疊照片秀予阿珠，問她意見，有像無？你看干是伊？善良老實的阿珠，疑惑著不敢置一詞。

那一疊連拍黑白照片，背景不知是哪個異國城市的街頭，焦距瞄準一個戴棒球帽牛仔褲低頭走路的東方男子，照片一角的拍攝日期是兩週前，將這疊照片收攏捏住一側，另一側快速翻動，成了連環動畫，啪啪啪，照片中人活了，走著走到面前，抬起頭肯定是羅傑。

寶妹不能百分百確定。其誤差即使是〇．〇〇一都令她抓狂。

因與龍龍相談甚歡，那個晚上回住處，羅傑摩擦著兩腳，作大夢而且是美夢似的微笑著說他的財經布局，老汪一心腹手下他文火煲湯的伺候了兩年，最近總算鬆動了有空子鑽，雖然成不成還難講，成了帶你去巴拉圭喝牛奶那是我喝過最好喝的牛奶，為什麼是巴拉圭屆時你就知影，那裡老華僑有不少真有意思；荷西張在海南投資養水產種破布子的那個約吃飯，迫不及待跟我提到花東搞小飛機結合觀光有搞頭，或者東南亞種樹，不然海西特區先卡位先贏，老小子講話之囉唆口水多過茶，有女人在場話更多。他還說才見了老言，剛去北京開了畫展聽說全都賣光了，那種鬼畫符兩公尺高，油漆一桶桶往上潑就說是寶島工農兵眾生相，他奶奶的一個個青面獠牙台灣人那鬼樣子？那才是真正的賣台。聽他當場解說說的比畫的好，法螺吹得那些new money大傻屄急著掏錢。老言有今日還算他夠良心不敢忘記我當初費老大工夫幫他拉皮條。只有阿曼達CFO做不到三年公司被併了，我早警告過了不聽，還硬要去搞啥才藝教室現在滿面全豆花。

畫虎卵，寶妹阿公生前的愛用語。多愛不忍，寶妹因而多所隱忍。共浴時，她看見羅傑的下身囊袋鬆垂拉長，隨著他刷牙而晃動，有著驚悚的效果。她不懷念記憶中那飽滿、比較美麗的形體，但難免感慨，也是反省，羅傑是她從廣場時光、圍城的意志之夜延續出來或者是她深深期盼的如同摩擦寶瓶所釋放的吧。醞釀圍城的某次精心策劃的集會，大巫師已經現身微笑跟大家揮手致意過了，也可能距離太遙遠了看不見，巫師們有帳篷可以休息充電、運籌帷幄，製造出場的高潮。麻繩般雨條將人群打散亂，腳步踉蹌，打得廣場煙塵四起，鳥瞰下應是洪水破壞蟻丘後潰散的蟻群印象，抬頭繼續等待巫師的指令。顯然大雨也窒悶了眾巫師，遲遲不發聲不出面。她在傘的陰影裡，腳底冰冷，水霧迷離中看見持相機獵取鏡頭的人，她知道非常可恥但不能遏抑想起某一部遙遠異國的電影，一樣人群興奮且慌亂奔走的廣場，軍靴整齊鏗鏘、警笛聲與槍枝環扣撞擊切入，是要鎮壓還是要對決內戰的武裝部隊，那歷史性的蒼黃狂風吹著瓦斯彈的濃煙，天空扭曲，吹著女主角年輕如花的面容略有怔忡，隨即如同照鏡她看見另一個一模一樣的自己在廣場一角，但是比較甜美比較快樂的版本；稍後密閉空間的粉彩光照中她的一對沙丘乳房，那乳暈寶妹感動地確定必然是芬芳著生之意志。

一切，會不會是她的本尊元神作了一場夢。

他們去了一趟花東。火車劇烈搖晃穿過潮濕的東北角，到南澳站太陽大盛，大海出現，開始進入日影安靜之鄉。蟲洞的旅行，時間的路線多頭分歧，租車走縱谷，路面在鐵軌路基之下，許多麵包樹結著碩大乳房般的果實，幾個撤除荒廢的小站叫亂竄野草染得蒼綠，然後眼球與海平面接壤，海風透空，不開窗不知道忽忽好大聲。意外的羅傑帶她搭了一趟小飛機，從放牧著黑羊的石礫地面騰起，沿著入海的溪流，柔軟的地平線傾斜恍如噩夢，他意味深長的看她一眼，說了一句什麼。回程，車後有酸涼的弦月。來到舊鐵道闢建的街，他們聞到花香，鐵軌的痕跡仍清楚，那香味似乎是輕微的神經毒氣，遲緩了動作，所以記憶裡慢吞吞的火車來了，帶著落日的溫暖，兩旁人家屋後的紫蘇變葉木、晾曬的衣服與餿水桶，沒有人家就是一畦畦澆了水肥的菜園。羅傑記得有一座鐘，找了找反而迷茫。市區店面多是幾十年的建築，隔街望如同埋在窺孔看木箱裡膠卷嘎啦嘎啦的陳舊的歷史紀錄片。住宿處靠堤防，假期的最後一晚，空氣清新，鬆懈的狀態，不將窗簾拉攏，彷彿睡在港灣的海水上。總有匯聚成比較大的波浪啵的清脆吻在消波錐上，一旁怪異的大概是海釣客撐開一頂帳篷亮著風燈。睡眠裡，燈塔的楔形光柱一念耿耿的掃著水面，妄想照亮天涯。始終睡不踏實，因為惦記著那啟程出航還是入港的鳴笛。

都是一樣的。阿珠先已經歷過她與老蔡的，寶妹也看見了兩人一堆枯骨塌陷了分不清誰是誰，在那面向港灣與海平面的明亮房間。他們踩著那鐵軌的記憶虛線前行，寶妹承認了，羅傑與她的最後旅行就是一漫長的告別的開始吧。

怎麼說？不是在巖穴酒吧，不是在午夜，寶妹的白頭髮無所遁形。若更殘酷地逼視她，我也不忍心說那是水分膠質部分在快速流失、同時也在鈣化角質化的一尊女色，灰蒼若尼僧。坐在為玻璃阻濾過的天光裡，如同一疊疊燃燒盡的紙灰。如同念經，她說她在社區大學的讀書會讀過一書，相對保持較多初民習俗的土著部落，轉大人期間土著必須完成一趟獨自出走的漫長旅程，赤手空拳不帶食物，或者乘獨木舟漂流，或者上山上路，離開所有的供給與保護，一人面對旅途諸如氣候變化、覓食、野獸突襲、無所事事的種種考驗，進入一未知的所以陌生的、不穩定的區域，體露金風，尋找溝通，獲取力量。可想見的，在那一人旅途上，死亡的必定有。

「我會不會是唯一的除了一把灰燼以外什麼也沒帶回來的人呢？」最後，作者是這樣發問。

她啪啪翻著那一疊疑似羅傑在街頭獨行的照片，別過頭去。她會不會是那除了一把灰燼以外什麼也沒帶回來的人？

我想跟老羊坦白我無法完成寶妹這個案子。這個灰燼案子。

三小時前，寶妹約齊了老羊、愛咪、大叔、龍龍、王戈嫂，攤出了請湯瑪士調查所得的羅傑資料。大叔問，妳有沒有借錢給他？老羊跟問，不會吧妳。大叔說，羅傑知道他計畫開一家燒肉分店，來茹了幾個月要入股，我告訴他缺的是可以充分信任授權的經理人不是資本，但哪跟筋凸槌硬是給了我一張支票，我沒空查到底是不是芭樂票。愛咪臉上掛著賈姬大圓膠框墨鏡一如貓頭鷹，點頭揭祕，阿珠還是遭了老蔡毒手，調頭寸借了二十，人就不見了，手機也換了，豎仔。龍龍說，有收到羅傑從曼谷機場發的一封電子信呢，說已經跟姪子約好吃飯談黑水，要我等他的好消息呢。王戈插話，打大叔手機，大叔調成喇叭放送，幹伊娘怎麼紅螞蟻準備再上街頭？大叔驚，誰說的？雞巴卵蛋說的，（冇）他媽三人成虎我剛接到第五通，某月某日早上九點府前老地方不見不散，啊這到底是瞎咪總控？王戈嫂拍桌喊，勇腳馬被帶衰唱衰成馬鞭草的狀況，什麼狀況叫他們去吃屎。還有寶妹妳就跑一趟美國問他老婆就說要去他墳前上香怕什麼，好好一個人死了難道是放一個屁一定要搞清楚。嗶嗶，麥可的簡訊，「嘿嘿老闆來一盤泡菜。找到老蔡了。我喊他跑，落跑落跑，不跑我是你龜兒子。無法度我天生短腿。已約阿珠姊守豬待菜。明再堵他賭他懶葩。蚪蚪。」

我跟寶妹互望一眼。勝選之夜彷彿才是昨天，然而沒有了敵人，沒有了共同的敵人是如何的寂寞難耐吧。我暗嘆了一口氣，這不是怯戰的時候，我不能在這時候毀了想我兄弟姊妹的義氣棄寶妹不顧。

我們捨不得散，羅傑應該跟巖穴吧的每一常客都說過他的當年勇，台北城第一代的美式吧經營者，威權體制的強控制高壓下，自由意志與情欲解放於暗夜時是處在如何異常緊張的狀態，如一窩餓極了的雛鳥，他總在打烊前儀式般外出騎機車繞一圈，能夠撐到最後的才是餓囓骨髓、願意撲火的，卡式錄音帶放著約翰藍儂的抒情名曲女人，他環抱那葛藤般的女體，眩惑於那無人知曉的放蕩。

帶走羅傑的一袋資料，我仔細看了一遍，毫無頭緒如何將這一堆並沒有他親筆書寫的灰燼寫出一本紀念文墓誌銘。比起同輩，死得有些嫌早的我父親，遺物中一疊及膝的銀行每年贈送的膠皮封套日誌，退休後五年五本，只在每月月初固定寫了一行「零10,000」，意思是零用金一萬，頂多零星多寫了一行某某婚禮金若干，某某奠儀若干。

只得求救於我的馬戲團女孩，鉋卡絲平靜中掩飾不了得色，寶妹引文只用了一句如遠方雷聲，緊接著的暴雨段落是這樣的不該闕漏，「像神話中的印第安人那樣，我走到地球允許我走的最遠處，當我抵達大地的盡頭時，我詢問那裡的人、看見那裡的動物和其他東西，所得到的卻是同樣的失望：『他筆直的站立著，痛苦的哭泣、祈禱、嚎叫。但是還是聽不到什麼神祕的聲音。他睡覺的時候，也並沒有被帶往有各種神祕動物的廟堂裡去。他已完全明白確定：沒有任何人會賦予他任何力量、權利……』」

原書之後還有一段引文如同微風：「每一個人身上都拖著一個世界，由他所見過、所愛過的一切所組成的世界，即使他看起來是在另外一個不同的世界裡旅行、生活，他仍然不停的回到他身上所拖著的那個世界去。」這或是可以給予寶妹最好的心理創傷療藥。

也是給我的提神一擊。田野調查那般，我改換時間場景，揀白天從寶妹住處往鬱金香巖穴酒吧走路，體驗羅傑所見過所愛過的一切組成的世界。然而這真的是他所見過所愛過的？

鉋卡絲還是大方與我分享她現在的網世界之癮，發現了一群攝影發燒友的網路相簿，數夜不眠看盡他們累積萬張的照片，因而肩胛痠痛好像裂成黑水溝。看清楚了他們可不是LOMO玩家，他們鏡頭獵取行蹤近則自家窗口巷口、遠到墾丁香港日本南歐北美，見其所愛，愛其所見，固定下了否則看過即逝去的一切，叫喚出其隱藏的神靈，他們信仰那時還是長髮及肩的網球明星阿格西為某大廠底片代言的廣告口號，Image is everything. 形象是一切。眼見為憑的物理形象，在這樣的基礎上找到通往心靈的路，唯美的耽溺。他們也讀書，愛極了羅蘭巴特與那善長跑的大和小說家，歐陸哲學社會學，一本本著作在鏡頭的注視下，不做狗耳朵折頁破壞，因為氣氛比展讀重要。

如同唯心論者，這些唯影像族，用鏡頭構築了另外一個不同的世界，我點擊銫卡絲給我的連結，跟隨去了一趟他們的南國海濱之旅，如同跳著舞的神的孩子們，其構圖、角度、景深、顆粒、光與色，在在令我驚嘆，海水不是我曾見過的海水，太陽不是我曾見過的太陽，天空不是我曾見過的天空。被直射的日光穿透，他們全都是負片裡簡約線條的人體。與引文的結論完全相反，他們是不停的想回去那個他們創造的另一個世界吧。

那一切的關鍵其實甚簡單，只因為他們正年輕，他們的旅程才開始，他們相信。

我自己繞去看他們其餘組照，某異國一奇特建築之平頂，霧氣迷濛顆粒浮凸，偽裝成了進入赤道無風帶破曉前的甲板，全是直線條與金屬欄杆的垂直，地上躺平一年輕雄性，短袖短褲，雙手高舉一本書，一種抒情軟化了的存在主義情境。

感覺得到銫卡絲臉紅心跳，她洩漏了情緒，傳來的連結引導我隨她特別注視一個國字臉童男般雄性，國字臉童男喜歡拍攝電線割裂的天空、巷道、荒野，失眠的夜晚他用了我不理解的技術將樓房暈糊成鬱藍條塊，好像冰塊稍稍浸在烈酒裡。空鏡有靈，有著低抑的騷動，還有他與其攝影發燒友夥伴們在照片下的往來批註，「吼，氣死XD」，「好帥（尖叫、臉紅跑開）」，「花生什麼素？（熊抱轉兩大圈）」。其中居然有一則引用了魯迅的文字，「生命的泥委棄在地面，不生喬木，只生野草，這是我的罪過。」

那便是鉋卡絲在每日的網路灰燼撥揀發現的第一塊金。國字臉童男其實好自戀，他的獨照不多，但張張絕對是精挑細選，一旦背對人，國字臉童男現形成了成年雄性，一張看似無心入鏡，逆光而懸浮粒子過量的鬧區大街，單手提一台TLR雙眼相機甩肩上，兩耳罩著夾心餅乾狀耳機，短褲臀口袋掛索鍊一長串拉至前口袋。如何踩住影子召喚他來到面前看他暢旺的顏面血色，鉋卡絲我愛莫能助。

我或者是帶著失寵的妒意，畢竟即便是網世界老鳥如鉋卡絲，也不過是一隻夜蛾，撞不破那片電腦螢幕，穿越虛擬之海，飛進國字臉童男的真實世界。他確實居住在這城市某一角落，積極活著。癡心妄想徒然將鉋卡絲與他拉出最長的距離。鉋卡絲以從未有過的、戲仿的絕望筆調鍵寫：「他是我的野草。吸取我的露，吸取我的水，吸取我的血肉，最後我將遭他踐踏，遭他刪刈，直到我死亡而朽腐。這是我的罪過。」

九重葛盛開的牆頭下，一個馬尾女生對著手機用全身力量哭喊，你這個垃圾，你這個垃圾。嘩啦湧過一群不易分辨性別的媸妍少年，他們沖不垮街口翁仲似立著一尼姑向光托缽化緣，腳邊放置一瓶礦泉水。

巖穴酒吧所在是兩條巷道之間的整片大樓，白日疲態畢露，外牆經過幾次強震大片剝落，密集的冷氣機與纜線猶如腫瘤。我討厭它如此老醜。但我站在教堂前試圖叫喚那些在深夜鑽入其中的雌性雄性渡鳥。他們當然不可能出現，我也不必想像他們就像聊齋在白天熟睡的鬼狐。每個人與每個人之間，隔離的是一片如海洋的水域。

其中一面窗戶如一支荷花挺出污泥水面是一張女子素白的臉，裸著兩隻臂膀擱在窗台上。羞恥地想到第一次看色情電影，那波大無腦的金髮白妞便是這樣的姿勢，身後被臨時起義的雄性猛力衝撞時還得揮手向草坪上的朋友。

物物皆實的大白天，我看著一層層樓房重壓下鐵卷門緊閉的酒吧，想到那則古老的筆記小說，某人背著鵝籠遇見路旁一書生喊腳痛，要求坐乘鵝籠中。稍後，大樹下休息，書生嘴裡吐出一桌銅器盛裝的佳餚以為回報，又吐出一萌芽般美少女之妻作陪。書生醉臥，美少女說出內心哀怨，嘴吐出她偷藏的美男子，噓，請勿告訴我的書生丈夫。美男子一樣也趁機吐出他偷偷藏帶同行的女子，共酌戲談，噓，請保密。如同俄羅斯娃娃的藏人魔法。

風貼地掃著酒吧前騎樓的舊報紙與落葉。一個工人蜘蛛俠那般以一條繩索環腰從頂樓降下，拿著一張鑿有字體的鐵片板貼著外牆，鐵樂士噴漆漆出「本樓即將拆除」。

坐乘鵝籠的書生要收起他的人環魔法了。

我電告老羊，他沉吟著，說前天晚上他們已經為鬱金香辦過一場告別式。平日放電磁爐熱一鍋湯的靠牆小桌擺一束粉紅玫瑰，大家都到齊了，王戈嫂帶了蛋糕。老吧不死，只是凋零。愛咪通知寄酒的拿回去，跟酒商結清了，留了幾瓶香檳當離別酒，吧裡的裝飾家具要的就拿走；不開燈，點蠟燭，講好兩點整打烊，絕不拖延，來日有緣大家上海灘再見。王戈居然眼眶紅掉淚了。燭光強化了搬空了的巖穴幻影，站在水泥粗胚地上般的悽愴，清醒散場，鐵卷門永遠的嘎啦嘎啦降下，大家揮手，寒鴉之黑的影子四散遁走。愛咪搭鐵人的計程車走，這群夜之渡鳥對地母般樂於餵食、給予的愛咪最後的永恆畫面，天空落下白色花雨，她粉白臉笑得好燦爛，國台語雙聲道大聲說期待再相會。

我問，羅傑的案子怎麼辦？

自由自在，把它寫完。老羊答。

我眼前一直徘徊著那人工蜘蛛俠掛在大樓外，風吹起攬著他的繩索成一弧天鵝頸項。

半夜，我被一通電話鈴聲叫醒，只聽到另一頭沉沉的呼吸。地面公園葉子換季落光的枝幹在夜遊神的氣流中騷騷搖晃。不可能是一志或凱麗，除非他們在國外，衛星傳送訊號出問題。一樓大賣場來了夜行貨車，門栓打開卸貨，展開標準作業流程。好佳哉，世界結構絕大部分始終在自動化那般的正常運作。

我踏上了逼近破曉的道路，心中有神聖的目標，「像神話中的印第安人那樣，我走到地球允許我走的最遠處」。巷口大放光明的便利商店前有啤酒罐、菸蒂與鞋印的遺跡，左轉，四線道的街兩岸樓壁有幾苗昏燈，其上大氣層又濕又重，恍如行走湖底。我們的城據說萬千年前是一座湖。騎樓長椅薰臭棉被裏睡著一個流浪漢，不知有沒凍死，他露出赤腳好像一切佛像的跣足。行道樹吃了一整夜露水好像在融化，那紅燈亮得非常寂寞。「當我抵達大地的盡頭時，我詢問那裡的人、看見那裡的動物和其他東西，所得到的卻是同樣的失望。」我沒有猶豫停下腳步或回頭，直直往前走，拖著我所見過、愛過的世界，希望能發現、到達另外一個世界。

到處有那偽裝的光源，燒燙傷劫餘者洗車中心巨大招牌最為明亮，灑水車噴過的水窪，涉過一隻黑狗。十字路口，沒有一車一人或任何活物的柏油道路分不清是生之初還是死之末。

那老羊愛咪寶妹大叔鐵人王戈曾經在其中，萬千蔓越莓人朝聖的廣場，我到了，天光綻放第一線，如同神張開了眼睛，鼻息吹開雲團，最早醒來的鳥群飛行速度如流星。

舉目四顧，沒有一個盟友，也沒有一個敵人。

第一天的、還不允許被燒成灰燼的新生力量隨著曙光灌注著我。

我沒有變成鹽柱，因為那憂鬱智慧老人是這麼溫柔而勇敢的告訴我：「他筆直的站立著，痛苦的哭泣、祈禱、嚎叫。但是還是聽不到什麼神祕的聲音。他睡覺的時候，也並沒有被帶往有各種神祕動物的廟堂裡去。他已完全明白確定：沒有任何人會賦予他任何力量、權利……」

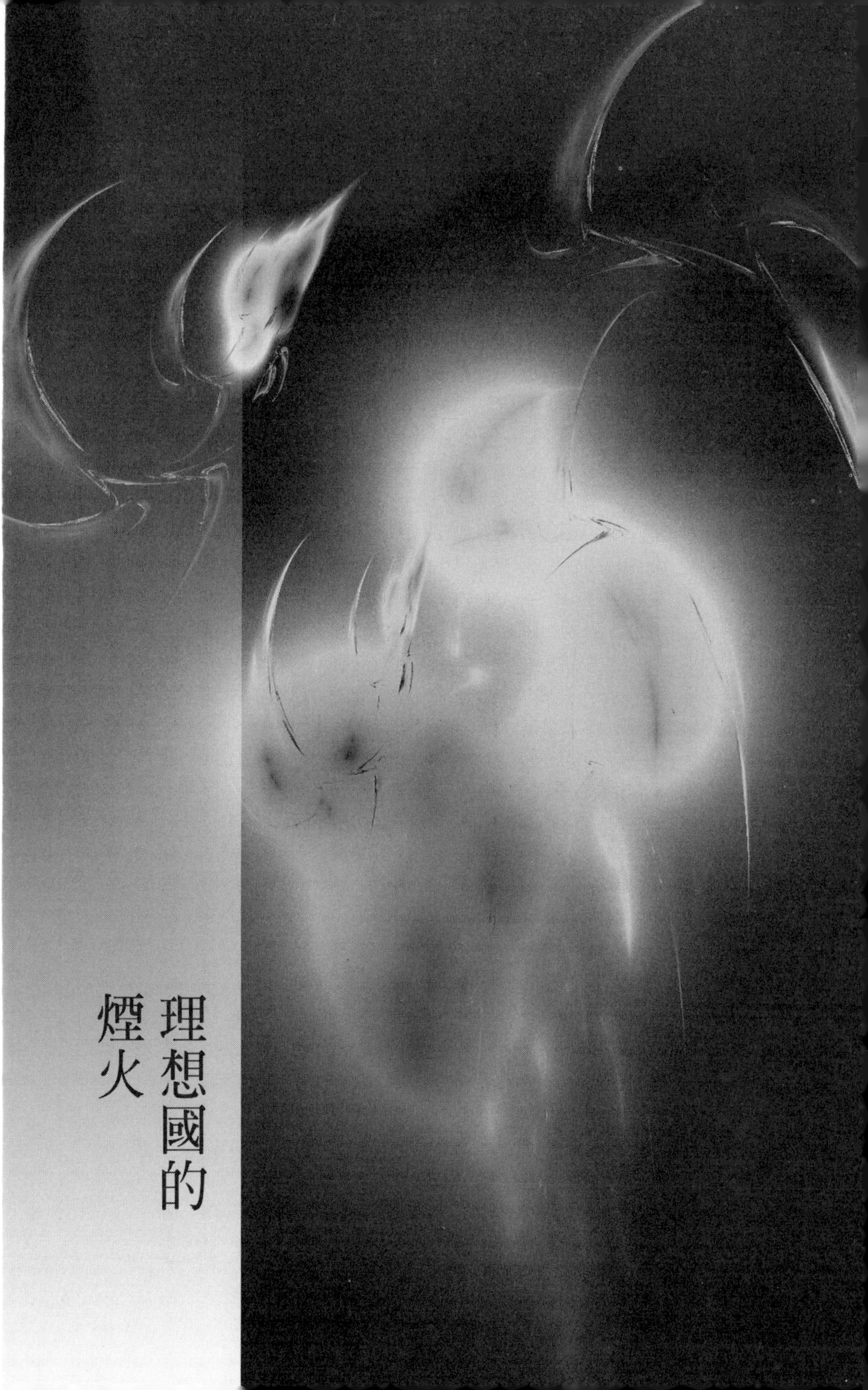

理想國的煙火

毛斷阿姑晚年，嚴重的丂痀（駝背），布袋奶懸空若兩條菜瓜蕩蕩晃，奶脯上結著細細的紅肉珠痣幾粒若針刺破手指頭的血滴。嫛也過身了後，夢見幾次嫛也倒佇棺材內，喙尖尖；伊鉸刀自肚臍剪開壽衣，露出秀美若遠山的乳。活過九十歲，毛斷阿姑捽碎了正邊的跤頭趺，骨質疏鬆，无法可醫，從此得坐輪椅，即使上便所亦是艱難，伊還是堅持彼個春天毛斷姑丈陳嘉哉落翬凌機的模樣。

伊次次講古的版本不同款。春天後母面，彼個中晝，玐頭看日頭中有一隻獵鷂直直飛落來，螺旋槳捲起的旋風嗥嗥落下變成毛毛雨，人群中有人問，到底是飛行員的沁汗還是喙瀾？毛斷姑丈講是時代的風。陳嘉哉戴一頂海貍皮帽，濃眉大目，將飛行目鏡予毛斷阿姑，雙手冰冷，一身似乎雲煙，目鏡上的水跡就是天頂的雲。

陳嘉哉當然勿會符合少年飛行兵的資格，但是毛斷阿姑有印象，彼些宣傳寫真內的少年英雄，伊還記得彼首童謠赤蜻蛉，夕燒下，无限思念彼位十五歲出嫁的姊姊。伊結合這兩者，佇陳嘉哉无在的日子，想像良人歸來。

是誰開翬凌機？毛斷阿姑勿記得。四兄有訂報紙，每隔三四日或一禮拜郵差送到，一疊，四兄若像喙潐肚枵捀著看。四嫂交代，若彼尾冊蟲佇讀報紙，千萬毋好吵到伊。四兄愛報紙，伊歡喜唸著番勢李也春論日報功用的文章引為知音，「夫以日報之益世也，乃西人之由創者。究其義之關切，無異古人所謂榜於國門者。雖曰傳天下之奇聞，惟取其功用之大，堪資為正世慈航，扶風寶筏。」

因此，四兄悉影一九一七年新曆六月底，米國人阿凸史密斯駕駛一百匹馬力的螺旋槳複葉機佇台北城、諸羅城、府城表演飛行特技，翻車輪，螺旋轉，垂直降落。神奇的鐵鳥可比孫悟空的觔斗雲，有人看得落下頦。三年後，第一位台人飛行員謝桑佇台中練兵場作飛行表演。四兄攤開報紙，叫厝內人來到廳前，讀楊桑的飛行文章予逐個聽，「翬凌機佇雲頂，看見淡水河白晳晳若銀河，予彼條淡水河環繞的是台北城，同款是紅磚角的人家厝，很豔色；雲頂風吹得呼呼叫，未免來懷疑，干有可能看見南天門？這位楊桑畢竟是凡胎肉眼，心內想著欲看天門，忽然間一片黑雲來擋路，哎呀，伸手不見五指，黑雲若海湧，緊將機艙門關好。」寶珠問，到底翬凌機是啥款形？四兄答，汝就將蟌蠳放大汝三個人相疊彼般的高大。寶珠掩喙笑，阮又毋是孫悟空會七十二變。長工成也眕伊，教汝知識，汝應喙應舌。

「天神只是佮伊戲弄一下。伊衝出黑雲的包圍，重見天日，繼續飛向南部，伊的母校全部師生佇操場歡迎伊，逐個歡呼招手，若拜請二郎神君搴著哮天犬下凡。伊飛低來，投下花蕊，好驚險差一點就撞到竹林。」

眾人啊一聲。「來，聽這較重要，汝們悉影為何這位楊桑立志開翬凌機？伊自小漢愛運動，對運動所獨具彼種飛躍的男性魅力及勇壯，加深了憧憬，就是彼種男性的迴響，驅使伊成為飛行員。」四兄有意看了佇花房的六兄一眼。「聽好，伊的志氣，英國及澳大利亞之間一片大海總共一萬兩千英里的飛行，世界各地的飛行家已將目標集中佇此，我何時能插上一足？我講出自己的夢想，感謝此次島民絕大的後援，並且寄望將來的聲援。」

逐個靜默了。四兄若保守祕密無讀予眾人聽的是半個月後，這位楊桑墜機死亡。報紙刊有輓詩，四兄一人坐佇廳前的藤椅輕聲念出：「凶電一傳聞，令人痛不止。五百萬同胞，賴君飛行起。胡天太不仁，妬君具絕技。賫志入黃泉，知君恨難已。惜君死非時，不留擲戰壘。」伊搖頭，之首詩寫得毋算好。日頭燒爀爀，六兄自花房捾出一盆素心蘭。四兄問，嫛也氣消未？六兄搖頭，「氣干有用？汝小妹毋驚，透早起來搶著嫛也之前去飼雞鴨，下晝捀一甌蜜茶去，嫛也就笑出，講實在大膽，綴陳嘉哉出去一暝一日，換做在古早，隨就予掟去關竹籠浸溪底。汝聽看這到底是罵還是褒？」

嫛也氣頭上時交代，姓陳的再上門掃帚掏出去。但是四兄去找陳嘉哉，談論翬凌機，問明白所有的細節，四兄猶原懷疑百千萬斤的物件如何騰空？最後提出飛行表演干有可能來斗鎮？沿東螺溪飛最為理想，溪埔地可是降落的好地點？

陳嘉哉笑笑。彼一陣也，若佇發燒，只要有舉辦航空講習會，伊就趕去。陳嘉哉講起另外一個傳說中的飛行英雄，謝桑，佇扶桑國東京上空開翬凌機撒數十萬張寫著

「獨裁的總督是扶桑國的恥辱」爭取成立議會的傳單，精神上伊及謝桑同在。所以，翬凌機毋只是機器，而是表現存在亦是發現的利器。翬凌機加上地圖，陳嘉哉自茶甌內拈兩片茶葉作勢佇天頂飛，往溪水的源頭，或者非洲的沙漠之海，「親像孫悟空駕觔斗雲。但是四兄有想過起落的條件？」船得有津渡，機關車得有驛站，翬凌機需要空港，目珠發光講予四兄聽，十年前就有一台義大利的雙翼水上翬凌機降落滬尾，好奇追蹤去到彼處，先是看到彼個英國貹理人獨先生及五也舍的番也樓大厝，河水流向海口，浩浩蕩蕩，若有落日，便是一條寬闊的金色航道，想像翬凌機自雲頂破空而來，世界何其奇妙。

兩人同齊一個念頭，有河流的滬尾可以，有津渡有東螺溪的斗鎮應該亦可以降落水上翬凌機。

四兄轉厝，一路上一手攤開，想像如何撈取雲霧，佮六兄講陳嘉哉恐怕是一個畫虎卵大仙。

話傳到毛斷阿姑。隔日一早，伊佇四兄到大廳讀報紙前，傳好筆墨，搦著毛筆佇空中舞，吐大愾。四兄問是欲寫啥字？「四兄老是笑我及孔子公无緣，寫字醜，我看改用畫的會較好未。四嫂肖虎，我想畫一隻虎送伊，但是毋悉影這虎卵是如何畫呢？」四兄目鏡腳搔了搔鬢邊，冷不防抽走毛斷阿姑手中毛筆，「有坐過翬凌機才會曉畫虎卵。」簡要幾筆，宣紙上便出現一隻虎威猛的輪廓。毛斷阿姑攤著一手掌的墨，跺腳，「我來去抹四嫂面，予伊變虎霸母來治汝。」

年底，北風自海口直直灌入來，東螺溪尤其到了溪埔若一只布袋，強風嘯嘯的彼幾個暝日，溪邊竹叢若哽咕病症，无一刻的休喘，風砂遮了日月星辰。陳嘉哉約請四兄六兄到溪埔，灰磣磣的天地，砂礫頂立著一竹架，嵌著一隻大風吹（風箏）。強風捲著砂粒打佇面上若針砭，瞇目看似乎陳嘉哉綁佇風吹上，腳踏一節青竹管。陳家兩個長工繩索纏腰，手握一支竹篙若牛犁田朝西邊走，繩索彼頭繫著大風吹。毛斷阿姑巾子包著頭面，長衫迎風將身軀綳得緊緊，伊拉著另一條繩索。風砂吹得目珠強強擗勿開，北風若一波波无形海湧，激烈時風吹略略飛起，隨即落下，起起落落，浮浮沉沉，若醉鬼，四兄腳步一顛，「悾子，按算欲摔死。」六兄講，「是欲證明予汝看，伊毋是虎卵仙。」

蒼茫中，東螺溪源頭山巒若浪頭，若傳說中雲霧籠罩的蓬萊仙山。虛空的霜凍的風吼隱隱有一道真氣擊來，筆直若龍骨，奔騰擦過四兄六兄的耳，一陣燒熱，兩人啊叫一聲，罡風啪的托起風吹及陳嘉哉，長工反應敏捷，將竹篙插入砂礫當作是定風珠。風吹終於駕馭了大風，若獵鷂浮佇氣流上，而毛斷阿姑攀著繩索吊佇空中，頭巾落了一半，飄飄若蝴蝶。

數秒鐘的出神，一條繩索將四人的心意綰結一起。

陳嘉哉一蹔一蹔再踏入林厝是隔年三月，比陳嘉哉還早一步的是彼一日早時內埕空中一大陣的蟌蠳。四兄浸佇油墨的馨芳內專心看報紙，初初聽見細微的嚶嗡，以為是春天新冒出的竹葉。幼秀的綢布的摩擦，帶著水氣的潤澤，很青的野味。玍頭，遂驚一跳，是春日的先鋒佇佈陣操兵？內埕口字型的半空中有半邊密密的飛著蟌蠳，若珠子的頭及複眼，筋脈線路清楚的雙層透明翅膀，若芽莖的身軀顫顫的凝定著，睒著七彩的光。四兄覺得神奇又淡薄的驚惶，想起自作聰明佮寶珠解釋翬凌機就像蟌蠳，是來傳送啥消息？行入內埕，發覺竟然有幾對佇交尾，尾溜倒勾，如同表演特技，獨隻的有的特別活潑，毋悉歡喜啥的流竄彈跳，佇伊面上投下若棉絮的影，野味更加臭腥，帶出田野的想像。清氣的上晝辰光若水滴佇蓮葉頂晃動，翅膀振動金石聲一絲絲都傳入耳孔，伊錯覺彼一大陣是縮小的鐵鳥，伊如今是覓佇井底仰望甸甸又深厚的天頂。一隻蟌蠳若一隻金紅細簪急墜落地，噗噗的以翅膀石磚頂打轉。廳內紅毛鐘噹噹噹的響了，萬里无雲都是一簇簇的火星，伊玍頭，若退乩，一大陣野地小小生靈予啥大喙一吸，瞬息无影无隻。

四兄料想毋到是，幾年後，斗鎮天頂邊緣飛來米國軍機，若一支鈍鉸刀剪著天邊。

彼年老父佇眠床倒三暝日過身，第二日逐個佇竈腳喊喊嘁嘁，半暝大門口停著一頂轎，狗螺號得悽慘。嬰也聽到，目珠直了，掃一畚箕竈灰往門口撒，希望鬼卒忌憚暴露行蹤毋再來。但是第三暝，轎前加了兩盞燈籠。

天微微光，食了一瞑露水的厝頂瓦片烏澹，厝簷滴水，屋脊毛毛的一層青翳一層紅芽，奇怪无一隻雀鳥的影。長工成也脫赤腳行到內埕，若一尊傀儡，斜頭諦聽，毛斷阿姑、四兄、六兄佇成也後面，遙遠的所在緩緩的似乎打了一個嗝，震波緩緩的泅來了偎近，自腳底傳上，胸坎悶悶的一搥。成也轉身，喙角流瀾，佇略略寒凍的空中拉出一條銀白圓弧。大地連續打嗝，天邊似乎白光一睒，照亮了厝瓦。成也驚醒，開始嘔吐。

彼日下晝，消息傳來，溪鎮及虎鎮糖廠受米國鐵鳥投炸彈，若油炸鬼擲入油鼎。媽祖宮內，擠滿予大地打嗝嚇驚著的斗鎮人，指著媽祖金身的繡袍下襬的焦燎，幾日了後，順東螺溪流傳夢中的言語，媽祖佇雲頂搴繡袍承炸彈抛向黑水溝，只看見伊彼一雙紅色繡花鞋雲中若隱若現。

報紙日日坐著機關車到隔壁水鎮，即日送到四兄手上。四兄及陳嘉哉佇廳內剝土豆看報紙，陳嘉哉抱怨鐵枝路无佇斗鎮設驛站，真正可惜，有驛站才會有發展，是全世界的道理。

「是咱祖先的決定，」四兄講，傳說彼年掛著夾鼻目鏡的扶桑大官踙測量隊及通譯來，皮鞋行遍斗鎮，研究了東螺溪汛期及沿溪土質，扛轎上山頂用望遠鏡收攬了整片沖積扇平原。包括陳林兩家的頭人綴佇測量隊後，愈看愈驚，夾鼻目鏡扶桑大官文氣而威嚴，有諸葛孔明的架勢，目測著田園所在若肉砧頂一尾魚，毋悉伊將欲如何料理。地理仙紅線纏手，摿著羅盤，晃頭，手比著傳說中的路線圖講，若是鐵枝路帶著黑鐵機關車按這路線衝來，先是祖先墓地開腸破肚，隨後直直穿過大街，等於一箭穿心，風水全毀，一災二病三瘟；再來搭橋轆轆輾過溪，溪流元神那堪食火冒煙的黑鐵逐日踐踏，龍骨早晚踐斷。

傳說頭人們企一排佇夾鼻目鏡扶桑大官面前，懇求放過斗鎮。大官一句，通譯一句，鐵枝路不來亦是可以，汝們可悉我自內地踙來的鐵路隊因為瘴癘因為高山急流而死亡的將近八成。男兒立志出鄉關，我讀過的漢文古詩是如此寫，我今是欲將世界持予汝們若一盒珠寶，汝們不但是珠寶勿要，連柴盒亦勿要，干真是人如其名，斗鎮人個個阿斗？扶桑大官拂袖而去。

陳嘉哉笑了，土豆殼擲入腳邊柴桶，溪埔種的土豆特別芳；林厝食水果時饈的規矩，龍眼皮龍眼子甘蔗粕呸入柴桶。陳嘉哉問，「六兄呢？」四兄笑答，「佇房墹內，佮玉仙刺繡。」差一點就講出，彼半男娘。

陳嘉哉眼前浮現六兄十隻修長白皙的蔥指，聯想日頭下銀光水蛇般的鐵枝路，伊講予四兄聽廣東本家一個陳某人的故事，這陳某人少年時有機緣坐大船食鹹水去了米國做工，人巧，有志氣，學曉了建造鐵枝路的技術及知識，六十歲時決定回返故鄉建造一條，伊瞭解家鄉落伍的原因就是交通閉塞，水路有帆船，陸路靠推車及轎；募得三十萬美金轉台山，先去佮督府立案，不料彼狗官污了幾乎所有經費。陳某人轉往香港苦思對策，奇蹟出現，有一個人主動來接觸瞭解，然後居然大清國的慈禧太后打來電報允准了，而且賞伊二品頂戴藍花翎的官銜，等於是領到了一面金牌，陳某人於是開始了建鐵枝路的大事業。陳某人三大原則，毋用洋人，毋招洋人入股，毋借外債，這是伊身為唐山人的骨氣。千難萬難的過程中，予罵破壞風水、予人潑屎潑尿，但最後連土匪頭亦受感動，為啥物？土匪頭亦明白，鐵枝路開通，發達了，將來才有機會一起翻身不再做土匪。

機關車翻山過嶺，一節車廂可比一盒珠寶，載人才載禽牲載物資載機械甚至載大砲，啊，用鐵枝路改變世界的時代，咱斗鎮白白放過。

四兄神祕地似笑非笑，囝也時老父踙伊坐牛車去隔壁鎮看機關車，如煙似霧的上午，田內新秧，車輪磕磕磕，半途等牛放一坨屎，沿路老父對人頕頭招呼若蚼蟻對蚼蟻。水鎮一條大街予牛車輾出四條車溝，人家厝藍染大門左右畫著一尊門神。遠遠先看見機關車吐黑煙，若一團雷電貼地實實走闖來，老父曳緊繩索，手按牛頭，恐怕伊驚惶。機關車進站，刀光劍影鏗鏗鏘鏘，車頭若爨煙的大鼎，鼎內一條巨龍。老父將四兄揪到身後，只驚燒風熱氣撲來掏走魂魄。四兄記得驛站前黃土上的人，持扁擔的挑夫，戴帽佩劍的先生，遠山的影佇新秧水田上，都有新奇的意思。老父搴著四兄看日頭下銀亮的鐵枝路，直直來自遠方又伸向遠方，通往未知的新世界。

機關車黑龍駛入夢中，衝進大厝，貫穿內埕及大廳，車頭大燈滴著熔化的鐵漿，燒燙的雲煙碰碰敲著胸坎，颸風吹破衫褲。四兄驚醒，大廳變成瓦礫堆，天星及厝瓦同齊漂浮。機關車黑龍長得不見尾溜，載著殘破大厝奔向暗中。

咔嗟咔嗟，寶珠踏著柴屐走來，嘩：「八阿舍少爺轉來了。」柴屐若將日頭金銀碾碎，大厝霎時活醒。

八兄一身亞麻白西裝白皮鞋，兩丸烏墨鏡，頭頂的巴拿馬草帽持起又戴上。嫛也襟上簪著三蕊玉蘭，扶著門框憐惜八兄瘦羓羓，「是毋是瘦了？瘦了反倒愈像伊老父。」毛斷阿姑一推自竈腳趕出卻覓佇嫛也身後手中猶原持著一只碗的八嫂。內埕略略斜西的日頭食不了八兄的白西裝，濛濛的珍珠光彩，行近前才發現身後綴著一位洋服女子，粉白面上目眉若烏炭，目珠含笑，一條碧青百襇裙波光瀲灩，手腕勾著蛇皮皮包，上身一傾，深深彎腰向一厝的人問安。八兄搴伊捏著手絹的手，叫嫛也、四兄四嫂、六兄六嫂，這就是明子，阿奇蔻。

「轉來就好。」嫛也講。哐啷，八嫂手中的碗掉落地，嚨喉若予割了一刀的唉一聲，轉身就走。毛斷阿姑、六嫂、寶珠及鹹菜姆追去，隨即竈腳傳來哭號，我死予伊看，我挖心肝予伊看，菜刀鏘鏘剁著水缸。

寶珠奪下菜刀，秋蕊躡腳步來附耳講，彼洋服女子佇發見面禮，阿祥抬了將近十箱沉沉的行李入房間，得到兩份。寶珠低聲罵，「詨誚（說謊）。」秋蕊門喙鼓，「汝㨻誚（倒楣）。」

平日藏佇竈腳的公媽牌位請到大廳，予八兄拜了，三炷清香混著花芳，天就欲暗了，厝瓦頂掠過雀鳥的影，六兄的蘭花若劍的青葉繞著遲遲未歸巢的蜂，轆轤的聲佇古井內酸酸地唱，八嫂聽了嫛也的苦勸，火鉗翻了翻竈底，揀出一段熘著的柴灰，鼓腮一吹，若珠鍊的火星飛起，燎了頭鬃。嫛也坐佇椅凳，目珠起霧，一手放佇八嫂背上，「唉，汝得顧全伊面子。」

晚頓擺圓桌，全是八兄愛食的，面前一盤虎耳草煎鴨卵嗆出略辛的正氣，脡腸荇菜湯。嫛也吩咐毛斷阿姑幫八嫂抹粉梳頭換一襲衫，頭鬃插一蕊紅絨花坐八兄邊，目珠腫得若雞卵，煎肉鯽燙一大疤的手毋敢扤起。白西裝帶芳味的八兄夾了兩遍菜予明子了後，才講此次自上海先去東京為自動車之事拜訪明子老父的朋友，二兄三兄佇東京、五兄佇上海的近況都很好；二兄後生讀小學了，和二兄生做一個模樣；經過廣州，找无七兄。明子喝了燒湯，電火照著，面色紅芽，若一朵扶桑花。毛斷阿姑會心微笑，囝也時，挽下予日頭曝得收合的扶桑花，吸花萼根的蜜汁當細饈。寶珠報馬也，講幫這扶桑女子打開行李，一陣陣芳風蒸起，內衫輕得若蟬殼。一個柴盒，掀開蹦出叮叮咚咚音樂聲及阿凸也姑娘俑也，會旋圓轂跳舞。

大厝罩著夜暗的濛濛藍光，蜜蛂（蝙蝠）低飛，烏影壓人心頭，來古井這一日最後一次擔水的，咵啦踏著碎石，柴桶溢出水沃澹了路，若逢年過節，來取水的人穧，路面澹漉漉。七點了，暗時的天光下所有的厝頂，馬背燕尾，反而清清楚楚。八也舍轉來囉，消息傳遍大街，看林厝彼邊若戲台，暗了天邊還是掐金絲般發光。

紅毛鐘噹噹響，八兄攤了一圓桌紙張資料，說明自動車的重要，是一門好賺理，明子老父佇上海已經牽成好了，此番帶著全盤計畫轉來負責把商會做成，地點自然大街是第一也是唯一考慮；伊同明子老父收集全情報，欲成立自動車商會，隔壁的員鎮田鎮早一步已經佇進行。八兄持出相片，米國生產製造的自動車，名字分別是雪佛蘭、福特，食汽油或者柴油，車身大約三個大人長，兩個大人高，前後凸若鼻及尻倉，兩邊五扇窗。車資估計是坐到田鎮二十二錢，到水鎮三十七錢，到溪鎮三十四錢，到鹿也港六十四錢，平均每一公里是兩錢五，載貨的價格則是不同的計算方法；

乘客若穧，車班每回坐滿，利潤上理想。

四兄聽得手心發熱，嚮往極了通車的景況，隨即問車由啥人來駛？運轉手哪裡找？

放心，八兄笑，運轉手屆時綴著自動車坐船渡海來，找了理想的徒弟訓練到出師才走，絕對毋是用竹篙若佇路上行船。又笑，我以前看人坐台車，四個一台若一群憨鴨，只一片柴板，四粒輪子，車夫一支竹篙篙啊篙，又毋是搬戲演騰雲駕霧，坐兩回就顛得墜腸；若欲會車，其中一台得抬至鐵軌邊讓對方過，真是古早把戲。

四兄頷頭，至今去員鎮得坐台車，經過大圳溝，葉片潐得發白的甘蔗田高過人，伸長頷頸看到大片天邊。四兄謹記老父一世人的疑問，出海的天比起作穡看去的天邊如何？熱天下晝的夕暴雨嗶到就到，未到之前，天烏，烏得驚人，若墨汁潑棉被，可以翕死人，還未潑到的留白處一線灰白，看真切是起熾爛（閃電），若柴刀一剚黑炭，无聲的電光。田中一條窄路魚肚銀白，野風吞吐，一直行就行到南天門了。燒風來自很遠，低低掠過甘蔗田，呼嚕吸取葉鞘的鋒利及甘味，扇得人昏頭漲腦。雨點銅錢大，若天公呸喙瀾，一噠一噠很重，打佇身上又燒又涼，打著甘蔗田滔滔洶湧若青綠大海，蒸出一蓬蓬雲霧，台車停下，人撐傘予雨銅錢打得喞喞響，打成仙風道骨，雨水氣息凝結的白雺依偎過來，連到天邊的甘蔗田吵得若油鼎炸枵死鬼。衫褲盡澹，大樹頂死貓掛樹頭，草索吊著一隻貍色白腹貓，若睏去，佇作噩夢，露出喙邊的尖牙。蕭疏雨陣，剩下的路還很長。

輪船上，八兄翻來覆去將成立自動車商會一事想徹底了，急性的伊恨不得明早就開始做。六兄一向謹慎，大門口邊彼塊空地若是欲做車庫，是毋是八兄弟全同意了較好？八兄應，「做生意不比一人覔佇房間內繡花，若无四腳也允准在先，阿奇蔻老父打通關，金雞母干有可能落入咱手中；想當年大兄欲開農場，奔走了半年一場空，啥物原因？還毋是朝中无人无四腳也。彼塊空地毋是欲賣，日後有機會解釋一下就好，不然另外五兄哥天南地北，任一項事得通知甚且徵求同意，茲事欲成我看贏過愚公移山精衛填海。」

明子督促阿祥寶珠搬來留聲機若一蕊巨大喇叭花，持出一小張烏金曲盤，轉了軸柄，先是沙沙若溪水淘洗，然後是笑聲蹦出，空氣振動，六兄上前，搶下立几頂一盆蘭花。中氣飽足的笑聲源源不絕，若唱機內彼人予點了笑穴，迴環湧動，傳染著一厝的人亦笑了。明子欲八兄講，笑的可是個米國烏人，曲盤紙套予逐個看，面肉烏炭，喙齒雪白。嫛也抿喙，忍不住就掩喙，彼頭額目珠同八兄生做一個模樣。嫛也講，將來每班車開之前，先請烏人去大街放送。八兄繼話尾，我才佇想搬來去請媽祖聽，南北管聽了幾百年應該聽倦了，稍換一下口味。寶珠講，順便予媽祖比較，千里眼順風耳一個紅一個青，加一個烏的鬥鬧熱。阿祥手一指，汝好膽烏白講，半暝青面獠牙來割汝喙舌——

啪，電火突然嗶滅，彼笑聲若掉入古井，只聽見逐個的鼻息。烏暗下沉，沉落底，若濁水予明礬洗濾，窗門外清明舒爽的夜天，三兄弟行去內埕，八兄手搴著明子，天頂繁星如沸，迤邐一條若氾濫。扟頭看，錯覺三人羽化飛近天星。毛斷阿姑送走陳嘉哉，月白衫行來若溪面流光。八兄講，佇廣州停留三天，其實有打聽到七兄消息，伊前腳走，我後腳到，同七兄作夥的諸姆我看是食鴉片薰的煙花女子，存心欲做浮浪曠。七嫂呢，无看到伊人。四兄應，七兄兩年前轉來過一趒，留未到半年，七嫂發覺有娠，七兄才坦白講伊有得梅毒，作孽，七嫂每日透早飲烏膽，聽講解毒，佇竈腳差一點連心肝嘔出，可憐喔七嫂，烏膽天下間上苦的物。生得是諸甫的，像七兄，但是倥形倥形。親家踋四嫂轉去，當然是將燮也謳洗罵得臭頭。四兄偷偷看了明子一眼。

五人佇夜暗的天光下除了四兄個個面容若瓷。地靈輕，寶珠雖然无穿柴屐了，逐一腳步踏佇逐個胸坎，來傳話，燮也叫八兄去八嫂房間睏。毛斷阿姑手絹拭拭鼻子，偷笑。

四兄等寶珠離開才正色講，「汝寫批講欲離緣我只敢予燮也及汝六兄悉，夫妻間的代誌即便是親兄弟亦很叵插手，我勸汝毋好學唐山彼個食鹹水寫詩的徐某某，畫虎不成反倒轉一隻痟狗。欲離亦毋是啥物困難，汝先考慮汝姆的性恡，萬一鬧出人命，哼哼。」

電遲遲毋來，大厝四周圍如同礦山山脈起伏，蜜蜂飛過若皮影戲，五人無看見有一個人影肩胛頭一聳遊走了。出檐梁木間有善翁也叫得響亮，將暗暝往深處揠，往夢中推。雞母陷眠，柴梧（木蓋子）還未嵌上水缸，月娘還未偏西，還未行入水缸內覓起像傳說的蚌殼精，屆時若一塊大玉璧，碗箸倒扣佇桌罩內，烏鼠賊目金熾熾佇厝角，鐵堝內的燒水冷去了，大竈拖出的半札柴猶自一縷芳魂的冒煙，火種掩嵌佇火灰內龜息。婜也淺眠，直到天光前，一一算著彼些生靈接管了沁涼大厝的暗暝，古井底潑辣，可惜彼魚再用力亦翻不了身跳勿會過龍門；抽高的玉蘭花樹，花房的花苞一粒接一粒傳染、一鼇一鼇的偷偷綻開，夜氣水蛇陣游入內埕，叫伊想起落夕暴雨嗤嗤吵吵的雨腳光。暗暝內，唯一的怪聲是六兄咬牙齒根，婜也討厭彼聲圇圇圇是佇夢的水面航行的布帆摩擦，或是哺著指頭骨，十指連心痛到毋敢叫出聲，阻礙了秀才郎翁婿來入夢。願望彼死去的鬼魂，讀冊人的手溫柔修長，摸著伊的耳珠。伊又看見自己少年時捀著一盆燒水予翁婿洗腳，白鐵盆底蕩漾著兩大蕊紅牡丹。

露水滴落厝簷下，尿桶臊味到了此時特別重像夜行靈魂堅強的意志，伊掀開虻罩，捏了捏壓扁的髻，喙角一細粒喙瀾的水泡，玻璃窗的曉色若煮開的糜，撒了桂花。大厝清幽若古墓，伊衫上有恬恬爬了一行的蚼蟻，伊齅著墓底蔭靜的甘味，而紅毛鐘若予埋入深深土內，傳來滴噠振動。天棚落下一隻善翁也，斷尾佇伊腳邊溜溜旋；无尾的四腳蟲為伊踙路直入八嫂房墹，若有神助，解開穿過眠床橫楨的布條，將吊脰的八嫂一仙傀儡抱著放倒眠床頂，掰開喙，灌茶，用力掐人中，一定得雞啼之前救活這一具點了胭脂抹了粉穿高踏鞋的豔屍。八嫂嗆醒，嗚嗚地哭。嫛也拍伊尻脊骿，真悾汝若去了枉死城伊更加快活，放任伊將身軀哭燒了，哭倦了，昏沉睏去。窗縫洩入微微光，嫛也記得彼當時翁婿大後生連同新婦食鳥鼠藥自殺，兩人爬到大廳，拖著兩行屎尿。彼時伊還是諸姆嫺。屍體等四腳大人來驗，死目圓昕昕毋愿瞌，日頭照入，牽引著埕邊竹篙頂菜瓜葉的影佇死者身上晃。之後，雙雙放到如今花房處，嵌白布，蠓蠅嗡嗡吵一下晡。

嫛也握著八嫂的手，撫著燙傷的彼處，聽見灶腳門乖一聲打開，嘩一盆水潑出，天光大亮了。

哄叩，是鹹菜姆的柴屐，去菜園揀陸螺，剁剁剁一柴盆飼雞鴨，連同露水的腥氣嗆得面都澹了。畢竟少年，八嫂睏得略略鼽出聲。光廳暗房，嫛也手掌心彼善翁也斷尾𢞃𢞃跳，伊亦感覺腳手痠軟，目賙，墓底的氣息若一隻蠓蠅佇耳孔邊頸後扇風。伊悉是死去穧年的翁婿的指引。

八兄轉來的第一個早時，日頭光曄曄。嫛也行去竈腳舀了水缸放一暝的水，拭了面，衫襟結上寶珠才挽的一串玉蘭花，行入花房，將彼善翁也斷尾投入六兄頷頸內。

大廳，毛斷阿姑適時放了黑人笑聲的曲盤。四兄戴上八兄送的烏目鏡，玐頭對日，吟出小漢讀的冊文：「萬球廣漠，對地曰天。日體發光，遙攝大千。」鏡仁後是天狗食日的清涼世界。八兄搴明子一同出現，像一對高校生，明子頭鬃綁兩叢，深深一鞠躬，歐嗨呦，彼扶桑禮數叫一厝的人都笑了。

八兄講，明子老父同意四兄及陳嘉哉入股，電報寫安排妥當自動車將欲上輪船了。天氣一日比一日烌焆，伯記商會的招牌佇大街掛起了，三兄弟、毛斷阿姑及陳嘉哉、明子一同佇招牌前攝了相。隔幾間店面前後是油車也，飄著濃郁的土豆油胡麻油芳味。毛斷阿姑可惜車油味不比土豆油芳。四兄忍不住謳伊，全鎮的姑娘也數汝上毛斷，悉影自動車的油味。

明子張望大街頂下，講，樹，樹，大樹很少看到。陳嘉哉應，又毋是猴，才需要大樹。竹也滿滿是，六兄答，另日趣汝去溪邊看。

明子老父批內吩咐得專程行一趟去拜訪農場的熊本桑。僱了兩台三輾車到偎大橋彼邊，自成一個獨立世界的移民村，新開闢砂地，寸草不生，日頭顯得特別大，棋盤式規劃的道路隔開一戶一戶人家，魚鱗板木造房，略略引起明子思鄉。移民者亦喟嘆，好懷念家鄉的青山及海洋啊。熊本五年前自扶桑國渡海到台中州，至今驚惶蠖蠅虻蟲之穢，指著草笠講何需戴，晚頭時的虻陣聚佇頭頂若一片烏雲真是奇觀。做為南進政策的先鋒，移民者第一關就是水土不服，因為下痢死亡其實毋少。明子聽了，面色稍許變了。熊本以光榮的神色繼續講，一盆溷濁污水如何變清呢，投下明礬即可，咱移民者就是這島國的明礬。

農場就佇移民村外，熊本解說，比起甘蔗，菸草的利潤更好，然而栽種的勞力繁重，暗時以煤油燈佇菸田誘捕食葉的蟲隻，每一欉只保留十片品質上好的葉也，其餘挽掉。開闊的田地直直到天邊，比戴草笠四人的心胸所能想像的差不多寬廣，即使東螺溪亦予擠到剩一條水線，吹來的燒風夾著糖味，田內作穡的個個烏焦瘦，糖廠的五分車呼出烏煙載著甘蔗若一尾草龍。似乎有一個光罩崁著小鎮，鳥隻可以飛入，不得飛出。

陳嘉哉迎風大聲講，喙內撲進草屑，駛伊娘這四腳用污水比喻咱。

八兄不以為然，只是譬喻，而且熊本桑講的並無錯。

等待自動車運到若等待良人。坐三輾車轉到大街，四兄亦自彰郡返來，伊是去歡送蘭牧師醫生返英格蘭家鄉。驛站前到了兩三千人，亦來了樂團演唱扶桑版的蘇格蘭民謠，《螢之光》，站長交代機關士關鍵時刻鳴汽笛。遠遠看蘭先生老耄耄了，但是光頭下粉面桃腮，握拳作揖，「螢火蟲的光、窗邊的雪，讀冊的歲月一年年過去了。毋知何時，時候到了，離去的門開啟了，今朝欲離別。留下的、離去的，毋論是誰，互相思念。萬千思緒，化做一句，歌唱出來，祝汝幸福。」嗚嗚尖銳汽笛聲中，翌手揮別並拭目屎的海湧毋願退落。四兄是彼年後生瘦屎數暝日，囝也目翻白了，漏夜抱去找蘭先生，才一日就止瘦。頭一次親目看見阿凸也天空色目珠仁。寒冷暗暝佇病院守著燒還未盡退的疕囝，壁頂掛著耶穌哀愁的相片，胸坎一粒心發紅光。老父是瘖虎列拉而亡。彼年蘭先生干是已經開了醫館？感覺非常疲憊，伊看見流星分裂了天空頂。

四兄佇歡送場合識得兩位原來是陳嘉哉同窗，帶口信另日來拜訪。明子老父大約一週來一封批，有要緊就發電報，八兄講，扶桑國將將欲有大事發生。嫛也也學會問，自動車是上花轎了未？嫛也足愛留聲機，明子問八兄放大笑之歌予雞母聽可好？八兄寬容笑看分別數年久違的老母，轉頭佮明子交談，明子只是微微笑。下晡時便是嫛也的實驗時間，叫寶珠鹹菜姆提雞籠到廳前放曲盤予雞鴨聽，伊盤算著毋定有助生卵，停候著統計結果，下一步計畫放予奐母聽。旋轉的曲盤，烏油的漩渦，伊看得出神，期待新奇之物遠遠大於只是加生卵。稀奇的音樂亦引來青瞑俑姨，嫛也好禮請入，俑姨識相坐佇廳前邊厝簷下，聽得目珠仁若兩隻蠹蚨也（蝌蚪）佇泅，竹篙影一槓落佇頭額，小腳伸佇日頭內。

㑳母來不及聽留聲機，街長據說是因為八兄及明子引發的靈感，加上陳嘉哉同窗的映畫巡迴隊巧合來到斗鎮，欲佇大街媽祖宮前召開部落振興會、愛國子女團、少年赤十字團集合聚會。為了強制推廣設置大麻奉齋及神棚，媽祖宮遭封鎖，只留一位廟公，只開一扇側門。宮前平日的攤位挪出，眭理照做，深山落來的小販擔著竹籠裝著雉雞、飛鼠、貓頭鳥、山鳥及數竹箱的熊蟬、牛角蜣，一路晃得昏睏，隨著留聲機放出《荒城之月》、《藍色多瑙河》、《詼諧曲》，一籠籠坐監的飛禽綴著回應，啾啾叫得人心花開，精光大目的小販更搖晃幾箱熊蟬，韌亮的叫聲親像竹箱爆炸，射出金銀銅線，同齊佇半空中吐劍光。上輩的譬如老父永遠記得有一個春天，宮前如同此時，大陣飛禽飛梭了一個時辰，彷彿天羅。

六兄注意到彼廟公，毋甘願扶桑人新規定，偎佇壁角，合掌，喙唇顫動。六兄偷笑，籤詩毋是有寫百鳥朝鳳。

扶桑語演講比賽，街長請了八兄及明子列席評審，手按佩劍忍不住佮八兄講，敬語用法是真无理想。明子胸前一串小葩電火，流光襯得伊面更加若雪。熱天天暗得慢，眾人魅惑於若魚卵的火燄光絲，毋察覺天光像蜜潑佇玻璃頂，一釐一釐下降，凝止佇人家厝頂龍骨，反而如同炭星紅霞。天乾物燥，宮前人影予南風吹透，黑布衫褲若金紙燒透了後的灰燼。上輩的亦包括四兄或許六兄，悉影此時南風還未轉強破空，數百年來，路徑自海口開始，沿著溪道行，鹽分予神靈過濾掉，充滿甘味及生機，當東螺溪不再行船，上輩集體理解時代无同了，但還是固執作夢，相信南風初初轉向時，有龐大的蝴蝶陣若龍捲風自海面吸水，飛越舊有的東螺溪水道。

晚頓後的電影是慶祝滿州國建國週年的「新興滿州國的全貌」，做辯士的是陳嘉哉同窗。彼遙遠的所在，蒸氣機關車自眾人的面頭前衝出，駛過南滿的平野，北滿的曠野，自春夏到大雪覆蓋的冬天，烏、白、烏鼠色的光影，大地的遼闊超出眾人的理解。辯士講，各位機關車坐倦了，換來坐翬凌機。電光一爍，大地變成若交趾燒的模型，陳嘉哉略略驚奇，雲頂往下看，无論何處都是同款的吧。翬凌機降落佇大連港，有一條叫做撫順丸的大船。啊，四兄心中呼叫，夢中的大城市出現了，整齊的樓厝，街路開闊，自動車穿梭，一個扶桑女子及一位漢人攘插打扮的女子並行。日頭赤炎，无一個人有苦相。四兄恨不得鑽入螢幕，齅齅一定非常清氣的文明。

有了比較自然就慪惱，雖然四兄自小漢就不以為然，未曾有如同此刻感覺家鄉如此落伍，潐旱的日子，到了下晡，大街空氣永遠是臭臊味；雨水厚的季節，街路成了泥糊糜，臭氣沖天。老父當年建議開立的集中菜市，暗暝成了烏鼠的遊樂場。莫怪四腳大人一直力圖改變斗鎮人的生活習慣，下令家家戶戶設置便所。莫怪官舍、移民村遠離大街，自成一國。

陳嘉哉佇辯士身後，看有時予風吹得若婦人有娠腹肚的布幕，想起隔海佇扶桑國快樂及冒險的日子，觸動深藏的記憶，伊從來毋是一個專心勉強之人，世界那麼大，伊寧願像蜂採花蜜彼般飛遍整座花園當作人生的志願。父母認為若是得以戴上箍了金帶的帽子，腰際繫短劍，做一個文官，便是極大的光榮。初初戀愛的彼時，伊佇櫻花樹下講予毛斷阿姑聽，自小愛作孽，與扶桑人合作食品加工的老父反對伊去留學，伊是偷了老父的存款加上老母的資助如同逃亡偷渡。出國前兩年，早就日日搼讀時事月刊建構心中的天下，伊悉大海環繞的遙遠彼岸陸地毋是只有一個樣貌，地上的人毋是地上的鹽只有一種。滿州國，布幕出現機關車特急列車，車頭如同武士頭盔，鼻目喙分明，就是野心的真面目。所謂特急，意謂欲捲起一道颶風，暴衝向一個只有扶桑國統御的未來。伊冷笑，布幕電影之外，機關車永遠毋會駛來這小鎮，車廂載運的亦極有可能是屍體及厄運。

電影結束，陳嘉哉跳上台子，開講，滿州國頂面還有一個叫露西亞的古老大國朝廷被推翻了，皇帝貴族被流放了；到露西亞若是轉彎繼續行可以去到法蘭西，逐個可能悉影，皇帝皇后一百零數十年前予掟上斷頭台斬頭。逐個有无想過一種可能，世上可有无任何統治者的所在？亦就是无皇帝无總督无郡守无街長亦无大人。因此，每一個人都是平等的，必須為自己負責，逐個共同作穡，共同打拚，平均分配資產。像這台留聲機及曲盤，毋是八也舍一人的，而是你我眾人的，像我背後的媽祖宮。問路時咱講，按佗去？我若講彼個无任何統治者的所在叫做安娜琪，是一個姑娘的名，逐個相信莫？

「信。」四兄八兄及毛斷阿姑人群中領頭拍扑，明子亦綴著做。

掌聲中，啪，停電。陳嘉哉開喙還欲講，眾人的目珠向光，突然的烏暗猶原殘留著白熾的光絲，清藍夜空下黑影若蝴蝶。只有四兄恍神以為回到彼年，安娜琪姑娘早就來過。彼年，議會請願運動及民眾黨踴頭的浩浩蕩蕩坐了糖廠五分也機關車來大街宣傳，一陣人白西裝巴拿馬草帽或長衫，借了戲園登台開講，老父講，四腳也甕籠（喻心胸狹小）无肚量，若過年予逐個開講歡喜一日是可以，其他的勿會瞑夢。

行轉大厝，八兄及明子唧咕幾句，明子似乎是推辭，笑聲若火金姑冷幽的光夜暗內拖曳，終於明子唱了：「人生短短，少女啊緊去戀愛吧，趁紅唇還未退色，趁熱血還未冰冷，明日就无這款的好日子了。」電來了，大街的燈火依序光了，但一半的人家厝是暗的，六人若行佇山溝底。明子清氣的童音繼續唱：「人生短短，少女啊緊去戀愛吧，趁一頭黑頭鬃還未退色，趁心中的火焰還未熄滅，今日這款的好日子毋再來。」

嬤婆祖，六兄對著一戶門內的一墩蟻丘叫。已經超過一百歲的嬤婆祖无回應，幾年前開始，伊不再睏眠，龜佇鋪棉被的藤椅內曝日曝月娘，有時玐頭，講三更囉。六兄小漢時，常聽嬤婆祖講古，因為淺眠，聽見有一陣人半暝了自渡船口上岸，腳步聲漉漉叫。彼時毋瞭解嬤婆祖早就迷失佇時間的曠野，以為四兄是老父，問嫛也汝少主娘咧？摸出前清的通寶叫六兄去買糖也。五更囉，路邊草叢結霜，伊无牙的喙笑咍咍，講芒神脫赤腳趕著春牛透早行過了，舊年芒神有穿布鞋喔。嬤婆祖向毛斷阿姑及明子翌手，兩手抓兩人的手，這三位姑娘也自逴位來？後壁的老伙是誰人？看著面熟，不思媿，綴嬪姑娘也綴著著。

陳嘉哉綴同窗南下，八兄及明子日日晚頓後去宮口，超過兩百年歷史的宮口夜市，若充滿了激情的等待，比日時更加光燁燁，電火圍著媽祖宮一大輾，亦比日頭下更加燒爀，打拳賣膏藥的鏈著一隻猴噹噹敲鑼，砰米芳，烘鳥也耙，爓高麗菜飯，挽喙齒，卜米卦鳥卦，賣米茶的一壺燒涒水的蒸氣唧唧的嘘嘯，揪糖蔥的兩大漢將一大團燒麥芽分往大街兩頭曳拽成一尾長蛇，手刀剁成一札一札白骨，撒上芫荽。一座帆布篷透著神祕的煤油燈光，傳出鼻音唱的扶桑歌謠，一角銀入去看人面白蛇及大黑熊。帆布篷每年來，曾經予人神魂顛倒的把戲，入去布篷內一核對鐘錶總是整整慢一點鐘。明子憨膽，啥物都欲試欲看，學會了幾句簡單的河洛話講得真快樂。九點才過，眾人有所經驗，息電幾乎成了常態，互相打賭今晚會發生未。明子看到電火柱下嘻嘻笑若喙內含糖的乞食，一頭的肉瘤若一掛荔枝，伊走近繞到身軀後看了，問八兄，像佛祖的頭呢。追問是做啥物的，八兄應，斗鎮唯一的安娜琪桑。明子趁息電前趨近，看清楚伊其實相當哀傷的眼神，目珠仁結了厚重的白翳。可憐呢。八兄將明子揪回，講這乞食及頭頂的肉瘤是代代相傳，我老父熟識伊老父，宮前遇見了總是請伊食飯。佛祖頭乞食親目見過大街幾次的火燒厝，憂患之深，日睏夜醒，自動做了顧更人，絲毫毋驚夜市收攤了後吱吱遊竄的鳥鼠，身上的烏臭衫褲一層一層。第一代佛祖頭乞食講予老父悉，半暝看見天頂好大一粒星若火佇笑，噴出焰火落下，大街即有一場火燒厝。

陳嘉哉興沖沖來到林厝，此行南下參觀了印刷廠予伊得到靈感，以前的讀報站應該恢復，但得改變方式。伊見識著印刷機器若幾張蝴蝶琴合併，師傅一腳踩踏板牽動輪軸，印好的冊紙予柴架一夾若大象耳空中一翻，噴著墨芳的新紙比鴉片薰還芳，機器運轉的聲音若新時代將欲發生大事。陳嘉哉問清楚牧師關於印刷機的價格及購買過程，壓抑毋住擁有的衝動，伊講得兩眼發光，如何仿效報紙設計印製伯記商會自動車的料金及時刻表，附錄最近的新聞，大街商店若欲登廣告亦是可以，沿自動車路線免費分送。四兄打斷伊的夢想，自動車路線毋識字的還是識字的穧？汝送人，人拈去拭尻倉還嫌汝油墨抹烏了尻倉。

自動車正佇海上，還佇海上乘風破浪。明子老父突然斷了音信，八兄每日一早去郵便局及電信局問有无來批或電報，看電線延伸到天涯，才去打庭球。伊雖然暗暗懷疑明子老父是否出事，自動車是毋是大海上出了意外？毋驚，八兄轉而探聽如何砌西洋大厝，換了聯絡對象問所有細節，手繪理想的大厝模樣寄出去。鎮上最新的番也樓是大街底、老父當年結拜而今是國語家庭的謝家，八兄亦看毋上目，真正有心欲砌厝就砌一棟完全西式，無一塊紅磚，無一片花窗、甕牆及交趾燒，毋需要「大厝九包五，三落百二門」的大而無當，伊欣賞的是古希臘的迴廊列柱，素潔的洗石子，上好是像大稻埕李也春及同宗合砌的千秋街建昌街，正好搭配家鄉的日頭。是呀，北有李也春，南有陳桑，賤羅貴羅而發跡致富，最是八兄佩服學習的對象。

下晡，六兄佇房墹內刺繡。明子特別寫批請求老母寄來最新的十字繡教本及一絡絡的彩色絲線，六兄一持到，激動得雙手微微懍，有閒就找毛斷阿姑研究，略略疏忽了蘭花。悠長的下晝，毛斷阿姑哼薰，十七歲開始怪症頭，月經來洗時一管鼻癢得厲害，四兄一次予伊一支赤厚煙，教伊哼一大喙，鼻孔慢慢噴出，煙絲赤金，鼻腔燻燒就舒緩了。四兄講，煙葉種早先可是自福建來，永定種，平和崎嶺種，名字正好制伏彼癢蟲。

祖譜寫祖先來自泉州府同安縣高林鄉，昭穆是「宣昭先祖德，茲和伯仲興，象賢開景運，毓秀顯忠貞」，太遙遠了，下晝絡絡長，日頭整大塊若金磚角坻伫內埕，坻伫厝頂及厝瓦，燒氣烌焆，六兄溫潤若一塊玉，將十字布固定竹框內，雙腳交疊，兩隻腳比姑娘也還白還幼秀，揪絲線穿過布的聲音好悠長；六兄手比伊還巧，對色致比伊還敏感。六嫂伫隔壁哄囝也睏晝。大廳的紅毛鐘行得爽脆，大厝的影落伫內埕漸漸生出青煙，一隻黃絨絨的鴨鶩踱步了過去，又一隻落單的蜂若融化日頭糖漿內，埕中央曝棉被，用藤條打，一時都是棉絮的煙霧。山內的半番婆，烏喙齒脫赤腳啪啪若鴨蹼，扁擔擔了兩掛草索綁的大隻水蛙來賣；水蛙買來放柴桶內，鱍鱍跳撞著柴桮，撞到昏去了。大厝有神。長工阿祥擔了米糠到灶腳後，將一柴箱倒滿，寶珠將青根蕉埋入去。嫛也叫毛斷阿姑幫伊梳頭，髻掏開，頭鬃披散伫肩頭，似乎變成另外一個人。嫛也年歲大了，漸漸身上的鹹汗及日頭露水味无去大半。當年老父納嫛也做二房，老姑娘了，毛斷阿姑伫腹肚內六個月，老父過身。毛斷阿姑望望壁頂老父相片，攏著嫛也還豐盛的頭鬃若似水流年。彼年找俑姨問，講老父是遑位做城隍爺。鹹菜姆老父不請自來鴨公聲講伊枵，欲食紅燒肉，看人食胜胰好欣羨。

紅毛鐘噹噹響了兩響。陳嘉哉毋死心，彷彿熱病的驅使，到宮前繼續開講安娜琪。前一個暗暝來找毛斷阿姑，先講一遍預習。嫛也暗示穧次，乾脆明講，汝俩婚結結吧。急啥，毛斷阿姑應，內埕的雞公咕咕咕。隨同窗南下，陳嘉哉帶回一疊冊，得意的講我毋是講古是講新，安娜琪姑娘這次出海旅行欲來東方，坐船經過忽隱忽現三座魔鬼島，因此迷失了方向，海面罩霧，一座海島偎近，兩頭削尖若牛頭帶角，看見大陣的海龜佇生卵，樹林內有麒麟。海島另一邊，大陣的羊佇食草。曾經這陣羊群真叵，田地、山頭都啃禿了，反倒轉食人。放羊的人解釋，就因為羊毛貴重好價，寵過頭，世間事一向如此，羊主人及羊結合成惡勢力，欲霸佔一切，作穡的无田，流浪做乞食，亂了幾年，島上的人才覺悟，團結推出幾個巧人踙頭反抗成功。海島的人過了白露月圓時決心欲過一種完全不同的生活，島上所有的是逐個公家的，无一個冗人，每人每日工作六點鐘，食堂食三頓，十年一期，抽籤換厝，又譬如雞母免孵蛋，使用機器來孵若煮飯，雞也一破殼便依戀人。黃金无用，用來做屎桶尿桶，只有罪犯才戴金耳鉤金手指金冠，恥辱的標誌。若是欲結婚，男女雙方各由序大人陪同，无穿衫褲若紅嬰也來面會，互相看了毋棄嫌，這婚姻就成了。嫛也險險打翻浸著玉蘭花的盤子，笑講，不思媿，又毋是買禽牲。

介紹安娜琪姑娘之前，陳嘉哉持出一本冊先開講「焦僥國」，「我姓掰里物，名來姆哀耳，我父親住居英吉利國的丁海省，生了五個後生，我排行第三。我十四歲時，父親送我到康勃立治大學校讀冊。」一來宮口食一頓的，捀著碗當作是聽講古，食好隨即離開，並不留戀。肉圓攤的阿生倒是巧，一粒粒肉圓送入油鼎前，對陳嘉哉講，「我以前聽汝老父講南洋炸根蕉，我看我考慮改名炸安娜琪，汝看如何？」

陳嘉哉看見遙遠的僬僥國飛來一大陣的睏蟲，宮口的下晡，攤頭恬恬蒸煙，顧攤的烘著燒汽盹龜，流著喙瀾飄佇空中若蜘蛛絲。只剩佛祖頭乞食晃著都是黑皾的腳，帶著笑意佇聽，目珠像冰晱光，一隻黑狗睏死佇腳邊，頭頂歇著蠖蠅。佛祖頭乞食笑開了喙，指著迷路跳上厝頂的雉雞。日頭宛然一場錚錚夕暴雨，陳嘉哉面紅，內心像林厝柴桶內的水蛙懃懃跳，伊无法解釋驅使伊轉來斗鎮毋是戀愛的力量，毋是祖先的召喚，而是整個小鎮似乎拘留佇某種固態時間內，看第一眼伊就明瞭伊的出生地早佇先人誠心依據天文地理設下東南西北四個隘門就已經到達發展的巔峰，扶桑人提早引進都市計畫的概念，大刀闊斧開闢道路，媽祖宮前的東西向大街拓寬而毋種樹，自日出到日落如同日晷，扶桑人亦帶來了文藝復興風格的西洋樓房攝相館醫生館、自來水及電、裁縫車、戲園及學校，即使最興旺的歲月，不過如此，最大的改變是有證照的產婆穿洋服騎著鐵馬上門。講好聽，小鎮安分知命，午後一點，日照均勻，大街兩岸竹篙撐開帆布篷，乾燥，充滿了芳氛的塵埃及亙古的懶洋洋的氣息，菜市內的雞咯咯啼了。若放大鏡聚集了日頭的熱量，白熾光點嗤嗤燒亮了亦若擊碎了大街所有的玻璃窗，切開天靈蓋，汨汨濮出油膏似的思念，坐船渡海去到扶桑首都。只有佇茲，伊更加覺得遙遠，陷入一種似是而非的困境，進兩步退三步；閉塞的家鄉人，天真又固執，激發了伊說服眾人看世界的熱情。伊樂於做一個故鄉的異鄉人。落雨的暗暝，商店攤頭的電火映佇積水路面，一片水晶琉璃，柴屐喀嗟喀嗟，雨光若白鐵，只有佇彼時，伊以為人佇他鄉，長出逍遙的翅膀。伊彷彿看到毛斷阿姑佇玉蘭花樹下若毋願去投胎轉世的冤魂，青鬱樹葉流著細條溪流的雨水，伊記得毛斷阿姑起癲的大兄生前半暝佇樹下古井邊偷哭的傳說，其實是少年毋得志无人理解无出路的苦悶。非常同情未曾見面過的大兄。伊認為自己輕易解開了鄉愁的咒語，看透小鎮的運命，不為錯過鐵枝路及驛站的設置而有一絲絲懊惱，然而淋著日頭的夕暴雨，伊覺得小鎮可愛亦可憐，情願留著同齊作一場大夢亦好。

有一疊冊當作是安娜琪姑娘旅遊奇遇故事的靈感，但陳嘉哉向唯一的忠實聽眾佛祖頭乞食講，安娜琪姑娘再會。四兄討了小說去看，看著津津有味，提醒陳嘉哉，讀小說及講古是兩回事，汝照冊本讀，一般人哪有可能有耐心聽，汝不如讀報紙講講天下大事。

陳嘉哉最後一次開講，講一個一時失志的西洋少年欲投水自殺前來到骨董店，一個奇怪的老伙予伊一張驢皮，得注意神奇的驢皮每幫助少年實現一次願望就縮小一次，少年的壽命亦隨之減少；烏暗中，彼張驢皮發著彗星般的光芒。這日，毛斷阿姑及明子來捧場做聽眾，宮口的人群來來去去，毋稀罕如此的西洋故事，陳嘉哉繼續講，驢皮上刻有梵文，「汝若是得到了我，汝就得到了一切。但是汝的生命將屬於我。這是神的意旨。許願吧，汝的願望將得到滿足。但是汝的願望需要用汝的生命來抵償。」居然有人聽，嘩一句罕古。陳嘉哉接觸到毛斷阿姑愛戀的目光，果然如冊內形容像兩粒彗星。

長工阿祥佇農場捉到一隻貓頭鳥，關籠子內吊佇六兄的花房，暗時兩蕊目珠兩粒黃寶石。紅毛鐘響，貓頭鳥就發狂拍翅。大廳電火一道梯形的光佇內埕，曲盤唱煞，留聲機嘎答嘎答，蘭花頭頷頷，一日過去了。厝後竹篙頂披著明子的百襇裙，微妙的蓬蓬飛起。大厝的人都悉，欲找八兄就覻著明子的粉芳去找就是。除非是暗頭急來急去的突然大雨，濕氣堵佇鼻頭，墓埔的大水蟻作陣飛來，若幽靈穿長衫，叮叮叮撞著電火球，光影熾得人心慌，透明的翅燒得臭焦，只好一人捧面桶顫顫跨上椅凳扟佇電火球下，讓大水蟻跌落水，隨即一層若花毯。

八嫂住到農場去。當初大兄申請開發農場毋成，後尾手林厝及陳家楊家合股自一個始終水土不服的扶桑人手中盤過來。這日八兄去了郵便局轉來，找陳嘉哉毛斷阿姑同齊去農場。五月節開始的燒風吹過溪埔，一直延續到中秋前才停，吹進了人頭大小的溪石，吹進了甘蔗田，甘蔗葉枯去，瓜果特別甘甜。開鑿的水圳漉漉穿過農場，流過彘槽，飼饋時彼一陣彘齁齁叫自是壓過了水聲。曝烏的八嫂學扶桑人但是改用一條藍布巾包頭，雙手戴布套，布鞋唯獨大腳趾分岔若彘蹄。看見八兄，予風吹野了的目珠圓瞵瞵无一點渣滓，毋講一句話，一隻紅鼻烏狗綴佇伊身後。八兄及八嫂對看了後，无意无意，到底有三分歉意。空地上曝菽也、番麥、番椒、菜頭，日頭特別飽實有力。另一邊曝著一副人骨，黏著澹土，若佇擺佈陣圖，兼做土公也的一位老長工皮包骨，哼著一枝菜瓜莖，腳邊還曝著一袋蟬殼。揀金時頭骨裂做幾片，現此時組合好，是一粒好笑韆的頭骨。

彼年八兄及八嫂文定，彼日下晝無緣無故燒掉一牛車稻也，有好事者亂傳話講還未過門的新婦掃帚柄鐵鉸刀，孌也打桌罵：「街路傳啥就綴著烏白講啥，汝是禽牲還是人？」

出發前，四兄講話了，八弟婦好女德，強強欲離緣無天理，「汝食過鹽水的讀冊人，為自己打算，亦得加減顧全人，何況這個人是汝明媒正娶的家後。汝毋斷作風欲離緣，全大街頭一個，干有想到無異逼伊去死？」八兄面少寡紅了，硬應：「毋是戲台頂古早人，就應該有現代做法，我就是為伊想，離緣強過守活寡。」四兄搖頭，狼子野心。工人修理厝瓦，四兄親像賭氣爬竹篙梯到厝頂，望見四邊。

毛斷阿姑揀了已經曝七分焦的菜頭分予三人哺，滿喙的日頭芳。萬物无有影隻，甘蔗田綿延到天邊，大溪上起了一座鐵橋，遠遠看若一隻水蜘蛛，糖廠的五分也蠕蠕趖過。老父的墓佇水圳越角彼邊，祖先的還佇更遠，古早彼年做大水，沖倒墓碑，流出一尾白蛇。清明培墓，透早清涼欲落雨的意思，一厝的人佇墓埔起高落低若一行蚼蟻，天頂有獵鷂盤旋。光頭白日之下，只有伊們四個閒人，長長的下晡，連同作穡人都予曝成金箔銀紙。天光開始轉青，四兄六兄亦來了，衫褲吹得飄飄然。陳嘉哉及毛斷阿姑引明子到水圳邊，毛斷阿姑講以前綴娶也來，採收時真正无閒欠人手得住下過暝，晚頓了後，燒氣沉落土，滿天星若焄水，夜氣帶露水若新發的菅芒葉真利。

隔日下晡，八兄又走來農場將離緣書予八嫂。毛斷阿姑陳嘉哉明子作陣趕來，八嫂猶原毋講話，竈腳持出幾樣點心，捀著柴桶出出入入，踏了綴前綴後的烏狗，該該吠。伊面一紅，持了鐮刀去剝甘蔗葉，空地點火燒；直直看了八兄一眼，將離緣書擲入火內。

伊吩咐老長工注意火，自行往水圳行去，四人尾隨其後。

水圳並不深，八嫂行入，將頭巾揪落，突然滔滔講圳溝底近來蜆也穧，輕易一撈一面桶，放一暝吐沙，煮湯。問毛斷阿姑記得未，兩人以前來摸蜆也，一尾水蛇順流游過來，兩人驚得倒頭栽。死狗放水流，不三時看見澹糊糊死狗浮浮沉沉，狗母的乳頭粉紅，鼻頭黑澹若糖膏。

伊慫恿四人亦落來。八嫂且比畫著教明子如何摸蜆也，明子矮，水淹到腰，咯咯笑，當作是泅水。水面銀亮，明子搯水潑了八兄，「人生短短，少女啊緊去戀愛吧，一旦找到愛人，坐上彼生命的船吧。明日就无這款的好日子了。」伊唱，稚嫩的歌聲，衫食了水，凸顯了彼少女的胸前若一隻佇鳴唱的彩鳥。八嫂聽得出神，未曾眾人面前唱歌過，撿起了明子的歌聲，兩人面容一烏一白，月娘的正面反面。

水面涼風驅散了烌焆，逐個期待著欲晚天邊魔術的光影，先看到是提早出現若出芽的弦月，淡薄的一痕若上古時。

八嫂隨著圳溝水流向行去，亦是死狗放水流，伊毋越頭，身軀努力向前傾，雙腳若予鎖著一副枷，圳溝兩岸的雜草鐮刀鋸齒，伊一人行遠去了。

天地遼闊，八兄的自動車還佇大海飄盪。而遠去的八嫂，始終是一團影隻，將將欲无去了。農場如同一角孤單浮出地表，晚頭第一道彷彿南風吹得甘蔗田交頭接耳，吹得天色若彘油堅腖，亦吹得伊們數人薄衫若披佇柴枝。突然風勢轉強，灌注了神奇的力量，宛然龍捲風螺旋狀加速前進，貫穿了每一人的胸坎，空空洞洞。

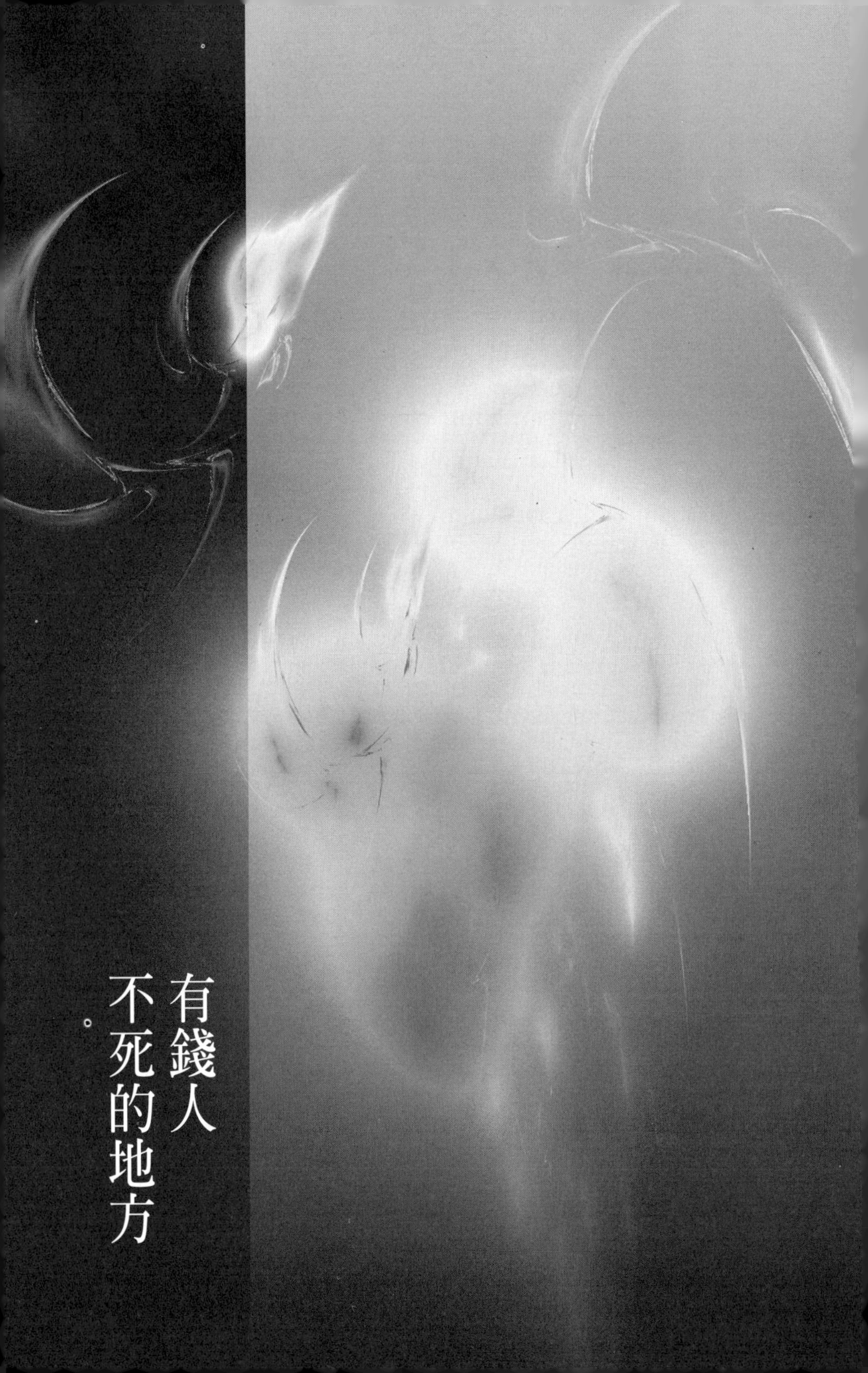

有錢人不死的地方。

一整個下午我們在海邊好像亡命天涯。陰天，大海昏沉，天空烏雲疊了一層又一層，長長的海岸線似乎只有我們兩人。上午只是在小鎮閒逛，省道旁三岔路口有水泥塑的一粒巨大釋迦，上面的油漆沒顏落色。每條巷道原本懶洋洋趴臥著曬太陽的狗一聞見陌生人的氣息隨即起身，喉嚨⿺尢言⿺尢言共鳴著來嗅一志的胯下。大門敞開的住家不見人影，只有時鐘的秒針在走。火車從小鎮上頭的山腰過，出了車站，飛落的柏油路陡坡，大海攤開，天空鯨吞了來人。在便利店把午餐解決，坐在店門口，腳邊一隻漂亮麥黃毛髮的大狗，省道分流駛入小鎮唯一大街的車輛不減速，捲起風沙，讓陽光成了渾黃，帶走青壯人口，加速小鎮衰老的時間。坐久了，有濯足萬里（輛）流的感覺，好吧，我們就數到第一萬輛車子經過。便利店店員告訴我們，海邊有日出之鄉的石碑，每年元旦有迎接新年第一道曙光的煙火盛會，西岸的遊客大陣湧入湊熱鬧，小鎮因此曇花一現的繁榮一日夜。很久很久以前，南島語系一族翻過山脈見到太陽升出海面，驚嘆這是日出的故鄉。通往海邊的路邊有間黑白分明的乾淨矮房子，房子旁堆著漂流木，海風吹過木麻黃林不舍晝夜，無欲而清涼。在這裡終老此生也許是不錯的。烏雲愈來愈濃，我們赤腳下水感覺海浪吸走腳底沙灘，循著不知是幾日前留下的車輪痕跡走了許久，沙地上那葉肉很肥而表面光滑的植物，我咬了一口，吮汁，好腥。那即使擁抱也不能取暖的海風將人掏空，孤伶伶一座中國風涼亭歪倒停放著三輛腳踏車，兇殺案的第一現場？我們搭火車繞行山腰回到旅館，不餓不累不睏，像兩根漂流木。我躺著，知道同樣的大海走下斜坡就在不遠，然我不知道自己為什麼會在這裡。海浪聲徹夜不停推著我們，是某種好溫柔的力量。想到銃夢凱麗流浪在沙漠那夜晚比人群擁擠的星空。來之前我跟一志講了只過一夜。那凱麗說：「施捨的幸福讓我感到沒有真正的生存。」一志他黝黑的臉在夢裡將我砍殺，分屍成幾大塊。我不怪他。太陽還未出來露水如濡濕的早上，我摸著他的臉道別。

被誤植到亞熱帶島城的玻璃帷幕大樓，標誌著我們的黃金時代。日迷金色，曾經，年少時日，我們謙畏且貪婪地盯著先進國度的電視影集裡的玻璃帷幕大樓，暗中立志大丈夫當如是也來日一定要進駐其中，霸佔一扇窗格。島城盆地容易淤積懸浮粒子，黃混混，煙迷迷，太陽與玻璃媒合，摩天大樓成了烙鐵。除非夏秋的少許日子，颱風過後，空氣乾淨，日頭或月亮在那光滑材質的表面溜轉，如同史前在靜默湖面，不為時間紀錄。清涼的天青色，複製的日頭與月亮，島城出神的時刻，每一年總要迷惑了幾隻年輕的飛鳥，筆直如同箭矢一頭撞向玻璃窗上的假月亮。

衝下樓，我找到躺斃在紅磚道上那倒楣的墜鳥，小巧的眼睛微張，縫隙裡果凍般還有餘光。季風將月亮吹出了毛邊，將發光的店招吹出了寂寞的意思，流淌在樓陣之間的街路如同現代化之前的乾淨河水，帶我看見公園草坪上有宗教團體舉行集體靜坐，每人坐在一人份帳篷裡，隔離蚊蟲，昏暗中似科幻片直立的蟲蛹，一個光頭護法在其中鶴勢螂形緩緩巡邏。將鳥屍放在帳篷蛹陣裡，暗自願望這可憐小生物托這一群信仰者可以被當作獻祭，因此死得有些意義。空中濛濛一圈的光害如舊照片聖母頭頂的光環，但我確定這不是微香妙潔的彼岸世界。

玻璃帷幕大樓不死，只是日漸凋零。

取而代之新興的是大型百貨商場。早幾年，以房地產白手起家的新富發出先覺者之嘆，島城還缺少一座比資本主義發達初期的百貨公司還要恐龍化、鏡廊化的一次購足的美式shopping mall。鼓吹了數年，一個巨大地球儀終於斜簽在舊鐵道旁，愛慕新奇的島城人遂如同禽鳥的趨光被誘惑大群前往。球體建築中心挖空，柱狀天井，店舖蜂巢格分佈，所謂廿四小時營業的購物商場，有黃金白銀的光彩、鐵的冰涼，是物慾與消費的垂直輸送帶。地球儀商場開啟之日，冒充洋人的DJ在高處露台祭司狀起手刮唱片，音爆，彩色紙屑錫箔條億萬精蟲灑落，像極了人體的排泄系統，像極了某一部東洋動漫裡的空中城堡，將其垃圾廢棄物如同直腸日以繼夜排糞便下瀉到廢鐵鎮。天亮了，人蟻若污水蒼白流到外面地上，被天光一炸，厭惡地看見撿飲料瓶罐與廢紙的手推車老婦，杵在消費人流中正如一塊石敢當。

當其時，我們幾個待業者在地球儀的外圍開了一家小吃店，我們相信前美國總統雷根的滴漏理論，購物商場四散的人蟻流散經過必然順勢帶來消費需求，足夠我們的店分霑他們口袋的餘錢，如果幸而還未被掏空。

所謂待業，失業的修辭，最大的出資者庫瑪不在這行列。島國第一次股市上萬點，庫瑪得了一個杜子春式的怪夢，起先他在金幣堆成的大床上蹺腿打飽嗝，搔搔頭，拈著一根白髮，而後更降下了金幣大雨，落到身上成了鳥屎，啪的糊了他一隻眼。是喔，我們鼓譟，墊棺材底的冥幣不也叫庫銀。南部山上種茶一輩子的父親解夢，依據夢跟現實的顛倒法則，踩到屎才是象徵財運的好兆頭。大學泡股票社四年，體檢前餵豬似將自己吃成了丙種體位，逃掉了兵役，父親解了一筆定存給他當資金，條件是賠光了就乖乖回山上種茶。那年初夏，庫瑪黎明即起，讀完四大報，做了筆記，上班打卡般進號子，下午聽各路龍蛇名師講座的解盤報名牌，端坐若一塊磐石。遵循夢的指示，他出清了持股，一個月後，崩盤。他看著存摺裡蟄伏著日後流行語的第一桶金，吊著蜘蛛絲那般在頭頂上嘰乖搖晃。庫瑪父親承認輸了。多年後某日早上，他在報紙驚訝看見股票社指導老師因為破產躁鬱症發作抱著幼兒企圖跳樓的新聞與照片，為之唏噓不已，感知命運之輪的軸心窩藏著性好捉弄的小鬼。那年崩盤前的八月，指導老師帶著也是他生平的第一桶金留學取經去，輾轉傳來買了全新紅色跑車，租了曼哈坦上東城老富人家在長島的百年避暑農舍，丘陵下一片草地是槌球場，儼然一個貴公子。庫瑪隱隱害怕極了。

島國第一次民選總統，東海空包彈的飛彈演習日後證明比夢境還要虛妄，歷史的迷霧與激情中，庫瑪沒有失去方向，他在電話中與父親閒聊是年茶葉的收成，研判價格漲跌以及作穡種種，如同以往他彷彿嗅到父親濃濃的太陽泥土味，看到草笠陰影裡父親黧黑的臉與花白鬍渣，那是植根土地的篤定力量。這次他不需要解夢，但他恍惚覺得自己在金色鯉魚群中洄游，鱗甲堅硬，他沒有異類感，不心慌，而是氣力充足綿長。他傾其所有下注，談話中對他滿滿欣羨的營業員告訴他一個寓言式笑話，神仙給予老農夫婦三個願望，農婦眼界極低脫口願望滿山都是高麗菜，老農暴怒竟這樣浪費一個願望，幹譙卵鳥啦，滿山高麗菜立即換成了卵鳥；老農驚慌要求那噁爛奇景全部消失，自己褲襠下的卵鳥也一起不見了。三個願望一下子如煙消逝。他不喜歡這新換上的營業員，太輕浮，廢話太多，太不夠專業，讓人沒有安全感，直到認識大姊，要他跟著她換用小傳。大選過後，內戰的煙硝味還很刺鼻，如常的每一天，他的一桶金不動聲色翻成了十桶金。大姊認可了他的實力，拉攏他進貴賓室，她戴著名牌茶褐色眼鏡，笑著邀他去打一副金棺材。大姊習慣在每一批標的獲利了結後，買一樣奢侈品通常是貴重飾物以茲紀念。大姊是取悅人的叫法，年齡算是與他母親同輩。大姊熱愛黃金，要等到充分信任他了，一個炎熱下午帶他去開保險箱，看她收藏的金條。若洞窟的銀行地下室，兩人都沒有未見過世面的貪婪之色，那黃烘烘的色澤溫暖、美極了，望久便生流鑠之感，光亮輻射她闊大的胸乳，V字領袒露那鬆弛如雞皮的脖子根，虎口、手腕的芝麻老人斑，烏黑的厚唇。她嘆了一口氣，說出每一根金條的勝利故事，譬如石油危機、島國第一條高速公路通車，譬如她一世人溫良然而沒出息的翁婿在女兒喜宴上軟溜溜滑下椅子帶著笑容安然猝死，譬如美元對新台幣匯率破三十創新低、無殼蝸牛集體睡佔東區馬路的瘋狂年份，譬如九七回歸直如一場翻天覆地大夢。他陪著她穿越時間隧道回顧，而被眼前黃金的夢幻光暈如同愛撫，忘路之遠近，在那私密的封閉空間，他聞到大姊散發出的老嫗氣味，突然瞭解那是動物老年趨近死亡的無力哀號。將金條放回去，如同冰櫃裡的屍體，那麼實在也非常矛盾的好虛幻。重新站在太陽下，他感到汗水從骨頭榨滲出來。

死的是庫瑪父親。父親爬上屋後大樹為孫子摘蓮霧而跌了下來，頭骨碎裂，靜靜躺了兩天。在他自己潛意識捏造的夢中，父親睡在他的金棺材裡。

一如那些年我們盤據庫瑪三十五坪的住處，我們南下陪庫瑪守靈。他父親停靈在大厝門口埕以竹篙為骨架搭起的布篷內，庫瑪要我們提防貓跳上新漆刺目又刺鼻的棺材。深夜七里香兇猛嗆醒我們，那是跟隨著黃土路吹襲來的氣流，鼓漲了布篷，簌簌吹動白菊花。積雲與夜氣在不遠的山稜線上擠壓，綻露一指幅的清光，彷彿神像下視的一絲眼縫。可能是睡意或那自然的奧妙震懾了我們，庫瑪走出布篷，走向黑暗，胖大軀體的背影果真如同一隻熊。

其實，我們眼中看到的是一桶金的具體象徵。在號子貴賓室，大姊教庫瑪寧可信其有得重視風水與命理，玄關養一盆活水流滾動一粒大理石珠，屋角繫水晶，貔貅蟾蜍八卦符籙都有。我們亦如禽鳥趨光而來，事實上是群居的公獅，麻將桌不收，菸屍狼藉，泡茶具整付蚊蚋溫床，披薩紙盒、便當餐盒、冷飲外帶杯與報紙垃圾郵件堆高在牆角，發出酸餿味好像獵捕叼回洞穴的腐肉；百葉窗簾故障，終年斜吊四十五度，跑步機成了晾衣架。阿瑟老婆來過一次，看不慣，逕去廚房燒一壺開水，她掀開覆蓋水槽結成硬塊的報紙，電影《法櫃奇兵》裡的蛇陣似的蟑螂湧竄出來，她花腔尖叫，昏倒。

大姊告訴過庫瑪另一個江湖傳說，那個一輩子衰尾的反對黨黨主席在壯年時某一次被羅織以意圖叛亂的集會之後，旋即背負著通緝令從島國人間蒸發，他乖乖聽從了素來篤信的命理師的告誡，只有往東逃才見活路。所謂的東方，必得以人造衛星鳥瞰地球的高度來理解，那解釋了之後他如同苦行僧的出現在美西的華人超市，一如當年的孫大砲之鼓吹革命。

那麼，追求第一桶金的意志到底是虛假意識？是夢魘？還是驅策我們向前跑的動力一如騾子眼前那根紅蘿蔔？對於覺悟太晚、起步也稍嫌太晚的我們，訊息過於氾濫，以致僅憑一己之力無法判斷真偽。當年我們只會群居打屁打麻將排遣無聊的青春與過剩的力必多，庫瑪已經隱隱知道第一桶金在哪裡。我們要追趕，就得相信黃金亦如獅子的具有群聚天性。另一方面，某種程度我們或許與那些睡東區馬路抗議高房價的無殼蝸牛是一樣的，我們輪流窩進庫瑪住處，吃、喝、睡他的，除此，不可能有離第一桶金更近的地方了。

庫瑪慷慨讓我們盤據他住處，是的，他也是需要人的人，起源於很久很久以前人類老祖先漁獵需要同伴以壯大力量的行為，恐怕不是那麼純粹的像黃金一樣的高貴情感。一生一死，乃見交情。庫瑪的告別式，我們都缺席了。雖然他的兄姊表明他單身無後不收奠儀，我們甚至慳吝到連聯名送個花圈也沒有。

在我們看來，庫瑪坐擁十桶金的日子是如何呢？平淡，無味，猶是來自山鄉的茶農之子的生活樣態。3C產品大盛，貴賓室並不需要了，失去了昔日的榮光。但大姊堅持維持如同沒落貴族的習慣與排場，仍然每日前去。他們未曾料到會共同經歷政黨輪替後那難堪的反高潮的蕭條。老大姊將下午茶移前兩個小時開始，用熟的心腹營業員照常替她張羅老字號飯店的一壺義式咖啡或者大吉嶺紅茶與精緻洋果子。庫瑪不擇日但儘量常去與她交換新標的的看法，主要是寬慰她的寂寥。貴賓室荒涼被棄，關鍵更在於新科技發達的副作用，島國之外的世界景氣好得很哩。綁了一樹紅蝴蝶結的馬拉巴栗所謂的發財樹飛出了好大聲的蚊子，數字無聲跳動的螢幕如同核戰後哀愁的輻射塵，大姊閉目養神居然睡著了。女人男相的大姊一次輕微中風後遺症的顏面神經受損讓她的烏黑厚唇彷彿石榴迸開，洋裝遮不住兩條青筋浮腫的肥腿岔得好開。「六六大順啦，庫瑪。」昨天她好快樂，粗豪地啐了一句駛伊娘。他們默默懷念從前盆滿缽滿的暴利時代，香菸濃霧裡，每個人、每個拜金者彌勒佛笑咪咪，環頸小指粗金鍊，手腕手指翡翠玉戒指，來去小跑步，等待盤勢鯉魚躍龍門那一刻，大姊兩手平放扶手，蹺腳，罷聲朝另一頭嗆，「人講汝勿信，鬼牽汝騶騶從。」煙霧裡落下的金幣大雨，痛快。

英雄惜英雄，大姊憐惜只有庫瑪懂得賺錢的快樂。上有政策，兩人有對策，轉向未上市，情蒐研究好一陣子，慎選了六支標的都賺。大姊細膩，與他親自跑一趟地下號子，文教區幽靜的老公寓，最佳的保護色，客廳裡才三四歲的娃含著奶嘴騎著玩具車，牆上掛有老蔣照片，小房間擺了三台電腦，一樣跑著成交明細的數字，那盤商還更像雜貨店老闆，一切好寒酸。巷口阿勃勒正開著澄黃花串，照亮心眼猶如明鏡。大姊不切題的喃喃講起華爾街的擦鞋童理論，說明了她的戒慎恐懼。

大姊熱得唇鼻間冒汗，說跟大頭張昨天一起給那董事長邀請吃了一頓飯，高手過招，船過水无痕，飯後大頭張兩邊太陽穴鼓動，得意說我們就等著買私人飛機。世上沒有人窮到死後留不下一樣東西。大姊一生憤恨至極兩件事，開放出國觀光之初去了殖民地香港，進名牌店買皮夾，唇紅齒白港仔店員點好她的一疊現鈔，還她，翹蘭花指一比要她去另一端櫃台付款。她虎地將港幣一甩，厲聲問怎麼，嫌我錢毋夠靚，污濁了你的玉手？我坐飛機來花錢還是看你裝大少爺？當年佈下不動產證券化的世紀騙局的吳鯊，捲款潛逃海外，幾年後有了後續新聞，豪宅裡發了瘋槍殺妻小再轟掉自己腦袋。她始終懷疑是黑道私刑，移花接木掩蓋過去。她看報拍手叫好，但等於是陪葬了吳鯊她兩百萬新台幣，每次想起來就心痛。

現在，我們仍然清楚看見庫瑪走下小吃店一粒光裸電燈泡映照的地下室，背後看，他的大頭與頸脖尤其黝黑，虎背熊腰。前一個夏天來了個中度颱風，卻神奇地河水暴漲泡壞了堤防的抽水站機房，大水破了百年紀錄，淹了東半個首善島城，所有的地下室都完蛋，也淹出了一場歷史荒謬劇。那是島城第一大百貨公司給這一場水災掀開了它過度擴張、財務槓桿操作失靈的困境，朝野幾路人馬展開救援行動以拆除倒閉引信的背後，很快我們都知道了，那場紓困大戲其實是八仙過海般的各山頭集結官方勢力，相互角力要獨佔一隻生金蛋的母雞那樣的官商勾結醜聞。我們的店租涵蓋了地下室與一個平面車位，高度不到兩公尺的地下室四面牆猶見淹水留下的黃泥，充滿難聞的濕氣，儲藏著袋裝白米，桶裝沙拉油、豆瓣醬，六瓶一紮的醬油，紙餐盒、免洗筷湯匙、塑膠袋。房東在牆角鋪著黏鼠板，硫磺色黏液有如一小幅地獄變。

庫瑪感慨，原來我們是這樣被餵食的。

但是我們小吃店的誕生來自庫瑪的一句話，「我找不到標的了。」那夜我們才結束雀戰，庫瑪以壓克力界尺將牌子推倒一糊，找不到標的了。魔法終結。我們虎視著他的黑大頭如風化的佛頭，壘著籌碼好像一堆假金幣。唯獨阿瑟懂得呼群保義，再次提出他老頭幾年來的召喚，要他接手祖傳三代的小吃店。佛頭慈悲抬起，懺悔他一生至今不事生產，幸運地受惠於工業革命把人自土地與勞動解放，他不過是預知訊息、早一步挪移資金進而聚積財富，輕度勞心、零度勞力者。或者可以說，其勞力程度不會比床上打一炮所需的多。

開店比我們預期的容易。上游有阿瑟老頭處理，找店面有仲介，桌椅設備環河大橋邊有二手市集，我們恍然大悟，財貨、生產力與勞動力的流動原來是這樣的。至於魚貨，我們討論後捨棄低溫宅配而採以空運，阿瑟弟弟每日一早從魚墟開小貨車送機場赴首班飛機，庫瑪自願去領貨，上班的尖峰時段，柏油路灑水過，這一日新生的太陽直射擋風玻璃形成光害，他覺得內心如同油井鑿通湧出清新的力量，太喜歡那種感覺了，他想起與大姊彼此打氣的慣用語，「最重要的是要堅持方向，對的方向。」

眼前的金色大道，上古神話日頭裡的一隻金烏果然在視網膜呈現一粒黑點擦飛而過。

保麗龍保鮮盒裡，清理乾淨的魚一尾一尾被阿瑟老頭裝置藝術那般整齊排列，魚眼黑白分明彷彿被催眠在快樂的狀態裡，魚鱗泛流銀光，也彷彿聞到魚體的香。開張是日，阿瑟父母特別北上，在店裡視察了一整天，老夫妻倆日光燈下堅默枯黑如大塊礦石；老頭短手夾菸，看我們手忙腳亂時嘴角一吊笑了，也不急著接手。離去前，他跟我們說，得要堅持落去。尊重我們，他沒有倚老賣老叫我們少年仔。老頭只有要阿瑟轉告一事，薑絲千萬不許貪圖賣相而用漂白，那如同氧化、陳舊的黃才是本色。

上一代的人，土地一樣。庫瑪臉上是那種楞呆的動容。好比從前邊打麻將邊看日劇聽過一首童謠，是說幾種果樹開花結果所需的時間，「桃三年，李三年，杏八年，柿子大笨蛋要十八年」。我們很快清楚了來客營業的尖峰與離峰時段，下午兩點後，附近同業明是來交關捧場實則刺探軍情的也咬著牙籤吃飽走了，爐火可以暫時熄了，我們才發覺一身焚心、虛脫的熱，舌根苦；不鏽鋼鐵皮包覆打造的攤頭，大深鍋的半月形摺蓋，足以打個蛋上面乾煎。我們看庫瑪摸出菸，握了幾小時湯杓的手拿起打火機竟然發抖。

大鍋裡高湯沉靜下去，偶爾一聲嘟嚕魚嘴吹浪。店裡後半部的電燈熄了，僅剩一個假尼姑，一整上午照例站在購物商場門口托缽化緣，午休踅進來，尖長臉好僵硬。她第一次進店點菜，庫瑪臉紅囁嚅，師父我們這都是葷的沒有素的。她海青袖子一撩，臭臉應我知道。

日光燈如同乙炔焊槍的光屑跌於她鴨蛋青頭頂，她呼嚕食魚配飯，女版魯智深。

庫瑪突然理解並能夠少許同情假尼姑作業流程的操作不細膩，她賣空買空似的付出與收入之比例很難是一個令人滿意的數字，所謂人窮志短，真正的脈絡是她沒有能力、知識或運氣取得開啟通往另一個國度的密碼，所以也沒有那選擇要不要進入另一國度的自由意志。他偷窺觀察出她即使吃一頓飯眉目間的怨毒之氣，也就收起了惻隱之心。在譬如建築立面圖的人口分類，無關階級，她在底層角落。

我們也很快發現，利潤最高的是一碟三十元的燙青菜，成本僅三分之一強，被偽醫學常識長期恐嚇的現代人，不可一日無蔬果，因此，人力配置的問題來了，客人湧入時，店後逼窄悶熱的廚房變需要一人專責燙青菜。職務分配的會議上，我們有了不是太愉快的爭執。

假尼姑食畢，調整好念珠，捧著缽離去，下午兩點後，事物安靜，鍋爐碗盤杓筷各歸其位，不開冰櫃，不驚擾引擎，讓它沉睡，再半小時，磨石子地上的水紋乾了成形，庫瑪的元神出竅，回到那年大姊引介的貴賓室豬頭大耳、城府異常深的某某，但對庫瑪極投緣。或許，跟庫瑪相處時，是某某少有的鬆懈時候，沒有競爭的壓力，沒有窺伺，不必提防，從頭頂到尾椎譬如鉸鍊的緊簇一節節任其鬆脫。某某一肚子大戶炒手的發跡傳奇故事，甲，官股銀行的工友，一次挺身制伏毒癮發作臨時起意的搶匪，立功升格行員，接觸了法拍屋市場那金礦；乙，二十歲和妻子北上，下了火車，身上只有五十塊；丙，神鬼牽引得標一塊地，在那野狗群亂竄的亂石雜草荒地獨坐嚇醒了，坐到日落昏暗，一輛黑頭車彷彿蛟龍破蒼茫而出，以上賓之禮待他；丁，田僑之子，中部牽猴仔之王，酒店散財金童。傳奇連環套，某某講來恍如操縱皮影戲，勾引出聽者內心慾望的魔影，剎那放大。

某某帶他去桑拿浴，烤箱裡兩人如同普渡咬著柑仔兩條豬公，焗出一身油脂臭汗，跳進冰水池每一毛細孔金針戳刺呀嗚呀嗚叫，再返烤箱再焗，如此數回合，周身關節筋脈如棉花，移到香氛冷氣的臥榻一躺，自有妙齡女挽籃子如古代浣紗西施來扮演妾婦盡責施展房中術。有次聽到一螳螂似細瘦女怨道差點被大豬公壓得窒息而死，還好某某打賞大方。某某還帶他去藥草浴、靈芝浴、牛奶浴，邀他一起去東京的吹喇吧酒店。某某圓鼓鼓右腹一條蜈蚣肉疤，以前肝癭開刀留下來的。一日，某某嘴撇斜說他老闆心肌梗塞掛了，原來某某是大戶特助。幹伊娘，那麼好死便宜他了。接著詭譎地笑開了。結果某某帶他去曼谷，機加酒不包括叫雞都是某某請，請東請西无請雞巴。橫財就要橫著用，總之甭謝我謝謝死了的大戶。古稱天使之城的曼谷，驕陽暑氣與河水沃得霓虹夜空濕爛得一塌一塌，都是毛蟹加魚露的酸臭，某某熟門熟路，帶他先去吃海鮮尤其是咖哩螃蟹生啤酒吃到腦門漲，叫來兩個泰妹玩雙飛。房間是兩間相通的豪華套房，聲音擋不住，某某一紮紮紙幣撒她們黑黃軀體上，要兩人比賽誰能在乳頭疊愈多鈔票而不跌散，泰妹南蠻鴃舌的歡樂迴環叫嚷，叫到一個足以震碎玻璃的高音，門開，某某赤精大條，瞇細豬眼還暈眩在那肉慾的歡暢，底下有著過長包皮的烏黑性器半垂好像一隻老龜的頭。隔日睡到正午，沸水般太陽下又昏又腫去四面佛請一班古裝舞者叮鈴噹啷獻舞酬神，佛前堆了一丘細蕊黃花環，燭火燒得大汗漫漶，赤足舞者似一列複製人，面抹白粉，頭戴尖頂金盔，一身金甲，兩手如靈蛇。再繞去一家施放棺材給窮人家的晦暗小廟捐了錢，「早死早超生也好。」某某說，畢竟還是下跪一拜，南遷的佛身形轉為苗條，顏面也柔媚，可親近多了。然後凸凸與計程車輪流搭乘企圖消耗整個長長下午，繞過古舊如煙燻的中國城耀哇拉大塞車，好刺眼一排金店，玻璃後整牆紅絨底的金鍊金飾如流蘇排穗，有一種荒誕的現實感，像是古老神話居然苟活到今日的閉塞小國。濃灰暮色裡，坐船渡河。晚上某某約了人在皇宮附近的酒吧，屋基戶磴墊高，吧裡黯淡若洞窟，人們皮影戲那般晃動。整條街都是吧，夜晚天光下年輕男女一雙雙眼睛皎亮。來人說是大學同學移民美國，幾小時前才下飛機，時差干擾，兩眼浮腫，兩人有一搭沒一搭的聊得枯澀，他突然明白，藉故走開，起身注意到某某同學右小指短了一截。夜風偶爾一絲一絲都是飽飽的腐臭，他沿著一條死水之河走，橋頭一大蓬大概是垂柳，一個賣泡麵的推車小攤，亮著一盞螢光小燈，光影誇大了攤販操勞刻苦的臉容，車把吊著一個籮筐，裡面蠕動著一個嬰孩，眼睛漆亮好光明。迥異於皇宮那神猴將軍塑像的暴凸鈴眼，叫人畏懼的巫魘感。昏暗與浮塵中，他覺得一切溫暖且平和的熟悉，不禁懷疑是不是輪迴的記憶殘餘在作祟。

某某再也沒找過他。隔了超過半年，忍不住問大姊，大鏡片後她幾乎是兇惡地盯著他以掩飾內心恐懼，一會兒才說不知。「大心肝就會死嘎足歹看，你毋通學伊。」大姊終究心軟追加一句訓誡。他確定某某陷在某種死亡陷阱不得超生了，好比被剝光、全口牙也被拔掉，徹底一具無名屍埋在荒野深山。

但，某某間斷的出現，在一些特定的狀況，以好譏諷的內心獨白的方式與他說話。譬如，如何處理私密的性需求。他記得角落攤著鳳梨皮的烤箱裡，某某噌道別傻了，她要釣金龜婿，自願送上來的屄不用白不用。那女人營業員好柔軟有勁地迎合他，他動心了，之後都到五星級飯店。他給女人買了一套碎鑽耳環戒指手鍊，她知道他的底。收它時，女人分寸拿捏得很好，淡淡驚喜中怨他幹嘛浪費，如同體恤的妻。那次離開飯店送女人回去，她電話追來說戒指耳環掉了，清楚記得事前脫下放床頭櫃。他也記得那動作。兩人返飯店，經理讓清潔婦來當面對質，那勞工階級的臉上有著極力壓抑著屈辱的慍色。他暴怒了，暴發戶那般的蠻橫大聲要去警察局備案，他分明察覺某某的肉疤蜈蚣蠕蠕地爬上身了，他聽見自己痞賴地恐嚇清潔婦，好流利，沒關係刑事局大隊長我熟現在的科學鑑定有多厲害你沒常識總也看過電視事情鬧大了倒大楣的絕對不是我。那經理親自送他到地下室停車場，他發動引擎，後照鏡瞧見經理職業化的恭敬蝦腰吃著他車排出的一氧化碳心裡肯定幹死了譙他慪客。他覺得腹腔內裡痛楚地攪動了一下，頭頂一圈冷汗，某某耳語說快走，意思是斷了那女人。

某某再也沒出現過。但某某引他入彀，他與之後的幾個也是釣金龜婿的女人恆是惡質而扭曲的關係。肉疤蜈蚣，不，某某嘿嘿說，認了吧，你是無法愛一個人而且跟她建立正常、平凡的關係。為什麼？某某說你忘了嗎很久以前阿瑟轉述的那個故事。阿瑟攤在麻將桌旁翻著一本書，說這篇恐怖小說有意思，一個獨居的富婆有一天大發慈悲撿回餓倒路邊的年輕男子，男人好了，也成了老富婆解悶的伴，但男人老鼠會般將一大家子陸續帶進富婆家賴著了，乞丐趕廟公，豬羊變色，軟禁了富婆，侵佔了她的財產。

貴賓室那非常窄小的圈子，諸如大姊、某某與他是共同被列在另一個階層、某些職種所掌握的夢幻名單上。時不時，他接到陌生人的電話，不出推銷保險基金理財、豪宅甚至是靈骨塔位，他儘量在文明的容忍尺度內給發話者時間，老鳥會用親切但條理的專業腔調，菜鳥就只會不斷嬌嗔大哥。曾經有一個聲音卻是讓他心蕩神馳，聽覺的美麗漩渦，他掉進去，嘴上結巴起來。那必定是聰慧女子，知道了他的心思，技巧地收了線。

他非常非常難堪的寂寞了。

那個白天悠長灼亮而寂寥的秋日，他去開自己的保險箱，竟然好像罪人進了告解室，等著遲遲不來的神父，因而內心更加荒蕪。他沒有學大姊囤積金條，有的是一袋一袋的有價證券，他搔搔頭，簌簌掉了一撮髮如松針。某某再也沒有消息。銅牆鐵壁、兩道柵欄鋼門與密集的監視器的保險庫，地毯走路無聲，一格一格一抽屜一抽屜裡皆是除非有人活用否則便是死物。點金成石，他覺得自己逆轉了那個童話，坐在金桶上漂流於茫茫大海，海天是那燃燒且瞬間灰燼的大火。

那秋日的尾聲，好意外大姊決定金盆洗手，她同意跟兒子一起去上海，趕上最新的移民潮，將來的住家出門幾分鐘同樣是南京東路。大姊充滿了期待，不講他也明瞭那是老戰士找到了新戰場的精神大振。餞行的一餐，兩人還是難免白頭宮女的感慨。「我們經過了最好的年代。」兩人互勉。

那年年初歐元啟用，一掃三個月前九么么的恐怖低迷，然而，庫瑪失去了嗅覺的敏銳，失去了方向的判斷，最可怕的是幾乎所有的同業都陷在如此的瓶頸，因此誰也沒有了指引與援助。也因此，庫瑪跟我們吐實，找不到標的了。

進入沒有航標的水域，我們這個沒有福音的年代。

真正失去航標的其實是霍金。多年前在宿舍澡堂，霍金完全萎縮而柔軟白膩的下肢卷曲在水泥地上，彎曲的脊椎鼓凸了胸腔，蓮蓬頭的水從高處淋下，他像玩碟仙時通靈的碟子滴溜溜轉著。霍金圖解給我們瞭解，一出生便是畸形兒，脊椎如何變形如土石流扭曲胸腔。他開自己玩笑解開僵局，明示不需同情，像不像跟大力水手卜派大戰的章魚。我們更驚訝霍金上了牌桌的堅毅、冷靜。先天殘疾讓他對第一桶金的追求更迫切，勢必不能從我們中掉隊。可是時勢變得太快，賣吃的小店霍金能幹什麼？我們義無反顧地遺棄他。沒有了庫瑪提供標的明牌，霍金賠得又快又慘，回中部山區的小鎮。十幾年後，我們才得知他孤獨死在一間報六合彩與股票明牌的廟裡。

命運之輪甩出去了一人，也圈進了一人。譬如技安，畢業後做到跨國大賣場的中階主管，獵狗般追來，企圖搭順風車奪下庫瑪十桶金的寶座。技安弟不小心洩密，技安牌技的高桿在輸不在贏，尤其是與上司同桌時。庫瑪住院，我們總算有一回約齊去探病，都嗅到了死亡濃重的氣味，出了醫院摘掉口罩，對著下班的烏煙車流，技安開始清算跟著庫瑪做下家不過是白忙一場，零星的賺，大筆的賠。不服氣去追查，哼，庫瑪好幾檔都是自己先斬了才通知我們脫手。依照技安的邏輯，貨幣的流通必然是我們賠的轉匯去到了庫瑪那裡。我們沒有一人出聲反駁，人吃人的食物鏈大抵是如此的。我們畢竟不再是當年傻呼呼的窮學生，服從幫派的規定那般，雀戰結束贏家請客大家夜市吃喝一頓，明日又都是好漢一條。

任一人的死亡之前，我們走近，看見的其實是自己。

西方反恐戰爭仍繼續延燒時，庫瑪出現了不明的發燒與咳喘、盜汗、體重減輕的病徵，沒辦法在鍋爐前站太久。大國哪個領導人說過，餵飽十三億人口不容易。我們的體認是，做好餵飽人的生意不容易。幾個月運作下來，阿瑟成了我們惱怒攻擊的對象，當初的夢想與實際操作的巨大落差如何解釋？我們記得阿瑟童話小女孩那樣畫大餅，創始店成功了當然複製開分店再轉型做加盟，再成了大家分頭做點鈔機就好了。從開始到結論，飛矢一直線，完全不需過程。心慌第一桶金離我們愈來愈遠，而這店將是最大的絆腳石嗎？那街區店面的管理員是個相當討厭、乾扁瘦小如黑寡婦蜘蛛的中年婦女，豐富的經驗讓她看衰我們，送信發通知收管理費時臉上盡是鄙夷之色，我看你們能撐多久。技安弟開始摸魚怠工，找空檔溜出去就是兩三個小時。阿瑟老頭再度傳來那句老話，要堅持，他不瞭解我們對堅持的虛無與詭辯，澀滯不前難道不正是沉船的前兆？

先收的是隔著四線道馬路對面的茶飲店，一夕之間玻璃門內桌椅全撤只剩藍黑牆壁，一大張紅紙黑墨書著「租」垂頭喪氣。地球儀購物商場很明顯是煙火之後沒有做起來，所謂人潮錢潮的滴漏理論於是無法成立，露天咖啡座成了街友的據點。晚餐時段過後店裡空疏，隔街看過去那黯黑的茶飲店成了倒影，蕭條異代，會是我們的預言嗎？玻璃後彷彿有人影還是鬼影徬徨。每日收店的例行程序，移開大鍋，爐座火種的一蕊冰藍火關了，碗盤倒扣匙筷平攤，不鏽鋼檯面有永遠抹不乾淨的水漬，一切交給暗夜出遊的鬼神。

年底，新的世紀瘟疫SARS、非典誕生，會是多大的災難尚未明朗，但我們暗暗期望那是讓我們順水推舟宣佈完成階段性任務的時機。

然而日頭枯黃的一日午後，怪胎惠子被庫瑪請來瓜代他的工作。現在，惠子進來，楔形的一道黑影，我們看見寸長短髮下一張削長馬臉，寬大台灣衫，一時認不出。學生時代，他在我們的外圍洄游，不定期神祕出現，告訴我們他愛麗絲夢遊仙境那般的嗑藥經驗，後來我們才發覺他根本不是學生，難怪渾身一種體制外的野放、浪蕩感，熱天穿一件黑皮褲，一臉骨稜稜的青森鬼氣。沒有死成，惠子說，與廢柴藥友比賽吸膠練功破關，他已經練到酒精藍的蓮座一大圈，呼呼自轉，加速旋轉，蓮瓣幻化成了刀刃，咻咻割著皮肉；僅止於此，再也無法更上一層。傳說最高級青龍關，人龍一體，腦髓深處騰出，龍鬚、龍角、鱗片無一不具象，卻粼粼的液體化，踢翻丹爐，竄入冰凍黑潭，內爆將速度推進至極限，破關那一剎那，向銀河盡頭射去。但闖關練成的將被發現一身清涼皮囊平攤地面，眉骨髮根有結晶鹽。「可惜沒練成，不然我就是在飛往另一個銀河系的途中。」惠子咯咯笑。

早年嗑藥在惠子臉上仍然找得到遺跡，長臉再也長不出一塊腴肉。他笑笑打量我們，三十五十塊新台幣的進帳滋味怎樣？很像愚公移山吧。

惠子自誇有多如貓毛的打工經歷，店裡外轉了兩圈，坐下來，食指沾了杯中水桌面畫符籙般分析所有的弊病，指關節敲桌，特色、我們的特色到底是啥？有而人家不知道等於是沒有白搭，莫怪做得這麼辛苦，做嘎流汗予嫌嘎流瀾。他沾水繼續畫，爛景氣便宜是王道，提案每日推出一道特價品，營業時段重新調整，店內燈光太硬太刺目，產品沒有故事沒有戲，譬如設計一張美美的有設計感的產地身分證，圖文並茂食魚的健康與美容養顏妙用，城市鄉巴佬最吃附庸風雅這一套。

帶著愛恨交加的情意結，我們很快交出了經營棒子視惠子如同專業經理人，他再攤開帳本，說服我們加請了三位人手。三位健壯婦人，兩位單親媽媽或者刻薄話是棄婦，一位很明顯沒有婚嫁可能的老姑婆。我們疏離了我們的店，路過看著它門口換掛了中國紅的彩球招徠，裝潢了一個水族箱養了鮮美肥魚當活招牌。那假尼姑、女版魯智深照常托缽沿著街廊走她的固定路線，遇人深深一鞠躬如同摸著石頭要強行渡過那時間大河。我們突然因此有了些微的不事生產的羞愧。

庫瑪診斷出得了某種難纏、存活率不高的癌症。那似乎是極遙遠的雷聲，因為冥冥中我們相信只要庫瑪願意砸了他的十桶金，死神的利爪自然縮回。

庫瑪做了氣切進行治療時，世紀新瘟疫如火如荼，病菌無國界，卻很像循著候鳥遷徙的途徑在地球表面散播。午後的荒漠時段，惠子不脫掉圍裙，坐在店門口，右手與那香菸的青煙一同微微顫，成了說故事的人。他講給我們聽，童年隨著軍職父親不斷調動戍守地點而全省走透透，因此幾個姊姊沿著縱貫線出嫁，姊夫之一果然是某角頭。有一年寄養在大姊家，與同齡外甥打架，大姊扔他進雞籠關禁閉到天黑，餵玉米。「雞童，我五歲就當了。」又是自我解嘲的咯咯笑。大姊全家趕去看電影，任他睡死了。稻草香讓他餓醒了，恍惚看見一輪黃月亮，突然一陣劇痛，是老鼠囓咬他的腳趾。從此，譬如電視裡金彬、姚小璋那樣大嗓門匪幹般女人的恐懼纏繞他一生。

看過一部殺手電影，童妓般小女生問：「童年一定這麼苦嗎？」大姊拎他去收驚，一間昏紅小廟，嚼檳榔的老婦利眼盯著他，忍不住洩露天機，說惠子是夜叉轉世，勸大姊你做老母的要多吞忍。既然是夜叉，註定與書本無緣。校園偏僻一角是垃圾場，長著一棵碧綠的香蕉樹，下午最瞌睡的時候，校工燃燒垃圾，升起一道白煙，煙霧裡有個人影在翻挑揀拾。他看得出神，油然嚮往那從腐朽挖出寶藏的拾荒生活。第一次逃課，尾隨叭卜的賣冰小車一下午，一無所獲。匱乏的童年，物質的回收再用是一門始終不衰的古老行業，惠子混進電影院撿汽水瓶換押金，四處採集鋼筋鐵條與銅線，養成了低頭垮肩的走路習慣，因此第一次看見海平面嚇愣了。曾經一個週日早晨，他跟著送牛奶的腳踏車接收玻璃瓶與其中好香的冷牛奶，兩條街與一個大大的飽嗝後，腹瀉的懲罰開始，不得不野狗那樣找著電線桿與陰溝排洩為記，一路拉回家。

漫遊的範圍擴大，來到城市邊緣的墳墓山，想像著地下可能陪伴屍骨的金銀珠寶，留著口水夢想著做一個陰間響馬。濕淋淋的春天，苔蘚、蕨類與芒草肥美，濃滑得讓他一腳踩進一個狗頭塚，兩手插進狗骷髏嘴洞裡，仰頭看見天光裡那個屠狗大漢，「猴囝仔，找死是麼？」

惠子承認早衰來自於從廢五金兒童直接轉骨做了孫悟空速賜康少年，鴉片之後開台第一代毒蟲。他與父親一起衰老，退休後的老頭快速朽化，僅剩下取名的才能，好自豪惠子七個姊姊依序得名一鳳二凰祥參，四喜又名對對，五福，大順小名溜溜，老七自然就是七巧吧，錯，一周更見別出心裁。老頭發憤練字，練出一身老人味與墨臭，都是黃金葛葉影的昏暗傍晚抬起一張塗滿墨汁的癡騃的臉。七個姊姊的兒女陸續結婚開始了第三代，他幫孫子命名，不滿怎麼第一胎又是女娃，倒楣，那就一梅，第二胎還是，就一零吧。總算盼到第一個男孫，他想到自身大遷徙潮裡一丁流亡者，揮毫寫下一軍，再來第二個男孫，他看見光，提名一光。一屋子女人高頻率的搶話彷彿揮槳打活魚，他注意到父親急速的萎落，碎步挪移不動那胖大軀體，屁股沉沉響了。父親像河水上的油那樣的抖著，以一種他從未聽過的奇怪鄉音嗚嗚哭了。爸你滲屎臭死了，幾個姊姊接龍斥罵。

可憎的女人。父親中風臥床之後，七姊妹排班照顧，隔一條巷子外的捷運工地夜以繼日打地樁、來去預拌水泥車，噪音將腦神經打成了棉絮的黃昏，惠子聽見黃金葛暗影裡禿鷹姊姊啪啪掌摑父親的臉還是老屁股，爸你老人屎有夠臭揑少吃自然少拉你不聽你看你拉這一大包臭死人了哎喲害我丟垃圾時好丟臉你就說吧定存單子你到底藏哪兒你別裝傻你不是跟老四說有當初原本是要給爺爺姥姥修墳用的幸好我們把你擋下來否則根本你被那些堂兄弟騙得團團轉騙你我就不是你跟媽生的。爸。爸。爸。每一喊聲像釘槍打在耳膜。

母親也在，彷彿櫥窗裡的木頭模特兒蜷腳窩在一疊半人高的雜誌報紙後的藤椅，一個無賴女，惠子不記得她下過廚煮過一餐飯，曾經某一段日子太陽黃萎時她從茶舞歸來蹲坐在公寓大門台階上揉腳，趾甲的蔻丹掉了漆，高跟鞋鞋絆裂了，油黃臉上公寓貓發春眺望窗外好想遠遊浪蕩的哀傷，因此極憎恨看見她的子女靠近，爪子一揮清脆一巴掌。現在，她頭髮染黃褐，穿大紅大綠的蝴蝶裝，跟團去紐澳旅遊，掃貨買了兩大箱，嚷著好便宜標價都才幾十塊一百塊。老式電唱機有個一百歲的精靈於永恆的春光裡尖嗓子叫著郎啊郎咱們一條心。她無所謂的看著七個女兒修理父親，伸出手，背上腫浮的靜脈無限延長竄到鎖骨頸脖。

車輪輾過工地圍籬旁的鐵板，每一聲空隆如同鐵鎚敲著太陽穴，他在門口蚯蚓昂頭那般看看父親，父親陷在泥漿流沙只露出顏面其實已經形同一具浮屍，眨巴著濕爛眼睛，似乎發出非常渺茫的求救訊號。他想並且期望一覺醒來父子倆雙雙變成蟲。

可憎的女人還有奧麗薇。惠子癡戀她一如孫悟空少年時那朵毒幻蓮花座，但是奧麗薇討厭他，在眾人面前用力羞辱他，鉚釘方頭靴子踢他脛骨，他老狗般哀傷地下垂眼睛不肯離去。奧麗薇丟給他一條鉚釘皮革頸環，他戴上，做她的奴才。那時候流行歌曲的文案語，不可自拔的除了牙痛還有愛情。他的狗屎愛情。春節，奧麗薇擺地攤賣仿冒品，他做後勤補給，從二九晚到元宵，他大嗓門有了用武之地，人潮中站到椅子上拍著紙板喊啞了，只為博奧麗薇認可的一個眼神。奧麗薇讓他忠犬般跟著去了一趟香港四天三夜，也算酬謝他，早晚搭天星小輪吃維多利亞港的濕膩海風，睡到快天亮她腳還是冰冷，插進他胯下。奧麗薇傻屄苦戀某一母狗男，聽說他跟一筋肉男遊港澳並血拼遂無目標追去，踏破鉚釘靴一無所獲，他建議到鵝頸橋下打小人，兩人上太平山頂，颳著無情寒風，看見整個港島淒美燈火一如她凝凍的愛情，可遠觀不能碰觸。一日奧麗薇電召，母狗男被老頭發現愛男人當下遭揍瘸了，嘴唇撕裂，惠子背他上醫院，回奧麗薇住處，房間如同雪洞，珍藏一整套小甜甜影碟。買了藥酒幫母狗男推拿化瘀，才發覺他側面神似安東尼，眼下臥蠶堆積青翳。年後，母狗男得到國際友人資助，移民荷蘭，奧麗薇傾其所有要跟，在機場撲了個空，遊魂飄盪到沙崙，奧麗薇隔日起不再見他。多年後，盛夏熱浪的十字路口，他看見奧麗薇脊椎傾斜不勝負荷地抱著一個沙皮狗般小男孩，時間淘盡她所有的銳氣，殘忍地讓她提早

殘萎。四目交接，遲鈍了兩秒，奧麗薇抱歉又軟弱地笑了笑。日光一如沸水，他好害怕時間列車轟轟正

直線衝來，心臟裂裂的掉頭跑開。

「愛是朝生暮死的蜉蝣，不能重生與再現。」惠子問，你們看過這一句嗎？

世紀新瘟疫在兩岸三地圍城，人猿後裔反抗屢敗屢戰，這天傍晚惠子盯著電視螢幕走馬燈的死傷人數最新統計，蹦出一則偶像藝人跳樓自殺的快報。提著一桶消毒水，他將店裡外再噴灑一回，悠然想起那個寒冷夜晚奧麗薇帶他不斷坐叮叮街車如同神話那巨人反覆推石頭上山又滾下山，最後一絲希望或可搜索到母狗男在街上，橫在街心空中碩大霓虹招牌將如太空航艦解體。幻滅的時候，他們是渡過冥河的一對主僕，大樓暗影絆了奧麗薇讓她一顛仆，一小股海風彷彿那百年恥辱的海港打了嗝，穢臭的哀怨讓她折了腰在後來偶像陳屍地點嘔吐。偶像早年兩頰嬰兒肥的一部電影裡，有一幕是一雙生猛男女在熱夏深宵潮氣如柏油的電車上放膽纏綿，紅衣女雙腿盤鎖男子腰臀，眉目如醉，蹲馬步般他捧抱著紅衣女下電車，僅靠下半身撐著兩個人年輕的重量，交合野狗尪尪跑過黏潮的街頭。

像極了病重的庫瑪抱著他的金桶。

庫瑪同意了兄姊建議，自費百萬元做自體幹細胞移植。

先死的卻是惠子。中元前幾日惠子通知我們還是從俗拜一拜，要我們那日來舉個香燒金紙心意到了即可。現在，他的禿鷹姊姊打電話來，匪幹那般有稜有角的腔調，清理遺物，居然四台桌上型、筆記型電腦，五支全新手機，一堆衣褲鞋子吊牌未拆，一疊影碟，都是刷信用卡，惠子大姊是保證人擔心要代

他做卡奴，拿著通訊錄逐一撥打問罪，你們知道東西怎麼退？「沒別的意思，已經送去燒了，誰曉得染上什麼骯髒怪病，告別式不會有，其他朋友呢你們願意的話轉告一聲，以後就別來問了。」

惠子僱用的三個女助手特別去了惠子家一趟，說是那日發現他房間木地板的每條縫隙被他以燭油填滿了。我們想像，惠子在前一晚蝦卷身軀跪著，一如苦修僧侶做最後的功課，傾斜燭火，滴下蠟淚，直到最後一滴，然後倒臥死去。她們袒露肥厚的一截上臂，驚奇發現臥病在床的是惠子母親像保溫箱的早產兒，父親老黑狗一隻，髮蠟油頭白西褲白皮鞋，兩手戴滿黃金翠玉戒指，手機來電鈴聲是不插電的愛你一萬年。禿鷹姊姊們的心足狠，哪有人一死當天就送去燒，冤仇人亦不如此。三壯婦眼眶紅紅說起惠子的好，帶她們去唱卡拉ＯＫ，教她們上網、抓歌燒錄，跟上時代腳步；當心靈導師要她們姊妹大膽往前走開發第二春、順便改善母子關係，千萬別當菜籃族只是被坑殺。中元前一日提早打烊去大賣場採買，他請她們小公園邊喝生啤酒吃碳烤，榕樹蓬垢枝葉下一條紅磚道黑水漫漶，路沿的鼓風機吹活炭爐飛揚著即生即滅的橙紅星渣，運將甩了計程車門快跑要去解放一泡尿，來客跟他們一般都是賣體力勞工階層，因此空氣特別鹹餿，夾雜著廉價的香水粉味。不婚者說她每天上工下工通車往返三小時，公車轉捷運接區間車再轉社區小巴，太累睡過站，火車搖晃北海岸，睜眼看見蒼狼大海；兄哥新娶的第二任老婆看她不順眼，用盡心機給她穿小鞋。兩壯婦大驚，什麼是小鞋？妳那兩隻象腿。蒼茫中，他們看著一螳螂般阿嬤推著一車回收紙箱與破爛，每走一步便從身上掉落灰燼與鏽渣，惠子伸出雙手，學自老鼠會直銷大會的同謀儀式，與三壯婦心手相連一個圓圈。我們不知道，惠子右眉眼間長了血管瘤長達三個月，最後長到雞卵大。說吧掏出你生命中最不堪的痛最深的怨，他對三壯婦下令。在她們的創傷敘述裡，鬼使神差他複習了年少看過的死亡之舞，十字路口遭受猛烈撞擊的轎車內卡在前座神智清楚即將死去的女人，驚嚇過度或者快速失血，女人的臉出現窯變般的光澤轉換，甚至眼瞼下浮現了原本隱淡的雀斑，瞳仁沒有了神采。並不很久以前，他是如此預知了生命消亡的那一刻。壯婦手心的溫暖讓惠子這一次無懼於死亡的真實面孔。

自體幹細胞移植手術之後，庫瑪找我們到他的住處一聚。惠子留給我們的唯一難題是如何告訴那三位健壯婦人我們決定把店收了。庫瑪說就放給她們繼續做下去吧，能撐多久就撐多久，你們就都退股吧。他住處收拾得非常整潔了，是庫瑪大姊打掃的，百葉窗換新，皮沙發上了油。氣切傷了聲帶，穿著天青條紋睡衣他坐在偏西的日影裡，也顯得潔白荏弱；大頭剃光，有種甜滋滋的喜感。廚房有個貌似賢淑的女子燒水泡茶，我們的職業敏感推測又是一個釣金龜婿的營業員。很多事情是不會改變的，尤其當背負著沉重的金桶時。

我們彼此都拘謹了，恐怕不是面對死亡讓我們懂得收斂，而是我們無恥地殘存最後的一線希望，希望庫瑪能夠人之將死其言也善吐露他第一桶金的真正祕訣。如同那首老掉牙的民謠風歌曲，一個人得走多少路？一隻鴿子得飛過多少海洋？看見藍天之前，得仰望多少次？必須等到多年以後，我們才能夠瞭解這一次聚會的意義。多年後我們參加美東旅行團來到大都會博物館，陷入迷宮般亂走到雲岡石佛的巨大房間，光線柔和，歷經千年浩劫的石佛成了被禁錮被參觀的藝術品，佛不在了，壯觀是壯觀，美則美矣，看多了只是各自迷亂，佛也有蛀壞的時候？我們走出博物館和世界各地的觀光客坐在台階上，看第五大道一整排城堡豪宅，導遊解說它們好多超過一百歲了，有興趣去核對老照片更會發現一百年前跟現在看起來沒有什麼差別改變呢，再過一百年肯定還是一樣。導遊再賣弄，明天去去七十街一棟建於二十世紀初一煤炭、鋼鐵大亨的私人美術館，大亨可算是白手起家，三十歲即成鉅富，與鋼鐵大王卡內基是生意夥伴也是好友，晚年極盡豪奢建造城堡宅第兼收藏畢生蒐羅的頂尖藝術品，譬如以《戴珍珠耳環的少女》聞名的十七世紀的維梅爾畫作，大亨擁有三幅，建造之時他已決定死後轉作美術館開放大眾。那樣的財富奇觀撼人心弦，我們進入奧林匹斯山頂神殿似的大宅第，據說竣工後大亨只住了五年便死了。在那看似富而好禮的空間，我們震懾卻看不懂那些巨幅人像油畫、宅內每一斧鑿的繁複細節，確實財富藏在細節裡，只能想像大亨臨死前深夜一人好像最後一隻恐龍穿行迷宮檢視他無與倫比的戰利品，那究竟是怎樣的感覺？如同提前進駐他的皇陵？每個房間、每一面牆、每一個轉角，都有可以兌換遠遠超過普通一人積聚一輩子的鉅額價格的稀世珍寶，難怪他要死後與普羅大眾分享，傲然宣示他至為孤獨的榮寵與慷慨。我們突然有一種異樣的感覺，庫瑪苦澀的靈魂跟我們在一起。

不得不承認那幾年真真假假的有錢人彷彿得了瘟疫陸續以各種原因死亡，譬如愛以金馬桶與加長型勞斯萊斯擺場面的唐某，譬如樂於收女明星為乾女兒的黨國元老之後黃某，譬如圓圓臉永遠紮兩根辮子如農家女的大富婆。不死的是那些智慧型大盜譬如楊某，當年冒用空白商業本票向多家金融機構詐貸上百億資金炒作股票，彷彿隔空取不死之藥、夢中造千軍萬馬之景，即使被捕入獄，堅不吐實三十億元的去向；譬如畫虎卵她研發了一種獨步全球的電子晶片而設下完美投資騙局的葉某，收監前在傳媒鏡頭前痛哭流涕，簡直是表演術的極致經典；譬如島國史上最大的吸金案主謀沈某，服刑四年即假釋出獄，狗仔隊獵拍到他牽著一條帥極了的大狗上酒店，平日則偽裝成去日苦多、一身慢性病的糟老頭。這些戴著黃金枷鎖的奇人總是令聽聞者當下腎上腺分泌激增，但羞於分析究竟是出於羨慕或是義憤。

所謂有錢人不死的地方，是庫瑪從號子裡聽來不知轉了幾手的猶太人故事，很久以前一個貧窮封閉的小村，臨老的富人以一筆數目很大的金幣當賞金，要執事的長老們找出讓他得以永遠吃餅喝咖啡抽煙斗，永遠活著的所在。幾個愚直長老鄭重地腦力激盪，終於想出那就是某一個乞丐與窮人聚居的地方，幾百年來從沒死過有錢人。富人真的搬去了，但他只肯先付十個金幣，其餘賞金得等他確認永遠活著才給付。富翁在第六年死在那裡。長老們大驚，再次聚會討論出了結果，富翁搬去那裡之後，不事生產，成天吃餅喝咖啡抽煙斗，因此也變窮了，當然也就死了。

我們跟庫瑪彼此都無話了，好失敗的降靈會，晴天的風搖動百葉窗發出蕭索的聲音，庫瑪大姊及時來到，送我們離開。長姊如母，卻是俗稱的小粒仔，矮小，走路內八字，日後她繼承了庫瑪大部分遺產，她打開銀行保險櫃，覺得好像庫瑪骨灰剛放進去的納骨塔位，陰涼，慎重；她向我們請教如何處理裡面囤積的一百多種股票，問得好仔細，顯然邊聽邊做筆記，害羞地笑了，歹勢打攪我們太多時間。電話裡聽見自鳴鐘每十五分鐘噹噹敲著古老的響聲，黃金般的簧片振動，神仙老婆婆似她笑著解釋，人兩腳錢四腳，時間是八隻腳，時間對我真寶貴捏，我自少年監督四個囝仔讀冊，靠的就是這時鐘。她也是以這樣的態度面對庫瑪轉移給她的十桶金，不心慌，不亢奮，以其慣有的節奏如常過日子。

庫瑪大姊告訴我們三個庫瑪的故事。那個在最後聚會為我們泡茶的便是先前鬧過掉了鑽石耳環戒指的女營業員，完全變了一個人，成了很細心盡責的看護婦，庫瑪也總算願意信任她。庫瑪大姊嘆了一口氣，自揭謎底，那是她與貴賓室大姊一起操盤安排的，臨終前哪怕是虛假的也要給庫瑪感受一點夫妻小家庭的溫暖。兩個大姊看穿了他內心最深的恐懼，孤獨的死去。她又笑說，你們都不悉影，庫瑪後來甚至毋敢開車，驚予人綁架，我笑汝彼台銅管車有誰人看得上目。庫瑪有一日告訴她，他教了女營業員泡茶，用家裡山上種的茶葉，他自己聞不到茶香卻好眷戀茶的熱力，兩手掌握緊茶杯燙得潮紅，因此自知離死亡很近了。

讓我們再回到年少的牌桌，還是阿瑟攤在椅子上隨手揀了一本書邊看邊念給我們聽，名叫尼克的男孩跟著醫生父親渡過濃霧籠罩的夜湖去對岸的印地安人營區接生，產婦丈夫受不了分娩的長時間拖磨與痛楚，竟然一旁躲在毯子裡默默地以剃刀割開脖子自殺。尼克問父親，死難嗎？父親回答挺容易的吧，得看情況。故事結束的畫面，父子划船回岸，尼克伸手水中，與船一同滑過湖水，涼颼颼的清早，湖水卻是溫暖。尼克看著父親划船，他相信父親永遠不會死。

死難嗎？我們想問的是惠子。大霧瀰漫的時間長河，他早我們一步在遙遠的對岸，也是在我們年少的牌桌上，惠子說他小時候一度迷上垃圾場，堅信可以挖到寶。熱天午後，或者是垃圾場高溫引發自焚，毒氣似煙霧中，他跌滾下去，起身，發覺一腳踩在一條柔軟蛆爛黑狗上。腳底弧度清楚感覺那死狗的頭骨的凸出與凹陷，膠質的眼眶四周黏著綠頭蒼蠅。

三壯婦打聽到惠子骨灰放置的地方，我們相信我們永遠不會去。

現在，我們跟著庫瑪的瀕死之眼展開他最後的環島旅行。是在一個常溫的午後，他睡了一頓好覺，彷彿有夢，沉在水底仰望無垠青天，水質粼粼，那好舒服的空茫顫動著雲絮與一長條芽眼萌生綠意的樹枝。夢與醒的恍惚，他看見自己一半在折射進屋的日光裡，感覺另一半失血的蔭涼，他知道那是頭部枕在大姊託人送來以一片片帽正古玉織成的枕巾上的關係，在起身隨即有暈眩侵襲之前，他得把握那清明的時刻，確認生命的脆弱、其實如同煙霧一陣的軀體的存在。他看見女人午寐在沙發上，雖是舊識卻又一如新人，她臉容完全放鬆因而柔和的美麗，唇鼻間軟髭汗濕而加深色澤，她的腰腹緩緩起伏呼吸牽動著他曾經熟悉愛戀的胸乳，是夢境另一個國度的話語，他似乎聽懂了。如同頓悟他好懷念中學時炎熱的放學午後，卡其褲內的胯下飽實如活物蹦跳的生之慾，只好滿頭大汗躲進窄小的廁所，熔鐵的夕日橙紅橙紅的灌注身上，流到他手上成為一掌心稠白衝鼻的精液。他看見幾隻螞蟻從沁涼的地磚爬上他的腳，過去時日完整的碎片電光般一一閃過，那是日暮太陽收拾起亙古的光而還逗留在屋頂上的溫暖能量，比黃金更為貴重。他聽到了遠方召喚的聲音。

庫瑪大姊租了車，女營業員充當司機，第一站到我們的店，不下車，街對岸停著，隔著玻璃窗看著三壯婦不鏽鋼竈台後忙，三人於下午空檔互相刮痧袪熱毒，眉心有梭子形狀的紅，蒸騰熱氣裡如在八仙綵。不婚者紮了兩條辮子，還了她少女樣，延續惠子的攬客方法，跳到店門口扯開嗓子有韻有腔的喊。

現在，庫瑪被不婚者逗笑了，猶豫不決接下來是直接走西岸南下或者繞走東部。地球儀購物商場出口，假尼姑照常杵在那裡，寒青頭皮濺著油光。我們肯定假尼姑將會杵到地球儀倒閉。對不起，岔一下，我們記得朗讀者阿瑟也唸過這樣一段：「我到范氏的第一天，就承蒙人事經理親自接見。他搖頭晃腦地說，整個公司就像一部巨大的渦輪機（知道什麼是渦輪機罷！）而內部安全是這部鬼機器的最重要零件，如果我好好幹下去，服從命令、負責、進取心、榮譽感，我就有升遷的希望。我是個職業守衛者，正義是我的愛人、我的夥伴、我的同志。」庫瑪同意我們將之送給三壯婦，他的遺囑有一條，讓這間店繼續經營下去。

庫瑪，要再聽一遍嗎，如同你對著你的金桶，「我是個職業守衛者，正義是我的愛人、我的夥伴、我的同志。」

黃昏時，大姊與女人搖醒庫瑪，車子舉步維艱穿過夜市旁邊的街道，油炸的膩香氾濫，數個轉彎後停在一棟學生宿舍公寓大樓前，他看見從前的自己在鐵窗裡吸菸，夾菸的手輕微顫抖，年輕的臉終於忍不住笑開了，生平第一次覺得自己大智若愚不與眾人彈同調默默地低買高賣賺了一筆其實五位數的錢。那時鐵窗位置看出去一大片荒廢田地，野草蠻霸，時而飄來大概野貓野狗或吃了毒餌的老鼠屍體的濃濃腐臭，春天一夜豐沛雨水後突然冒出了輕快亮黃的花，惠子穿越走來，我們吃驚發現且鄙視他行走的女態。

據說印象派畫家以油彩與筆法誘導人的視覺，企圖在畫布上留下消逝即永恆的時光。貴賓室大姊一度想追隨某大戶收購某位擅長豹子與裸女、留法而終生潦倒的畫家作品，庫瑪跟班陪她親炙過藝術史老師做過一陣子功課，大姊終因賭注太大而縮手。氣切、住院後某天昏沉的午後，女人獨自來到病房穿一身鵝黃，他下意識舉手遮住脖子，因為看過一位親戚直腸癌腹側做了腸造口，糞便改道。女人蹲在他前面如同整個春天，讓他看清她眼中的淚水，他生命最後的春天。他記起以前與女人的歡愛，開始他因為技巧拙劣而難免粗魯，過度的體重壓得她嘶嘶急促吸氣但不敢喊疼。

現在，女人為他開車，經過漫長且斷續的夜晚海岸，彷彿進入沉睡然而繁殖力旺盛始終不休息的熱帶異鄉，大片大片飽滿的色塊。曾經貴賓室大姊拉他合買過東部一塊地，但他從未踏上那塊地一步，那必然是大姊拉他一道進入某個抄手團外圍眼明手快撈一筆便走人。很快賣掉那塊地，他卻悵然若失。所以夢見了恐龍般巨岩峭壁上，我們好快樂地野餐，臉上銀器似的光亮，大霧隨後籠罩，他聽見我們旅鼠那般逐一跳入海裡。他一直堅持一定有那麼一個地方。

南國最南，盛產洋蔥之鄉，庫瑪順道拜訪了我們同學裡最老實本分的一位，服完兵役後隨即返鄉做農，住祖傳的三合院，娶妻生子，檳榔樹群裡，兒女門口埕追著大白鵝，眼睛澄亮無一絲雜質。有一瞬間，檳榔樹與日光的清香微熱讓他想像死亡的樣子或許就是如此吧，帶著彷彿可以商量的寧定氣息。他不想自己的病體模樣驚嚇到老同學，到底嚇到了，他好感激也喜歡老同學始終不變的古意，因此有餘裕看老同學極力克制不要失態卻無措的拙態。兩人揮別，南方的天空那樣古老的新鮮，一切如常，最大的差異是他內在響起了秒針的滴答，所有官能的、思慮的對準了焦距似無比清晰，卻又都是微不足道的瑣碎，譬如他記起了一個名叫石榴的火車小站，好想請陪伴他同行的兩位女人開車折回去那裡讓他看看。

現在，車子進入兩條山脈之間的帶狀平原，一邊高處有鐵軌蜿蜒，被聳立的岩壁所壓制，列車玻璃窗裡會出現一雙固執地守望此景的眼睛，另一邊是緩緩升起的綠色丘陵，日頭與層積雲交互為用在其上浩浩移動陰陽，遠望的角度若對了，雲隙瀉下的光束打在向陽坡上的簇群房舍。除了火車與汽車的往來，一如化外之地，不見作息與稼穡，不見飛禽走獸，或者人的活動是以保護色隱匿，只是路過的外鄉人的肉眼無從察覺。庫瑪耳邊響起我們少年時熟悉的蒼涼悠杳印第安歌曲《老鷹之歌》，死後若有來生他但願化作一隻飛鳥。

我們不應該忘了惠子畫虎卵過，一個瞎眼的通靈婆婆說他是夜叉投胎轉世。

現在，飛鳥棲息在夜叉肩膀上。

夜叉對飛鳥說，你那樣的人生實在說不過去。

飛鳥對夜叉說，你的才真是難堪吶。

旅程就要結束了，女人開車疾疾通過多雨陰黴的東北角，短溪流不少，溪床大石鏽黃色，溪水或寒碧或蒼藍。讓我們很快的、最後一次再回到阿瑟朗讀者，他曾經為我們挑重點讀過一本遊記，不過百年之前，那東北角有一座棕櫚島爾後叫和平島，島上有赤足的平埔族少女，美麗大眼睛，言語溫婉，令當年聽書的我們嚮往極了。重返城市，天黑前下過一場急雨，連同塵埃與熱氣也洗刷去了。車下高架橋，趨近庫瑪住處，坦蕩蕩如黑水溝的大路，車流與夜雲往大路盡頭奔去，車燈密密如膠稠的魚卵，彼處的夜藍呈現琉璃質感。庫瑪的大頭後仰靠椅背，他看見晚歸的城市飛鳥在那夜琉璃飛翔如同眼睛水晶體裡的雜質，一場未竟之渡。

庫瑪當然不會知道他日我們將撿起曾經出現他臨終之眼而被帷幕大樓的眩光誘殺的夜鳥同族。倒帽的鳥兒在掌心還有一些溫熱，我們仰頭看那玻璃帷幕大樓，像極了一桶金的意象，我們都曾經擊罄那般傾全心力撞上而以為撥動了一根黃金弦。

一志、凱麗：此刻我是面對著陽光普照的太平洋。

我在一家別致的五樓咖啡館，改裝成玻璃屋似的吸菸區，白窗白桌椅白牆壁，因此日光如雪。入夜來這裡肯定極迷人。

與非吸菸區隔離的玻璃牆上白筆寫著一段遊戲文字，不怎麼樣，鍵抄下來順便理理頭緒，「山看著我，海看著我。我，一小寫的i，微渺的豎子，擁有最大的自由？堤防，橫躺的一條細細的破折號；破空而出的紅燈塔，i，哎，可不就是那虛空鏡子裡的另一個我？海的鏡子，天空的鏡子。今天，風平浪靜。π，海的浪潮，可是除不盡的3.14159……？√，有樹有土石有岩層的山，可是比√更古老？i，唉，要怎樣證明我自己？（嗳，i，召喚夢中的鯨魚在不遠的海平線噴出水柱）一個大浪打濕了紅燈塔，太陽曬乾，月亮照亮了以後，我，小小的野心，在眠夢中滑過去與紅燈塔互換位置。」

昨晚投宿在四樓民宿，大片玻璃窗是相同的視野，夜裡醒來多次，下面猙獰巨大的消波塊裡有海釣客撐開一頂膠布小帳篷，點了燈，青藍色，如同惡龍的心。睡中的意識反覆上演著黑色大海犁出一條滾沸水痕，冒出的是莫斯拉那樣的怪獸提著紅燈籠般的眼睛要上岸食人，我心悸醒來。

此行是為老羊接的案子，一個股市怪咖，單身漢，癌症死了，他大姊說幫他寫點什麼留下，弄成紀念冊也行。

寫給鬼看嗎？我消遣老羊。

老羊答我，那個酒鬼偵探參加戒酒聚會，台詞總是我某某今晚只聽不說。只要寫，不必問；就是一份可以兌換一筆不錯的收入的工作，有何不好。

老羊安排之下，我與大姊見了幾次面，相當溫暖自抑、禮數周到的那種本省傳統女性的「姉さん」，她感動了我。

我要將股市怪咖的最後環島之旅再走一遍，等同於那個慘遭撕票的幼童母親受孕再將他生回來。直覺那臨終之旅寓意著譬如抵達之謎，最後一眼回頭一望你願意看到的會是什麼？會是電影特效無數畫面如暴雨如流星雨同時出現？看到的便是相信的還是虛幻的？資料說股市怪咖他曾在東部縱谷買了一塊肥沃農地，閒置了十年，不為投資，無有目的。我想就從那一塊地寫起。

有些地名諸如牡丹、瑞穗、春日、暖暖、石榴、歸來，令人心意滿滿的動念就此落地生根，娶一個女子，生兩個小孩，爾後此生大風颱不走，太陽曬不枯。我怎麼突然想到讀過一首英國民謠，歌詞：用愛情打造一副燦爛的黃金棺材，將她葬在青青楊柳岸。

這是我旅途的第二站，我豈不也是重複著你們的旅途。火車出隧道豁然大亮，好清寂的南澳，海面風浪頗大，白浪如同嘴沫，如同撕裂的深淵。火車繼續下行，鐵道旁一棵黃葉大樹下兩個小孩笑嘻嘻仰臉。更有那吃不住野風而扭曲如鵝頸的一長列檳榔樹，顯示了風的方向。乾荒都是石礫的溪床，想跳車遂其肝腦塗地。

股市怪咖留下一筆不小的遺產，他大姊與老羊是大學同學，肯定曾經有過一段純純的愛，唯其沒有結果，那成了兩人友誼的最佳黏合劑，至死不渝。老羊陪她去開保險箱，超過一百種而不是只有一百張的未上市股票，估計全部辦理妥驗證、繼承過戶手續大概要半年時間。那是一場漫長的以迷宮般數字符碼與印鑑圖騰迴旋的身份轉移，必須經過層層的文明保障機制核對如同DNA比對，確認序列完全吻合。一副血肉之軀便在認證程序進行中啟動刪除如給武俠世界的溶屍化骨水徹底銷蝕了。

天啊我到底在喃喃自語鍵寫什麼？死了，不存在了，永遠不只是生物的化學的現象，而是哲學命題。我是在物傷其類吧。

我旅途的第一站，先去了e代號為circus的筆友（是的，筆友，多麼古典的名詞與人種，網路時代可望使其復興）去過的一家古舊溫泉旅館，偏僻的小站下車，驛前一條上坡路，近黃昏了，空氣如同相片的粗粒子效果，有人家焚燒樹枝草葉，聞著惆悵極了，一條筋肉結實的花狗來嗅我臀胯。旅館櫃台是個外傭，懶洋洋地領我看房間。我開始進入一段邊緣的異質時空，近似自我放逐。

我們還記得盛年時那些狂放的夢嗎？時間以高壓電流之姿加速向前，燒得我們皮焦肉綻。

孤寂的房間裡，我感覺「自我」的稀釋，甚至空幻，生命的原子狀態。我不敢看梳妝台鏡子，鏡裡的我或才是更真實的存在。我做自己的巫者，預演我的最後一刻。

e筆友circus鍵抄給我一段文字，出自她熱愛的一本小說的最後：「除了我們所能看到的世界之外，並沒有一位可以主宰一切的神祇；因此我們只能藉由機遇所給予我們有限的能力，來創造出屬於我們自己的生命價值，而生命的定義正如馬克思所說的，是人類（包括男人與女人）在力圖達到目的時所做的行動總和。」

夜色的黑是淡薄的，坡勢緩降而去便是大海，海岸在此略略內凹，海潮多了一個聲部。那極可能是我的幻聽，有笛音由弱而強，一躍一躍，堅韌的如一葦渡海浪而來，射入我的胸腔。我的形體裂開化為粉末。

夜晚的海平線有跳動的光亮，我隱隱在期待著什麼，那遙遠的光或者是億萬數量的浮游藻類，生命的示現。不知道為何，也不知道是什麼時候，我已經淚流滿面。

現在，我眼前是波平如鏡的太平洋。

下樓，穿過一條無人街巷，過紅綠燈則是菜市場，賣的比買的多，幾個角落都有一婦人攤開塑膠布擺著幾樣自己從田地摘來的有疤或黑點的蔬果。在她們身上，我接近了一種日常的平靜。渴望與你們在下一個街角相遇的念頭一閃而過，但我不會讓它干擾我太久。

又，多謝寄來的引言，「什麼都別寫，什麼都別讀，什麼都別去想，只要活著就好。」

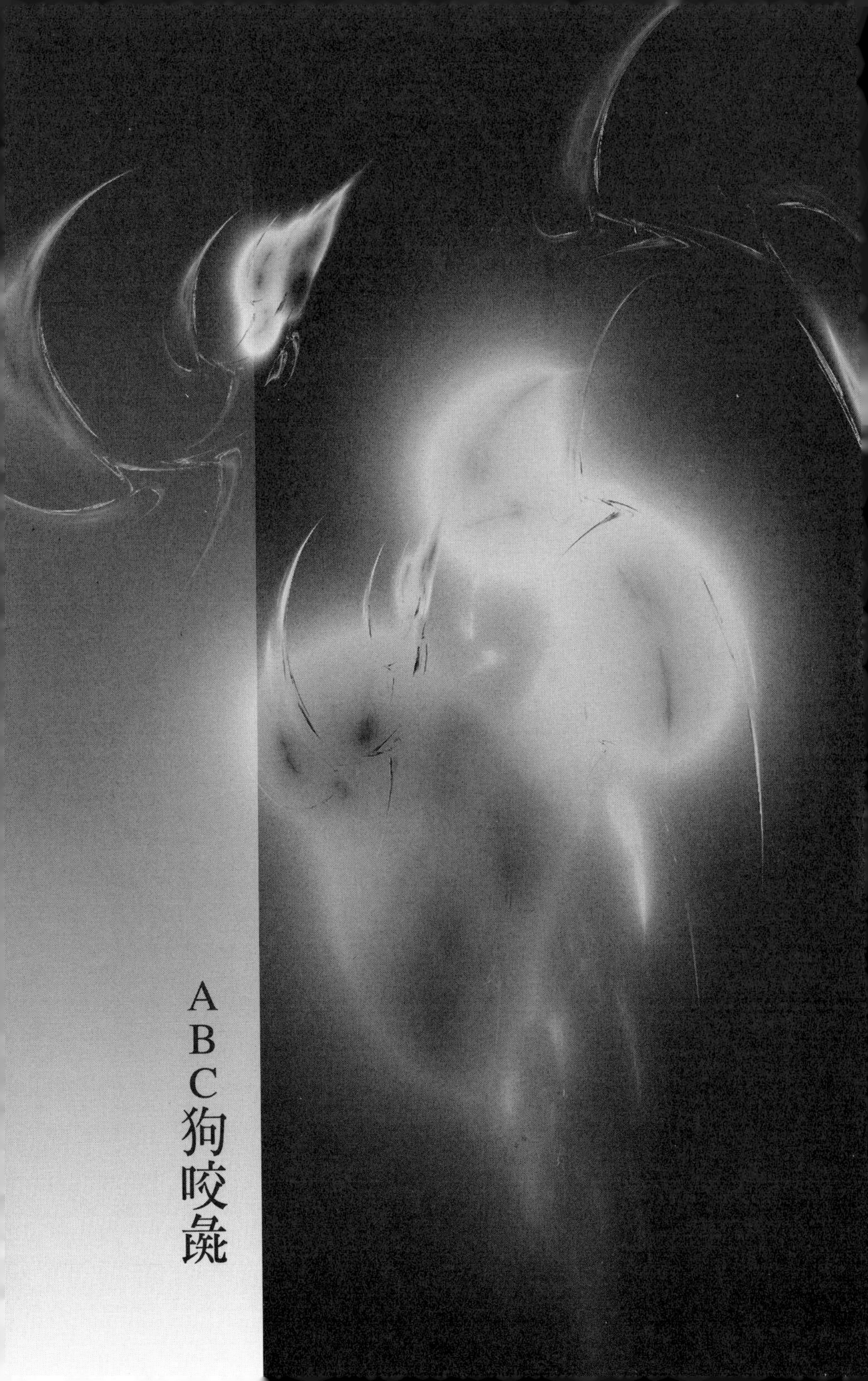

ABC狗咬彘

夏天大三角正正行到天頂的時，馬神父的小弟予牛車拖到天主堂。馬神父日後講笑，小弟坐了一兩個月的大船，濛濛雨中上了雞籠港，雙腳軟芍芍，火車上又吐又瘦；接到電報，嚇一大驚，僱了一台牛車披星載月趕去車頭。主內的一個姊妹掩喙笑講，馬神父小弟牛車上爬起，宛然七爺雙腳膀膀長，伸長手便可以摸到十字架，下回媽祖出巡，現成的謝將軍。牛車上甘蔗葉的芳味，生平頭一次鼻到，「我以為返回家鄉了，飄洋過海一兩個月只是作夢。」馬神父小弟藍色目珠仁看著毛斷阿姑時如此形容。

每年，夏天大三角初初是出現佇玉蘭花樹頂，一欉一欉的花蕊暗暝晒去，還是清芳。樹下古井底，半暝鮕鮘翻騰潑辣響，四兄晃頭吟詩彼般講，濁水溪反清，鮕鮘翻身，跳出古井拜天光，頭戴破鼎穿破襖。但是，這年，四兄老矣。三年前嬰也過身，四兄開始留喙鬚，竟然白蒼蒼；鹹菜姆拍胸坎，突然間一看以為是汝秀才老父回魂顯靈。

嬰也停靈大廳，紅毛鐘按停，六兄將蘭花一盆一盆徙來圍著嬰也，花影下彷彿很入眠。毛斷阿姑掀開面巾，勸嬰也喙閤閤才莊嚴。中晝雞啼，簷下白布堆若草堆落霜。放板時辰，棺材自大街彼頭運到大門口，孝子孝女跪迎接壽，六兄突然若草蜢跳起，頭額對準棺材板「壽」字撞，實心吭一聲若紅毛鐘正點報時。嬰也一日比一日好看，喙果然闔起，伊偷偷幫嫛也淡淡畫目眉點胭脂。伊及四兄守靈，予花芳引來的冬天瘦䠷的一隻蜂，若有所思歇佇前方板沿。三伏天下晝，伊總是沖一甌龍眼花蜜茶搡去予嫛也，食甜，嫛也目珠瞇成一線。沉底的蜜內裹著一隻蜂，全屍。

夢中嫛也，喙內生出一大蕊花，似是牡丹，一瓣瓣若玉石；又夢，毛斷阿姑持鉸刀剪開嫛也的衫，竟然露出少女彼般的乳。六兄每看一次嫛也，傷心啼哭一次，哭到无聲，半暝夜鴞彼般咿呀尖叫，房墹內拖著腳步洒，彼雙繡花的手啪啪捶胸坎。

電火球嗞嗞電流聲，杏黃色光照內无比溫暖，毛斷阿姑縫著青頭孝冠，縫好又換頭白加一塊紅布。四兄手握一本古冊，悠悠講起昔年一位同窗知己死阿兄，去祭弔時佇做打城法事，紙紮枉死城內有紙人，孝眷繞桌而行，數少年腳手伶俐跳過刀山跳過油鍋大火，道士持七星劍破城，破四城門，救出冤魂；孝眷哭嘩阿爸出來喔出來喔阿爸。

針澀，頭鬃內拭了拭，彼日陳嘉哉匆忙來，人彷佛發燒夢話，台北城破了。四兄還未看到報紙證實前，一概毋言語，私下講，汝彼位陳少爺尻倉猶原三把火。

四兄忽然神祕一笑，講，趁機會問嫛也陳嘉哉走佗位去？

阿兄勿要亂來，嫛也毋悉字。彼次是中秋，成立自動車商會的事底定，匯款亦到了，暗頓慶祝飲了燒酒，八兄及明子面紅紅若兩蕊花開足，說明現此時大戰，汽油匱乏，改用相思樹柴炭、柴及酒精混合用做為替代燃料，引擎引發爐得改裝，估計往返鹿也港一趟得要燒五十台斤柴炭。八兄講得兩眼迷離，計畫好了欲砌一棟西洋樓厝，予林厝光宗耀祖。四兄哼一聲，會成勿會成來扶乩問一下。八兄起身，一腳將椅凳後踢，問就問，我悉四兄對我及明子成見真深，四兄真正要不問蒼生問鬼神，來。四兄持來一大張紙寫滿墨字，展開放桌面，一人出一隻手遵照四兄指令點著一只瓿也，紅毛鐘的鐘擺刷刷響，一隻貓影跳落牆圍，瓿也霍地靈動若打拳招式，先後徙向四字，「盡付丙丁」。八兄面色大變，四兄何苦裝神弄鬼詛咒我？雖然咱毋是同一個老母生，但打虎捉賊親兄弟，我發達礙著汝？

六兄學予嫛也聽。衡也自小漢就大心肝，看高无看低，嫛也講，不然哪會鬧離緣。尻倉三把火少爺咧？又是走去逴？

失蹤之前彼幾年，陳嘉哉一直是四界踄踄走，總是寫批來，四兄六兄先看過，笑講陳嘉哉還未娶汝，倒是先嫁予彼個楊桑。嫛也聽到話尾，問，食過鹹水的讀冊人去掃街路？

「扶桑國戰敗不過一旬，火車頭之前數條繁榮大街幾成垃圾長龍，每日午後夕暴雨來襲，益加臭氣薰天，乃有如此耳語，吾民莫非甘於為扶桑奴？楊桑遂與數位進步先輩登高一呼成立新生大隊，清掃街道。參與者一隊皆白衣白鞋乃護士，其餘皆儀容齊整之學生，一片清新氣象。楊桑挺立路旁牛車之上，正氣大聲講此掃帚不止清掃垃圾，更得掃除吾人內心之劣根性。群眾熱情沸騰，形勢大有可為也。」

夏天的天光長，毛斷阿姑及六兄合作繡一幅牡丹喜鵲，絲線曳過，滑溜若金魚游水；換針，繡布反面垂著彩色喙鬚。夏天的天光飽足，六兄下針比伊更加靈活，十隻蔥白手指修長挑絲線，專注得喙尖尖，白布衫无一滴汗。兄妹毋瞻頭，毋悉外面的世界。毛斷阿姑見過楊桑一面，神祕的楊桑，生做很將才，深目高鼻，笑笑解釋祖先足可能是紅毛人，國姓爺來之前留下的洋種。伊聽勿會瞭解陳嘉哉及楊桑夾著扶桑話與官話的交談，楊桑來時手揹一芘根蕉，兩人相識於大和丸上，暗時的涼風吹來，如同昔日佇海上。陳嘉哉欽佩楊桑，如師如兄，一五一十講予伊聽，猴齊天的楊桑，佇扶桑國首都時佮郭君黃君原本熟悉，是讀書會的踙頭，三人予捉去坐監過，楊桑樂觀、有骨氣，關得了身軀關不了靈魂。

毛斷阿姑聽陳嘉哉講楊桑總是略略心驚驚，干有可能是虎卵仙的楊桑？伊聽陳嘉哉熱烈的轉述，幾年後，彼監獄亦關過頭號戰犯東條，楊桑畫出囚禁房堵圖，大約四疊榻榻米，有櫥子、安了水道頭的洗面台、屎穴，有一片天窗暗暝時供比較內心及天頂的星，每日天光點名得應嗨，頭額低到榻榻米上若磕頭，下晡若禽牲予放到運動場活動；監獄內的圖書館藏書豐富，逐日用功讀冊九點鐘久，讀完新潮社的世界文學全集及威爾斯的世界史綱。亦有福利社，死刑犯可以簽下合同預先將自己的遺體賣予醫科學校，每副四十圓。坐監一年，楊桑講可比達摩祖師面壁九年，閉關自修。暗時，心思的天梯穿過天窗到了天頂，啊，看著理想的世界，必然是一個全新的世界。楊桑上愛兩句詩，「埋骨何需桑梓地，人生無處不青山」，所以唐山南洋走透透，熟識得一位城府深沉的女中豪傑，差一點綴伊去了俄羅斯。理想的世界，楊桑指著自北到南入海的溪口河口，以大船以翬凌機通向五大洲。然後？陳嘉哉問；楊桑笑了，到了光明的所在咱就有無限的光明。

陳嘉哉認為彼些發光的日子。「重返祖國的第一個新年慶祝大會。希望今日汝與吾同在。大會所在，人山人海，是家鄉宮口酺渡盛況之百倍千倍，近悅遠來，吾人同心一體若仰望一无可言說之神聖事物。陣容之盛大，隊伍之紀律，歌唱口號之響亮，一再令人熱淚。遊行乃楊桑前導，騎馬，右手掌旗，其後為軍官，各學校樂隊，更有南北管，獅陣龍陣，踩高蹺，此乃吾人民之節慶。」伊記得四兄持著這封批歡喜回味的神情。

歡喜並无持續太久，三個月後的批，陳嘉哉寫明楊桑與警察大人細故結怨，風波愈演愈烈，其實是背後幾股新來的、但是屬於舊世界的統治勢力佇較勁，楊桑接受數位先輩建議不得不暫時避走。兩人師公聖梧般等於是意外的環島旅遊，楊桑一路有憂色，所經之地恆是少數警覺者對峙少數權勢者奮其狼牙，更穧的是日出而作日入而息之沉默群眾。某日坐了五點鐘久的火車復行路兩點鐘久，來到阿里山深山林內，拜訪熟番鄉長，楊桑與之徹夜暢談蘇魯支語錄，山溪琤淙。山中一日，世上千年。楊桑云若非心中諸多事尚不能解，自當落戶於此做武陵人。鄉長送行至車頭，楊桑背誦了彼一段文章：「這是最好的時代，也是最壞的時代；這是智慧的時代，也是愚蠢的時代；這是篤信的時代，也是疑慮的時代；這是光明的季節，也是黑暗的季節；這是希望的春天，也是絕望的冬天；我們啥物都有，也啥物都沒有；我們全都會上天堂，也全都會下地獄。」

繡線穿繡布的摩擦聲，度時日的聲。五月底，陳嘉哉匆匆轉來一趟，曝烏了，卻是很有精神。過了一暝，天未光上路，瞀瞀暗中一台腳踏車騎來，車頭燈一葩光，後座擔著兩柴桶水肥，近了就聽見車輪沉沉擦著電石坧，又澀又重，陳嘉哉握住毛斷阿姑的手，食露水食得澹澹的厝瓦頂，天光毛毛。

還是跟隨楊桑往南去，北回歸線經過的所在，兩人同齊進了報社作記者，批上寫記者毋只是獵奇搜祕而單純記述者，更是打擊貪官污吏、土豪劣紳，肅清三腳也的利器。兩人有志氣，欲持筆深入民間群眾。

陳嘉哉寫批字跡開始潦草，因為每日寫字太穧，有一封絡絡長，新識悉一位朋友吐露故事，曾被徵召到越南兩年，終戰後卻是成為无人理會的棄兒，一陣總共三十九個人，集智籌資購得漁船一艘，輜重一批，包括重機槍、卡賓槍、手槍、手榴彈，出帆南海，第三日果然遭遇海賊，成功擊退；第四日抵達香江，不得上岸，只予補給淡水及口糧；第六暝到打狗入港，宛然无政府狀態。船頂彼批武器，是裝麻袋丟棄海底？抑或是覓地藏匿以備他日之用？眾人于碼頭密商。內容嘎然而止，四兄反覆翻著批紙，懊惱為何毋寫完。

隨後一封，邇來米荒，地方流傳一句話，欲果腹毋欲光復。

又一封，海禁解除，西海岸運出大宗米糖，唐山運來的則是一批批饑民及病菌。

一陣燒風吹來，毛斷阿姑記得四兄放下批紙，瞻頭，目鏡仁兩片銀光。

另有一樁祕辛，亦是寫得絡絡長，印報紙的米黃紙食了墨水湮濡一片。綴楊桑入深山調查一事，四腳海軍某一部門終戰前向農林會社採購了數萬石柴料作為軍事設施之用，旋即戰敗，該批木柴堆棧山區某處遂成无主財貨，換算現金，一筆鉅額。現此時，建材奇缺，市面價錢翻騰數十倍，得知該批木材下落者分頭集結力量，坐地分贓，无異竊國。莫怪此地木材商近期出手闊綽，風月場所畸形繁榮。兩人深山林內明查暗訪，下晝片雲致雨，衫褲盡濕，幸已掌握了全部線索。楊桑分析，付諸文字見報，諸關係人必然无一脫身，但看如何脫身？此其一。更甚者，汝我二人或將招惹大禍，此其二。然亦可縱橫其中借力操作，此其三。如何是其三，楊桑不語。直聳樟樹下，日光雲影，拂亂其面。兩人行至山溪邊，前日大雨，溪水溢滿開闊，有三四處石堆枝幹阻擋，形成漩渦亂流競奔，彼此牽制。楊桑道此正是吾土吾民寫照，无有法治，无有秩序，无有公義，唯有槍桿武器。

彼年年底最後一封，寥寥數行，與楊桑兩人日夜遭人跟蹤，若有生人登門尋訪，一律回答毋知。陳嘉哉人比批先到，三更暝半，突然狗吠，寶珠細聲叫醒毛斷阿姑。暗時九點以後停止供電，蠟燭火光照出陳嘉哉若四兄的繡像小說內的人物畫，摸著伊清涼的耳珠，驚惶勝過歡喜。四兄要陳嘉哉先覔佇毛斷阿姑房墹，數日後，待暗時轉去農場。

年底的農場，由於早前扶桑人已經全數回國，鄰近的糖廠停工，曠野大風呼嘔嗚嘔日以繼夜吹來，如同无人荒野。冬風將日頭吹薄，白金的色澤，農場的老長工照常曝揀金的骨頭，无畏寒還是穿一領短衫，但是兩行目油涳涳流，教陳嘉哉掟田鼠釣水蛙。下晡時風勢轉強，溪底的沙及甘蔗田的枯草落葉飛舞，如同起霧，趕走了日頭，只剩混沌的風打著面肉腳手若針刺，呼嘔嗚嘔追著耳孔。烘爐內番薯熟了，挖一個淺窟埋炭灰及果皮，若某種靈敏野獸埋自己的糞便，一日挖一窟。入夜風停了，天頂的星斗移轉，自高轉到低。陳嘉哉將一年來的遭遇及人物一椿一椿講予毛斷阿姑聽，講得熱血沸騰，心臟懃懃跳。伊瞭解陳嘉哉的心思佇彼個楊桑彼邊及外面的世界。豆苗大的蠟燭火，更顯稀微，破空突然有遠遠傳來紅嬰也充滿元氣的啼哭，聽著陳嘉哉一手放到毛斷阿姑腹肚頂。烘爐的燒氣溫暖，一尾晒死的蛇自屋梁掉落。兩人牽手到厝外，天低到厝瓦頂，重而清嚴，極遠的山稜線隱隱吐光，兩人看彼此只是傀儡般的小片烏影。

來有時，去有時，毛斷阿姑大厝及農場兩邊來來去去，目珠予冬風吹得又野又圓，一身的風沙味。四兄讀報紙，局勢愈來愈緊張，讀得燥熱難解，不得不交代毛斷阿姑叫陳嘉哉明哲保身毋再惹禍。毛斷阿姑應，阿兄，若是硬騎到咱頭殼頂，作為比四腳也還更行逆，反抗這種的毋是惹禍。予冬風搧醒的半暝，陳嘉哉落床徆徆行，行到外面，順著農場的路若夢遊，露水湯湯，毛斷阿姑有信心天下雖大，時間到人自然會回頭轉來。

這次陳嘉哉離開，毛斷阿姑堅持送到車頭。返入厝，伊關了房門窗門，无聲无息。三個月後，陳嘉哉來了最後一封批，彼時報紙已經中斷，四兄六兄毛斷阿姑三粒頭對著批紙，三行字，隨楊桑參加聯合武裝部隊義无反顧，唯願有朝一日吾土吾民如愛爾蘭之於英國，收信時應已渡海，切勿掛念。毛斷阿姑刷地將批紙揑手中，急急行向大門口，越頭返轉，一躓，踣倒摔入藤椅。

西照日照常曝著門埕，鹹菜姆飼的老雞母亦照常咯咯跳上四兄看報紙時坐的藤椅；六嫂放了一柴盆井水曝燒，恬恬的一面古鏡，鏡中日頭變成月娘。四兄等雞母盹龜了，一把捉起，菜刀割破頷頸，沾了雞血的手扶了扶目鏡，喙角扺笑佮六兄講，明早報紙應該會來。

守靈的暗暝，四兄尖喙，問嫛也一下，尻倉三把火少爺是走去遶？夢中陪伴嫛也的蘭花開得極大，筋脈若浮腳筋彼般粗，毛斷阿姑差一點毋喘氣。伊記得三月的雨水，雨聲若打鼓，伊聽精確其中有陳嘉哉的腳步聲，叫伊的名，細聲若蠶囓青葉。伊只感覺歡喜。眠夢中予寶珠牽入大廳，嫛也及壁頂相片裡的老父同齊譴責地看著伊，伊亦看自己全身澹糊糊，內衫吸著兩粒乳。

馬神父小弟講予毛斷阿姑聽的第一個故事，萬福瑪利亞，聖母瑪利亞，純潔處子聖靈懷胎的奇蹟。八兄自扶桑國寫批來，明子生了頭胎，母子均安，煩請代為轉告父母親大人在天之靈。毛斷阿姑面紅了，彼年四月，或者兩暝一夢，或者三暝一夢，行入夢境，陳嘉哉穿著柴屐咔嗞咔嗞一邊走一邊越頭笑，麻紗褲腳輕飄飄。伊早時躺佇四兄的藤椅頂，乾嘔，吐酸水，想食李鹹，齅到臭臊就覂腹；下晡厭倦无力，鼻管擴大，摸著腹肚，感應內面有生靈抽動，一日一日大，浮腫的腳邊日影一分一分長了。

伊等嫛也或四嫂或六嫂來問是毋是有娠？是毋是病子？伊伸手擋日頭其實是見赧，想著六兄講古鬼母的故事，又感覺光榮留著陳嘉哉的骨血。坐佇日頭內，若草木吸收日月精華，天光曄曄，有時伊抱著彼隻虎斑貓遮掩大腹肚。只好還是縮轉去夢中，伊期待的夢，漫天的櫻花，榻榻米的房內，一鼎燒湯，玻璃窗掠過的鳥影，但是總是夢欲繼續發展的片刻精神了，予寶珠搖醒，一面鏡持到面前，伊驚惶看著自己消瘦落肉若鬼，目箍兩窟，哎喲叫一聲，手一扒，打落鏡。六兄握著伊的手講，先生診斷汝並无有娠，是汝想過頭走火入魔。六兄打伊喙毗（臉頰），緊醒，聽到无。

欲暗時，陳雷公落大雨，氣壓低到窒鼻，電火一開，水蟻一大陣叮叮噹噹撞電火球，幻化成大水的影，冥冥的鬼影。免驚，婜也講。一隻隻小指頭大小的水蟻燙傷踣落，都是從墓埔草地內鑽出的野腥土味，婜也笑咪咪拈一隻送入喙哺。伊還是虛弱頭昏，透明的翅拂面若吹氣，一翊一翊，吹來彼年坐大船的海風以及佮陳嘉哉相會時的春風。透明的水蟻翅一翊一翊，伊看見婜也身後恍惚一個佮自己一模一樣的少女人影。少女偎近，青苔味，卻是非常親的攬著伊，講，毋認得我？伊發覺少女頭鬃目眉粉粉一層土沙，忍不住掩喙偷笑。笑啥，汝假有娠假病子還好意思笑，少女講，唱歌予汝聽好否？正月算來桃花開，娘今病子无人悉，君來問娘愛食啥？愛食山東芳水梨。二月算來田青青，娘今病子面青青，君今問娘愛食啥？愛食枝尾桃也青。可以一直唱到滿十月，少女轉而攬著婜也，頭埋入婜也胸前，水蟻陣轟落下，三月算來人播田，娘今病子心艱難，玉姝頂著一頭翊翊來偎靠伊，兩人若溪邊的人及溪水的影。記憶的大浪湧來，伊想起小漢時佇大廳聽四兄講太陽扁及枝无葉的故事，兩個原本形影不離的結拜乞食決定分開各自打拚，約束若干年後大道公廟前會合，這年枝无葉來到一間大厝，竟然是太陽扁發達了，兄弟相認，好禮奉待，但是枝无葉洗了身軀換上新衫褲，宛然針刺，換回原來的破衫褲隨即好了。住了幾日，枝无葉辭別，太陽扁為伊準備一包袱一百個紅龜粿，枝无葉只肯帶六十個，伊哀嘆自己的命運，沿路將粿分送或者賣了，只剩一塊，來到一欉大樹下，枵了，食了粿才發覺太陽扁佇其中藏了碎銀。枝无葉又羞愧又怨恨，遂來吊脰。正是莫怨太陽扁，只恨枝无葉。四兄笑伊怎樣兩行目屎，真有同情心，予伊一粒石榴。石榴子真澀。伊看見小漢的自己將石榴擲向內埕予雞啄。大水蟻的影亂紛紛，嬰也拈起落佇胸前的水蟻送入喙哺，向伊翌手，好食，若哺土豆。一地的水蟻屍體，柴屐踏得爛糊糊，伊學嬰也亦拈一隻送入喙，一對翅嚨喉坑翅著翅著，人險險地欲飛起。伊感覺自己還是發燒，又想到戰時彘肉嚴格配給，彼次六兄及數人半暝到大榕樹下偷刣彘，分得一大塊，透暝滷熟，一厝大小食得喙唇油油，互相駭驚，大人來囉，四腳也來捉人。寶珠咔噠咔噠行到內埕踏雨水洗柴屐，暗時稀微的光影刻出寶珠胸前葱葱；雨細了，紅毛鐘噹噹噹噹響，只有伊看見天頂无聲起熾爛，銀光一閃，照出毛毛雨中彼少女遠遠去了。依稀干是六兄開了電唱機聽彼張曲盤，沙沙沙沙伴著女子的歌喉，「清純的少女真心，有誰人能无為你落淚？南島的黃昏，欲晚的時，鐘聲響啊響，莎韻啊。」伊頭額抵著窗框，心急，若六兄的蘭花微微燒熱下晡啪的蔫落，魂魄一半綴著彼少女行入電電雨中，天然的清涼使伊回神，發覺面燒紅，腹肚咕咕叫，大喙啉完一碗燒湯，如同死去活來。

馬神父小弟來拜託毛斷阿姑，請予聖母瑪利亞作一領衫，帶來一疋絨布，亦有相片參考，南部一間歷史悠久的天主堂供奉渡海而來的无染原罪聖母，頭殼後一輪金光四射的日頭，一襲古式洋裝。毛斷阿姑有了靈感，畫了披風，蕾絲頷領，解釋，素潔即好，但毋好太簡單。

馬神父小弟後回持彩色畫片來，四兄六兄問到底是叫啥名，總不能一直叫馬神父小弟。馬太。六兄笑，官話叫嫁予姓馬的馬太太。馬太講出一張張畫片的故事，三位博士帶著三樣禮物騎駱駝穿過沙漠尋找聖子，天頂有一大粒星閃爍指引；聖子耶穌誕生佇馬槽，好尊貴，聖母抱聖子，頭殼後黃金光環；但是，世間的國王下令刣聖子，一家人佇落雪的暗暝開始逃亡。喔，之前漏了一張，這是大天使來通知瑪利亞欲做聖母了。跪著的大天使真嫷，鬈鬈的金頭毛，脊胛骿兩邊生一對翅，擛開。彼對翅翊動了毛斷阿姑，問，為了啥國王欲追殺才出世的聖子？因為耶穌是萬王之王，馬太回答。上大的王，四兄講笑詼，汝无反問耶穌是毋是像皇帝亦有三宮六院？

馬太持來幻燈片機，借用大廳的白壁，重新講一遍。一厝內連同厝邊擠佇廳內，一蓬一蓬日頭曝菜頭的味，逐個其實好奇的是彼台機器，一個圓孔炊出白煙白光，映出放大的相片。馬太腳躼手躼，目珠仁玉石青，喙鬚鬍鬖鬖，面肉白皙透紅，講自己的老父亦是木工，砌厝造橋，聲音催人入眠，聖子耶穌是聖父天主唯一的後生，送來世間就是用伊的寶血洗淨世人的罪，相信伊的人有福氣了。逐個細聲報消息，聽講天主堂開始分送牛奶粉牛油、寒天衫褲。馬太換了一疊幻燈片，是四兄六兄佮馬神父要求介紹汝家鄉的生活環境。逐個驚奇，馬神父祖父駛著一台機械車佇廣闊若海的番麥田；鎮上的大路來往的都是轎車；年節全家佇餐廳客廳，壁頂掛著麋鹿頭標本；收成了後寒天的番麥田落雪；這一日，老父及兩位阿兄欲去打獵，每人肩著一管獵槍。汝厝干有飼豬飼雞？有人問。有飼乳牛，透早得擠牛奶，馬太回答，露出諸甫囝也的笑容。干會想厝？六兄問。「會喔，常常夢到。」馬太一字一字講。

馬神父到，烏衫烏長褲外又圍烏裙，面若紅嬰也，頭鬃佮番麥鬚同色，請逐個後個月底來去天主堂慶祝聖誕節，日時舉辦園遊會，逐個同齊歡喜鬧熱一下。宏亮地問，我小弟講話逐個是聽有无？耶穌講作魚酥就害了。六兄踙馬神父去看蘭花，願意送兩盆放聖母前，請馬神父自己選。暗時的花房，正開的花像浮雕，高大的馬神父及六兄居然像兩隻大隻猩猩及瘦猴。六兄有了年歲，反而講話聲音更加尖幼。

這年的夏天大三角早就消失了。大街傳說毛斷阿姑及馬神父小弟初次熟悉是佇溪邊，最毋堪的傳聞是講毛斷阿姑心神錯亂了，以為順溪水直直去可以會合得等待偷渡的陳嘉哉。是馬神父小弟經過，及時救起差一點淹死的伊，溪邊砂石堆上搓揉著伊的腹肚及胸坎，光頭白日，毋成體統。馬太送回林厝，六兄及寶珠接過毛斷阿姑，看見馬神父小弟親像裁毛蟲的手毛駭一大驚。

其實毛斷阿姑獨自到溪邊，是每年清明培墓了後，宮前橫過大街，直直行往舊日渡船頭，店面內的收音機唱著陳三五娘，小生念白，有人欲磨鏡否？陳三為了五娘喬裝打扮作鏡奴，來到黃家大厝外面徆來徆去，向厝內嗶，有人欲磨鏡否？全本的陳三五娘逐日下晝放送，唱到天荒地老。戲台頂戲文內的古早人，无論經過怎樣的艱難，總是要團圓。毛斷阿姑為之精神一振。東螺溪今非昔比，已經整治成大溝，无人需要渡溪，溪岸用石頭紅毛土攢，過了中晝蹦出的白糊糊日頭一曝，溪水只剩一條細溝；陋習毋改，溪水突然哽咽的所在，必然有一隻死狗，狗毛食水一片搖擺反光呢。一陣大頭蟉蠅叮著狗目，遠看彼狗目若一大粒鑽石。溪邊无處得以避日頭，極目只有一欉矮樹，看不出是毋是苦苓，溪水雖然力道轉弱，猶原穿流幾個晒晝的鄉鎮，匯入大海。伊腳底感受到溪流的節奏，等待的時日无盡頭，但是必須全心全意。伊耳孔邊是四兄重複老父的話，彼時溪水自山頂夾帶大石，奔流若雷聲。

四月雨水斷斷續續落到五月節，雨水若夠，就是虛幻厚眠夢的季節，雞啼勿會準時，柴炭濕氣重，送入竈，煙蓬蓬，燻得目屎流心懆懆；叫做雞屎藤的莖葉屎味特別重。若是凘旱欠雨水，曾經西照日內掛著扶桑國太陽旗的大街，長長的下晡，一頭肉瘤若佛祖的第三代羅漢腳，下身圍著粗蔴米袋，吐著紅舌的烏狗綴後，行過一趒又一趒若轉石磨，等到分得一碗飯，食完就睡。必須停候到開始透南風，風尾幾絲糖廠熟透的甜味混著土豆油芳，確定就是豐收的一年，除非熱天的風颱大水來破壞。或者一場熱鬧涒涒的告別式結束，大街上出山的行列中，師公的引磬是唯一清醒的聲音，噹噹若像每一聲捶著羅漢腳的肉瘤。

四兄亦確定夏天大三角看勿出有无風颱的天機。馬神父騎腳踏車來商量，小弟馬太義務教逐個英文。好主意，四兄講小漢時綴老父去媽祖宮東廂詩社聚會，東廂亦是北管崙社練習所在，近日老父結拜的後人報知，可惜收藏的籥器戲服繡旗爛朽朽了。四兄詼故意問，課堂欲設佇遑位？「承先啟後、中西合璧，以前吟詩奏樂，今時學習英文，媽祖宮東廂有理想。」馬神父无反對，「逐個方便上重要。」宮口酺渡，伊烏衫烏裙入去向媽祖鞠躬，「无差，千里眼順風耳我看真像外國人。」四兄一直欣賞馬神父的開通，持古冊天工開物解說，馬神父深深讚嘆，這是天主賞賜予人類的智慧。四兄為之句新鮮的話語折服。之後，馬神父送四兄地球儀及一冊外太空圖冊，換伊解說翬凌機的飛行，加上地球自轉，大大減少相隔海洋的兩個地點的距離。馬神父揞起六兄栽種的一盆朝天椒，指點這一椏這一條番椒代表地球，彼一椏彼一條依序是水星、金星、火星、木星到冥王星總共九粒行星，請四兄蹲落去，汝的大頭可比是日頭，這盆綴著汝的大頭旋轉，合起來就是太陽系。這才是宇宙的一部分，我請教汝，如此大的天體是靠啥物力量抑或是意志佇支持？四兄恬恬看著馬神父紅芽的大鼻，不語。我相信這一切力量及意志就是上帝的展現，馬神父誠心地頭頷頷，雙手若雞鵤拈著銀十字架念經，起初上帝創造天地。地是空虛混沌，淵面烏暗。上帝的靈運行佇水面上。上帝說，要有光，就有了光。上帝看光是好的，就把光暗分開了。上帝稱光為晝，稱暗為夜。有晚上，有早晨，這是頭一日。太初有道，馬神父扤頭繼續念，道與上帝同在，道就是上帝。

原來如此，四兄柔順反應。

馬神父邀請四兄六兄來去天主堂行行，另外持來一本畫冊，擛開一幅圖，春天花樹盛開的外國河邊，滿滿遊春的人群，諸甫戴帽牽狗，諸姆穿膨裙扤傘。注意看，畫是一點一點點出的，毋只是色彩，而且畫出日頭及時間閃爍走動，隨時看都有現此時的感覺，以為畫內及畫外現實分分秒秒流失，畫家所畫的就是時間的感覺。六兄承認，刺繡无可能有如此的感覺。四兄毋服輸，頭輕輕晃，孔子公曰，逝者如斯夫，不舍晝夜。

四兄這暝暝夢，夢見溪邊踏水車一如古冊上的圖，馬神父溪中泅水，四周圍昏暗迷茫，忽地九粒大球霍霍圍著兩人轉，其中有掀開大祕密的大歡喜。

偎年底的一日，馬神父兄弟騎著前輪將近一個大人高度的腳踏車上大街，宣傳天主堂欲辦聖誕節活動，歡迎逐個來彳迌鬥鬧熱；輪框金熾熾，若像地上滾動一粒日頭。馬太無嫌一頭肉瘤的羅漢腳垃圾，腳踏車借伊騎，車把插了五彩紙風車，羅漢腳一手攬著烏狗，烏羓的一雙赤腳踏著風火輪，神氣，一蹍又一蹍徆著媽祖廟，巨大的車輪幾乎爬上廟頂。潐燥下晡，潑水街路，銀光燦爛。

佇鎮邊的天主堂，面對昔時扶桑軍隊出入、糖廠五分車路線的公路，老一輩的都悉，彼是地勢低窪水流水瀉的一塊狗屎地，種啥死啥。馬神父佮最早的幾位信徒一致的講法是前幾暝同齊夢到聖母顯靈此放羊食草，因此共同找到此地，祈禱請求確定，彼時馬神父的烏裙空曠處飄飄然，頭頂一團虻也雲。整地時，先運了幾十牛車的稻草甘蔗葉鋪滿燒了幾暝日燒成火灰，再以相思柴炭及碎石堆起。白色聖潔的教堂砌起，前後大片草地，紅磚牆圍邊兩欉佮教堂尖頂一般高的鳳凰木，大街傳說神父修女每日早頓食牛奶牛油雞蛋糕，晚頓配葡萄酒，碗盤燭台金子打的，便所淶芳水，花園的玫瑰花紅嬰也的頭彼般大；半暝，馬神父率領修女持蠟燭晃著香爐唱聖歌行出教堂，行過草地，一陣大風送上厝頂，烏裙白裙若花蕊盛開。

四兄六兄夫妻連同毛斷阿姑綴馬太進了天主堂，不免想起以前親戚佇扶桑神社舉行結婚式，地面幼秀石粒，迎面垂掛的白布幔上有車輪大的菊徽，立時海天渾然一體之感。除了讚嘆採光好，四兄見識了教堂內兩面壁挖出一窟窟，用瓷也雕塑耶穌一生，感嘆這如同是以交趾燒講古，更加驚奇十字架上的耶穌長又无肉的面容酷似老父。

草地上色彩繽紛，一條條麻繩黏著色紙，帆布篷內長桌頂大盤的天使、動物及天星形狀的餅乾，竹篙頂吊著紅燈籠，一座烏布戲台搬演西洋傀儡戲，戲台下十幾個囝也剃三分頭，頭皮發青。教堂門口，馬神父用樟、榕、銀合歡幾種樹的枝葉鬪成一欉聖誕樹。天色反烏，突然落起濛濛雨，修女的白帽白衫沃澹，若一隻百合花苞；四嫂六嫂咕咕笑，看過去原來是馬神父一身紅衫褲扮聖誕老人，棉花假鬍鬚，手噹噹地搖鐘。雨微佇半空中化作水霧，彼囝也的歡樂走從的聲，合唱聖歌及祈禱，電唱機使得曲盤內的叮鈴鈴叮噹復活了，匯合成為使人莫名其妙思鄉的一陣風。四嫂後頭厝的一個外甥女一年後決定欲做修女。

蒼茫中，六兄似乎失神，望著花園彼邊的毛斷阿姑及馬太。目一瞶，彷彿馬太挽了一蕊玫瑰花予毛斷阿姑，花蕊紅嬰也頭大，罩滿伊的面，馬太則像雲霧中的一尊天將。一禮拜兩暗的英文課，六兄非常用功，佮毛斷阿姑研究一套發音的記憶方法，上帝，GOD，家德；耶穌，JESUS，一三四；家，HOME，好麼；GOOD，滑倒；BAD，爬桌；母親，MOTHER，媽祖蚵；後生，SON，送；女兒，DAUGHTER，倒貼蚵；三，THREE，輸汝；狗，DOG，圖哥；貓，CAT，啃桌。

四兄偷偷將兩人的冊本予馬神父看，馬神父哈哈笑，「這對兄妹真是把戲。正經講是真正有一種記憶術，可比汝林家大厝安排房墹的用途，大廳、灶腳、柴房、浴墹，汝將欲記得的代誌用人物還是物件表示，然後放佇房墹內，整個的親像一幅畫。汝干同意？」時間是真厲害的賊偷，如此整理好，房墹內一項物件代表一件代誌，串連起，時常溫習，若彼個故事講的汝擦神燈，煙霧噴出，汝看到、記得一清二楚。四兄用心聽，吟了先輩半首詩句回應，湖海元龍氣未除，乾坤寬大是吾廬，身閑不必買山隱，心靜何妨近市居。馬神父抗議无公平，古詩詞太高深了，我只當汝佇唸歌。

四兄六兄及毛斷阿姑當然看得清楚，一個禮拜日接受馬神父邀請去參加彌撒，日光燈照明若水晶宮，磨石地變作一面鏡。進入記憶術的大厝了，四兄笑。祭壇後的馬神父換穿一襲蕾絲白長衫，肩胛頭罩紫色緞面繡金線，兩邊兩位輔祭少年，頭額淖一片膏藥治臭頭，長衫若戲台頂小旦的劍裙，揹著金鍊拴著的香爐。馬神父講道，天主派遣唯一的後生，用伊的寶血洗淨人的罪，阿門；金杯玎高，這是象徵耶穌的血，阿門。信者趨前，跪落，開喙食一塊白餅，則是象徵耶穌的肉，血肉之軀，為世人犧牲。壁龕內的耶穌，頭戴荊棘冠，扛著沉重的十字架，哀傷勝過痛苦。毛斷阿姑目箍紅了。尤其使毛斷阿姑感動的是信徒瞻頭目珠闔著雙手合掌領聖體，起身，肅穆行回，往返一趟便是奉獻，亦是佮聖靈結合的完成。馬神父背後，釘著耶穌的十字架及彩繪玻璃，風琴彈奏，踏板一踏，嗡嗡的樂音若大水衝破玻璃，阿門。四兄的記憶從容行入老父房間，放椅子頂的衫褲還有一隻草葉拗的草蜢，想起最後一次綴老父去農場，老父行路慣習負手尻倉後，无意摖了一片長草葉，拗拗越頭予伊便是一隻草蜢。樹頭草繩串金紙才掛上一隻死貓，頷頸束起所以吐出尖牙，比較像是電昏去了，凌空輕輕地旋；勿要看，老父叫伊。天雲開朗，一聲啼叫，半空飛過一隻長尾鳥，是雉雞。逆光內漂浮著一根羽毛，也可能是菅芒花穗。老父目珠追蹤，瘦削的面肉予天光若鑿刀深深刻入，有一種永遠的光彩。彼是老父最後的時日。

是馬太毋是馬神父，翻聖經予四兄看，人的祖先挪亞，洪水了後又活了三百五十年，總共活了九百五十歲；挪亞的後嗣亞伯拉罕一生的年歲是一百七十五。四兄晃頭講，彭祖汝悉无？活到八百歲還毋死，閻王派鬼差來捉，鬼差找毋著，佇溪邊假意洗柴炭，揚言欲將柴炭洗白，彭祖聽得哈哈大笑，我活八百歲未曾見過之款荒唐事。隨即予鬼差捉去。

馬太講，家鄉這時河水漲了，樹林半截浸著河水，有一尺長的大魚，真肥，但是大箍呆。

上英文課的暗時，六兄換穿西裝皮鞋，頷領上插一蕊玉蘭花，毛斷阿姑亦換上長衫，手巾包一串玉蘭花，馬太教的每一個新字因此透著芳味。伊佩服六兄學習的熱情，用刺繡的功夫寫習字簿的英文字母，六嫂謳洗欲去考洋狀元。但是毛斷阿姑暗中發覺有啥物阻擋佇自己的心及新語言之間，變得艱難，毋得理解；亦驚惶的是每次馬太彼兩蕊玉石青的目珠看伊的溫柔，噩夢內陳嘉哉就是沉沒烏青的海水內。更驚奇的是六兄瞞著伊，獨力將廿六個英文字母以彩色絲線刺繡佇一尺幅的十字布上，費盡心思，一字字脫胎換骨成了花蕊禽牲雲彩，偎著樹石及星月。彼段時日，六兄暝日覔佇房墹內，花房置之不理，叫六嫂去佮寶珠睏，玻璃窗深夜染成鴨毛黃。彼日天未光，但是落厚霜，厝瓦、草葉堅凍，雞公寒得勿會啼，六兄披著毛毯坐佇四兄的藤椅畏寒，喙齒相拍，眼神渙散，頭毛變白，雙手慄慄憏，似乎一夜間老耄耄。毛斷阿姑細看彼刺繡，正中上帝家德三字母隱約是馬太的側面。四兄偷笑亦褒，這諸姆體，手真正巧。

等元氣恢復了，六兄遲疑著毋知如何將彼刺繡送予馬太。彼段時間，毛斷阿姑及馬太行遍斗鎮，去了大姨大厝挽果子，去了農場，去了溪埔地，亦去了舊戲園，重複以前佮陳嘉哉行過的路線。毛斷阿姑比較了才悉，第一次行是希望的前途，第二次行是將部分无所謂的希望踏滅，將另外的大部分踏實。馬太看見彈棉被、做楊楊米，非常好奇。悉林厝有電唱機，馬太持來一張小曲盤，梵亞鈴演奏《詼諧曲》，帶來家鄉海運寄來的咖啡，欲晚時大厝若罩著鼠色的茫霧，霞光還是有，一小塊火炭渣佇遠遠的樹頂彌留，音樂若風微微吹得彼金紅火星。

四兄卻是嫌西洋弦子聽久腹肚脹氣。飲咖啡時，馬太試圖講彌賽亞的意義，古早古早，沙漠內外的兄弟姊妹，等待一千年又是一千年，相信有一日救世主會來。是，一定會來，一定會。馬太真誠心看著毛斷阿姑。

六兄飲下兩杯烏水咖啡之後，如同虎頭蘭盛開，毋睏，兩眼賊目彼般金，燈下看著自己的刺繡，若彼年看倒臥棺材內的嫛也。亥時欲盡，寶珠記得，六兄還佇花房內若山貓爬高爬低。六嫂事後講六兄一暝无轉去房堈。隔日透早，馬神父護送六兄入門，我撿到汝六少爺。予馬神父攬著悾神昏醉的六兄若十字架上的耶穌。馬神父講半暝三四點聽見牆圍邊有人吟吟哦哦用古調唱歌，以為是作夢，天使報佳音呢。牆圍邊好穦欉曼陀羅，花開時喇叭的形狀，白得發光，一大片若傳染。曼陀羅花有毒，但是陸螺愛食葉也。歌聲斷斷續續，漸漸聽出其中固執又纏綿的情意，聽入心真正是感動，毋悉對象究竟是誰？馬神父烏暗中行到牆圍邊，予露水及歌聲叫醒的曼陀羅花若天頂的繁星，一個人纏著尺長布匹倒佇花欉腳，雙手捏著一把花，喙角亦咬著花。啊，對我來講，這可比是神蹟，馬神父講，汝們看這塊刺繡尤其中央的上帝一字，真媠，若无強大的信念及對天主的愛是做勿到的。馬神父目箍內強欲溢出水了，雙手挳著繡布，講，是天主的感召。

藤椅內的六兄，衫褲漚草汁，憔悴若枯枝，風寒入侵，病了十幾日。病癒，六兄受洗成為信徒，佮馬神父馬太做了主內的弟兄，發心欲繡一幅耶穌像予天主堂。淡薄見赧，六兄講完全勿記得自己是怎樣去到天主堂，略略知覺騰雲駕霧中星光燦爛，一個人穿粗布長衫圍一條草索，金黃色喙鬚鬍鬖鬖，趕著一陣羊；始終趕毋著伊，就佇失望時，彼鬍鬚也抱著小隻羊偎近了，隨就感覺光亮及溫暖。從來內心毋曾如此澎湃而且滿足過。和馬神父同款，六兄目箍內強欲溢出水了。四兄不以為然，問毛斷阿姑，「汝問老六講清楚，以後是毋是綴阿凸也毋丮香毋拜祖先了。」對六嫂卻是講，「亦好啦，予阿凸也神治治伊的婟嫪性。」（戀惜物事過甚，不欲他人近觸。）

六兄受洗了後同馬神父馬太合影，相片頂頭掛著耶穌像，馬面鬍鬚長頭鬃，愁容依然，胸坎一粒發光的紅心。六嫂偷講，六兄非常誠心，每晚拈著馬神父小弟送的銀十字架披鍊，對著耶穌像喃喃若講夢話，有時講半點鐘久，蚊罩內看忍不住懷疑是元神出竅去了，阿姑汝看干會是走火入魔？

七兄大後生孵雞卵做䞈理，佇內埕逐一將雞卵對著日頭檢查，有烏點就是有。四兄晃頭唸漢文，天地混沌如雞子，盤古生其中，萬八千歲，天地開闢，陽清為天，陰濁為地，盤古在其中，一日九變，神於天，聖於地。竹架的菜瓜開花，黃得若雞卵仁。火燒埔的時日還未到，照往年的規矩，半暝雨水、日時涼爽的天氣進行一兩禮拜了後，一大陣的蟌蠳密周周出現佇內埕空中如同韓信點兵，柴枝般身軀，筋脈清楚的透明翅膀，若有神助停佇厝簷彼般高，帶來曠野的草木味，繁殖的強烈氣息。寶珠踏柴屐行過，蟌蠳就變換陣形。四兄悾神悾神觀看整個早時，六兄招毛斷阿姑為天主堂做祭壇的桌帷，兩人自窗門內看，感覺四兄更加老了。馬太今日干會來找汝？六兄問。

這年，寶珠嫁了，四兄做主婚人，舊戲園後一條小路彎幾彎，一排檳榔樹，炮也的硝煙混著雞屎味，水圳的水流聲。馬神父及馬太騎腳踏車來食喜酒，一碗公的焱腦特別放到馬太面前，馬太以為是豆腐，讚好食，囫了了。食完喜酒離開電火球光熾熾的門埕，才知覺山的烏影巨靈，檳榔樹頂睏眠的雀鳥。

年底，傳說很久的馬戲班終於來了，三輪車載一位囝也仙模樣，石臼般大頭，對著放送頭廣播，「來喔生目珠有目眉无看過的烏金剛麒麟千年白蛇印度虎，一片耳等於兩扇門板的泰國象，空中飛人天女散花，千載難逢，來到貴寶地只表演三日，錯過這次等後回毋悉是民國幾年喔，檔期太滿无法久留，奉送一場世紀大魔術包汝心服口服若毋服就退錢。」馬神父及馬太騎著金光大輪腳踏車綴後，裝小丑鼻頭掛一粒球紅艷艷，車把綁氣球及一面旗寫著聖誕快樂。

日頭短的十二月，早早就暗暝的大街尾，舊戲園前的大布篷內電火光了，若一巢蜂哄哄嗡嗡的聲，无錢買票入去只好布篷外徆來徆去，亦欣羨亦怨妒，手賤的布篷挖一孔偷看，予布篷內若鐵條的手指頭一捺，疼得譟訐譙。炊胡仁豆土豆賣麵茶的擔也水氣一蓬蓬，眾人輕腳輕手，以便聽布篷內緊張激烈的打鼓、大砲。四兄四嫂六兄六嫂及毛斷阿姑招馬神父馬太第三晚一同去看，非常失望，馬太尤其毋忍心，千年白蛇居然是塗了白漆，烏猩猩虎象又瘦又落毛又臭，病奄奄若痊瘵；一位深目高鼻老諸姆咬著菸厭倦地洗紙牌。囝也仙持藤條損鐵籠，人矮卻是聲音洪亮，「麒麟落隊還未到位，真失禮，今日奉送一場世紀大魔術，各位牙齒根得咬緊，小心驚得落下頦。」烏布幕戲台頂出現若幽靈的魔術師，一襲寬鬆褸褸的燕尾服，頭戴高筒帽，褲袋拖出一粒金懷錶，吊佇半空中晃，毋講一句話。晃得眾人煩躁，囝也仙喊，麻煩有掛手錶的看一下時間，再拜託這位老兄出戲園去對面米店問一下時間。戲園內外相差半點鐘。魔術師收了懷錶一鞠躬隱身不見。「古早女英雄樊梨花移山倒海，今日這場魔術是時間倒退行，有疑慮的請找有掛手錶的核對就悉，各位請理解，台頂三分鐘，台下十年功喔。」電火熄了，昏暗中外鄉鎮趕來的踢倒椅條，惱怒要求退錢，囝也仙予逼得鑽褲腳逃走，眾人喊毋退錢毋走，這騙仙團。

暗中，毛斷阿姑心悉是馬太牽著伊的手行出戲園。大街一年最寒冷的暗暝，店面提早關了，虛微若戰時末期的宵禁，彼年五月底上午，米軍轟炸機密集轟炸台北城三點鐘久，大火焚城連燒三暝日。消息傳來，人心驚惶，彼之後戰事狀況充滿了不可言說的鬱悶及神祕的期待。四兄記得天欲光時翹望天邊估計敵機出現的可能，老父講過上世紀大街兩次大火，火光燒紅半邊天。馬神父仰望冬天清朗的夜空，記得的是彼粒伯利恆的星，佮四兄交換今晚的心得，拆掉時間的牆圍，讓信心出來，唯有信心就找得到失蹤的彼隻羔羊。若酒醉，馬神父雙眼有火光，日頭是太陽系的中心，茫茫的大海，无限廣大的星空，人的位置佇哪裡？人相信伊所看到的，這是容易，上帝的意志卻是隱藏伊自己，如何堅定信念確定彼個看毋到的，並且追隨若一隻直直射出去的箭，如何讓信心時時盈滿若柴桶的水，啊我亦是時常感到軟弱、徬徨。因何我會飄洋過海來到啫遙遠的海島的這個鄉鎮，因何我突然變成一個老人了，我得到的知識譬如佮一片番麥田比較毋過是一穗。我還記得自己只毋過是一個少年，佇一個光亮溫暖的春天，行過學寮的草地，欲去教室學習古老的拉丁文，但彼日我的心思動搖了，我逃課，身軀內有燒爀爀的啥物踙我往山頂去，結果佇一欉開滿新葉的大樹下睏去，所以干是彼個少年彼日作夢，夢見予派遣坐上大船穿過海洋像我某一位古早的祖先，還是現在老了的我想欲反背當初的夢？甚至作了一場思念家鄉、少年的夢？老實講，當初我追隨彼位偉大的聖徒先輩馬泰奧蕊奇，接續先輩的志業，四百年前，伊二十六歲出海，五年後進入唐山，五十八歲佇京城蒙主寵召。現在看馬泰奧蕊奇一生的經歷，自歐羅巴到亞熱帶，高山大海若濃縮佇水晶球內。我咧，我干會埋骨佇此？還是老耄耄時再度飄洋過海回到教會的養老院終老，彼會是怎樣的旅途？我已經夢見老母的死亡，厝後寒天結凍的水塘，我看見薄冰下老母倒著，頭鬃一層霜，青葡萄色的目珠，目珠仁若葡萄籽，透明的魚泅過兩個耳孔。老實講，我亦早就習慣這款的氣候，居然感覺寒冷，佇家鄉這溫度只是秋天啊。

彷彿看到馬神父就是死佇一個曼陀羅花盛開的日子，白色而根莖發青的曼陀羅花樹包圍著烏衫裙若暗暝的大風。

寶珠有娠了，六嫂講，汝大娠大命柴屐毋好穿了。毛斷阿姑為替寶珠欲出世的紅嬰也做衫，清出樟木箱內的舊衫，披掛兩竹篙曝日，有老父的西裝、八兄及明子的扶桑浴衣、陳嘉哉的一襲學生服。正中晝，毛斷阿姑佇兩列舊衫褲之間，若枵狗深深鼿著彼樟木芳，尤其是陳嘉哉猶原存在的體味，褲袋內栕出一粒樹籽，擠破，伴隨彼野腥味日頭內游移著魂魄若一陣煙，使伊癡迷。

心悶的暗暝，紅毛鐘晃動的聲很清楚，大雨之後的溪水彼般濁的電火，伊照鏡看見內面佮現實相反，一大陣蚼蟻抬著一隻死蠖蠅，時間倒退，背後的紅眠床是翏也佇生最後的停留，翏也陷眠，无喙齒但咿咿喔喔講的古早的言語；再看，自己的兩粒乳下垂，開始潐扁。

馬太教毛斷阿姑讀經文，隨著字句進行，口氣及眼神更加堅定。「我夜間躺臥在床上，尋找我心所愛的。我尋找伊，卻尋不見。我說我要起來，遊行城中，在街市上，在寬闊處。尋找我心所愛的。我尋找伊，卻尋不見。城中巡邏看守的人遇見我，我問伊們，汝們看見我心所愛的沒有。」毛斷阿姑感覺耳根燒紅，思念的大風吹走身上衫裙，赤身露體。馬太來的時，若踙來春天的飛鳥，伊趽腳行過大街，看見棺材店新做好一副棺材還未上漆，店門口一隻貓咬著一隻大鳥鼠，血一路滴。油車墹的機器，一大餅一大餅的鐵磅空空咔啦空的榨油，附合著心跳，因此土豆油的芳味特別厚，使得蜂群迷路。馬太講伊計畫做一隻船，一隻獨木舟，上溯東螺溪一探究竟，如同家鄉每年入秋佮叔伯兄弟篙船打獵。六兄一手持著繡框，一手搶過經文，目珠若獵狗的眕著，「悾人，溪已經變成圳溝了，溪邊毋是竹林就是根蕉，篙啥物船。」

毛斷阿姑予六兄看馬太指定的另一段經文，「求汝將我放在心上如印記，戴在汝臂上如戳記。因為愛情如死之堅強，嫉恨如陰間之殘忍。所發的電光，是火焰的電光，是耶和華的烈焰。愛情眾水不能熄滅，大水也不能淹沒。若有人拿家中所有的財寶要換愛情，就全被藐視。」

馬太是如此唸：「kiù lí chiàng góa hòng chāi sim siōng。」言語艱難，伊因為感動而目箍紅。尤其馬太講「iâ-hô-hoa」及「kiù-tsú iâ-so」特別好聽，雙手髈髈長握著若祈禱。伊聽見自己的心若柴桶內的水蛙佇跳，粉面全是日頭愈落時的光。

四兄突然手握一本冊出現，對毛斷阿姑講，來，我讀一段汝聽，比較佮馬太教汝讀的誰人較好，「我每年佇春夏之交欲發作的神經衰弱的重症，遇了這款的氣候，就欲使我變成半狂，所以我這幾天來到了暗時，等馬路上人靜之後，亦常常想出去散步去，一個人佇馬路上從狹隘的深藍天空內看看群星，慢慢向前行去，一邊作些漫無涯涘的空想，倒是於我的身體很有利益。當這款的無可奈何、春風沉醉的暗時，我每要佇各處亂行，行到天將明的時候才回厝內。」

等馬太來第二趟教好彼段經文，毛斷阿姑頭一次講出心內話，六兄，恐驚嘉哉已經毋佇了。彼日欲晚，六兄開電唱機放彼張大笑的曲盤，笑聲中恬恬地摧毀了花房，剩了數十盆的蘭花，兩手被莖葉的汁噴得青森森。

毛斷阿姑无講予四兄聽的是，馬太解釋經文之後，趁欲暗的虻蟲若煙霧罩頭頂之前，用指頭寫字佇伊的手心，第一字góa，第二字aì，第三字lí。毛斷阿姑搖頭，講看无。馬太寫第二遍，阿姑收手，捏拳頭。馬太无出聲的唸一遍，góa ài lí，隨就面紅。伊起身，行去房墹內。

彼暝，毛斷阿姑无作夢，趁厝內都睏了，自竈腳行出，古井底鮎鮘翻身，烏暗沉沉的大街亦若井底，連一隻鬼影亦无，厝簷滴露水，落土滴痕是一見天光就消失的印記。大竈的火暗時只剩火灰，大水无可能再來，死了但活佇伊心中的是老父及嬰也。至於雷公熾爛，年年春夏，若天頂大神持鏡大笑照亮凡間。

馬神父借予四兄的則是一本羊皮封面的古冊，冊邊緣鍍金。四兄只能看圖，天地是西番蓮毛茛的莖葉㚜纏，豔麗的色彩殘留著藥草味、禽牲血的臭臊，馬神父吩咐掀冊時手指頭千萬毋好沾喙瀾。一頁比一頁沉重，生翅膀的獅及蛇，憤怒的羊頭，羊角若海螺，閃電形狀的兩尾魚，臨死翊出烈風的鴟鳥，滿月下溢出水甕的水變作酒，鑽出荊棘欉若紅嬰也頭的玫瑰花，浮佇血海開喙呼救的牛隻，露出殺機的蠟燭台；鏡內持斷劍的騎士，斷腳的驢子，生毛的烏龜。四兄每看一遍，發覺自己就像大水後的溪道改變，氣血翻滾。古冊自頭開始看，或者自尾回頭看，出現兩種不同的時間感。前者加速，後者有雜音。若馬神父夢中堅凍水塘內的親人，尖喙的魚自這邊的耳孔泅過彼邊的耳孔。

若這年的大街，亭也腳結巢的燕子特別穦，最新流傳的故事是陳嘉哉的小妹嫁予一位將軍做後巢，軍用車來載嫁妝。軍用車行上公路時迎面而來的是巡迴的馬戲班車隊，這次毋進入斗鎮，鐵籠及竹籠內的動物更加蒼老。

夏天大三角出現，馬太去南部，穿過北回歸線，會合一位神父進入深山，重行當年皇家地理學會某某博物學者的探勘路線，沿路有一間古老的天主堂，每年十二月底扛聖母坐轎遊街，自中晝開始到暗時刊火斗，真鬧熱。聖母若自海洋誕生，抹了胭脂水粉，水藍衫裙，白蕾絲紗巾，珍珠披鍊。天主堂邊一欉百年老樹，盛開白花，花心若雞卵仁，馬太佇樹下寫了一封批，寄予阿姑：「sin bāng ài。siāng tōa ê sī ài。」四兄六兄看无，六兄去做禮拜時請教馬神父，回答講是馬太糊塗，批囊裝錯批紙。四兄掀開古冊，一頁圖兩隻羊相牴，問六兄，糊塗的毋是汝，為怎樣面紅烌烌？六兄應，那有。將近完成的耶穌刺繡交予毛斷阿姑，按著鬢邊講，我這陣目珠感覺曠曠，換汝接手。

六兄刺繡的耶穌宛然美男子，面肉豐腴，无喙鬚。毛斷阿姑費了三日收最後一針，稍躊躇，針刺了指頭，一滴血若蓮葉水珠。日頭下絲線鎏金，耶穌粉面，胸坎的紅心若紅日放光芒。空中飛過一陣鴿鳥彷彿夕暴雨，彼是毛斷阿姑開始昏睡之前的最後一眼。

第二天起，毛斷阿姑一日比一日昏昏沉沉，睏得面色潮紅，請西醫來出診，判斷是染得寒熱症，服了金雞納霜，照常昏睡。先生是老父結拜的後生，講自己病院的七個護士都傳染得了。請來漢醫則是嘖一聲，干是天狗熱？

這年四月的雨水搬到八月下旬才落，內埕積水，陰潤一面古鏡，雨停時，天雲滾滾。雨打著厝瓦，打著玉蘭花樹澹糊糊果然是一欉碧玉，打著竹欉，雨聲永遠。睏夢中，毛斷阿姑看見一個瘦躼的身影若獵鵠撲落，如同滿面是鬍鬚的耶穌，「信望愛，上大的是愛。」握著伊的手，為伊祈禱，細聲講，「我得返家鄉，原本我是欲問汝願意佮我作夥轉去？汝干願意？」馬太用指頭佇伊手心惲惲地寫了三個字，goa ai li。伊略略翻身，面向壁。但是馬太一直握著伊的手，紅毛鐘噹噹噹噹叫響。終於一個昏暗的下晡，伊感覺手心空了，看見馬太雙腳躼躼長行過內埕。雨水愁潺，落佇大街，落佇溪埔，溪水漲了，元氣飽足呼喚時間洄游，雨水落佇農場，彼延續到天邊的甘蔗田，蹦出草蜢若電光。後半生孤觝的八嫂頭毛白蒼蒼，全是年久月深的怨。

雨水厚厚落佇墓埔，野草茬艴艴，老父及嫛也扞著雨傘躡腳尾好像佇墓頭跳舞，其實耍得真歡喜，曠野笑聲叫伊，仙也，雨水淹著我兩人的眠床板囉。嫛也笑出咭咭聲，將雙生的紅嬰也玉姝擲予伊若一塊冰。彼年寶珠迷上來舊戲園演出的歌也戲班小生，日日唱著七字調，緊來走啊噫噫噫。六兄，伊看見白蒼蒼、面容若果核的六兄晚年泡佇一盆燒水內，腳手萎縮。四兄，唉，畢竟是倒藤椅內斷氣的，欲死還是掛念彼些古冊，伊講四兄也汝的古冊我可是照顧好好，勿要再笑小妹及孔子公无緣。雨聲憂愁溫柔，睏夢中的路途遙遠，伊不時越頭，看見自己全身生菇，感覺非常見赧。至於陳嘉哉，太遙遠了，伊的夢境之外，聽毋著家鄉的雨。雨再繼續落，恐驚一切沖入古早的東螺溪，溪水浩蕩，伊聽見四兄宏亮吟誦，太初有道。

毛斷阿姑醒時，大厝无人，大竈的火灰冷去，大廳的紅毛鐘亦停了，壁上的老父无了神采，只有白茫茫大霧，伊一腳步一腳步踏出，水氣拂面就像彼年大船上的海風，夾帶好穧的消息。

雺霧吞沒的大街，毛斷阿姑聽見遠遠有腳踏車車鏈咔啦咔啦帶動車輪轉動，來也，伊的心一㥩，來也來也，漫長等待中的人將將欲出現了。

不可告人的鄉愁

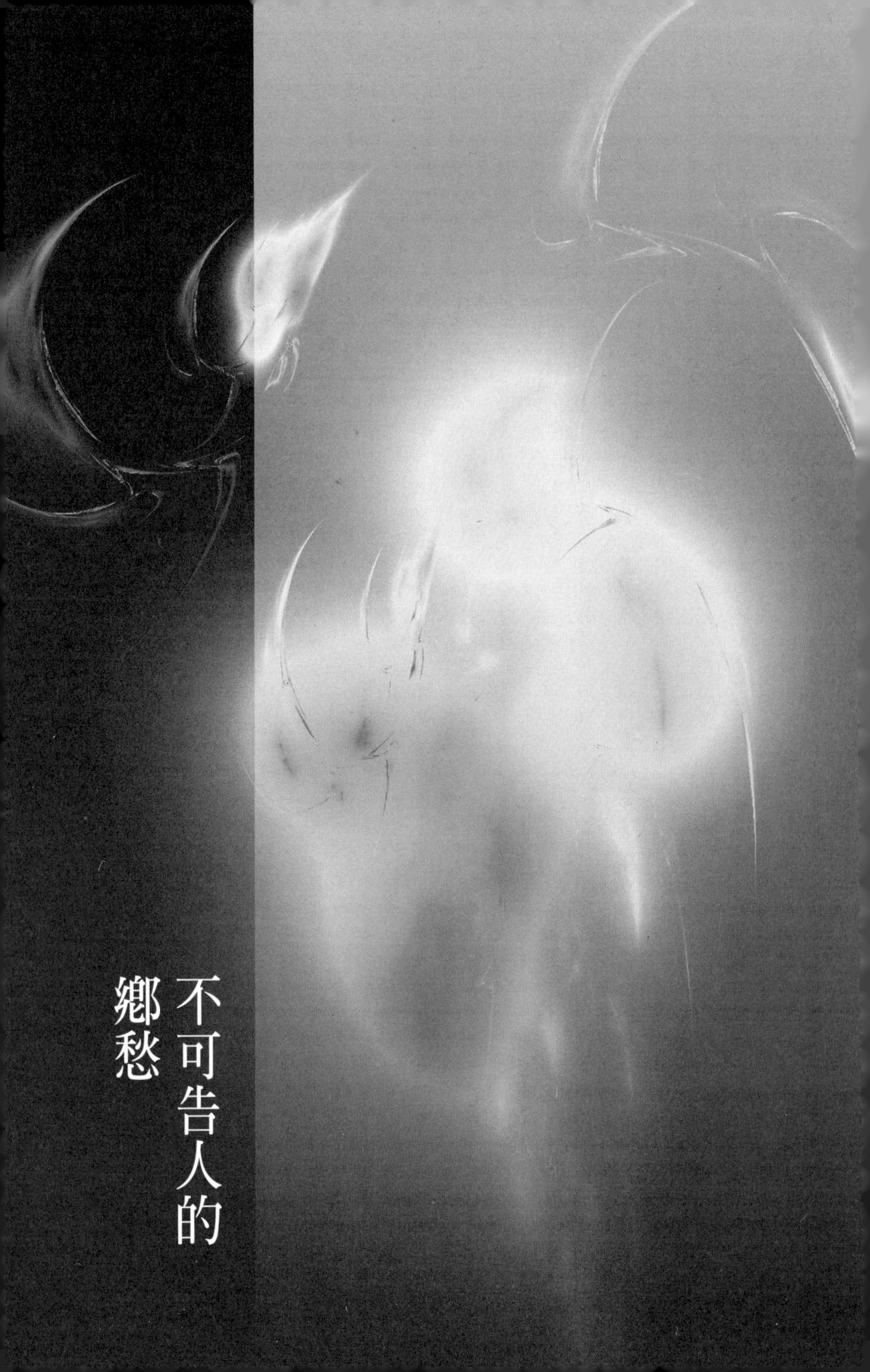

sìn bāng ài：老實說，我是有些（粉）後悔答應你這件差事。松山站之後，火車走上地面，一直到瑞芳猴硐，一路陰濕灰敗，景物好粗糙混亂，是所有匆促趕搭現代化列車而結出惡果之鄉鎮。兩個小時之後，油菜田出現，燃亮了視神經。我還是不懂你為什麼堅持要拍照那塊農地。附近的土地公廟、菸樓，日據時代殘餘的移民村，當真與那股市怪咖有關聯？我都拍了，選了幾張我自己認為滿意的夾在附檔，你看看。

拍攝途中我一度迷路，山路一邊是遭雨季大水沖削的險惡溪岸，彎進山裡沿途看見幾塊精舍水月宮之類的牌匾，還有一座納骨塔。好奇心驅使，我下車爬上了青苔階梯，那禪寺還是陰廟在森森林蔭裡，禁語、過午不食的基本功之外，極力滅除人的生理心理需求，將人的質素修剪到一純粹的狀態；一大顆水滴啪的落在我頭頂，我霎時膽怯，隱約覺得踩在某條分界線。

「基因突變有一種情況是，一小段染色體離開本體，上下顛倒再黏回本體。接下來，天擇可能會偏愛這以倒位造成的遺傳單位，它便得以傳遞到將來的族群裡。」

我突然懂得了科普書中的這一段，是給那些遠離群體（絕大多數所思所欲）而避世修行者的最佳註解。

你轉帳給我的費用，數目很慷慨。但我不會順道再去那一家溫泉旅館，你錯了，我完全不是那種耽溺往昔以自虐的人。你還是不懂網世界的激情、冷卻恆常是燃燒一瞬間，有如起乩與退獐。

既然答應了你，我接著將去你朋友一志的家鄉（本省家庭的習慣嗎，凡是男性名字有一的總是難逃被叫做いち），拍你們以前去過那條河（乾脆買一本某慈善企業托拉斯出版圖文並茂的台灣河川總體檢給你），再去斗鎮，你確定拍攝內容就是東螺溪、媽祖宮、林厝與天主堂？若要追加，趕快e信給我。

我曾經介紹給你的東洋漫畫銃夢，二元對峙的空間，上層是統御者的空中之城沙雷姆，下層為廢棄、殘渣、排泄物三合一的廢鐵鎮，最讓我感動的是輪迴再生的鋼鐵處女凱麗的初戀男友仰望他夢想的空中城而為之身殉，他傾其心力爬著那通天的管線，那企圖逆轉自己命運的意志力與不可能的上升之路，無疑是相當古典的悲劇。或者，我們的存在都是誕生前就已經被植入程式設定的晶片，我們的自由意志只是主機板過熱而錯亂引發的一場夢。

我在某個小站臨時起意下車，通風清涼的車站原來是因為站前即是寬敞的下坡，大海一橫撐開我的眼睛。海風茫茫，隨著海天的光線而改變其色溫。平視海上空中，彷彿那空寂裡確實有一座沙雷姆。獨自一人時，我想知道存在的意義。世界太舊，沒有我可以落腳的地方。

我讓爽颯海風撫順躁亂的腦波。腦細胞記憶庫隨機取出火車旅途遇見的一棵樹，簡單，自足。一棵樹，曾經是一粒種子。

circus

抵達的時候，充滿了無意義的光與熱的夏天已經老去了。

不論是遍植大王椰子、木棉以招惹熱帶風情或是欒樹連雲秋來變色並不美麗的大路，在鋁那樣灰亮的午後，我們站定一個位置，很快心領神會，這是道路的盡頭，徬徨的盡頭，也是旅程的盡頭。鉛灰的路面，仍有飛鳥投下的影子。然而這城市與它絕大多數的人民所奉行的體制大神，顯靈與不顯靈共時並行，榮光的新大樓與頹廢的舊城區就是它發展的兩個端點。

穿過色衰肉弛的私娼與發臭的遊民，老建築破裂的山牆怒生著野草，一志さん，立在接待中心前，斜陽輕金鍍在他側面。

歸隊重新禮拜大神的一志，重新發現神前另一位模範祭司，他好歡喜，如同熱戀中人，急著告訴我關於這位大祭司。

新落成的接待中心，必然又是向歐美某建築大師致敬的造型拷貝，溫暖的熟銅型塑不規則狀彷彿抹香鯨的巨首，方圓數百公尺內不見一支一如選舉那樣礙虐的旗幟，因而突出酷似博物館的氣質；室內玻璃牆圍成天井，命名綠方舟，移植大量含水豐沛的蕨類，低溫加上暗椿佈置的腳燈與精油噴霧，氤氳著一種祕豔氣息。

一切，還是從那趟火車之旅談起吧，那天早上他醒來，臉上留著那索討的觸覺，是一隻手從地震後的水泥廢墟伸出，冰冷僵硬。凱麗已經離去了。外面罩著大霧，來人隱約的部分軀幹一如浮屍。夢遊般等火車，蠕蠕地從遠方的岬角來，車頭一燈破霧。一車廂郊遊的小學生，嘰嘰喳喳如一籠斑鳩，簇擁著留一把山羊鬍而瘦削如耶穌的男子。男子替小學生逐個畫素描，飛快的卡通筆觸，每撕下一張遞出，小班鳩便激情詠嘆。其中一個美人胚子，捧著一顆紅蘋果給男子，他隨即咬了一口，一節車廂都是春天神話的氣息。小學生在一個芳香站名的小站下車，月台上靠著後面灰青海平面拍翅般道再見。男子摘下棒球帽揮手，青礫一粒光頭，小斑鳩錯愕張大眼與嘴。男子光頭必然是某種重症的治療副作用。列車啟動，男子落坐，駝著背劇烈喘息，發出趨近死亡的訊號。每年的颱風季，鐵道路基遭大雨沖刷掏空，生命的岩層，掩埋著曾經存在的個體。光頭男子仰臉躺在椅背，吁氣，捲成筒狀起了毛邊的素描本掉下，他幫他撿起。男子盯著他，也不是表達謝意，眼底卻是灼灼的眷戀的火苗，或者男子聞到了他身體還殘留著前夜汗液的騷動。

如同前一晚他與凱麗在夜色掩蓋下換搭一列只有三節的呆滯慢車，車廂壁上標明六〇年代唐榮製造，燈光裡全是陰翳，座椅的蒼綠塑膠皮角質化，門窗洞開，緩緩越過田地與河流，帶起的氣流捲進來雞屎味、腐草味、水流聲與那無邊無際的曠腥，堵著口鼻。昏茫的平野飄著光渣，不是螢光，不是磷火，那是意志的殘餘，生存的幻影。列車如同迷途的節肢動物，兩人給夜風堆積著厚厚的灰燼，顛簸中互相擁抱親吻，卻是怎麼也抱不暖的時間大河漂浮的兩具水流屍。

列車加速，帶他回到自己的城市，投宿老城區有壁癌霉味與鼠聲的旅館，騎樓轉角一攤燒烤魷魚小管青椒串，拖鞋裡兩腳如象皮的攤販，水泥柱下坐著的應該是他癡騃又貪吃的妻，坐在塑膠椅上，牙床持續啃咬潮濕的夜色。夜晚的雨水彷彿油污，他走到哪裡暗到哪裡。他想跟隨心裡的聲音而去，發覺杳不可聞，看見了破裂鋸齒的窗，被遺忘壓垮的老牆以及上面的噴漆塗鴉，看見長滿了瘤刺的樹落著膿那般的漿果，裹著臭烘烘棉被的人渣在自己的蛹夢裡稱王，車尾沉甸甸的垃圾車瀝著污水盲目駛過，而如同堤防的龐大水泥物之上有億萬甲蟲般騷騷蠕動的惡聲，終於蛀空了他的心。他看到了被雨水淋濕彷彿鯨頭的建物，他走進它的陰影裡，摺刀的刃歸於它的柄槽。

抹香鯨頭建築物的主人，果然嚴正的西裝頭抹髮臘，好懷舊的香息，然而行走時顯現略微的長短腳，帶領一志進了一個大社區，數棟高樓梅花瓣佈建，兩人白老鼠走迷宮，手持累累一大串鎖匙彷若一顆剜出的豬心，從中挑出一隻，打開房門，他解釋那是他父親一個失敗的建案，賣不出去的餘屋成為一格格冥冥中任其老化折舊的空巢。他們好像迴旋地進入一間又一間的空屋，一個蛻殼接續一個蛻殼，浴廁通風孔呼嘔呼嘔接引了洪荒，幫浦抽出建築心中的酸腐之味，角落有可疑的風乾的糞便，一碰化為齏粉；露台陳屍一隻鴿子，環頸的孔雀綠羽毛悽豔如生前。夕日射穿落地窗，空地上切割著大片光面，鈍鈍地切著兩人的脛骨。一志看著他微微跛著走進一扇門，嗶嗶撒了一泡尿，從另一扇窗光裡淡入。終於到達某一樓層某個折射匯聚的角度，那渾黃的光將兩人燃燒了，熔為一體，他們望向同高度另一棟樓鋁框玻璃窗裡兩人顫抖的倒影，如同交尾的一對昆蟲拍翅。我那嚴厲近乎殘酷的父親啊，他聽到長短腳囁語，開窗，將一隻鎖匙凌空丟進中庭，續道，我父親派給我的第一份工作就是出清這裡所有餘屋，要我用業績證明我的能力。他們都理解，那是富老頭用心甚深的警告，失敗就是這樣的下場。

一志上半身在那鯨頭的熟銅折射的亮光裡，手臂一揮，點石成金，指著後面一大片老城區，慫恿我共同想像都市更新能夠創造的極大燦爛景象。他下決心跟定了長短腳少東，往後可見的少則十年多則二三十年獻身於此。多麼美好的機會與選擇。

禮敬體制大神，先要心中有大神。少東已經成家生子，更讓他得以心無旁騖專志奉行大神，一座老城區等比例的微縮模型是他的神壇，早晨充滿太多浮絮的日光裡，一志亦步亦趨跟著他繞行，如同繞走曼荼羅。清早，灑水車澆過路面，鐵卷門升起，鳥腸巷弄裡縱深的屋奧裡兩盞微紅長明燈泡，如此的一天一開始就是恆久疲憊的。然而立志要做祭司的少東那麼年輕，每個細胞飽滿，領帶夾與袖釦熾亮，幾乎每日例行的出巡，兩人更彷彿土地測量員，眼光穿越、摧毀所有亂糟糟的當下既成物質，看見未來的光明與秩序。如同一棵豐美的生命之樹。兩人在冒著沼味的菜市場邊的小吃攤坐下來，蹲點的田野調查，跟鴨嗓阿婆話家常，趁她端來四神湯，甜滋滋地關心她家族成員的所有狀況，給予溫暖的建議與資訊。少東掃他一個眼風，稍後走過曝曬著花棉被與精神障礙者的社區公園，解釋花了一年的水磨工夫才完成阿婆這一佈樁。是的，佈樁，這惡性腫瘤般的區域，要大破才能大立，而麇集其中民可使由之的活死人群譬如四神湯阿婆就是典型的抽樣，兒子爛賭，青春期的孫女被搞大肚子，有手藝天賦的孫子毫無被提攜啟蒙的管道只好染髮刺青自身，上升無路，翻身無望。類此而情況比較輕微的譬如自殺或他殺的凶宅，譬如喬裝掩護一整棟偷偷種植大麻的，少東一概絕不同情，他潛心佈樁，細密地找尋每一個可能的點，博感情，講道理，唯一目標耐心等待有朝一日收齊了樁點簽章同意更新重建，那就是大神顯靈之日，怪手拆除大隊開來夷為平地，拆遷戶如蟑螂老鼠倉皇竄出。大神與少東同在，他自信至遲兩代三代之後將會感佩他的作為。

回到模型之前，少東的跛足感到痠痛，仍然優雅如在神前，磨豆子以酒精燈煮咖啡，奇香滲進腦內好像蝴蝶拍翅振奮。老城區不止一處，曾經感覺已然沉沉的夜晚，空氣的濕度高，兩人一車貼地蝙蝠駛進巍巍好高大一棟廟樓，一箭穿心穿過它一樓挖空形如城門，光禿禿水泥壁，二三樓飄著一長排碩大紅彩球與宮燈，被它內裡的氣勢沸沸吹轉，而整棟廟樓徹夜燒亮如出爐鐵漿。回頭一看才心底一駭，唯恐不知覺已冒犯了哪一方神明，眼梢瞄到大殿裡巨大神像兩片蓮紅的豐厚雙唇。少東一夜睡不穩，險險瀮青屎，意識裡有異物是那大廟化作巨人來壓迫。只好老實回去拜拜致歉，光天化日下，也就是到處氾濫的一座惡俗大廟，拖累整個地段貶值，日光如死水，一個中年男子瑟縮在香火氣裡，無言的扁著裂紋深刻的嘴。一志忍不住多看他，等待坐缸遂其心願的一條生靈。

他陪少東一跛一跛走窄巷，出去是住商混雜的躁亂街道，有早市，有夜市，路面無時不黏潮，之間的空檔時光荒煙蔓草，路衝一戶無窗卻溢出卡拉OK破鑼嗓音，今日是快樂的出帆期，爸爸喲媽媽喲我會寫批寄予汝。他不知道少東在高興什麼，這跛足幸運兒承父蔭小六即被送出國當小留學生，移居過新加坡日美，抱著改造城市地貌的大夢，第一願見鬼殺鬼，見佛滅佛，大膽、其實僅只是兩人雇主與雇傭的場合無須膽量的考慮、提出來日定要一一拆除去這些醜極了的精神鴉片。

然而，精神鴉片是無法消滅的，只能代償以別種選擇。

少東同意，別的選擇，譬如清水模？譬如東大寺的唐風？總之首先除去那些塑膠、白鐵、不鏽鋼、二丁掛瓷磚材料與跑馬燈。

兩人買了平價咖啡便在店門口亭仔腳坐下，漸漸人流車潮多了，惑於尋找答案的困難，那焦慮比暮色與蚊蚋提早籠罩兩人頭頂。少東永遠搭配合宜的袖釦，醒目地拉近兩人彼此的距離，因此願意托出家族的身世。少東述說祖輩世居近郊山裡，烤製相思木炭為業，遙遠的那次改朝換代的動盪年月，某個組織盤據山頭做為武裝叛變基地，幾代人都是不識字的青暝牛，渾然不覺身陷暴風眼中。只有在鎮上學習木匠技藝的祖父，看見大批荷槍軍隊集結，機靈地漏夜返家通報，做了正確判斷，全家不是更往深山逃遁而是下山，掛上鏽黃鎖頭，放出豬槽的豬。家族的命運自此割裂過去，走上完全不一樣的道路。身為扭轉一切的關鍵，祖父終其一生被供在唯有榮寵的神聖位置，他記憶庫的一角滿載家族其他支房關於密告、冤獄、恥辱與悲憤的故事，漫長的晚年，任其嫁接增生，累累的變異為一座故事迷宮。「汝那位悾叔公祖喔，兩蕊青番目當初看我毋起叫是我佇放屁。」東北季風吹起帶來綿長雨水的日子裡，祖父總是這麼破題。至今，少東從未回過那除了雨水充盈而鬱綠其實貧瘠的山頭家鄉。祖父講古仙給少東的啟示，機遇主宰一切，更重要的是辨識清楚吹的是什麼樣的風。譬如兩人所在無論從哪一個方向看，全是密密挨擠的招牌。

一志忘不了那橘金夕照的日子，少東的妻女來抹香鯨頭接待中心，盤桓了一會兒，少東哄著女兒往屋深處去，那燈光設計的厚度與柔軟使其極富立體感果然如同大鯨的腹內，她嬌滴滴喊爹地爹地，令人悠然聯想童話小木偶與老爹重逢在鯨魚肚子裡。

少東偕妻女一齊離去，因為抱著女兒，跛足更明顯，但畢竟撐起了三人一體的天倫，那便是世界必然如常持續下去的驅力吧。防火巷漏入的斜陽裡過多的懸浮粒子，逆光的反差效果，陰影彷彿在少東的頸項橫割一刀。

一志看見少東開車駛往老城區深處，一如複瓣之花層層套疊的街巷與高架路，今日的時間沙漏過半矣，室內玻璃天井湧出史前植物在日暮時製造的惆悵氣息，他深信不疑起碼還有數千個明日，他要與少東偽裝先知踩踏老城區每一寸土地，固然泰半必然是白費力氣的螞蟻行路，唯有相信自己點石成金的法力，劃下記號若立誓，才能全心等待體制大神下一次的顯靈。

老羊從另一個老城區通知，萌父的老阿姑在彌留狀態。前一晚因為感冒併發肺炎，送醫院後即一直昏睡，今天早上兩隻腳青紫，積水，心肺功能急遽衰竭。老阿姑兩隻腳捲縮如同雞爪，唯獨兩拇趾外翻，年輕時愛穿高跟鞋的後遺症。

捷運高架軌道穿過隧道彷彿穿過邊境，蛇行山腰，終年籠罩一片雨雲，列車裡下望，山溝濕淋淋怒放著姑婆芋的大葉片，爬藤植物絞纏著幾棵永遠長不高的喬木，鑽出一位戴斗笠的駝背小老人，其後跟著一條黑狗。醫院在捷運站下方，貼著坡地光亮的一大簇建築體，陰雨傍晚，那凹深的地勢成了集水甕，外牆的珠貝瓷磚與大片帷幕玻璃窗之間夾生了繁殖力旺盛的青苔，汩汩冒著腥氣。玻璃窗上水霧漫漶，不論從哪一邊看，另一邊都是遊魂；人流如漿糊的大廳，黑裡俏外傭臭臉推著接鼻胃管的輪椅病患，故鬼引來新鬼，是那些推銷重症偏方假藥兼試探器官移植買賣的詐騙集團，還有叫賣保險、靈骨塔位與銀髮住宅附贈豪華郵輪假期。半空列車來去，如同冰磚滑行。

老羊、庫瑪大姊陪萌父在附設的咖啡館窩了一下午，濕氣浸腳，好像插足河水，全心全意等待老阿姑吐出最後一口氣。萌父每個小時上樓探看，還沒呢，老阿姑下半臉覆著氧氣罩，幫浦機器運轉好大聲，讓她像大貓呼嚕熟睡。萌父俯身附耳喊阿姑，有聽見无？我仲文，聽見跟我握一個手。老阿姑雙手猶原少女那般修長，突然竄上一小股力氣好像一隻小老鼠，在他手掌裡實實的一緊。看過不過得了今晚，萌父敘述，一小時前，護士問要不要考慮插管，阿嬤愈來愈吸不到氣了；萌父搖頭。護士轉身，好像惡媳虐婆突然伸手用力擰了一擰老阿姑奶頭，掀開淡藍色罩袍視察那癟而溻散如沙洲的胸乳，確定已經無所感，快步離去。

小時候老父老母以問句告訴他，予阿姑作後生好麼？但一直還是叫阿姑，畢竟是老父唯一的親小妹。幫傭的寶珠歌仔戲迷，學戲文，汝得叫阿姑義母。四伯古冊讀稗，講汝這古早得叫做螟蛉子，悠然晃頭吟念，「中原有菽，庶民采之。螟蛉有子，螺贏負之。教誨爾子，式穀似之。」天光裡，四伯的眼鏡折射成兩丸銀光，禿額的天門蓋泌油，似笑非笑哼一聲講古早人糊塗的也是有，腐草化螢，鴛鴦比喻夫妻。四伯死在一個秋天的下晡，那天鹹菜姆娶孫新婦，請中晝，透早鹹菜姆頭插紅花穿長衫，鵝行鴨步特別來大厝一趟，要逐個一定去吃喜酒，笑咍咍，阿姑予伊做的長衫眾人呵咾還比新娘媠。四伯在藤椅盹龜時過去的，手心一粒人心果，日語諧音諸姆囝也。四嬸欣羨，真好死。老父把四伯坐了半世人的藤椅燒了，心裡講書呆子、冊蟲阿兄帶著走吧，一路好行。老父講北京官話實在不行。燒藤椅之前，四嬸將古冊持出曝日，鋪了半個內埕，日頭下，他守著銀灰的蠹魚從太古時光游出，兩根細長透明觸角，尾巴亦有一根，觸到光與熱那種慌張，他想起四伯教他讀古文古詩詞的那些遙遠的下午，昏昏欲睡中，四伯彎身摘了一片薄荷葉，兩指揉搓，釋出那芳香的精靈，送進嘴裡，然後瞇目反芻吐出一句，東方漸高奈樂何，賊計狀元才。半埕的古冊曝到日頭欲落山，无人來收，一冊冊綿藍冊皮自行吹出一股懷舊的陰風。

四伯不在，瓦解的是那閑散的秩序感。彼兩年，阿姑異常地肥起，面大若落月。五日節彼日，一早落雨，隨後放晴燒熱，阿姑蹲著用午時水幫他洗身軀，笑了，圓臉若柴桶水面倒映月娘，阿姑輕柔問為啥鳥也會之直？他羞赧了，看著自己充血的稚嫩性器如同異物。「去汝阿姑的繡房睏。」老母趕他，掛著蠓罩的眠床在暗時放大而影沉沉，雖然點著一小葩尿黃的昏濁電火，枕著綠豆殼枕頭的阿姑看似老父刺繡的牡丹，有時果然眼下兩團漲潮那般的胭脂紅，他憐惜地去摸伊芳幽芳幽的耳珠，有時因為懷念而大膽起來，去拈伊的乳，是每次老母欲去做晚頓，將他擲予伊繼續抱著睏，他囝也頭面抵著伊一邊豐滿的乳，齅著不同於老母的清芳；阿姑嘴一抿，一隻手挲著他的腹肚畫太極，挲著便喃喃地哼起東洋兒歌桃太郎，莫莫太郎桑、莫莫太郎桑……。

晃盪著那芳幽的身軀向夢的地平線行去，熱天的半暝，若像一個翻身，突然間落了无聲的雨水，起了熾爁，似有似无在睏眠的大厝悶濕若一座炊粿的籠床。悄如貓爪的熾爁，巨大的能量一鞭，必然整個大厝連同斗鎮一憏，有如沖洗後的底片。夢話穤如貓毛的阿姑，呼出蔭豉刺瓜的醃漬味，亦像貓大睏在齁，反覆叫著彼幾個名字，嬰也，嘉哉，小妹，馬太，連成一串夢的密碼，彷彿那渴飲著雨水的厝瓦；講殄了，伊翕張嘴唇若魚嘴。善翁也嘎嘎響亮叫了，雷公倦了休手，所以只剩雷母照出那銀光熾爁，赫然映出阿姑的輪廓，向夢的更深處行去，是葉也潐焐焐而像湖海彼般的甘蔗田。阿姑擺盪尻倉奔走，雙手撥著甘蔗葉若剃刀片，勇往直前，伊犁開那甘蔗葉海旋即復合，走到遙遠天邊成了一隻蟲。夢土更是遼闊。

多年之後，他才知道，大厝的榮光從先人遞減到他一代，已是如同那壁虎的叫聲，如同鬱悶黃昏頭頂的蚊雲，如同厝後柴堆裡新生的幼貓被母貓叼著走避而夭折，如同老父花房啞巴窒死的蘭株。下午陣雨後的楔形新陽斜照在內埕，那怯生生的光燃亮積水，映暖了紅磚牆，燒暖了觀看者的目睭。

在大廳的自鳴鐘整點噹響破除最後一口昏瞶的夜氣之前，阿姑自伊的夢中起床，地靈輕，摸索的腳步很實在，天還勿光，溫柔罩霧，伊洒了厝前厝後，雞碉裡的雞睏得很入眠，竹籬腳好穧大且腥的陸螺；伊挽了兩蕊玉蘭花，予樹上積了一暝的冰涼露水重重的若一錠錠銀兩淋摃了一頭，亦驚醒了古井底的鮎鮘。穿過竈腳，昏暗壁腳有鳥鼠晶亮的目珠，民間傳說故事嫁予蛇郎君的孝心女子予大姊二姊害死了後便是從大竈的火灰裡復活。阿姑搬了另一張藤椅，接了四伯的位置坐落，若一尊火灰人形咬嚙彼鼠色的曙意。彼些夢中的遊魂還是綴著伊，伊學四伯坐井觀天，四角內埕，一暝的烏暗沉底，突然覺悟大厝莫非就是伊一世人的監牢，四兄生前如此瞻頭望究竟心內在想啥。做囝也時，穿著柴屐，如此瞻頭看過流星像鉸刀剪開目珠喚起遠方的大志，啊，六兄講瘦屎星，冊蟲四兄堅持正名講彗星啦；伊喚醒記憶中滑過的細粒光體，擦亮彼逐一離去的親人的面容亦若這奮起的天光裡淡去的星，沁涼蔭身，覺得極孤單。

自鳴鐘噹噹噹，還未睏醒，聲音黯淡。七叔大後生飼的鴿鳥啪啪開始透早的飛行，翅膀有力鼓動，帶動氣流，天光了。

阿姑從紅木眠床上方鑲壽字銅把的小抽屜取出相片，一疊一疊不同的尺寸攤開若春風吹著櫻花瓣，用夢話的腔調講出相片中人的故事。他認得出少女阿姑，那曾經的嬌羞又出現在伊講話的同時，尤其是當伊凝視彼位高校制服少年。少年及少女並肩立在白濛濛的風景裡，一角如雷電劈裂的是黑色的樹幹枝條。

下一張，少年戴帽的側面，鼻子峭直，矜持的上半身，後面是佔據畫面三分之二的海洋。

下一張，少女阿姑穿著和服端正跪在榻榻米上，室內陰翳，又倔強又害羞被叫喚望向鏡頭的瞬間，可愛いこちゃん，持相機的人如此柔情叫伊。可愛的少女，阿姑教他講，若唸一句奧義的咒語。

這八兄，汝的八叔娶的日本婆也，在大街的藝林相館，學祝英台反串，這襲せびろ是汝老父的，喙唇胭脂畫得若煙花女。大街迷戀這款毛斷的日本婆也，背後喊喊嘟嘟，唯獨行過八嫂後頭的油車壙予罵淫婦遊街，唉，八兄及八嫂。

八兄自動車車行開張彼日，嫛也歡喜嘎喔，拜了祖先，在車庫前合照，四兄誂工穿長衫。

彼年大厝真鬧熱，阿姑拍了拍床沿，我那有講毋對，是汝記毋對，八兄的朋友一陣一陣來，若迴光返照，之後就開始空襲，是啊，米國來空襲，糖廠彼上嚴重，聽講一粒无爆開，當初的少年和人走去看。四兄唸，危險。等到欲暗，大厝毋敢點電火，少年入門，一身若臭火焦味，將我攬得未會喘氣。隔日長工阿祥講了，落佇大樹頂的炸彈突然爆炸，一個枉死鬼腳手噴上天喔。

无得確，當初的少年彼日就死了，伊千真萬確記得少年將頭埋入伊胸前，像熱天溪埔的燒風，或者是那炸彈的死亡威力。蒼茫晚頭，六兄的蘭花吐出芳氣，少年貪婪咬著伊生著硃砂痣的乳。有無？汝有看見否？

至於這位，阿姑啪一聲拍床沿似乎滿腔憤怒，當初的少年的先輩，是啊，生做真將才，六尺高，深目高鼻，像外國人。ちゃんころ，清國奴，先輩及少年做學生時予日本人安爾罵過，一切就是因為這一句話，遂將兩人的運命像褲頭結相連。唉，阿姑吐大愾，自言自語，我干可以怨先輩伊是話仙？太摮講話了，講得少年心思綴伊尻倉後跡跡走。

相片无攝出的是彼間日本人砌的兩層樓厝，魚鱗板牆生著雲層般青苔，一欉開紫紅色的櫻花，春風微微，當初的少年答允以後兩人搬入去住。少年講古予伊聽，古早斗鎮有東西南北四個隘門，魚鱗板樓厝便是在北門的方位，答允屆時買一台裁縫車予汝。

相片无攝出的是當初的少年離開時答允會轉來。這年阿姑得到消息，先輩在東部，伊坐了一日一暝的機關車及自動車去探望，希望問得少年的下落，沿途看見驚心動魄的海岸及懸崖，日落的奇幻美景，眩車吐出膽汁。伊自後山又坐了一暝一日的自動車及機關車轉來，踏入厝，關了房門，過了三暝日，房門打開，老父持著聖經要伊同齊來念，心內會平靜。六兄勿要悾了，上帝耶穌佮我毋熟識，伊回答，咱繡花較實在。老父背後唸，饔籠戴屎桶。伊洗頭，要逐個看坐火車煙著一面桶的煤炭煙烏水，稍透露旅途中間落車，一人行去車頭前大公園，昔年舉辦過博覽會，伊及少年兩人衫新人新來看表演採珍珠的海女，少年踙伊去食冰淇淋。彷彿才如同昨日，毋過大公園已經完全改頭換面了，伊勉強找回舊日行過的路線，但是彼城市的天氣大大異於家鄉，使伊不斷迷途，挫折伊的意志，經過了若大溪的馬路，若異國上古的神殿列柱的銀行，伊發現一欉櫻花樹，樹後是魚鱗板壁的人家厝，心慌稍定，佇樹腳手巾掩喙，感覺一腹肚的酸水噎起。

阿姑視線調向窗台上斜立一面圓鏡，七叔大後生飼養的鴿鳥開始下晡的飛行訓練，一陣烏影若大厝的元神出竅。聽講下港予鴿鳥揹一節竹筒，飛得嗚嗚響。老父亦予引出倚在門口，手拈綳著一塊純白十字繡布的竹箍。

精神足的時，伊對著相片講得他盹龜，輾到床尾，伊輕輕腳尖踢他腹肚吵醒，問：「等汝大漢娶姆會將阿姑放𣍐記未？是嚇？」伊一手撐頭，身軀蛇軟眠床上，兩粒乳攤瀉，如同古早食鴉片菸的諸姆，愈是夜深，兩粒目珠愈是金爍爍。

日時佮暗時的阿姑无同款，伊佮六兄六嫂講，長年累月佇後頭厝伸長手予人看无，所以伊購得一台裁縫車作衫賺錢，老父幫伊買家庭洋裁雜誌來參考研究，長日下晡，裁縫車運轉時充實的噠噠噠聲擊打著內埕的金色日頭，亦親像熱天的夕暴雨，大街慕伊的手藝來請伊去開班傳授。若倨年節時，暝日趕工，伊就略略丂痾，日日洗浴了後衫褲永遠有茶箍（肥皂）及日頭曝潐的清氣味。

阿姑瞇目若失神，吁出火灰彼般的苦燥氣息。彼些夢話的暗暝，講𣍐煞，伊就夢遊，若脫赤腳一步一步踏得沉沉，土地呼應了伊；有月娘時，白皙雙腳縮得毋敢踏入鹽酸般的月光裡，還是若一塊菜頭粿滑入一鼎燒油。以前佇農場脫赤腳的諸姆特別勇壯，腳蹄曝烏又韌，腳步重，尻倉實實；牛蹄，伊愛如此取笑。牛蹄諸姆及諸甫人做同款的粗重，薅草，剝甘蔗，挽番麥，曝番薯籤及稻也。當初的少年常常念，汝要知作穡人的艱苦。

垂垂老矣自鳴鐘，已經頇顢了，只是拖時間。但是伊哪會忘記伊是吃過鹹水、自由戀愛的毛斷阿姑，所以更加感覺那月光若針棘，加速全身軀的血脈，夢中伊一字一句記得經文如此寫，「我身睡臥，我心卻醒。這是我良人的聲音。他敲門說，我的妹子，我的佳偶，我的鴿子，我的完全人，求你給我開門，因我的頭滿了露水，我的頭髮被夜露滴濕。」經文答允過伊，「你這女子中極美麗的，你的良人往何處去了，你的良人轉向何處去了，我們好與你同去尋找他。」伊醒起，但願自己是農場任一位牛蹄諸姆，聽見自鳴鐘噹噹響，撞破胸口成為深淵，伊對著月光心內大聲念出，「我夜間躺臥在床上，尋找我心所愛的。我尋找他，卻尋不見。我說我要起來，遊行城中，在街市上，在寬闊處，尋找我心所愛的。我尋找他，卻尋不見。」月色淹到鼻口，伊感覺自己是一副水流屍。

時間流水，最後，阿姑掀出上大的一張，我老父汝阿公五十三歲生日，最後的生日，全家佇廳前，汝看阿公的面有長壓？林厝的遺傳呢。攝相師傅蓋一塊黑布。彼時我還未出世，認得出汝老父？臭頭淖膏藥這個。坐阿公邊的這是大嬸，鼻目喙非常像生番。

我們連夜護送阿姑遺體回斗鎮。庫瑪大姊周到，在阿姑耳邊放了念佛機，遠處魚卵般燈光一閃，她幫忙喊，阿姑過橋喔，「阿姑咱欲轉去厝，汝就綴好、綴著。」她發現阿姑臉部皮膚真好，沒一粒老人斑，抽掉假牙的下顎內縮變形彷彿鱷嘴。愈往南，氣候愈乾，半途佛號走調，電池乾了，迴環下交流道找便利商店，霓虹燈招牌碩大如外星人飛碟。國道系統所經之地，視界野放，住屋縮小而比例暴漲的是水泥鋼筋骨架的廣告招牌，看得見的鄉鎮人家簇群如同河口淤積的廢材漂流木，城市規劃的神靈未及於此，飛馳而過的夜車嘯動空氣，搖撼了廂型車，阿姑隨著晃盪。

一志簡訊，鯨魚頭少東正在研究到中南部的鄉鎮接案子，「還是問一下你有無興趣。我看是沒有吧。不然你先幫忙蒐集情報。」

天濛濛亮，我們轉換上省道，擠滿紫花布袋蓮不能呼吸的圳溝上，果然是如同壁癌的大型竹架的房地產廣告。萌父找尋左邊道旁屋頂上一大顆泥塑彩繪蟠桃，通乳丸的商標，幼時返鄉，只要看到那大仙桃，就知道老家快到了。

圳溝的布袋蓮此後始終在我們視線內。萌父說，老母娘家的傻姑婆，紅嬰也時腦膜炎燒壞大腦，某年盛夏農忙，一人沿著省道走，渴了，俯身撈圳溝水喝，倒頭栽淹死。早年省道種植樟樹油加利樹，樹幹下半部塗白漆，夏天傍晚，隨風灌入車窗的都是醒腦的樹木好味道，偶爾一隻金龜子裹在大風裡流彈般射進車裡，枝葉間則是那紅豔豔泌油的落日。萌父伸入薄被裡握著阿姑的手，問，阿姑汝有覷到麼？

另有夾竹桃，傳說有毒。透早，醬菜車來，停在大厝門口，阿姑要萌父去買五角銀的甜柴魚，配糜。

我們默默押著阿姑駛上斗街，進入斗鎮。故鄉的日頭穿過車窗玻璃照著阿姑遺體。

文獻斑斑可考，斗鎮地處東南，屬於號稱穀倉的濁水溪沖積扇，有東螺溪流經，溪岸在漢人大量移入前，為巴布薩與洪雅平埔族所世居。十九世紀初，嘉慶年間，斗鎮建街，據說此為有清第一個具都市計畫之街肆。此後兩百年間，漳泉械鬥多次，必然在這主幹大街兩邊跳探戈拉鋸戰，更有戴潮春、施九緞之亂；兩百年間，舊濁水溪至少三次的大水氾濫，改道，屢屢殃及斗鎮盡成水鄉，田地流失，尤以戊戌大水災記憶最新。東螺溪上溯南投山區，下接鹿港，斗鎮的河港津渡商業機能於十九世紀中葉到達巔峰，但旋即鹿港海口淤積嚴重，咸豐十年復有北京條約開放基隆、淡水、安平、打狗四港與外國通商，鹿港衰矣，與之唇齒關係的斗鎮亦盡失水運商機。甲午戰後，十一月，殖民國近衛師團司令部進駐，統帥北白川宮能久親王，借住某秀才有庭園的氣派大厝，而斗鎮人渾然不知。日治時期，設郡役所，管轄一街七庄，斗鎮遂轉型為殖民行政中心。

如同島之大西部任一鄉鎮，這是個已遭都市計畫之規格化與標準作業程序摧毀的小鎮。街道拓寬了其實只是便利了並排停車，十字交叉的主街是商業區，從吃食穿戴到通訊、影音租書、電子產品各行業連鎖店無一缺席，招牌大爆炸，極混亂也醜極了。至於能夠脫農幾分入商幾分，總之第一先砌厝蓋房子，密度如稻秧，普遍是兩三層的外牆貼瓷磚樓房，必配防雨塑膠採光罩、白鐵欄杆與鋁門窗。門口竹竿一橫曬衣曬棉被與卡通造型抱枕，輪胎平放是為花盆，栽種一桿木瓜樹，才結的青木瓜如陽具。首都之外，這樣的鄉鎮模組，從北到南強力複製。

我們將阿姑交予鵠候的葬儀社，「熱喔這天氣，」他們嚼著檳榔說，趕快要將阿姑放進白鐵皮的長方冰櫃，上層兩扇玻璃拉門以便探視，其前身極可能是冷凍雪糕冰淇淋的冰箱。先淨身、換壽衣，一條新毛巾水盆裡一濕，請萌父意思一下擦擦阿姑手臂，接手後不過是拭臉一圈，毛巾扔進盆子，海口腔讚：「汝講阿姑九十五，喔，面肉皮膚還是真幼秀。」兩黧黑農夫，神話的日中金烏的烏色深深吃進他們臉皮骨子裡，二十隻手指如泥棒，唰的撕開塑膠袋聲勢直如電視劇的強暴犯，掏出一襲秋香色閃壽字上衣下裙，一邊一手撈起阿姑下半身划在空中，彷彿伊做了一個後空翻，順勢長裙一套；阿姑好像臉紅了。兩手戴螢光劑白手套，姆趾外翻的兩腳套螢光劑白襪，習俗原屬女兒之職，萌父只好代替下跪為伊穿上秋香色繡花鞋，阿姑生前膝蓋跌碎的左肢，脂肉消散萎縮得一如老樹曲幹，無法拉直。伊將自己永恆的睡成一副準備放屁的樣子。

阿姑膝蓋跌碎六年，出於好奇，萌父撩伊擱放輪椅踏板上雙腳的褲管，伊重手啪的鷹啄般打掉他的手，怒目眕他，无言斥他汝毋悉老人亦是愛媠、亦要尊嚴。

葬儀社另來了一位師爺型男人，右無名指一只燦金鑲碧玉戒指，擎著一支玉石菸管，翻翻通曆，議定六日後放板，跪迎時肖虎肖雞者得走避，十一日後早時七點家祭隨後公祭，十點前出發到車程量約四十分鐘的山區私營火葬場，先到先抽號碼牌，否則彼日好日，過晝一陣死人同齊遘位，火葬場只燒到下哺五點，若排毋著就麻煩了。

師爺再拿出一張訃音制式表格要萌父填寫；免了，萌父應。師爺瞪大眼睛，追問，那頭七咧？職業性的有感而發亦是先發制人，現代人愈來愈請裁，但基本的禮數還是得要顧，起碼的體統，人講死人直死人直，寧可信其有。暗時可有人守靈？一定得有人看，尤其得注意貓。食到九十五，真是无簡單，訃音可以印紅的啦。

老羊幫忙解圍，問起葬儀社的經營，師爺吐實，員工平日也是得落田作穡，種田這途艱苦，厚本薄利，做死做活一冬，賺的无夠肥料錢。有生意，一通電話叫來，手洗洗，衫換換，服務死人横直比作穡輕鬆穧了。口袋掏出名片，小心措辭，「有機會幫忙介紹，天主教基督教的作法我嘛亦通，勿會怯挫啦。」

先前電話裡雖然已經溝通過了，唯一還留在大厝的七叔後人果然一張長臉，叫萌父仲文阿兄，淡色瞳仁的一對睏目三分哀戚。他身旁的長身婦人，目眉畫得柳葉細彎，亦親熱地叫兄さん，「阮阿姑去好命了。阮阿興常講四個兄弟小漢都是穿阿姑做的衫褲。勿會啦，兄さん放心，阮勿將阿姑當作是外頭家神，阮大伯在生時聽伊講，阿嬤有交代，得留一堈房間予阿姑。」

萌父點頭，老父比較傳神的講法是，嫛也臨終前兩日晚頓時突然對著四兄講，嫁著彼浮浪曠，有嫁若无嫁，仙也的房間得替伊留著。老父印象，嫛也講遺言時吐出花蕊蔫落的苦臭氣味。

阿興太太瞄了我們一眼，近前一步，細聲，「還是通知陳家了，兄さん干悉，大街老一輩的傳講姑丈陳嘉哉死去活來，講是自唐山轉來，嗬，真韌命。是陳家去公所戶政辦撤銷死亡證明，消息才放出。毋是一個人轉來，彼年去唐山，无兩年就娶姆，有兩個後生，早就做祖囉，講是有一堙日子真艱苦過。」聲調再低，「阮二伯兒婿在做代書彼個干有找你？兄さん汝看咱這大厝破敗這款，當然祖產誰敢主張賣，佮天公借膽喔，但總是得處理，阮七房意見統一，上好是改建一途，時機毋好錯失。二房三房佇海外，八叔无生半個，而且早就无消无息，四房五房、阿兄汝六房，一南一北，開枝散葉，即便逐個磕印同意，亦得台灣頭尾走一趖。兄さん——」

放置阿姑的冰櫃引擎蚊子低哼，近中晝的日頭曝光了大厝，逆光看只剩輪廓。七叔一家住的右廂房早就翻成必然是瓷磚白鐵欄杆鋁門窗的兩層樓厝，阿興太太猶原咄咄唸：「上屆選鎮長彼年熱天，做風颱，大雨落一日，風嘯嘯叫，半暝大廳厝頂崩落，一聲若陳雷公，阿興及我透暝戴草笠扎手電去搶救阿公的相、彼座大鐘，還有六伯四伯的骨董，兩人淋得澹糊糊。厝若无人住就无人氣就快爛，阮翁姆看彼景象看得心酸，好佳哉，當初阿公撿骨是六伯去好命前決定的，頂輩諸甫也剩六伯上大，伊講才準算，若无，放到今日阮序小誰敢大主大意去撿阿公的骨。」「若講到彼座大鐘，兄さん汝有愜意否？欲運去台北否？一個古物商一直欲買。聽講以前彼鐘都是六伯照顧，時時拭得金熾熾。」

萌父十四五歲，歸化日籍埋骨日本的二伯的女兒來訪，老父說明合いの子姪女挐讀冊，讀到博士。

寶珠插嘴，毋就像孟麗君，女狀元。

女狀元帶來一本相簿，編年排列二伯赴日之後的一生。一桌的胜胰，女狀元請老父做通譯，伊有兩項欲替二伯執行的心願，一是食大街攤麥芽的土豆糖，二是邁東邊一處陡峭山頂俯瞰斗鎮，二伯小漢綴秀才郎老父去過，漢字是赤水，印象很深呢。

聽到地名，阿姑若電著，變痟狗目。去了山頂轉來，阿姑招女狀元廳前花架後哼菸，緩慢地以日語交談，女狀元不時揉著小腿肚；內埕照常曝一柴桶水，曝菜乾。廳前是彼年秀才老父過生日一家大小攝相的所在，二伯亦出現其中。一代新人換舊人，不變的是這間大厝。彼暝，老父、阿姑及女狀元佇大廳，老母禁止偎近，寶珠偷偷解釋是佮姑丈有關；熱，電扇前面桶放一塊冰角。冰角溶成冰水，瓊花恬恬開了幾蕊，女狀元堂姊東洋人偶那般的嫻靜且潛藏著一股神祕韻致，微黃燈光裡的三個人，存進他少年的記憶是一段默片。半暝，聽得阿姑房間內嚎了兩聲，然後非常克制地將哭聲窒死。

女狀元留宿一暝，隔日告辭，全家除了阿姑門口相送。

女狀元堂姊匆匆來訪一趟對他莫大的意義便是確實感受世界之大而家鄉如此閉塞。堂姊陌上花開才緩緩寄來的相片，他學生服鈕子扣到下巴，肅立廳裡，堂姊褒他軍人般英氣，阿姑嗤笑譯成，伊笑汝像憨兵。一度他迷上攝相，好感激女狀元堂姊引渡他發現女性的迷人形象，毋是老母臭火焦帶有雞鴨屎的竈腳味，毋是阿姑在夢裡吐納彼無盡怨氣的酵酸，毋是寶珠日頭下一身重汗的肉膻鹹味，他清楚記得堂姊山頂紅石頭上非常淑女的坐姿，彼白玉無瑕交纏的雙腿，讓他奉獻年少的第一次夢遺。

而阿姑從此明顯老了，在他拔長的初初兩年，又專志又恍惚地奉待起他，透早幫他盛燒燒的帶有一股大竈焦味的洗面水，面巾對折披在桶沿，面桶白底彩繪並蒂對開的牡丹，齒鋸臥著一節蠶般的齒膏；幫他熨制服，手巾漂得雪白，皮帶銅扣拭得金熾熾。透早的日頭在隱隱冒著燒氣的面盆，青得若雞卵清，他一日一日的感覺難為情，又貪戀那綿密的溫柔，好似民間故事裡的蚌殼精之妻。還是老父講破，毋悉的還以為汝阿姑佇奉待翁婿。

大厝大門險險因為拓路給削了，正中晝的日頭炙烤那百年柴門上殘破退色的神荼鬱壘繪圖，裊裊燒出無色的煙氣。大街直直東行數百公尺，翻新的媽祖宮飛簷盤龍柱琉璃瓦一座坐鎮鎮中心。史料與耆老口傳，此宮前身來自東螺溪對岸漳、泉人合作創建之天后宮，嘉慶年間械鬥與洪水之後兩族如同分爨，泉州人分得後殿搬遷新址重建。宮前廣場攤販雲集，夜市遂成。宮門面南，啣著筆直一條街路通渡口，當然幾次大水亦是走此氾濫淹至宮前。

只分得後殿奠基，應該是事後諸葛，鎮民自我解嘲，先天格局受限，斗鎮發展難以為繼。每年三月痟媽祖，至今仍愛傳誦二戰末期美軍空襲，媽祖顯靈以衣襬接炸彈，雲中只見一雙紅色繡花鞋；廟公深化傳奇，次日驚見媽祖繡袍果然有焦燎處。

前殿後殿橫楣一長條紅光ＬＥＤ跑馬燈，環繞整座大宮三匝的排穗宮燈，月亮門鑽出一位手持麥克風肩掛小型喇叭的導覽員帶著一群觀光客，流水口白，「咱媽祖宮裡這神尊上特別的就是軟身，四肢是活動的，可毋是一節柴頭喔，表示啥呢，海陸空隨時走透透，法力無邊。」油光腦勺長了一頭累累肉瘤，與萌父四目交接，一頷首。萌父解釋，「像不像釋迦，不怕謗佛的就說像佛祖頭，斗鎮的活動地標。」據說他的父祖幾代都是一頭肉瘤的流浪漢，不分寒暑披掛一身若鴉翼，履草鞋，宮口食攤嗟來食，活得好逍遙自在。熱天，笨重的鐵馬載來麻布袋包裹的大塊冰角，若鱷魚嘴的大鐵夾一鉗拖著送至冰果攤，佛祖頭綴後揀碎冰食，抬起一雙晶澄目珠似笑非笑。暗暝睏宮門石階上，若一袋煤炭，很快天光，聽見他咔喳咔嗤咬喙齒，啃囓小鎮一顆簡單的心。

老父及阿姑的共同祕密。彼年，阿姑答應幫天主堂的西洋聖母縫製一件披風，日時无心思，食了暗頓，哼了菸，閒閒拈起布料，指頭精神起來，做起了紡織娘，即使電火昏黃，持針線時，伊的目珠就利了。眾人的睏夢中，蚼蟻大陣出動唏嘘地企圖搬遷大厝，自鳴鐘的錘足陷入時間的流沙，等一時辰就開的玉蘭花縮在樹葉裡。伊心中感應著六兄必然是醒著的，替伊默念玫瑰經，「萬福母后，仁慈的母親，我們的生命，我們的甘飴，我們的希望。厄娃子孫，在此塵世，向你哀呼。在這涕泣之谷，向你嘆息哭求。」厝簷的露水像星光，一暝沉沉欲破前最是寒冷，彼无限延長的躊躇時刻，伊收了最後一針，才感覺目珠真澀，等待雞啼，然而淵面烏暗，六兄在房間內誠心念比伊更加親像守貞的女子，「我們的主保，求你回顧，憐視我們，一旦流亡期滿，使我們得見你的聖子、萬民稱頌的耶穌。童貞瑪利亞，你是寬仁的、慈悲的、甘飴的。」伊悉六兄尾隨著伊，來到媽祖宮，祈求這位寬仁、慈悲而且甘飴的伊生命本源的聖母。腳踏正殿的石磚，以前聽四兄講過來自溪底，最初是做大水時自深山滾落來的，跪拜所在的兩塊年深月久踏陷了，彼便是願望的力量。跪落時伊頭殼嗡嗡響，似乎才是昨日綴嫛也來，謝籃內膨粉針線芳花，嫛也講予伊悉，大媽四媽愛食雞，二媽五媽愛冤家，三媽六媽愛潦溪。伊愛看嫛也扟香跪拜，目瞇瞇，真誠心，喙細細唸，唸真久。而今伊勿悉欲如何開喙如何求。

宮門口石階上若一堆烏炭是釋迦頭，目珠燦如早星，帶著笑意。伊順著釋迦頭的眼光，看見六兄覔榕樹後。早時第一陣的雀鳥喳喳飛竄空中，帶起宮口淤積的饋桶味。

他想起來那些食豆仁的落雨的春天。推車攤上一個烘爐煮一鼎水，鼎上一籠床蒸燒氣的青嫩豆仁，掀開一層棉布，五角銀買一紙袋，一邊吃一邊騎腳踏車去找馬神父上英文課。鎮西北角住了一位西洋聖母，馬神父是她的守護天使，永遠紅光滿面，茸茸細毛，竟然教他讀莎士比亞。食太穧豆仁，上課時放暗屁。老父來做禮拜，鑽進柴櫃告解，出來時目睭紅。阿姑則是看心情來做禮拜，若來亦是去看玫瑰花及曼陀羅花，馬神父吩咐他下次招伊作夥來。老父褲袋持出一封批還馬神父，講，伊毋收，真失禮，馬太近來好否？

六兄琥珀般的記憶體內，一個厚雨水的春天尾，阿姑睏得少加上无眠一陣時日，恍惚失神，匆匆行去天主堂找馬太，用參詳的口氣問馬太其實是要求幫忙，為陳嘉哉立一塊碑，毋是墓碑，而是紀念碑。阿姑用心考慮，由外國人尤其是米國人來立碑上理想。馬太問阿姑，為了啥原因欲立一塊碑？阿姑靜默三分鐘，固執回答，汝若信我就幫助我。長期失眠使阿姑口氣若硫磺。馬太牽伊到聖母面前，點一隻蠟燭，留伊一人慢慢對聖母講。天主堂外面，无日頭的下晡起了薄霧若鬼影，阿姑日後對六兄承認對聖母傾談治好了伊失眠的症頭。

天主堂據守斗鎮聯外省道的出入口，考據之必要，西洋聖母當年意欲入境與軟身聖母分一杯羹談何容易，進駐鄰鎮十年後，信徒人數壯大，始籌劃購地建教堂，選了最偏僻不毛、鎮人詬稱的狗屎地，地主包括林厝。傳說附麗之必要，天主堂開挖地基，媽祖宮裡人說夢見聖母指示西方有客來。萌父說，其家族不敢或忘的歷史一則便是曾將田園百甲賣予阿罩霧同宗。對田園的想像與現世感，他最喜歡老父形容的，某家族所有，阡陌相連到天邊，雀鳥飛毋過。

其後，每年年底，斗鎮開始有了小小的、大多數嗤之以鼻的聖誕節，然而對小鎮的一般人，天主堂不定期佈施奶粉與冬衣卻是大事。十二月，幸福的月份，

老羊與庫瑪大姊留下陪萌父守靈。萌父接受阿興太太提議，頭七為阿姑辦一場三昧水懺法，全本經文誦完需時一整個白天。老羊塞了一本硃砂紅硬封皮封底的經書給我，客運車北上，天主堂的十字架一掠而過。

鉋卡絲適時傳來兩則引言：「死亡讓你成為第三人稱的身份。」「我希望我的死亡是徹底的，我希望肉體和靈魂一起死亡。」末行，新細明體字加粗，「讓我們見面吧。」

車上翻開那長匣狀風琴頁的佛經，路上的風來攪動，開篇故事說明此經緣由，唐朝一國師膝上生出一人面瘡，眉目口齒俱備，每以飲食餧之，則開口吞啖。國師遂往西蜀山中訪舊識求救，隱僧教以巖下山泉濯之。方掬水間，人面瘡呼喊，知道西漢袁盎晁錯的故事嗎？公即袁盎，吾即晁錯也；當年晁錯腰斬東市，其冤為何如哉，累世求報於公而不可得。因公十世為高僧，戒律精嚴，報不得其便。今汝受人主寵遇過奢，名利心起，於德有損，故能害之。今蒙迦諾迦尊者洗我以三昧法水，自此以往不復與汝為冤矣。國師連忙掬水洗之，其痛徹髓，絕而復甦。覺來人面瘡不見。

盛夏，盆地鬱積的熱氣襲殺如同腰斬，其冤為如何哉。我們都是心上長了待餵食故事的人面瘡，等到故事壯大變形魔獸反噬我們。正午的太陽沒有影子，鉋卡絲過午不宅，推估她第一現身地點是文青

集散的咖啡館密集的街廓。那幾條巷弄一如電路板，青色天空噴著白雲，因應禁菸法規，店坪夠大者隔出戶外木條甲板的吸菸區，盤據著老外與苦了的啤酒，可比盛唐長安街上的虯髯胡人。落地玻璃窗內無寒暑，相同的姿態，逐一攬鏡般面前一台筆電，看似馴良有如孜孜啃食桑葉的腴白蠶體。終將某日，那東洋漫畫家反烏托邦的預言成真，我們切開頭顱，空空椰子殼，唯腦幹植有晶片，一言以蔽之，無一不受控於一個超級母體，漫畫家命名為麥基洗德，典出聖經，「他無父無母，無族譜，無生之始，無命之終。」

街廓裡舊公寓，保留著二戰後建築菁英對集合住宅需求快速大量複製的幾何樣式之想像，零星點綴有老樹與朽爛日式宿舍，在現代化進程的時間落差裡被歸檔為亟需搶救保護的遺產。因此奇景之一，屋主有心，讓樓房包摟大樹，枝幹穿破牆壁樓板，枝葉反應季節的光影，給了樓房生命的表情。鉋卡絲必然可以無事而癡癡呆望那屋樹一下午，看一片葉子之字形下落而時間不曾為它駐足一秒，著地嚓一短音。落葉不掃，積存屋前，過境每日時間關卡的度牒。

鉋卡絲非常難得的焦慮，在我們的時代，我們鍵寫那麼多如恆河沙數，那又怎樣？不過是那位已故作者講的，一座超級偽幣製造廠，釀造精神病患與躁鬱症的溫床。

日正當中，如偽幣嘩嘩噹噹落；潑水其上，旋即嗤嗤蒸發的柏油路面，行人避走，玻璃窗內結紮了的肥貓，瞳仁一線天，虎威猶存的朝外睥睨。冷氣機排水膠管虹吸了一咖啡館人猿後裔的呼吸與蒸發，冷萃滴瀝俗名曰水的液體，日光下毋寧更是瘦金體般的元神。老阿姑在她家鄉大厝的冰櫃裡呼呼大睡，她上半身仰向的玻璃窗蓋著毛巾，揭開探看，綻放的現世之花覆影終結的果。一輛腳踏車無畏強光騎過去，熱浪濺到落地玻璃窗，窗內人猿後裔伸長頸子還是照看他們的液晶鏡，鍵寫一己的大夢。

我們進入彼此的造夢裡，納世界於芥子中，怨戀既深，相互成為彼此的人面瘡。沒有比液晶鏡子裡更為純粹的世界了，「發生了什麼事？」「什麼都發生了，但也都沒有發生過什麼。」

重新推估鉑卡絲的現身點，潛入地下連上捷運路線，最新完工的支線穿河而過，呼呼的陰風，到往昔是沙洲似蘆葦蕩，鑽出地面，有經驗的眼光立即露出又哀矜又鄙夷的複雜神色，那一瞬間以為流落來到第三世界的城鎮，嶙峋樓叢如墓碑林。不愁，超級母體麥基洗德提供觀光資訊，雞腸小巷有半世紀小吃老店，燈光爀爀一如外太空星艦，攤頭幾鍋滿溢咕嘟沸湯連成一條白龍，跑堂企業識別化一律印有店名的恤衫棒球帽，蒸氣混合油湯永遠有一種戶外大雨澹糊糊進來充飢之感，桌上竹製衛生筷、粉紅色紙巾。前行必定有夜市有寺廟，廢棄物淤塞的一條大河。盡責地巡禮一遭，無路可去了，廟後牆陰一列桌子擠著食客也不知道囫圇什麼，人鬼不分，路口小貨卡前一小丘孱病地瓜，心裡遂破裂大洞如夜空。

負空洞之傷另闢蹊徑繼續遊蕩，穿過水泥建築與鐵窗的密林，濕氣其實都是人汗，一志報知凱麗近況，隨舞團去了東南亞某個腳踏車與改裝摩托車比行人多、終年夏天且嗜食魚露的擁擠城市，好長的下午，每日定時落下強而有力的陣雨，切過城市的河成了泥流，付極少的錢與當地人搭船過河，肯定超載，渡船吃水很重，水流稍不平靜就有翻船的可能，「想過死在異鄉嗎？埋骨何需桑梓地，人間到處有青山，是我那可哀又可恨的父親愛念、恐怕也是他唯一會的兩句詩。我應該告訴你們哼哈二將他的故事。隔著海洋，我在這靜靜流汗，想到哼哈二將，是我小時候他講給我聽的故事，總是逗得我樂極了。《封神榜》的二員配角，一個鼻哼一聲，噴出兩道白光，一個張口一哈，吐出一道黃氣，對方就應聲倒地。看到信，請哼哈一聲。」河景高樓若雨後絢麗毒菇沿著河堤蔓長，警犬嗅尋棄屍那般走上堤岸，分不清是廚餘的酸餿還是河灣淤滯的腐臭，大橋上螻蟻車陣，對岸同樣的河景高樓，一戶一燈，如煤炭山，氣流穿過炭渣孔隙，呼嗤呼嗤噴灑火星。

我回到我的老巢咖啡館，唯一的變化，曾經是以落地玻璃隔間的吸菸區入口立了一小塊黑板，上書：「親愛的顧客，為響應節能減碳，此區暫不開放。」

老阿姑的告別式，早上八點開始。林家大厝的內埕清出一塊空地，搭了鋁鐵管架，綳緊塑膠布，靈堂一斜坡的百合與紫蘭花，兩旁兩列飲料罐頭塔塑膠花圈，晨陽生猛照在罩著乳白綢布的椅子，一人樂團是個白面鯰魚嘴大叔，電子琴試音妥了，打開麥克風哇啦放送破且扁的菸嗓子，「阿嬤喔，懷念的阿嬤，」哭腔一小節後轉為口白搭配琴音抖顫，「咱上親愛的阿嬤，為兒孫為家庭奉獻一生甘苦一世人的阿嬤，今日咱懷著十二萬分的感恩及不捨，為汝來舉行一場隆重的告別式，告慰汝在天之靈，阿嬤喔，時間一分一秒佇過去，在阮的心內定定會想到汝，阿嬤汝今嘛佇遠位？阮佇叫汝汝干有聽見？」

萌父召集到的林厝後人不多，拘謹安靜地執晚輩禮數。萌父下頦一努，指向一矮胖老婦，說是寶珠。我們耳邊遂響起那砌砌叩叩的柴屐聲。內埕一大半堆棧肢解的舊家具房舍、一些作廢料材，雜陳埋著颱風颳倒的樹幹，電光石火般飛竄出雀鳥或者懶洋洋游移出一尾無毒長蛇。環伺著是朽塌的大厝，逆光裡如同脊椎扭斷的巨靈。阿興太太抱怨，菅芒生到厝頂，年年得除個幾回，祖公祖媽有靈看見厝頂野草發得若墓埔，詈死咱這些不孝兒孫喔。尤其入秋了後，芒花在偏了軟了的日照裡搖晃窸窣若牽亡靈。

六兄，萌父最後印象的老父，若阿茲海默症的完全癡騃，一粒頭皮包骨，灰濁瞳仁萎縮不感光了，阿姑佇耳孔邊嘩，六兄我仙仔汝小妹會認得麼。老父頭一晃，神識早已離開了顏面；阿姑頹然落坐，膝蓋裡喀嚓脆響。幫老父洗身軀，浴缸放滿燒水，抱著他如同蟬蛻，滑進水裡，他歡喜了，喉嚨呀呀，或者那喚起了在子宮羊水的最深層記憶。泡在水裡而漸漸異形為某種深海魚怪。力絀要把老父抱起，他留戀不願，兩手來抗拒。萌父兩腿一軟，上身一卸，老父咕嚕下沉。是有那麼一念，放生般讓他回歸本源。撈起老父，他必定是吃了水，劇烈地嗆咳。

萌父有感而發，希望這一世先死去的親人既已死去就快快離去，不要回頭，甚至不要來入夢，至於他未死猶存在的每一天就是對他們最美好的懷念。如同他帶我們去他大姨婆舊厝，以前的果園翻成一排排樓房，所有的冤魂野鬼被驅趕光了，垂垂頹矣古老大厝，內廳外牆上的交趾燒也早被古物掮客盜挖了去，然而他帶著我們坐在內埕，日光烘烤，熱力肯定足以除去久居北部而鬱居體內的濕氣，時間流逝，過去、現在與未來心平氣和地在一起。

司儀透過麥克風進行家祭流程，祭文一項由葬儀社安排一女子靈前跪念，未張口先抽擂鼻管，腰胯露出一節粉紅蕾絲內褲頭。一班樂儀隊總共七位，隊名七仙女，斜戴亮片閃閃船型帽，寶藍肩飾滾黃色排穗，白短裙下齊膝白馬靴，待阿姑的棺木放置滾輪推車上送出，隊長吹哨，舞動指揮棒，七仙女繞棺木變化隊形走一條龍到繖狀花序，吹奏搖滾風味的離別曲，胖腮賣力將伸縮喇吧吹得好大聲，錯覺是現代版鞭屍。

一人樂團鯰魚嘴大叔，輸人毋輸陣，電子琴音蛇扭，張口發出變徵之音，幽幽泣訴，「月色那樣模糊，大地籠上夜霧，我的夢中的人兒呀你在何處？遠聽海潮起伏，松風正在哀訴，我的夢中的人兒呀你在何處？」

黑傘庇護，傘影下萌父捧著圓柴桶，內有牌位、三炷香，一長株帶葉綠竹招魂幡與磬音開路引靈。廂型車飛快爬陡坡（古漢語「𡾟崎」）駛入鄰縣，中央山脈迫在頭頂，蒼茫黛綠影子連接天上雲潮，太陽穿雲，乍晴乍陰，我們如同一葉扁舟在時間激流裡衝盪，飛車經過好像進入老年期的紅土地，其上大片的鳳梨園。

火葬場在荒山一段峭壁後面，隸屬一座宮廷風格的大廟，半露天棚架下一排五窟爐子，鐵柵門，漏斗狀大煙囪；棺材長川流水沿龜裂水泥坡下來，領了號碼牌等候進爐，一中年男子眼明手快，登記，繫號碼牌，唱號，交代注意事項，標準流程務使錯認棺木的機率降到零。五窟爐錯落開門，水泥地一條白漆線，一批批家屬下跪叩首，齊聲唱佛號，有女子大喊，阿母火來時汝得緊走喔阿母。燒一爐需兩個小時。一戶猶存古風，子孫戴絡，全麻孝服寬袖過膝如袍，麻鞋，只腰際易以一條白毛巾綰著；孝男不剃鬚，黧黑臉膛若鬃刷。鐵打的火爐，流水的孝眷。

出家師父二人引磬帶領登上後方的粗胚建物，窄陡樓梯汪著黑水，轉角有尿臊與阿摩尼亞嗆鼻，空曠二樓，日頭搶進一半是那嗡嗡營營的炎陽噪音，一半是帶著腐味的陰沁，牆腰突出一塊水泥板，擺妥老阿姑遺照牌位與一籃水果，作入爐前最後的祭拜。

正午的太陽一如硫酸淋淋漓漓，我們躲到蔭涼處，看著火葬場區域，蜿蜒一長條車隊，白色廂型車或者後車門彩繪西方三聖，堅持死後哀榮的大排場的加長型油亮黑禮車，葬儀社人員全套西裝若企鵝車隊間縫穿繞，鶴立雞群的是一身彩繡長袍的道士，對比出家僧尼佛黃斜搭大紅織金線法衣，很有幾分樂園扮裝遊行的意思。

萌父神祕一笑，掏出一疊蒼黃舊信。我們飢渴展讀，署名陳嘉哉者一疊，鋼筆墨水退色；署名馬太字跡稚拙若小學生的一小疊，信紙上盡是羅馬拼音的台文，勉強只譯得一句，「sin bāng ài。siāng tōa ê sī ài。」（信望愛，上大的是愛。）墊底幾封是聖誕卡片，寥寥一行賀節語。眾中最縐爛一封，萌父解釋，便是彼年女狀元堂姊送來，陳嘉哉的最後一封信，「玉仙吾妻如晤，我已潛逃唐山苟活，阻絕汝我者豈只黑水洋。歸期遙遙，千祈珍攝。」

水泥路通往一簇寺廟建築，吐出一方草坪觀景台，下望原該是浩浩蕩蕩泥浪奔流的濁水溪流域，卻是枯荒的石礫平原，灰白石屍骨骸細密層疊出無數鋸齒的河床。正午凝結的熱氣裡，似乎地平線捲起核爆的粉末風暴，在我們視覺裡製造停格的幻覺，沙塵滾滾，進逼到兩邊山脈對峙的谷口就停頓，彷彿時光隧道之口有那狼煙瀰漫的戰國古代。目力專注，猶可分辨山脈上散亂著針似的檳榔樹。

焚風沙塵細細緩緩地沸滾升空，其上必然是一座飛碟狀堡城，下端直腸口般排泄堡城廢渣殘餘。那不是階級對抗的戰爭，不是進化先後之間的殘酷對壘，而是命運、意志與等待三邊恆不等長的戰鬥，是夢想改寫之可能而全力一搏的必然。

鉋卡絲為我們即時搜尋資料，全長一八六公里的濁水溪，主流發源於合歡山主峰與東峰之間海拔三千二百公尺的佐久間鞍部，上游為容易風化的板岩高山，土質脆弱，流域自東向西蜿蜒，沿途匯聚塔羅溪、丹大溪、郡大溪、陳有蘭溪等，高度一降再降，遂形成以礫片、泥沙與黏土為主的肥沃沖積扇，孕育出中部數百年來一座巨大的穀倉。大河猖狂數百年後的今日，遇見大怪獸，費時十年完成專供出海口富可敵國之石化業專用的攔河堰啟用，下游生態丕變。攔河劫水之量，平均每日為一千三百五十六萬噸，也就是超過九成的溪水遭攔阻抽走，如同腰斬並遭吞噬，剩餘下流之量約百分六。大河此後變形細流，河岸裸出，而河水流速加快，下切河床中間，效果相乘形成大峽谷。尤其十月至翌年三月的枯水期間，強勁東北季風助虐，到出海口的兩岸成為沙塵鬼域。水源既失，地下水水位也開始逐年嚴重下降，惡性循環結果，將是沖積扇平原的沿岸地層下陷，海水入侵，土壤鹽化。資料發出末世災難警訊，可見的未來一日，破壞成局，一切將不可逆。

我們心上的人面瘡鬼聲啾啾了起來。

火爐邊是沒有隔間的一大塊工作區，撿骨置入甕罈。爐門再次洞開，拉出棺材推車，台子上還有幾朵火苗跳笑，待火熄滅，工作人員移台子到大風扇下方吹涼，我們趨近，熱氣烘烘輻射頭臉，乍看焦黑灰燼的台子上辨識是困難的，鎮靜巡視不免吃驚燒後的骨骸並不多，老阿姑的頭骨朝右滾了一圈，骨色大致呈灰燼白。

不像古早的土公也，工作人員身著如同選戰時候選人必穿的膠料背心，戴口罩執鐵長夾從台子上撿拾，分數回合，由腳骨開始自下溯上，再腿骨手骨、生門骨即恥骨、再脊椎骨廿四目，肋骨左右各十二條，頭骨；撿好一堆裝鐵盆，搖搖，一抖騰空，去除雜質。閩南習俗，牙齒必得拔除，否則會「食子孫」。古早撿骨，後頸骨為最後撿的一塊，因其狀似土地公。家屬延頸圍觀。萌父挑選的罈子青玉色，罈身陰刻篆文心經，萌父代子職先以長筷夾老阿姑一塊骨放入罈底如行禮之始。大腿骨太長，工作人員俐落一拗，清脆地收折入罈。最後置入的是頭骨，尤其是顏面骨部分，細心對正了，眼觀鼻，鼻觀心，最終一眼，工作人員手掌用力一壓，咔啦，罈沿抹一圈白膠，封罈。發亮的黃綢巾勒緊包裹，工作人員轉了轉罈身，找出正面，雙手遞交萌父。

萌父比較，祖父死後足足一甲子才撿骨；談到火燒就有懼色的老父當然土葬，墓地向鎮公所承租，一律一期七年，除非蔭屍，不得延期。老阿姑爽快，清楚交代，燒燒較清氣亦省麻煩。伊死後第十二天即今日火化。

鉮卡絲多事，同時鍵傳來一段文字，來自一部中古老電影，隱居修道院的熟女瑪麗安給潦倒末路的熟男俠盜羅賓漢的訣別詞：「你不知道我有多愛你。我愛你勝過愛兒童，勝過我雙手栽種的田園。我愛你勝過愛清晨的禱告、寧靜、入口的食物，勝過陽光。我愛你勝過愛血肉軀體、喜樂、世上多活一日。我愛你勝過愛上帝。」鉮卡絲註解，羅賓漢挽弓從白塔窗戶向太陽射出他的最後一箭，遺言箭矢墜地之處便是他與瑪麗安合葬之處。

萌父捧著老阿姑，廂型車發動要開出一條逆行的路，山壁野草叢吱喳啼啄車窗，阿興太太招手銳聲叫兄さん。萌父按下自動窗，「陳家講姑丈有來呢，早時的告別式講是找无路，毋過心，所以想想一定得來一趟，講是欲見阿姑最後一面。一直打電話給阮阿興，毋悉是陳家啥人，講話大舌又興啼，找无這所在。一分鐘前講邁了，得等麼？」

我們決定爻栝，兩枚十元硬幣在老阿姑頂上繞三圈，薰了灶香，期望她靈驗，連續三個无栝，萌父心軟再爻最後一次，笑栝。

阿姑笑了，我們走吧。

廂型車在靈車與縞素的孝男孝女之間蠕行上坡，亢亮嗩吶將此時此地拔尖成了遠古的黃土高原，妹妹你大膽往前走；龜裂的水泥坡洶湧著日光白花花與催淚的灶香菸霧，我們看見一對中年男女吁吁喘夾架著輪椅裡一位禿頭老朽，艱難的癲癇般下坡，癱了的老人一身垮鬆的黑西裝，那一似果肉吮淨之果核的皺臉戴著玳瑁框太陽眼鏡，輪廓即是屢屢在陳舊湮黃照片中一再出現的鬼魂。坡度讓他先是背向我們，經過廂型車方才與我們相對一瞬，那淡墨色鏡片如同塌陷的深淵。

他慌張地左右顧盼，日頭強旺卻如同鬼火戲弄著他，裂解他的找尋，幾近枯萎的目珠仁若日蝕。萌父在與陳嘉哉交錯時，鼻頭無聲地懸滴淚水，突然狠下決心那般舉高了老阿姑裹著雞油黃的罈子看陳嘉哉最後一眼。

一隻白蛺蝶飛過我們頭頂。

逆走來時路，炎陽澎湃鼓盪，距離枯水期還有兩個月，那藉以招徠觀光的綠蔭隧道已經有幾分枯旱的顏色，兩邊大樹樹冠交纏一如傳說中殉情夫妻所化，樹下一攤攤賣水果、番薯與漬物特產。沒有樹蔭的路，太陽直射，車輪嘶嘶輾過柏油路，我們不免多餘地喊，過橋了阿姑。一座大橋有紅漆桁架跨過河床，在此看見一小段的大河流域，昏沉，喑啞，筋脈浮凸，無有氤氳水氣，準備進入死亡的老年期。

天空，彼處，彷彿確實有一座藉著紫外線過量的日光偽裝於無形無色的空中堡城悠悠轉動卻寂然如涅槃。

附錄

靈魂深處的聲音——賴香吟、林俊頴對談小說美學

賴香吟（以下簡稱「賴」）：俊頴的小說，不管看過幾遍，儘管對故事已有印象，對一些重複出現的材料與畫面也感到熟悉，但通常不太敢說已經掌握住了重點。作為單純的讀者來說，這固然可以是一種閱讀的餘韻，如《鏡花園》書背文案：「閱讀林俊頴的文字，並深深沉溺其中，是何等幸福而遙遠的時光」，但若要以對談和評論的方式來談作品，便感到有點忐忑。這種現象，會不會與你的文字密度有關呢？所謂「文字鍊金術」，文字之美與炫目蓋過或弄混了作品整體的訴求，使讀者在閱讀時處於一種漂浮狀態。你對這種現象有什麼看法？你喜歡別人談你的作品總是從文字切入嗎？這種切入法有遮蓋掉你其他的努力嗎？會不會排斥這樣的說法？

林俊頴（以下簡稱「林」）：沒有什麼排斥不排斥，小說寫完，叫我回頭看完成式的東西，經常是太痛苦了。我幾乎是拒絕看自己寫過的東西，有人談，談些什麼，我會在意那值得在意的，但通常不太管。（福樓拜的說法，消失在自己的作品之後？）我們是寫字的人，對文字有信仰，甚且執迷，從讀者到作者的過程，很多東西會養成，也會有被制約、內化的危險。所謂文字鍊金術字面上來看是

讚美，另一方面也是個陷阱，若不有所警覺會變成是致命的牽絆。你確實一語中的，指出了我的痛點與謬點。年少階段，妄想用修辭掩蓋自身的匱乏，包括經驗、教養、眼力，其實是捉襟見肘，我自己早就不耐煩了。

寫完這部小說之後，重看格雷安・葛林，《愛情的盡頭》、《事物的核心》，還是嚇一跳，他的小說與文字鍊金術無關吧，文字背後，那世故、深沉又譏誚的葛林之國，俯望著一對鷹眼。我非常嚮往。

賴：我個人在讀的過程中感覺你一直想擺脫文字的牽絆。就像你說的，文字鍊金術一方面是讚美，另方面也可能有所貶抑。你從很早的作品裡，就顯現想將文字甩掉的意圖。甩的方法，也不是完全不要文字之美，而是在材料、對白或某些敘事口吻的選擇上，跟文字形成一個拉鋸。文字的精緻拉到一個高度之後，突然丟出一些俗與浮的東西出來，來將之沖淡或調侃。你似乎經常選一些和文字美有所衝突的材料，用很美的文字敘述一些很暴烈的東西。這個寫作習慣，是刻意為之還是跟著材料自然發生？

林：寫的時候恐怕我並沒有那個自覺。我很希望現在、每一次新寫出的，能跟以前寫的有所不同，這是一己的野心，或說是一種焦慮。但也許你講的是對的。

你說的題材部分，我比較有信心解釋的是，我一直不喜歡寫自己，像是散文那樣的貼身、自我、敢於自剖。因為我認為「我」沒那麼重要。但如果是採取小說的形式，會和「自己」產生距離，所有我與當下、周圍、他人、社會種種層層，游刃有餘的視角、景深都跑出來了。散文的美文是很主流的，我自己從那體系出來，常有避之唯恐不及的心態，說潔癖也是有。相較之下，小說的領域可以更野放更自由，不需要去擺一個架子，容量比較大，可以跑得範圍更廣。你曾經和周芬伶討論過關於自我包括創傷的「反書寫」的觀點，我既贊同又佩服。對我，關鍵在於換一個書寫領域。

抱歉我得掉書袋，因為昆德拉這一段太妙太好了，「小說和作者的『我』有種獨特的關係，為了傾聽『事物精神』那隱密的、小到幾乎聽不見的聲音，小說家（和詩人、音樂家正好相反）必須讓自己靈魂深處的聲音靜默下來。」

賴：除了文字之外，在敘事技巧上，你也有意不使用基本功，而把故事打碎、拐彎，沒有按照基本技巧來。這個作法也是你所謂的野放嗎？

林：這麼回答好了。在作者這部分，小說在台灣已經寫到非常困難的境地，有志者、有野心者莫不是常常有撚斷數根鬚的困窘。看對岸的作品，如莫言、王安憶、蘇童、畢飛宇等等一長串的名單，會很羨慕他們寫小說的方式，橘逾淮而為枳，在台灣要那樣寫小說好像我們先就心虛了，這是取材的問題嗎？還是小說進入熟年期，寫小說的人諸多自覺要「反小說」的苦惱與挑戰？

因此，到現在已經有一段不算短的時間了，寫的跟讀的兩邊處在一種尷尬而緊張的狀態。我們似乎有那種氛圍，簡單化變成一個問句，你為什麼不講故事？另一邊的回應，我不是不會講故事，只是、但是——。寫的人畢竟是走在更前面，選擇足跡多或少的途徑是他的權柄。所以，我不會困惱。我的自主權來自以下這樣的思考：故事是不是直接等於寫小說？兩者之間有很大的落差，因而有彎曲、沖積，有皺摺、隙縫，也有洞穴、伏流，不能將兩者簡單地劃上等號。但我們自己是寫作者，唯有交出作品才是最有力的回答。

賴：你的作品裡其實仍存在著很多故事，只是講故事的方法不一樣。作品裡經常存在的「我」扮演傾聽與代言的機能，由「我」輻射出去的各類人及其故事彷彿如樹木枝節，不斷生長、交錯，一個故事迴旋又一個故事。關於新作，如果大抵分成當代生活與斗鎮故事來談的話，在當代生活的篇章裡，各類人與故事較諸以往作品還要更多，觸及房地產業，股市金融，政治以及中年情慾、E化世界等領域。相對於斗鎮各故事加總呈現了時間與生命的記憶，當代生活這些百寶盒故事加總起來，可能等於什麼？你想要談的是什麼？為什麼要拿這些故事來與斗鎮故事並行、對照著看？

林：關於這個我好像也沒辦法講清楚。畢竟我陸續做了十幾年的上班族，直接或輾轉看到聽到了、體會了一些人事。我曾經、或許現在還是深深苦惑於「意義」是什麼？人生的意義，生存的意義，寫小說的意義。二十幾年前，我看過詹宏志寫的一篇文章，那時他正以趨勢觀察專家揚名，他用偵探間諜小說「臥底」的角色自喻。我覺得非常有意思。回到小說的領域，「臥底」會不會也是寫小說的一個獨特而且有利的位置？赫拉巴爾有本小說名為《底層的珍珠》。所以寫小說的人本質上類同於潛伏、蹲點、刨底，長於忍耐與守候，累積與醞釀？要不要像《刺客列傳》的豫讓「漆身為厲，吞炭為啞，使形狀不可知」那樣慘烈？而最終仍然不知事可成不可成。回應你的提問，斗鎮的部分對我是過去完成式，那裡潛藏著我的血親、家鄉、生命初階的至親與美好（鬼影？），但我一開始就警戒著不要陷入一味地對古老「黃金時代」的耽溺。當下進行的這一國的參照係數，小我的我不正是身在其中嗎？臥底者許多時候也如同京戲舞台上擺放撿拾道具的人，豈能完全置身事外？既然是臥底者，就不可能是處在中心那享受優勢、既得利益的舒適位子，也就會討人厭的不安於既定的成文規則吧。我被規範常軌之外的所吸引，那些破碎的、凡俗的光與熱，我更想看出其中的每一差異，明白他們的損傷與屈辱，至於我們在規範內外的有所得與滿足，各自承擔吧。

賴：這次新作的兩個主軸線在過去作品中都有跡可尋，不過新作顯然是最清楚且完整的一次，尤其是關於斗鎮的部分。關於故鄉與童年的印象，有些畫面與材料反覆在過往作品出現，祖母的形象也一直占據著主角的位置，可說是個永恆的女主角，不同的是新作是完全回到她的位置來說故事。

林：你講的都正確。先講結論吧，我自己的願望是這次寫完我祖母與家鄉，以後不要再寫他們了。我更想聲明的是，這長篇不是寫我的祖母，也不是寫我的史地真實可考的故鄉。他們被我用來作為藍本，所有的人事物都小說化了，凡是可以用另一個偏僻、近乎脫逸的字眼取代的名詞，我都代換了。我從滿月開始到十歲是跟著祖父母的，現在所謂的隔代養育，尤其我祖母，她對我的意義非常不一樣，借用卡繆的小說名字，她是我生命的「第一人」。

其實最初想寫的是另外一個東西。八〇年代中期我讀到一本政治犯的自傳，論輩分是我表姑丈，很典型一百年前那時代的熱血文藝青年，留學日本，一身現代化、西化的流風遺緒，也接觸了左翼的東西，該冒險犯難、該聞風響應的時勢潮流他都碰了，當然不幸該倒楣的也都輪到了。他的故事在我心中盤據了許多年，但就是寫不成。寫不成的原因，不太是技術層面的問題。我總覺得史料和小說基本上是兩回事。尤其起碼二十年來，被禁錮、被壓制東西紛紛解放了，資料那麼唾手可得，但小說創作有占到任何便宜嗎，我相當懷疑。這長篇完成了，那最初的種子人物變成一個影子般的陪襯。小說和歷史，小說和家族史，或是所謂的大河小說，小說還可以是「想像的共同體」的一對翅膀嗎？我對這個有很多疑問。既然徬徨，就失去了下筆的力量。不久前才看了莫言的《我的高密》，對我那是莫言的自我揭底，他寫，「我的高密東北鄉是我開創的一個文學的共和國，我就是這個王國的國王。」壯哉斯言。那背後有著寫作者與土地非常濃烈、恩怨情仇糾葛的根柢。我自省和「家鄉」已經空洞化，因而假託上兩代用一個長篇的幅度完整的（？）回溯一次，希望完成我的禮敬與回報，還有苛刻與告別，如果有的話。讓我仿用昆德拉的名言吧，拆毀了我的家鄉舊厝，才能用那些磚塊建構我小說之家鄉與大厝。

賴：這段談話讓我想到《印刻》有一期童偉格的訪談，提到平庸和鄉愁之間的某種聯繫：「愈是平庸而可預期的，愈容易引發鄉愁」，他說他沒有辦法信任這樣的東西，「怕以書寫故作天真」，「作者跟讀者一起把知識水平拉低。」延續你剛講的，很多詞彙並不是詞彙本身錯誤或密度不夠，而是我們在使用的過程中不斷以訛傳訛，使之輕薄化，以至於真正想使用時已邪不勝正，像「鄉愁」、「家族」這些詞，如今要寫，必須要有很大的勇氣或壓力，怎麼跳脫被輕薄化看待，怎麼去與被誤用的印象拉鋸。小說家講記憶，但要怎麼去和自己的記憶拉鋸，避開「以書寫故作天真」的陷阱，又如何重塑記憶，使之不與史料雷同或被史料干擾。我讀斗鎮章節的時候，感覺你的自覺度很高，不希望人家看了第一段、第二段，就立刻把它與「家族史」或「大河小說」聯想在一起。你似乎用了兩個方法拉開距離，一是敘述，二是語言。敘述方面，以往你故意捨棄不用的美文字與抒情風格強烈的小說基本功，似乎在斗鎮章節裡復甦了。語言方面，則是對母語寫作做了一次徹底的實踐與突破。

林：完全同意。「鄉愁」、「家族（史）」極可能是被此時此地的小說輕薄、平庸且誤用的詞，我再借用昆德拉，「媚俗，就是將既成觀念的愚蠢轉譯成美和感動的語言。」二〇〇四年三月號的《印刻》雜誌，舞鶴對大河小說、家族史的先行者談話，無異是為後來者如我解了惑除了魅，我隱隱然知道要把力氣放在什麼地方才是真的、對的。

面對、承認小說之為「小」，但不是有那句話，給我一個支點，我便可以撐起地球。

閩南語、台語是我的母語，高中開始嘗試寫小說，我就發覺了口語轉為書寫的困難。那時想的還只是寫實的基本問題。大學念中文系，唯一認真的一門課就是文字學，才開始瞭解閩南語保存了諸多漢語的古音古字。很慚愧，做一個「小學」學者不是我的志向，然而知道那源頭，將它如同引水灌溉化在小說裡，卻是可以成立的。寫這個長篇，應該是時候到了，我的年齡與狀態「準備好了」，要寫的對象條件也都合。閩南語的語境大體上是前現代的、農業社會的，甚至更久遠，因此更有助於我建構那個小說化的家鄉小鎮。多謝你的點醒，所以，這也是我個人的小說之旅，從文字轉向語言？

其次，我有個祕密的火藥庫，為這長篇「做功課」的期間，我在教育部閩南語辭典的討論網頁發現一位署名晨曦的先生，我臆，他應該參考了不少陳冠學先生的書吧，都是堅持一音一字，很有系統地爬梳整理，那是驚喜的大發現，讓我得以借力大量引用，我必須在此向陳冠學與晨曦兩位先生致謝也致敬。

賴：這次小說裡你更往前走的一步是不光在對白與單一字詞使用母語，而是全面地以母語來敘事。整篇小說幾乎可以直接以閩南語來朗讀。以前我們看加有閩南語的小說會有一個困難，就是敘述以華語，對白以閩南語，且其使用通常只為了強調俚俗、荒謬、怨苦等面向。但你的母語寫作，自早期至今顯然不只如此，你非常用心回溯了語言本身的音義，甚至連字形也是美的，並且將母語的音韻與現代小說的敘述口氣盡可能合一。這耗費了很多時間吧？

林：一開始確實很慢，進入狀況了也並沒有加快多少，有時候為了找一個字得找很久想很久。從口語到文字畢竟不是虹吸管那樣通暢，過程是實驗也是篩檢出結果，然而這是我給自己的工作，還是很享受的一件事。不論是語言或文字，第一層的功能是傳達溝通，閩南語比現代白話歷史更久遠，我相信那是一座豐富的礦脈，完全的閩南語小說書寫是很值得開闢的一條路。或許早已有人做了，只是我不知道。

賴：我讀關於現代生活的篇章，感覺苛薄、殘忍、瘟疫氣息，用你的詞來講，是沒有福音的，然而，關於斗鎮的書寫，相對則充滿春風、香氣，連人物對白也溫暖有韻。你是故意讓兩者有這樣的反差嗎？

林：並沒有故意要製造出那樣的反差。或許，兩者本質上就是如此的差異。體制無情，寫小說的人何嘗不殘忍。我當上班族，那社會化的過程一路是很格格不入又狼狽不堪，很失敗的。但還是希望我寫的不是情緒化的洩憤，或是狹隘的要去報仇，那樣沒有意義。我做得最久的一份工作，公司在一座非常豪華、所謂A級的商辦大樓，現在回想，在那裡蹲久占一個位子並不是難事，寫小說似乎也不差我一個。已故的黃仁宇寫「關係」，點出了現代化社會分類歸檔的森嚴規則，但我到今天都還能記得每一天早上走進那大樓無可名狀的複雜又攏邊的心情，當然我現在知道，那叫做「非我族類，其心必異」。既然沒有辦法安身立命於那體制與那關係網絡，也沒那雄心壯志反叛革命之，那麼，以一個平常人的冷眼正視它的存在，寫下它吧。

故鄉對我來說則是幸福的題材，但還是有心虛的地方，就是毛斷姑丈好像業餘的去沾染政治、社會運動那一塊，儘管我做了不少功課，讀了不少相關資料，終究回到小說與史料抗衡的老問題，必須割捨。所以我近乎取巧的故意讓時間背景不確定，雖然筆記上我得清楚列出一張編年表以供對照，兩者之間就是唐諾所說小說獨享的虛構的特權。還是馬奎斯那一句老話，完全捏造的東西是非常難看的。我的祖母是會講故事的人，從小聽她講過很多事情，我到現在都還記得很清楚。借葛林的書名「權力與榮耀」，我祖母娘家對她來說就是她的權力與榮耀，她是非常引以為傲的。她在那裡見過好的、大的、貴重的東西，也許都很世俗，但她一輩子記得。

賴：斗鎮的部分，很明顯把清末到戰後初期一些有趣的歷史段落說了一遍，每一章節各有重點，包括剛開始的斷髮解足、文明開化、現代科學以及政治上的反對運動、戰後宗教等等。除了毛斷（現代）阿姑這位永恆女主角，家族兄弟各有性格，其中的六兄之前也常現身於你其他作品，他對你來說是很有魅力的角色嗎？

林：我祖母多位長兄裡，她跟六兄最親最要好，我祖母的一手女紅就是他教的。從小我看這位六舅公總覺得他很不一樣，我跟著祖母回她娘家，熱天裡他常是一身質輕乾淨白衫褲，窩在房裡刺繡，講話輕聲細語，整個人細瘦蒼白，幾乎不食人間煙火的樣子。對寫小說的人如我，他是一個乍陰乍陽的謎面，也好像故事書的第一頁。祖母不無炫耀意味的告訴我，少女時六舅公想帶她去日本讀冊呢，但她自己捨不得離開母親。她娘家細說起來是一幅全景式家族圖像，祖先從大陸東南渡海而來，層層疊疊的親族，開枝散葉興旺了，甚至勾心鬥角的人際關係，對於寫小說的人怎會不見獵心喜？大廳裡永遠有花香、木製家具的香，對幼時的我簡直就是巨人國的自鳴鐘，牆壁上掛著外曾祖父穿著清朝官服的相片。但所謂的血親到了我算是稀薄了吧。因為這樣似近又遠的距離反而給了我書寫創造的空間。在斗鎮與現在兩個時程反覆換檔的寫作過程，我對被我用來作為藍本的祖父母、舅公們、外曾祖母跟只看過照片的外曾祖父，諸多故鬼，我充滿了某種甜蜜的思念，與某種神祕的類似基因的召喚牽引，這是寫小說的特權，我藉著寫讓他們再活一次，然而不單純是為了個人的念舊。約翰・藍儂的一首歌，Power to the People，我將它詮釋為人的力量，因為這些人而來的書寫力量。普利摩・李維的《週期表》，以惰性元素譬喻他的祖先，「我所知道的祖先和這些氣體有些像。我不是說他們身體怠惰，他們沒有能耐如此。他們反而必須相當努力來賺錢養家，以前還有『不做沒得吃』的道德信條。但他們的精神無疑屬惰性，傾向玄想和巧辯。他們事蹟雖然多，但都有靜態的共同特點，一種不介入的態度，自動（或接受）被納入生命長河的邊緣支流。」我以為可以拿來註解我的這些遙遠的血親，他們或是那個時代的順民，然而每一個都是完整厚重的。

賴：這次新作總共寫了多久，可以談談你的寫作方式嗎？

林：真要誇張追溯，第一次讀到我那表姑丈的自傳而播下想寫的種子是八〇年代中期。這當個玩笑，聽聽就好。真正動員籌備，大約是三、五年前。二〇〇九年四月，我用這計畫申請到國藝會的補助，去年十二月完成初稿，再來是或全面或局部的增刪修改。這是我第一次寫長篇，馬上就遇到了問題，也就是精神上的「教練」唐諾一直提的業餘玩票跟專業寫作的差別，如何自律也紀律的寫如同手藝人的工作倫理？土象星座的人既成就於、也苦於紀律的秩序感，但自己的住處如同冬天的火爐邊的座位，所以我很快出門，就近找了一家連鎖咖啡店，進入每天執行的運行。這樣的寫作方式，效率滿好。當然，一個字也寫不出來的時日常常有，那就看書。傍晚去學校操場跑步，神奇的是許多寫不過或不知如何寫的難關常常是在跑步的時候靈光一閃打通了。我知道了，跑步時全身的律動也就是寫字時的運動。

賴：反覆登場的永恆女主角這回在新作中真正安息，這有什麼特殊意涵嗎？此回新作所積累的語言和史料功力，以及你對舊時光與舊記憶的特殊筆法，可以讓我們期待新的創作可能嗎？

林：我祖母去年八月以結結實實的九十五歲高齡過世，是她幫助我處理了半年後毛斷阿姑的死亡。我自認為相當冷靜自持，知道現實與虛構的各自領域，火化那天，她從火爐裡被推拉出來時，頭骨已經在台子上轉落了半圈。告別式結束時，我們在靈堂前家族團體照，我心中默數，因為我祖父母而繁衍架構成立的最親近最裡層的親屬單位超過七十人，那彷彿便是他們夫妻的一幅曼荼羅。從人的眼光看去，她作為一時間蜿蜒漫長、也許是太長了的人族單位，可以了。弘一法師的臨終最後書寫「悲欣交集」。我為我祖母高興她忠實地完成了她的一生。我據以虛構的毛斷阿姑不是如此，她無後。事實上，愈寫到後面，我愈發覺毛斷阿姑不再有我祖母的影子。我只能答到這裡。

最後我讓兩邊的故事交集，是自覺也是不自覺的結果。相對於萌少女，那些咖啡館的候鳥，那些股票族，那些酒吧的暗夜渡鳥，因為大都與我是同輩，生長歷程處在同一個位階，我確實是更有把握「得其情，哀矜而勿喜」，甚至狠心對待。還是得回到一開始說的，我畢竟是個「臥底的人」，然而在現實人生即便是一般人的軌道上我自己行走得左支右絀，來到寫小說這個位子——恕我不能解釋的始終羞於把「小說家」說出口——我還是躊躇、疑惑、意義不確定的時候多，因為困窘而沉默、退到更邊邊更角落，這是我自己的侷限，是我私人的難題，沒有必要移到公領域討論。消失在作品之後，那讓我自得其樂。姑隱其名，引用一位老友的話，沒有一切的干擾譬如擔心發表、市場或評論，傾全心力讓小說書寫得以一次完整、好好的生長，是寫小說的人的美好權利。我實踐了，領受了。其次我要說的是，我從不低估看小說的人的眼光，我寫我願意寫的，我寫我能夠寫的，完成之日，我自由了。所以我會有感而發，這個寫完之後不再寫我祖母與家鄉了，不論在小說裡或真實，他們一一都死去了，完成了。我不再驚擾他們的亡靈。

這長篇的一開始，我引用了韓波的《訣別》，「秋天了，我們這只小舟，在沉滯霧氣中成長，如今將航向悲慘的港口，航向巨大的城市……」，不是作態，恐怕也不是立志，這樣回答你，還請包容，我告別「鄉愁」，不再留戀舊日的好東西，那「抒情世界的廢墟」，如果幸運的接著還能繼續寫出新作，我希望寫出眼前、當下的好東西與壞東西。

（李伊晴／記錄整理）

文學叢書 299

INK PUBLISHING

我不可告人的鄉愁

作　　者　林俊頴
總 編 輯　初安民
責任編輯　施淑清
美術編輯　黃昶憲
校　　對　施淑清　林俊頴

發 行 人　張書銘
出　　版　INK印刻文學生活雜誌出版有限公司
新北市中和區中正路800號13樓之3
電話：02-22281626
傳眞：02-22281598
e-mail：ink.book@msa.hinet.net
網　　址　舒讀網http：//www.sudu.cc

法律顧問　漢廷法律事務所
劉大正律師
總 代 理　成陽出版股份有限公司
電話：03-3589000（代表號）
傳眞：03-3556521
郵政劃撥　19000691　成陽出版股份有限公司
印　　刷　海王印刷事業股份有限公司

出版日期　2011年 9月　　初版
2012年 9月 6 日　初版三刷
ISBN　978-986-6135-50-7

定　價　380元

本書獲財團法人國家文化藝術基金會第2009-1期創作補助

國家圖書館出版品預行編目資料

我不可告人的鄉愁 / 林俊頴
--初版, --新北市中和區：INK印刻文學,
2011.09　面；　公分.（印刻文學；299）
ISBN　978-986-6135-50-7（平裝）
857.7　　　　　　100016995